Sandra Henke

Alphavampir

Teil 2 der Alpha-Reihe

1. Auflage März 2011
Titelbild: Agnieszka Szuba
www.the-butterfly-within.com

Lektorat: MetaLexis
Satz: nimatypografik

ISBN: 978-3-86608-140-6

Hat Dir das Buch gefallen? Schreib uns
Deine Meinung unter: gelesen@ubooks.de

Möchtest Du über Neuheiten bei Ubooks informiert
bleiben? Einfach eine Email mit der Postadresse an:
katalog@ubooks.de

Ubooks-Verlag | Wellenburger Str. 1 | 86420 Diedorf
www.ubooks.de

Prolog

«Ich habe ein Problem, Claw.»

«Wir reden später, Tala. Lass uns erst rennen.»

«Vor Problemen kann man nicht davonlaufen.»

«Erst rennen wir, das macht den Kopf frei und die Gedanken klarer. Danach reden wir, versprochen.»

Und der Alphawolf hatte Recht behalten. Es war befreiend zu Rennen. Und erregend. Talas weißes Fell hatte sich aufgerichtet und das Adrenalin pumpte durch ihren Körper. Sie spürte keine Kälte, nur die Hitze der Wölfin, die hinter dem imposanten schwarzen Timberwolf herjagte. In Gestalt der Menschfrau hasste Tala jeglichen Sport, aber kaum hatte sie sich in einen Polarwolf verwandelt, gab es nichts Schöneres für sie als zu laufen. Der Schnee knirschte unter ihren Pfoten. Die Schneedecke war dünn und hatte tagsüber zu tauen begonnen, aber aufgrund der Dämmerung und des einsetzenden Nachfrostes hatte sich eine dünne Eisschicht auf dem Schnee gebildet.

Für Menschen war der Winterwald ein Ort der Ruhe. Der Schnee schluckte alle Geräusche und die meisten Tiere hielten Winterschlaf. Doch Tala hörte es knistern im Unterholz, denn die Tiere in ihren Unterschlüpfen wurden unruhig, da sie den Frühling bereits spürten. Biberspuren führten an das Ufer des Flusses, dessen Eisschicht schon aufgebrochen war, entlang. Wenn die Biber mit der Paarung begannen, war der Wetterumschwung nicht weit. Ein Mauswiesel huschte vorbei und die ausgezeichneten Augen von Talas Polarwölfin bemerkten eine winzige braune Stelle im weißen Fell. Der Farbwechsel war ein weiteres untrügliches Zeichen, dass die Temperaturen langsam stiegen.

Doch noch triumphierte der Winter. Schneeflocken fielen leise zur Erde. Noch vor Kurzem hatte Tala nicht einmal geahnt, dass Flocken knisterten. Wenn es schneite, klang es, als würde der Winterwald wispern. Die Wölfin in ihr liebte dieses Geräusch, dann fühlte sie diesen unbändigen Wunsch, ihrem Freiheitsdrang nachzugeben und zu rennen, bis sie sich völlig losgelöst fühlte. In diesem Rauschzustand kam es ihr so vor, als würde sie auf Wolken laufen.

Claw stoppte unvermittelt unter einer jungen Eibe, deren dünne Zweige sich unter der Schneelast bogen. Kaum war Tala neben ihm stehengeblieben, stellte er sich auf die Hinterbeine und stemmte sich gegen den dünnen Baumstamm. Der Stamm gab unter Claws Gewicht leicht nach. Als Claw wegsprintete, begriff Tala seinen Plan, aber da war es schon zu spät. Der Stamm federte zurück und der Schnee fiel von den Ästen auf sie herab. Tala duckte sich instinktiv, was natürlich gar nichts nützte. Der Schnee auf ihr schmolz schnell und benässte sogar ihr Unterfell, was ihr gar nicht passte. Sie schüttelte sich, knurrte und stürzte sich auf Claw.

Durch seine kräftigen Läufe war der Timberwolf viel schneller als sie, aber dank ihres weißen Fells war es leicht für sie, sich in dieser Jahreszeit zu verstecken, außerdem machte der kleinere Körper sie wendiger.

Sie scherte plötzlich nach rechts aus und legte sich hinter einer umgefallenen Birke so flach wie möglich in den Schnee. Seine tierischen Instinkte würden Claw recht schnell zu ihr führen, deshalb durfte sie nicht dort bleiben. Als er merkte, dass sie ihm nicht länger nachjagte, kehrte er zurück. Seine Atemzüge begleiteten Tala, während sie im Schutz des schneebedeckten Birkenstammes vorankroch.

Gerade rechtzeitig sprang sie auf die andere Seite des Stamms. Sie hatte noch Claws Schnauze gesehen, die schnüffelnd ihrer Spur folgte. Niedlich, wie der große, böse Alphawolf ihr hinterherlief!

Im nächsten Moment hörte sie ihn lossprinten. Der Schnee krachte unter seinen Pfoten. Jetzt musste sie sich beeilen.

Sie sprang auf den Baumstamm und stürzte sich von oben auf ihn. Wie *ein* Knäuel aus schwarz-weißem Fell rollten sie ein Stück dahin und schließlich einen Abhang hinunter. Tala ärgerte sich, dass er es doch tatsächlich schaffte, auf ihrem Rücken zu liegen, nachdem sie am Fuße der Böschung angekommen waren. Er biss behutsam in ihren

Nacken, um sie am Boden zu halten und ihr zu zeigen, dass er einmal mehr gewonnen hatte.

Tala schnaubte. Doch in Wahrheit erregte sie diese Geste.

Claw würde ihr niemals wehtun. Sein erigiertes Glied drückte gegen ihren Hintern. Diese spielerische Jagd hatte seine Lust ebenfalls geweckt. Gab es etwas Schöneres für einen Werwolf, als mit seinem Partner zu rennen, zu tollen und sich danach zu paaren?

Claw fand, es war an der Zeit, zur Hütte zurückzukehren, denn er ließ sie los und stupste sie mit der Schnauze an, damit sie sich erhob und ihm folgte. Sie waren den ganzen Nachmittag durch den Wrangell-St. Elias Nationalpark gelaufen und hatten sich gegenseitig gejagt. Ihre Lust ließ sich nicht länger unterdrücken.

Sie mussten sich lieben. Jetzt!

Unterwürfig leckte Tala seine Lefzen, senkte jedoch nicht ihre Rute zwischen die Hinterbeine. Die Wölfin in ihr ordnete sich ihm unter, die Frau jedoch nicht, aber er ließ ihr viele Flausen durchgehen, die er den anderen im Rudel nicht verzieh. Das sahen ihre Rudelgefährten nicht gern, aber sie akzeptierten es. Noch! Tala war der Jungwolf. Ihre erste Gestaltwandlung lag noch nicht lange zurück. Man gewährte ihr eine Schonfrist. Aber bald würde sie sich beweisen müssen, wie es üblich war.

Um sie dazu zu bewegen ihm endlich hinterherzulaufen, biss Claw sanft in ihren Hinterlauf. Sie schnappte übermütig nach seiner Schnauze, doch er zog sie rechtzeitig weg; so heizten sie auf dem Rückweg ihr Verlangen noch ein wenig durch Neckereien an.

Als sie zu der Hütte kamen, die Claw für eine Woche angemietet hatte, herrschte bereits völlige Dunkelheit im Wald. Das Holzhaus lag in unmittelbarer Nähe des Nationalparks, so dass sie in seinem Schutz zu Wölfen werden und sofort loslaufen konnten. Das Gefühl von Freiheit war atemberaubend, aber Tala plante den Aufenthalt auch zu nutzen, um mit Claw über etwas zu reden, das sie belastete.

Nachdem sie sich verwandelt hatten, machte Claw Feuer im Kamin. Tala hockte sich auf das Bärenfell, das davor lag, und genoss die Hitze der auflodernden Flammen. Ihre Wölfin mochte kein Feuer, aber sie wusste die Wärme zu schätzen, daher drängte sie Tala nicht dazu, sich einen Platz in sicherer Entfernung zu suchen, denn oftmals war sie stärker als Tala.

«Die menschliche Vernunft muss erst lernen, den tierischen Instinkt zu dominieren», hatte Claw einmal gesagt, der ihr Leitwolf, ihr Lehrer und ihr Geliebter war. «Manchmal ist es allerdings besser, dem Instinkt zu folgen. Du wirst es lernen, hab Geduld.»

«Es ist verwirrend, seinen Körper mit jemandem zu teilen.»

«Die Polarwölfin, Tala», Claw hatte sanft gegen ihre Brust getippt, dort, wo ihr Herz schlug, «das bist du.»

Das Gespräch lag drei Monate zurück. Der Drang, die Lebenslust ihrer Polarwölfin auszuleben, quälte sie. Die Wölfin in ihr begehrte zu den unmöglichsten Zeiten an die Oberfläche. Frisch geboren, wollte sie das Leben genießen, in dem sie ausgiebig rannte, jagte und sich paarte, aber Anchorage engte sie ein: zu viele Menschen, zu viele Autos, zu viel Beton. Um ihr die Möglichkeit zu geben, sich auszutoben – in jeder Hinsicht –, hatte Claw die Hütte in der Nähe des Wrangell-St. Elias Nationalparks aufgetan. Die Fahrt hatte einen ganzen Tag gedauert, aber sie hatte sich gelohnt. Der größte Nationalpark Amerikas raubte sowohl Tala als auch ihrem Tier den Atem!

Tala nahm den Reiseführer zur Hand und blätterte nervös darin, während sie nach Worten suchte, um Claw auf diese eine spezielle Sorge anzusprechen. Den Inhalt des Buchs kannte sie ohnehin fast auswendig.

Der Nationalpark war unglaubliche sechsmal so groß wie der Yellowstone Park. 1979 erklärte ihn die UNESCO, gemeinsam mit dem kanadischen Kluane Park, zum Weltnaturerbe. Der Grund für diesen Ritterschlag waren seine spektakulären Gletscher, seine Eislandschaften und die Tiere, insbesondere die hohe Population an Dall-Schafen, gewesen. Neun der sechzehn höchsten Berge der USA befanden sich im Wrangell-St. Elias, darunter der Mount Wrangell Vulkan, dessen schneebedeckte Gipfel Tala und Claw von ihrer Hütte aus erspähen konnten.

Als Claw sich neben sie setzte und begann, ihren Busen zu streicheln, streifte Tala seine Hand ab. Deutlich war sein Knurren zu hören.

Sie wollte ja auch mit ihm verschmelzen, aber sie glaubte, die Vereinigung nicht auskosten zu können, solange diese Sorge sie belastete. «Können wir kurz über mein Problem sprechen? Es geht um das Rudel.»

«Du möchtest jetzt reden?» Er betonte das Wörtchen *jetzt*, als wäre sie verrückt geworden.

«Ich kann mich nicht vollkommen fallen lassen, denn ich weiß keinen Ausweg aus dieser Situation», sagt sie sanft und legte ihre Hände an seinen Brustkorb, um ihn zu spüren, aber auch, um ihn auf Distanz zu halten und ihm eindringlich in die Augen schauen zu können.

Seine Stimme war dunkel und rau. «Ich werde dir das Gegenteil beweisen.»

Und erneut behielt er Recht. Claw griff blitzschnell ihre Handgelenke, drückte sie auf das Fell und legte sich über Tala, ohne sie mit seinem Gewicht zu belasten. Er rieb seinen Brustkorb an ihrem Busen und heizte das Feuer der Erregung, das in ihr loderte, weiter an. Sachte, aber unnachgiebig, drückte er sein Knie zwischen ihre Beine. Er schmiegte seinen Oberschenkel an ihre Mitte und ließ Tala seine Lust spüren. Sein Penis lag mit der Spitze nach oben gerichtet zwischen ihren Körpern und war beinahe so heiß wie ein Tauchsieder.

Während er seinen muskulösen Schenkel ein wenig bewegte, legte er den Kopf schief und lächelte herausfordernd. «Willst du wirklich jetzt reden?»

Es lag eine subtile Drohung in seiner Frage, die Tala erregte. Claw würde ihr niemals etwas antun, aber er forderte die Führung ein, im Rudel wie auch im Bett. Er war ein Alphawolf durch und durch!

Seine Augen waren wieder die eines Wolfes und seine Fangzähne wuchsen aus seinem Mund heraus. Tala bewunderte seine Körperkontrolle. Sie konnte sich nicht vorstellen, dass es ihr jemals gelingen würde, einzelne Körperteile zu verwandeln, geschweige denn die Wandlung mittendrin zu stoppen und rückgängig zu machen. Sobald sich die Wölfin in ihr bemerkbar machte, drängte sie jedes Mal so gewaltig an die Oberfläche, dass Tala sie kaum beherrschen konnte.

Anstatt zu antworten, hob Tala ihren Kopf an und küsste Claw. Sie glitt mit ihrer Zunge über seine Fangzähne und spürte, wie sie sich zurückbildeten. Leidenschaftlich erwiderte Claw ihren Kuss und drückte dabei ihren Kopf zurück auf das Bärenfell.

Er liebte sie bei jeder Vereinigung, als wäre es das erste Mal. In jeder Berührung lag Sehnsucht, in jedem Kuss Begehren.

Gierig züngelte er in ihren Mund hinein. Sie schnäbelten zügellos, als wären sie frisch verliebt und die sexuelle Verschmelzung miteinander noch neu, dabei hatten sie seit Talas erster Verwandlung fast täglich miteinander geschlafen. Lag dieses unbändige Verlangen an den Wölfen in ihrem Inneren? Oder ging das, was sie verband, über Liebe hinaus? Sie waren wie Ying und Yang, wie zwei Magnete, die sich gegenseitig anzogen, sie konnten ohne den anderen nicht leben.

Doch über ihnen schwebte das Damoklesschwert.

Als spürte Claw, dass Schwermut in ihr aufstieg, ließ er von ihrem Mund ab und leckte durch ihre Halsbeuge. Er lenkte Tala ab, indem er zärtlich an ihrem Ohr knabberte, was sie rasend machte, weil es sowohl der Polarwölfin als auch ihr gefiel.

Euphorisch setzte sein Mund seine Wanderschaft auf der Landschaft ihres Körpers fort.

Er erklomm Talas Busen, saugte ihre Brustspitzen sachte ein und kitzelte sie mit seiner Zunge. Flink glitt seine Zunge den Hügel hinab, erkundete das Tal zwischen ihren Brüsten und eroberte auch ihren anderen Busen. Die Warze reckte sich ihm bereits sehnsüchtig entgegen. Er speichelte sie ein, leckte über seine Lippen und bearbeitete sie so gekonnt, dass Tala ihren Rücken durchdrückte und sich ihm darbot. Ihr ganzer Körper schrie: «Nimm mich!»

Seitdem sie eine Werwölfin war, empfand sie die Lust weitaus intensiver. Die Estrogene der Frau bildeten zusammen mit den Sexualpheromonen des Tieres eine explosive Mischung.

Die Erregung hatte ihr Denken jedoch noch nicht völlig außer Kraft gesetzt. Deshalb riss sie sich von Claw los, kaum dass er ihre Hände freigegeben hatte, um sich in tiefere Regionen vorzuarbeiten. Ihre weibliche Seite wollte sich ihm nicht unterwerfen, wollte nicht, dass er ihr Verlangen nach ihm ausnutzte und das unvermeidliche Gespräch immer wieder hinausschob. Die Wölfin allerdings verfolgte ganz eigene Absichten. Für sie stellte die Flucht nur ein Spiel dar. Sie beabsichtigte Claw zu necken, ihn zu reizen, damit er ihr seine Überlegenheit demonstrierte.

Tala kam nicht weit. Kaum hatte sie sich herumgedreht und ihre Hände auf das französische Bett gelegt, um sich abzustützen und auf die Füße zu springen, legte sich Claws Arm um ihre Hüften und hielt sie zurück.

Triumphierend lachte er. Er legte die Hand in ihren Nacken und drückte ihren Oberkörper auf das Bett. Sein Knie stieß zwischen ihre Beine. Er spreizte ihre Schenkel so schnell, dass Tala sich nicht einmal ansatzweise wehren konnte. Sie knurrte machtlos.

Unnachgiebig öffnete Claw ihre Beine weiter, kniete sich dazwischen, um sie daran zu hindern, sie wieder zu schließen, und hob ihren Oberkörper an. Er schmiegte seinen stählernen Brustkorb an ihren Rücken. Seine rechte Hand legte sich mit sanftem Druck auf ihre Kehle und seine linke knapp unter ihre Brüste, damit er ihre rasche Atmung und das aufgeregte Pochen ihres Herzens intensiver spüren und sich daran erregen konnte. Er war nun einmal ein Jäger durch und durch und sie sein Opfer. Sein williges Opfer.

Gefühlvoll streichelte er ihre Brustansätze. Sein Daumen verirrte sich dabei immer wieder kurz zu ihren Brustspitzen, was ihr jedes Mal ein Seufzen entlockte. Seine Finger glitten über ihren Bauch tiefer.

Ihre Lust schoss empor, als er ihren Venushügel kraulte. Ihr Becken schob sich vor und zurück, um ihm stumm zu signalisieren, sie endlich dort zu berühren, wo es am schönsten war. Stattdessen schwebten seine Fingerspitzen hauchzart über die Innenseiten ihrer Oberschenkel.

Tala hielt das brennende Verlangen kaum noch aus. Er trieb sie in den Wahnsinn mit seiner Selbstbeherrschung, denn dass auch er höchst erregt war, spürte sie an ihrer Kehrseite. Wieso nahm er sie nicht endlich?

Die Wölfin in ihr gewann – Claw gewann. Das Gespräch würde warten müssen. Alles, was sie in diesem Moment wollte, war die Verschmelzung mit Claw.

Doch er ließ sie noch etwas zappeln, drückte sie wieder mit dem Oberkörper auf das Bett und biss spielerisch in ihren Nacken, um ihr zu zeigen, dass sie diesmal artig liegenbleiben sollte. Tatsächlich ließ er sie los. Er küsste ihre Pohälften, zog sie auseinander und schnupperte laut.

Es erregte Tala, wenn er seinem Tier erlaubte, während ihrer Lustspiele an die Oberfläche zu steigen und dennoch äußerlich ein Mann blieb, weil er sie dann auf eine animalische Art und Weise nahm. Kraftvoll und tabulos! Die Vorfreude allein verursachte eine wohlige Gänsehaut bei ihr.

Gebieterisch legte Claw eine Hand auf ihr Steißbein, als wollte er sichergehen, dass sie sich nicht bewegte, aber das hatte Tala gar nicht mehr vor. Schon als seine Zunge nur kurz in ihre Spalte eintauchte, stöhnte sie laut auf.

Er lachte sinnlich. «Mit dir kann ich in keinem Hotel übernachten. Wie gut, dass die nächste Hütte weit weg ist.»

«Du könntest ja die Finger von mir lassen», frotzelte sie.

Seine Stimme klang rau. «Du bist es doch, die mich mit ihrem Sexualduft verführt.»

«Ich?» Dieser Mann brachte sie immer wieder in Rage. «Ich wollte nur reden.»

Sie spürte, wie Krallen aus seiner Hand wuchsen, die auf ihrem Steiß lag. Machowolf!, dachte sie liebevoll, legte die Hände an ihre Gesäßhälften und zog sie auseinander, damit er fortfuhr.

Augenblicklich bildeten sich seine Krallen zurück. Er blies seinen heißen Atem in ihre Spalte. Als sie erschauerte, küsste er ihre Finger. Er tauchte zwischen ihren Pobacken ab und leckte über ihre Schamlippen. Zärtlich glitt seine Zunge über die heißen Erhebungen, er stieß zwischen Talas Lippen, züngelte durch das Tal und schob seine Zunge genüsslich seufzend in ihre feuchte Öffnung. Er überzog ihren Schoß, ihre Schenkel und ihre Pohälften mit tausenden von Küssen. Immer schneller, immer gieriger verwöhnte er sie und stöhnte dabei lauter, als sie es tat.

Es kam der Moment, an dem auch Claw sich nicht länger beherrschen konnte. Er richtete sich auf, führte seine Penisspitze an ihre Öffnung und glitt sanft in sie hinein.

Endlich, dachte Tala und krallte ihre Finger in den Quilt, der als Bettüberwurf diente. Es war himmlisch, wie Claw sie nahm. Anfänglich schob er sich langsam in sie hinein, blieb einige Sekunden in ihr und zog sich gemächlich wieder zurück. Das hielt er jedoch nie lange durch, weil das Lecken ihn jedes Mal so stark erregte. Es interessierte Tala nicht, ob alle Werwölfe beim Lustspiel gern leckten. Sie wollte es nicht wissen und auch nicht herausfinden, denn sie begehrte keinen anderen als den Alphawolf.

Claw begann sie zu stoßen. Seine Schübe waren noch verhalten, weil er den Höhepunkt hinauszögern wollte. Aber das Rennen durch den Winterwald, das Necken in Wolfs- und danach in Menschengestalt und das erotische Vorspiel hatten ihn schon zu sehr aufgeheizt, so dass er Tala bald kraftvoller nahm. Seine Stöße waren hart, aber nicht brutal. Er packte ihre Hüften, um sie festzuhalten, und sein Griff war fest, jedoch nicht grob. Claw fand immer die richtige Dosierung, um ihre Lust anzufachen.

Stoß um Stoß brachte er sie dem Höhenflug näher und als Tala kam, heulte sie wie ein Wolf anstatt einen Lustschrei von sich zu geben. Claw stimmte mit ein. Noch während sie zuckte, schmiegte er sich an ihren Rücken. Er küsste ihren Nacken und gab ein Geräusch von sich, das einem Schnurren nahe kam.

Als Tala schon glaubte, er wäre eingeschlafen, stand er auf und hob sie hoch. Er legte sie ins Bett und kroch zu ihr. Mit einem Ausdruck völliger Befriedigung deckte er sie zu und zog Tala in seine Arme. «Jetzt reden wir.»

«Jetzt?» Dieser Mann war unglaublich! Noch immer glühte die Lust in ihr nach. Sie gähnte, wollte ein wenig schlummern und danach etwas essen.

«Jetzt ist eine gute Zeit, weil du völlig entspannt bist. Eben noch warst du verkrampft.» Er küsste ihre Nasenspitze. «Wenn man angespannt ist, betrachtet man ein Problem oft wie einen Berg, den man weder besteigen, noch umwandern kann. Ist man locker, merkt man oft, dass der Berg nur aus Pappe besteht und man ihn leicht niederreißen kann.»

Tala verdrehte die Augen. «Der Spruch hätte von Onawa stammen können.»

«Das ist Werwolf-Philosophie, kein Indianer-Sprichwort.» Er grinste so unverschämt sexy, dass Tala ihm seine Sturheit verzieh.

Sie wettete darum, dass die Athabascan, zu deren Stamm ihre Granny gehörte, einen ähnlichen Leitsatz besaßen. In Tala floss nur zur Hälfte athabascanisches Blut, da nur ihre Mutter indianischer Herkunft war; ihr Vater wurde in eine katholische Familie hineingeboren. Doch seit der Jagd nach dem Wesen Dante, hatte Tala sich ihrem Stamm wieder angenähert und half sogar manchmal in den Indianerwerkstätten in Valdez aus. Noch vor wenigen Monaten hatte sie gedacht, dass die Indianer ihre Seele verkaufen, indem sie die Werkstätten für Touristen zugänglich machten und traditionelle Symbole anboten. Aber vielleicht hatte Onawa recht und es war tatsächlich eine Möglichkeit, das Interesse und Verständnis der Besucher zu wecken und die Kultur am Leben zu erhalten. Tala war aufgeschlossener geworden.

«Es gibt ein Problem zwischen mir und Nanouk», begann sie. Ihr wurde schwer ums Herz.

«Was ist mit ihr?» Er knurrte leise. «Du bist doch nicht etwa eifersüchtig?»

Tala stöhnte theatralisch. «Du bist sehr überzeugt von dir, nicht wahr?»

«Ich kenne meine Qualitäten, meine Ausstrahlung, meinen männlichen Sexappeal ...»

«Genug!» Lachend knuffte sie ihn in die Seite. «Kannst du nicht mal eine Minute ernst sein?»

Er verzog keine Miene. «Oh, das meinte ich bitterernst.»

Tala presste erzürnt ihre Lippen aufeinander, doch dann bemerkte sie das Funkeln in seinen Augen – er hatte sie nur reizen wollen. «Nanouk ist stark, schnell und wendig. Wir sind die einzigen weiblichen Werwölfe im Rudel.»

«Das verbindet doch.»

«Nein, es macht uns zu Konkurrentinnen», verbesserte sie ihn schärfer als beabsichtigt. «Es wird Zeit, dass wir um die Rangordnung kämpfen, aber das will ich nicht.»

«Es geht nicht anders. So lauten nun mal die Regeln.»

Eindringlich sah sie ihm in die Augen und strich mit einer Hand über seinen muskulösen Brustkorb. «Aber du machst die Regeln, dann kannst du sie auch ändern.»

«Du irrst.» Er schüttelte den Kopf.

Sachte pochte sie gegen seine Brust. «Du bist der Alphawolf – du bist das Gesetz.»

«Die Natur macht die Gesetze der Wölfe», korrigierte er sie. Er umfasste ihr Handgelenk und küsste ihre Faust, die sich daraufhin öffnete. «Lass dir Zeit. Niemand verlangt, dass du bald gegen sie oder einen anderen aus dem Rudel antrittst.»

Er hatte Recht. Lupus verhielt sich ihr gegenüber wie ein Großvater und erklärte ihr geduldig alles, was sie über die Lykanthropie wissen musste. Der kleine Rufus war immer noch ein wenig verliebt in sie, Canis hatte ihr einige abgelegene Gebiete in den Wäldern rund um Anchorage gezeigt, in denen sie weitgehend ungestört rennen konnte, und Nubilus hatte ihr gegenüber einen starken Beschützerinstinkt entwickelt, der Claw langsam misstrauisch machte.

«Meine Wölfin fängt an, mich zu drängen. Sie möchte sich beweisen. Und Nanouk spürt die Unruhe ihrer Timberwölfin genauso. Sie wagt es kaum noch, mir in die Augen zu schauen.»

«Nanouk ist noch nie einer Auseinandersetzung aus dem Weg gegangen.»

«Dieser schon, weil sie den Ausgang bereits kennt und ebenso die Konsequenzen.»

Claw ahnte, worauf Tala hinauswollte. «Sie würde selbstverständlich gewinnen, weil sie nicht nur viel länger ein Werwolf, sondern auch einer unserer besten Kämpfer ist.»

Traurig nickte Tala. Es hatte eine Zeit gegeben, in der ebenfalls zwei Wölfinnen zum Rudel gehört hatten. Zum Wettstreit zwischen Manou und Nanouk war es damals jedoch gar nicht erst gekommen, weil

Manou sich der Jüngeren von vornherein unterworfen hatte. Sie soll zu Lupus gesagt haben: «Verglichen mit Autos, bin ich der gemütliche, breite Schlitten, während Nanouk der schnittige Roadster ist. Meine Chancen gehen gegen Null.»

Tala hatte sie leider nie kennengelernt, da Dante Manou getötet hatte, kurz bevor Tala von der Existenz der Gestaltwandler erfuhr. Ihre Polarwölfin jedoch würde unter keinen Umständen aus freien Stücken den Schwanz vor Nanouk einziehen oder sich gar vor ihr auf den Boden werfen und ihr die Kehle hinhalten.

Sie war jung, sie wollte ihre Grenzen ausloten und herausfinden, was in ihr steckte. Allein Tala hielt sie davor zurück, Nanouk herauszufordern. Aber wie lange würde sie ihre Wölfin noch zügeln können? Und wann hatte Nanouk genug von dieser unerträglichen Situation und machte den ersten Schritt?

«Bisher ist die Situation nur noch nicht geklärt, weil wir unsere Wölfinnen mit Gewalt zurückhalten. Aber der Sieg über mich würde Nanouk zum Alphaweibchen krönen.» Tala machte eine Pause, in der das Knacken des Feuerholzes so laut wie kleine Explosionen klang. «Und sie würde automatisch den Platz an deiner Seite einnehmen.»

Claw hielt einige Sekunden seinen Atem an. Seine Augen wurden zu denen seines Wolfes. Sein Blick war nach innen gerichtet und zornig. Dann blies er geräuschvoll die Luft aus seinen Lungen. Verdrießlich knirschte er mit den Zähnen. Er legte sich auf den Rücken und schob seinen Arm unter Talas Kopf. Schweigend starrte er die Decke der Holzhütte an.

Daran, dass er tonlos sagte: «Ich muss darüber nachdenken», erkannte sie, dass auch er keine Lösung wusste.

Eins

«Claw wird uns umbringen», murmelte Nubilus und schaltete die Lüftung eine Stufe höher, weil die Scheibe ständig neu beschlug. Drei Werwölfe, deren Blut vor Anspannung kochte, waren einfach zu viel für seinen Pickup.

Nanouk, die in der Mitte der Sitzbank saß, hielt dem bulligen Frankokanadier ihr Handy ans Ohr, damit er die automatische Stimme, die wiederholte, dass der Teilnehmer zurzeit nicht erreichbar ist, selbst hören konnte. «Wir haben keine andere Möglichkeit.»

«Hast du ihm schon eine SMS geschickt?» Er schaute sie kurz an und lenkte seinen Blick rasch wieder auf die Straße, denn der Schneematsch machte die Fahrt zu einer Rutschpartie.

Missmutig und warnend knurrte Nanouk. «Ich weiß nicht, in welches Liebesnest sich der Alpha und Tala zurückgezogen haben, aber es befindet sich an einem sehr einsamen Ort.»

«Lassen wir dem jungen Glück ihren Spaß», warf Lupus ein, der rechts neben ihr saß. Ihm war ihr Sarkasmus nicht verborgen geblieben.

Natürlich gönnte Nanouk den beiden ihre Zweisamkeit. Nach ihrer ersten Verwandlung war sie auch froh gewesen, jemanden zu haben, der sich um sie kümmerte und ihr alles über Lykanthropie erklärte. Aber Liebe verging, das Rudel hingegen würde es ewig geben. Bei aller Hingabe zu ihrem Leitwolf, fand sie insgeheim, dass er ein wenig zu sehr turtelte und sich dadurch ablenken ließ.

Das Rudel befand sich in Gefahr und er war nicht da!

Sie biss auf ihre Unterlippe. Was war nur los mit ihr? Solche Gedanken passten gar nicht zu ihr. Normalerweise gestand sie jedem seine Freiheit zu. «Wir schaffen das allein.»

«Es könnte gefährlich werden», warf Nubilus ein und parkte den Wagen am Straßenrand. Verstohlen spähte er zu dem alten Theater hinüber. Nach dem Zustand der Außenfassade zu urteilen, hätte es längst abgerissen werden sollen. Stattdessen hatte man ihm neues Leben eingehaucht.

Schon bei dem Gedanken an das Risiko, das sie eingingen, indem sie sich in die Höhle des Löwen trauten, und einen möglichen Kampf, pumpte das Adrenalin durch Nanouks Körper. Ihre Körperhaare stellten sich auf und die Timberwölfin in ihr scharrte ungeduldig mit den Pfoten.

Lupus stieg als Erster aus. Er beugte sich noch einmal ins Wageninnere und mahnte: «Wir sind nur der Spähtrupp, vergesst das nicht. Keine Eigeninitiative! Unter keinen Umständen dürfen wir irgendwem auffallen. Wir sind normale Zuschauer, wie die anderen Besucher der Mitternachtsshow, die an altmodischen Illusionen Gefallen finden.»

Mühsam unterdrückte Nanouk ein Schnauben. Kein Wunder, dass sie sich in letzter Zeit fühlte, als hätte man ihr ein Halsband angelegt. Man hielt sie ständig zurück. Das Rudel war ihre Familie, aber manchmal wünschte sie sich, die anderen hätten mehr Biss.

Während sie auf Nubilus warteten, der ausstieg, den Pickup abschloss und um den Wagen herum zu ihnen kam, betrachtete Nanouk Lupus unauffällig von der Seite. Seine Haare, die unter der Strickmütze herausragten, hatten an Glanz verloren und waren nicht mehr graumeliert, sondern inzwischen so weiß wie der Schnee, der in dicken Flocken vom Nachthimmel fiel. Werwölfe alterten viel langsamer als reine Menschen und Lupus war der einzige, den Nanouk kannte, bei dem sie den Alterungsprozess beobachten konnte. Ob es an seinem ohnehin schon fortgeschrittenen Alter lag? Oder am Bauchspeicheldrüsenkrebs?

«Halte die Gegend im Auge», wies der alte Mann Nubilus an.

Nubilus stellte sich beschützend neben Nanouk, so dass sie in seinem Schatten stand, denn die Lichter des Theaters leuchteten ihn von hinten an. «Soll ich nicht lieber mit reinkommen? Allein meine Statur schreckt die meisten ab.»

«Meinst du, ich brauche deinen Schutz?» Herausfordernd starrte sie ihn an.

Er war ein guter Kerl und ein loyales Rudelmitglied, aber er hatte ein falsches Bild von sich selbst, denn er sah keineswegs respekteinflößend aus, dafür war sein Hundeblick zu treuherzig. Er strahlte so viel Gefahr aus wie ein Bär, dem man die Krallen gezogen hatte – im Gegensatz zu ihr. Ihre Körperspannung ließ niemals nach, ihre Instinkte waren immer wach und sie scheute keine Auseinandersetzung.

«Natürlich nicht.» Er sprach sanft, um sie nicht noch mehr zu reizen. «Aber ich könnte dir den Rücken freihalten.»

«Das schaffe ich sehr gut allein, Nubi», antwortete sie scharfzüngig und trat aus seinem Schatten. Sein Beschützerinstinkt, besonders Frauen gegenüber, war zu ausgeprägt. Er engte sie ein und das konnte sie nicht ausstehen. So war es von Anfang an gewesen. Es wurde Zeit, dass er begriff, dass man sie nicht an die Leine legen konnte, nicht einmal zu ihrem eigenen Schutz.

«Wir wissen, dass du es gut meinst, aber wir brauchen dein aufmerksames Auge hier draußen.» Väterlich klopfte Lupus ihm auf den Rücken. «Sollten wir dort drinnen festgehalten werden, musst du das Rudel alarmieren. Aber es wird schon nichts passieren. Ein alter Mann und eine Frau wirken harmlos.»

«In Ordnung.» Nubilus nickte und nahm seinen Posten ein. Er schlenderte vor dem Theater auf und ab, wobei er sich so unauffällig verhielt wie ein Bison in einer Karibuherde.

Weil Nanouk merkte, dass ihre Wölfin den unbändigen Wunsch verspürte, sich auf den bulligen Gefährten zu stürzen und ihm gehörig das Fell zu stutzen, drehte sie sich rasch um. Zufällig begegnete sie ihrem Spiegelbild in der Fensterscheibe eines leerstehenden Geschäfts, wie es viele in diesem Stadtteil von Anchorage gab.

Sie sah aus wie ein zerrupftes Huhn. Einige Strähnen ihres langen Haares, hatten sich aus dem Zopf gelöst, und Nanouk beeilte sich, ihre Frisur zu richten. Bei ihr musste immer alles perfekt sein. Doch der Hang zur Perfektion hatte einen Haken: Man war ständig unzufrieden, weil selten alles nach Plan lief.

Lupus hatte sie gebeten, sich ausnahmsweise einmal nicht so körperbetont anzuziehen, denn sie besaß nur dünne, eng anliegende Oberteile und Hosen, weil sie sich wohl in ihrem Körper fühlte, seit sie eine Werwölfin geworden war – und weil die Kleidung sofort zerriss, wenn sie sich verwandelte. Um jederzeit bereit zu sein, trug sie keine Unterwäsche, so musste sie nur Schuhe und Jacke abstreifen und schon konnte sie ihre Timberwölfin freilassen. Ein herrliches Gefühl!

Sie hatte Lupus' Bitte ignoriert und sich lediglich dazu überreden lassen, Boots und einen grauen Parka zu tragen – letzterer war eine Leihgabe von Lupus –, der ihr viel zu groß war, aber ihre Kurven verdeckte. Ihre Brüste waren klein und fest wie ihre Muskeln, die sich erst gebildet hatten, nachdem sie infiziert worden war. Auch dass ihr braunes Haar dezent rot schimmerte, wenn die Sonne darauf schien, war erst nach der ersten Wandlung aufgetreten, denn im Fell ihrer Timberwölfin gab es neben weißen und schwarzen Stellen auch fuchsrote.

Dein Fell erinnert mich an das einer Glückskatze, hatte ihr Geliebter einst zu ihr gesagt. Damals hatte Nanouk noch an ihr gemeinsames Glück geglaubt. Jetzt waren sie und ihre Wölfin allein.

Aber nein, das war nicht korrekt, korrigierte sie sich. Im Rudel war man nie allein und ihr Geliebter war noch da, wenn auch nur noch in der Rolle des Freundes und Beschützers.

Nanouk lief genauso gern wie ihre Timberwölfin. Sie war so schön wie ihre Wölfin, ebenso zierlich und dennoch wendig, kräftig und voller Energie. Sie war eins mit ihr, mehr als sich jeder andere Werwolf mit seinem Tier verbunden fühlte.

Als sie aus dem kanadischen Iqaluit nach Anchorage, Alaska, emigrierte, hatte Nanouk mit ihrem Aussehen gehadert. Als Inuit besaß sie die mandelförmigen Augen ihrer mongolischen Vorfahren. Doch genauso wie sie aus den Attributen ihrer Wölfin Nutzen zog, hatte sie diesen vermeintlichen Makel zu ihrem Vorteil genutzt. Wenn sie ihre Augen zusammenkniff, waren sie nur noch Schlitze. Ihr Blick war der stechendste von allen im Rudel! Aber sie hob sich noch durch eine weitere Besonderheit von den anderen Gefährten ab, etwas, das bisher unerreicht war und für das die anderen sie bewunderten.

«Genug der Eitelkeiten», mahnte Lupus. Obwohl er alt aussah, war er keineswegs gebrechlich und ging energisch zum Eingang des Theaters. Nanouk folgte ihm und lächelte in sich hinein, denn je näher Lupus dem Entree kam, desto mehr ließ er seine Schultern hängen. Er ging plötzlich leicht nach vorn gebeugt und keuchte, als würde jeder Schritt ihm Mühe bereiten.

Der Einlass sah wenig einladend aus. Der blaue Putz war inzwischen gräulich und blätterte an vielen Stellen ab. Ein Mensch hätte es bei Nacht nicht erkennen können, doch Nanouks Augen waren scharf und sie erkannte, dass die Regenrinne notdürftig geflickt und mit einem Seil festgebunden worden war. Nanouk machte sich zum Sprung bereit, falls das Holzschild über der Tür, auf dem in kobaltblauer Farbe linkisch Nostalgia Playhouse gepinselt worden war, herunterfallen würde, denn es hing so schief, dass es aussah, als würde es jeden Moment unter der Last des Schnees abbrechen. Alte, vergilbte Plakate vergangener Vorführungen hingen noch immer in den Schaukästen, deren Glasscheiben zerborsten waren. Jemand hatte einen roten Clown aus Pappmaschee vor ein Loch im Mauerwerk gestellt, durch den Schnee waren dessen Ränder bereits aufgeweicht.

Wer trat schon in solch einem Theater auf? Entweder Künstler, die jedes Engagement wahrnehmen mussten, weil die Geschäfte schlecht liefen, oder Illusionisten, denen die Vorstellung unwichtig war, weil sie in Wahrheit andere Intentionen verfolgten. Jedenfalls setzten diese Show-Magier weitgehend auf Mundpropaganda, denn nichts wies auf die Veranstaltung hin.

Merkwürdig, dachte Nanouk. Ob das Gerede tatsächlich stimmte? Die Gerüchte, die in Anchorage kursierten, hatten das Rudel genauso angelockt wie die anderen Zuschauer, nur dass sie nicht aus Sensationsgier gekommen waren, sondern aus Gründen der Schadensbegrenzung. Ihre Timberwölfin wetzte bereits ihre Krallen.

Am Kartenschalter angekommen, stützte sich Lupus am Tresen ab, holte ein Stofftaschentuch aus seiner Jackentasche und wischte sich damit über die Stirn. «Zwei Eintrittskarten für mich und meine Enkelin.»

Nanouk griff ihm unter die Arme. «Lass mich das doch machen, Väterchen.»

«Nein, nein», gab er grantig zurück. «Ich habe gesagt, ich lade dich ein, um dir echte Magie zu zeigen und nicht so einen Copperfield-Humbug, der nur noch aus Hightech besteht, anstatt guter alter Handarbeit. Habe ich recht, mein Junge?»

Der junge Mann, der hinter dem Schalter in einem Glaskasten saß, krauste irritiert seine Stirn. Er musste um die achtzehn Jahre alt sein, und war es wohl nicht gewohnt, dass man ihn ansprach. Die Besucher kauften nur ihre Eintrittskarten und gingen schleunigst hinein. Vielleicht lag seine Schüchternheit auch an der Hasenscharte, die seine Oberlippe spaltete und eine Furche bis zur Nase zog. «Nun, ja ... also ... ganz so einfach sind unsere Zaubertricks auch nicht.»

«Wie heißen Sie, mein Freund?» Lupus schenkte der Schlange, die sich hinter ihnen bildete, weil er den Kartenverkäufer in ein Gespräch verwickelte, keine Beachtung und nahm zwar die beiden Karten an, reichte jedoch nicht das Geld rüber. Stattdessen steckte er seinen Kopf in das Schalterhäuschen.

«Adamo», antwortete der Verkäufer zögerlich. Schüchtern schaute er durch die blonden Locken, die ihm über die Augen hingen, und deutete auf das Portemonnaie in Lupus' Hand. «Darf ich, Sir?»

«Sir? Das sind noch Umgangsformen!», brachte Lupus erfreut hervor und zog seinen Kopf zurück. Mit gewölbten Augenbrauen wandte er sich an Nanouk. «Manch einer vom jungen Volk sollte sich davon eine Scheibe abschneiden, meinst du nicht auch, Töchterchen?»

«Enkeltochter», korrigierte Nanouk ihn murrend, packte seinen Arm fester und riss ihn vom Kartenschalter weg.

Sie führte ihn in den Vorraum hinein, wo man seine Jacke abgeben und etwas zu trinken und zu knabbern kaufen konnte. Nanouk und Lupus taten weder das eine noch das andere. Sie stellten sich in eine Ecke und unterzogen alles ihrem prüfenden Blick.

Von innen sah das Theater genauso heruntergekommen aus wie die Fassade. Niemand hatte sich die Mühe gemacht, die Wände neu zu streichen oder den Holzboden auszubessern. Überall herrschte Verfall. Staub lag auf den Gardinenstangen. Die schweren Vorhänge, die den Durchgang zum Saal markierten, waren grau vor Schmutz und in den Ecken hatten zahlreiche Spinnen ihre Netze gespannt. Barockstühle standen hier und dort, aber niemand wagte es, sich zu setzen, weil die Stoffe zerschlissen waren und teilweise sogar Sprungfedern herausstanden. Früher musste die Einrichtung knallbunt gewesen sein, doch inzwischen waren die Farben kaum noch zu erkennen.

Die Besucher schien das nicht zu stören. Nanouk hörte sogar eine Unterhaltung mit, in der sich zwei Paare über die außergewöhnliche, geheimnisvolle Atmosphäre einig waren.

«Hier ist der Zauber der guten, alten Zeit konserviert.»

«Wie in einer Märchenwelt.»

«Dass es solch einen bezaubernden Ort noch gibt.»

«Man spürt die Magie schon, wenn man das Theater betritt. Welch herrlich altmodisches Interieur!»

Nanouk zog ihren Parka aus, weil es heiß war wie in einer Sauna. Dass die Heizung im Nostalgia Playhouse noch funktionierte, grenzte an ein Wunder. «Du kostest deine Rolle voll aus, was?»

«Ich wollte Zeit gewinnen», erklärte er und lockerte seinen Schal.

«Um Adamo auf den Zahn zu fühlen? Du hast wahrhaft bahnbrechende Informationen aus ihm herausgekitzelt.»

Gelassen und selbstsicher lehnte Lupus sich gegen die Wand. «Nein, ich brauchte mehr Zeit, um seinen Körpergeruch zu analysieren.»

«Wie bitte?» Ihre Sinne waren alarmiert.

Lupus nahm die Strickmütze vom Kopf und strich durch sein dünnes Haar. «Er riecht seltsam.»

Deshalb hatte er also seinen Kopf wie ein Narr in den Glaskasten gesteckt. «Wie meinst du das?»

«Ein wenig nach Mensch, aber eher auf eine muffige Art wie ein Stoffmantel, der eine Ewigkeit zusammen mit Mottenkugeln auf dem Dachboden gelegen hat, und sogar ein wenig erdig wie ein Werwolf, allerdings fehlt die Wildheit.»

Lupus musste sich täuschen. «Werwölfe sind niemals zahm!»

«Ich kann es nicht beschreiben. Der Junge riecht nach allem und trotzdem nach nichts Konkretem.»

«Ist er vielleicht der Werwolf, den wir suchen?» Wegen ihm waren sie schließlich gekommen.

Lupus schüttelte den Kopf. «Er ist ganz bestimmt kein Werwolf.»

«Könnte er ein anderer Lykanthrop sein? Ein Kojote oder ...»

«Nein, nein, ganz bestimmt nicht. Wir wissen ja nicht einmal, ob andere Gestaltwandler existieren.»

«Dann klebt wahrscheinlich nur der Geruch des Werwolfes an ihm, der sich während der Show exhibiert.»

«Oder dazu gezwungen wird», gab er zu Bedenken. «Nein, der Geruch geht von Adamo selbst aus.»

«Jedenfalls riecht er fremdartig und das ist nicht gut, denn es bestätigt unseren Verdacht, dass mit den Illusionisten etwas nicht stimmt», murrte sie.

Nanouk fragte sich, ob Lupus' Krankheit langsam Einfluss auf seinen Geruchssinn nahm und ärgerte sich, nicht selbst ihre Nase in den Glaskasten gesteckt zu haben. Bevor er zum Werwolf wurde, war er ein Vertrauter und der Arzt des Rudels gewesen. Als er plötzlich erkrankte, war Nanouk es, die ihn infizierte, damit er seine Frau, die er über alles liebte, nicht allein lassen musste. Claw war damals nicht hundertprozentig damit einverstanden gewesen, weil er keine Armee aus lebenden Toten haben wollte – Menschen, die nur gebissen wurden, um sie vor dem Ableben zu bewahren. Aber damals war Nanouk ebenfalls verliebt gewesen. Auch sie selbst hatte sich aus Liebe für ein Leben als Lykanthrop entschieden. Sie hatte die Entscheidung nie bereut, wohl aber den Grund.

Neben ihr spannte sich Lupus an.

«Was ist los?» Sie schaute in dieselbe Richtung wie er. Ein schmieriger Kerl, der ständig seine Hose hochzog, weil sie zu groß war und drohte, ihm über die Hüften zu rutschen, stand mit einem Block in der Hand neben einem Mann, der einen nachtblauen Samtanzug trug.

«Jarek ist mein Name. Ich bin der Manager der Illusionistenshow. Wenden Sie sich bei allen Fragen ausschließlich an mich.» Der Mann im Anzug lächelte freundlich, aber seine Stimme klang bestimmend. Seine Wangen hingen wie bei einem Bernhardiner, als wäre er früher einmal füllig gewesen und hätte sehr schnell viel Gewicht verloren.

«Und Ihr Nachname?» Der Dürre zückte seinen Kugelschreiber so schnell, als wäre das Schreibgerät eine Schusswaffe und er inmitten eines Duells.

«Nur Jarek.»

Ungeduldig tippte der Dürre mit der Kuli-Miene auf den Block. «Jeder hat 'n Nachnam'n.»

«Wir Künstler sind bescheidene Leute und haben keine.» Jarek benässte Zeigefinger und Daumen mit der Zungenspitze und zwirbelte die Enden seines Oberlippenbarts.

«Aber Sie sagt'n doch, Sie sind der Manager und keiner der Zauberer.» Misstrauisch spitzte der Besucher die Lippen.

Jarek zeigte auf den Fotoapparat, der um den sehnigen Hals seines Gegenübers hing. «Darf ich Ihre Fotokamera haben?»

«Auf kein' Fall. Ohne die fühle ich mich nackt.» Der Magere lachte obszön.

Jarek säuselte ein solch zuckersüßes «Bitte», dass Nanouk glaubte, die Süße auf ihrer Zunge zu schmecken.

Der Mann legte den Kopf schief, nicht etwa so, als würde er darüber nachdenken, sondern als wäre dieses einzelne Wort wie eine Münze, die in einen Apparat – ihn – geworfen worden wäre; sie fiel klackernd durch die Instanzen, um schlussendlich den Mechanismus zu betätigen und den gewünschten Effekt auszulösen. Verwirrt dreinschauend übergab er dem Manager seine Kamera.

«Herzlichen Dank. Viel Spaß bei der Show und schreiben Sie nur Gutes über uns!» Energischen Schrittes verschwand Jarek mit dem Fotoapparat.

«Wer ist das?», fragte Nanouk leise.

«Matt Jerkins», Lupus schnaubte angewidert, «der Reporter, der an Talas Fersen klebte, bis Claw ihm einen Denkzettel verpasste. Für eine gute Story geht er über Leichen. Er folgt jeder Spur, auch wenn sie noch so abstrus erscheint, selbst für Bigfoot-Sichtungen ist er sich nicht zu schade. Wenn er einen echten Werwolf vor die Linse bekäme, wäre das für ihn wie ein Sechser im Lotto.»

Jerkins' Blick fiel auf Lupus. Ein schmieriges Amalgamlächeln erblühte auf seinem Gesicht. Auch er erkannte Lupus wieder.

Feindselig schaute Nanouk zurück, doch ihre Signale prallten an dem Reporter, der es gewohnt war, dass ihm Abneigung entgegenschlug, ab. «Dann hoffen wir mal, dass sich die Gerüchte, die uns hierher geführt haben, als unwahr entpuppen.»

Angeblich würde sich während der Vorstellung ein Mann in einen Wolf verwandeln. Dem mussten die Lykanthropen unbedingt nachgehen, weil sie durch die Show Gefahr liefen, entdeckt zu werden. Jemanden wie Jerkins konnten sie bei ihren Nachforschungen ganz und gar nicht gebrauchen, denn er war ein Multiplikator!

Sollte er einen Artikel an eine der hiesigen Zeitungen verkauft bekommen – und mit einem Foto eines sich verwandelnden Werwolfes wäre ihm das gewiss –, wäre das eine Katastrophe. Durch die Lokalpresse würden die landesweiten Medien aufmerksam werden, bald darauf würde die Stadt nur so von Pressevertretern aus der ganzen Welt wimmeln ... und die Jagd auf das Rudel wäre eröffnet.

So unbedeutend wie Jerkins war, er besaß die Macht, eine Lawine loszutreten, und das machte ihn zu einem nicht zu unterschätzenden Gegner.

Ein Gong ertönte. Aufgeregt strömten die Besucher in den kleinen Saal. Es waren zirka dreißig Zuschauer gekommen, damit war die Mitternachtsshow ausgebucht. Sie hasteten auf die klapprigen Barockstühle zu, als befürchteten sie, keinen Platz mehr zu bekommen.

Nanouk und Lupus ließen sich dagegen im Fluss der Menschen treiben und wählten zwei Stühle in der Mitte aus. Untertauchen in der Masse, so nannte Claw das Prinzip. Das Rudel lebte nach dieser Regel. Sie war der Grund, weshalb die Werwölfe in der Stadt verteilt wohnten, mitten unten den Menschen, denn das war weitaus unauffälliger als abseits in einer Art Werwolf-Kommune zu leben.

Nanouk schaute sich nach einem Hinterhalt um. Obwohl sie nichts Auffälliges wahrnahm, fühlte sie sich beobachtet. Es war nicht die

Angst in eine Falle gelaufen zu sein, die sie unruhig machte, sondern sie *wusste*, dass irgendwer aus dem Verborgenen heraus das Publikum einem prüfenden Blick unterzog. Ihre Wölfin knurrte und Nanouk presste ihre Lippen aufeinander, damit das Knurren nicht nach außen drang.

Matt Jerkins drängte sich in ihre Sitzreihe und trat den Zuschauern, die bereits saßen, auf die Füße. Er schnalzte, da sich kurz vor ihm jemand auf den Stuhl neben Lupus setzte. Achselzuckend ließ er sich neben Nanouk nieder und grinste sie an. «N'abend.»

Alles an ihm stank nach billigem Tabak: sein Atem, seine Kleidung und seine strähnigen Haare. Für die feine Nase eines Werwolfes war der Gestank penetrant. Nanouk hatte kein Problem damit, unhöflich zu sein, begutachtete ihn abfällig von oben bis unten und wandte sich von ihm ab.

Es war offensichtlich, dass sie nichts mit ihm zu tun haben wollte, doch das scherte ihn nicht. «Ich kenne Ihren Freund.»

«Großvater», korrigierte sie den Reporter und bereute es sofort. Nun würde er erst recht keine Ruhe geben.

Jerkins blätterte eine Seite seines Blocks um und hielt den Stift bereit. «Ja, klar. Die Ähnlichkeit is' frappierend.»

Sie ignorierte den Seitenhieb auf ihr indianisches Aussehen und atmete erleichtert aus, als das Deckenlicht erlosch. Nun wurde der Raum nur noch von Kerzen erhellt, die auf hüfthohen Metallständern standen und vorwiegend um die Bühne drapiert worden waren. Am liebsten hätte sie sich durch die Augen ihrer Wölfin umgeschaut, weil deren Sinne ausgeprägter waren, doch mit Jerkins an ihrer Seite durfte sie das Risiko nicht eingehen.

Die Kerzen rahmten das Podest ein und tauchten die altmodischen Requisiten in ein geheimnisvolles Zwielicht. Nanouk fühlte sich zurückversetzt in längst vergangene Zeiten. Lass dich nicht durch die Faszination ablenken, ermahnte sie sich.

«Wonach riecht es hier?», fragte sie Lupus flüsternd.

«Lemonengras und süße Lavendelblüten.»

Sie sah ihn verwundert von der Seite an. «Wie bitte?»

«Diese Kombination neutralisiert angeblich Gerüche. Unsere Nachbarin benutzt Kerzen, die genauso einen Duft verströmen. Aufdringlich! Besonders für die Nase eines ...» Er beendete den Satz nicht, sondern stopfte verlegen seine Mütze in die Jackentasche. «Sie behauptet, ihr Mann würde in der Wohnung rauchen, aber man riecht es nicht. Angeblich wegen der Kerzen. Wenn du mich fragst, ich glaube eher, er geht zum Rauchen auf den Balkon.»

«Egal, ob die Neutralisierung funktioniert oder nicht, sicher ist, dass der Zitronen-Lavendel-Duft alle anderen Gerüche verfälscht oder sogar überlagert.» Er verstand ihre Anspielung. Nanouk schielte zu Jerkins, der sich in einer derart krakeligen Schrift Notizen machte, dass sie die Wörter nicht entziffern konnte.

Der Reporter neigte sich vor, um sich in das Gespräch einzuklinken und Lupus anzusprechen, doch bevor er etwas sagen konnte, riss Nanouk ihn am Hemdkragen zurück und fauchte: «Pst.»

«Die Lady scheint Haare auf'n Zähnen zu haben, was?» Er zwinkerte und wischte sich mit dem Handrücken die Reste seiner feuchten Aussprache vom Mund. «Ich mag Weiber mit Biss.»

Sollte das eine Anspielung sein? Nein, unmöglich. Claw hatte Jerkins aufgehalten, bevor dieser etwas herausgefunden hatte. Oder hatte er nach seinem Zusammenstoß mit dem Alpha vor einigen Monaten doch heimlich weitergeforscht? Obwohl Nanouk aufgewühlt war, hielt sie ihre kühle Fassade aufrecht.

Die Vorstellung begann. Der Magier Radim trat auf die Bühne, ein hochgewachsener Mann, der sich verbeugte und dabei seinen Zylinder lüftete. Er stieß mit seinem Kopf beinahe an die von der Decke hängende Dekoration – ein schwarzes Tuch, auf dem Sterne gestickt waren. Er trug ein braunes Untergewand mit Borkateinsätzen und Silberborte, darüber einen dunkelgrünen Samtmantel und Bänderstickereien. Sein braunes Haar schmiegte sich dank eines Kilos Pomade wie eine zweite Haut an seinen Schädel, der schnittig wie der eines Windhundes war. Seine Augenbrauen waren über der Nasenwurzel zusammengewachsen. Der Volksmund bezeichnete dies als Stigma eines Werwolfs. Das war ebenso ein Mythos, wie die Unsterblichkeit der Werwölfe. Das Tier in ihnen verlängerte ihre Lebenszeit lediglich, weil es den menschlichen Körper stärkte.

«Verehrtes Publikum, ich heiße Sie herzlich willkommen zu unserer Show der besonderen Art. Wir präsentieren Ihnen Illusionen, die ihren Zauber nie verloren haben. Sie haben nichts mit den übertriebenen Las-Vegas-Spektakeln der heutigen Showmagier gemein, die eher Egotrips gleichen, bei denen der Zauberer wichtiger zu sein scheint als die Kunst. Vielmehr sehen wir uns als Botschafter altehrwürdiger Illusionen. Wir besinnen uns auf die Anfänge der Zauberkunst. Fühlen Sie sich herzlich eingeladen, uns in die Vergangenheit zu folgen. Lassen Sie sich bezaubern von den magischen Wundern, die wir Ihnen demütig präsentieren werden. Wir sind die Verführer der Nacht und wir haben es auf *Sie* abgesehen! Heute Nacht werden wir Ihnen gleich zwei Höhepunkte schenken.» Erneut verneigte er sich tief.

Während Lupus sich köstlich über schwebende Gegenstände, zwei weiße Kaninchen, die aus einem Hut gezaubert wurden, und eine zersägte Jungfrau amüsierte, waren Nanouks Instinkte die ganze Zeit vollkommen angespannt. Sie konzentrierte sich mehr auf die Umgebung als auf die Show.

«Wiss'n Sie, was Radim mit den Höhepunkten meinte?» Matt Jerkins grinste anzüglich.

Nanouk bemühte sich, sein dummes Geschwätz zu ignorieren.

«Angeblich soll sich ein Junge in einen Wolf verwandeln», ungeniert zog er die Nase hoch, «vor den Augen des Publikums. Was halten Sie davon, Ma'am?»

«Schwachsinn», prustete sie, ohne ihn eines Blickes zu würdigen, aber ihre Nackenhaare stellten sich auf. Da Jerkins nicht an Lupus herankam, hatte er wohl entschieden, ihr während der Vorstellung auf die Nerven zu gehen.

Er kratzte sich mit dem Kugelschreiber am fettigen Ansatz seiner Haare, die dringend geschnitten werden mussten. «Das sehe ich anders. Haben Sie den Jungen geseh'n, der die Eintrittskarten verkauft?»

Da sie nicht antwortete, sprach er weiter: «Der Bursche ist mit einer Hasenscharte verflucht.»

«Wollen Sie sich etwa über ihn lustig machen?», knurrte sie ihn leise an.

«Iwo, er tut mir leid. Aber ich habe auch Angst vor ihm.» Das klang wenig überzeugend.

«Machen Sie sich nicht lächerlich.»

«Wissen Sie nich', wie die Alten eine Gaumen-Lippenspalte nennen?» Er machte eine Pause, um die Dramatik zu erhöhen. «Wolfsrachen.»

Nanouks Wölfin wurde unruhig, denn was Jerkins da sagte, gefiel ihr gar nicht, auch wenn die Wahrscheinlichkeit, dass ein Zusammenhang bestand, gering war. Der kleine Rufus war mit einem Feuermal im Gesicht gezeichnet, das man allgemein auch Kainsmal nannte, doch Nanouk war nie einem Menschen oder einem Werwolf mit einem reineren Herzen begegnet.

Auf der Bühne nahm gerade eine Matrone in einer violetten Robe auf einem Thron Platz. Radim stellte Pani Miljena als Medium vor und legte ihr eine Schlafmaske an. Das erste Mal während der Mitternachtsshow wurden die Zuschauer mit einbezogen. Die Frau mit der Alabasterhaut und dem schwarzen Dutt, die angeblich Mentalmagie beherrschte, war in der Lage, Fragen aus dem Publikum zu beantworten. Sie konnte sogar Gegenstände, die die Zuschauer hochhielten, benennen. Jedes Mal ging ein Raunen durch die Reihen, doch der Trick war einfach zu durchschauen. Radim, der zwischen der Zuhörerschaft und der Matrone vermittelte, musste ihr durch Codewörter Hinweise geben und die Befragung lenken. Wahrscheinlich hatte sogar ihre Maske Löcher.

Jerkins schien nicht zu interessieren, was auf dem Podest vor sich ging. Es machte ihm mehr Spaß, Nanouk auf den Zahn zu fühlen. «Aber das sind nur zwei von drei Auffälligkeiten.»

Sie reagierte nicht, auch wenn es ihr inzwischen schwer fiel, denn am liebsten hätte ihre Wölfin sich auf ihn gestürzt und ihm ihre Zähne in die Kehle geschlagen, ohne richtig zuzubeißen – nur zur Warnung, damit er endlich schwieg.

Konspirativ neigte er sich zu ihr und flüsterte. «Scheiße, wir könnten gleich einen Mörder sehen.»

«Wie meinen Sie das?» Mist! Jetzt hatte er sie doch an der Angel.

«Les'n Sie keine Zeitung?», fragte er und schaute sie gespielt vorwurfsvoll von oben bis unten an. «Es wurden zwei Leichen gefunden. Böse Sache. Die erste tauchte ein paar Tage nach Wiedereröffnung des Theaters auf.»

«Zufall», sagte sie kaltschnäuzig.

«Mag sein, aber an den Hälsen der Opfer wurd'n jeweils zwei Einstichlöcher gefund'n.» Er lächelte verschwörerisch, ballte seine rechte Hand zur Faust, streckte Zeige- und Mittelfinger ab und knickte sie ein, um Zähne zu imitieren. «Wie Reißzähne sie hinterlassen.»

«Reißzähne sitzen im Wolfsgebiss hinten und sind nicht spitz genug.»

Lapidar zuckte er mit den Schultern. «Dann eben Fangzähne.»

«Davon gibt es vier beim Wolf, zwei im Unter- und zwei im Oberkiefer.» Plappermaul! Sie biss sich auf die Zunge.

Eine ältere Dame tippte Nanouk und den Reporter auf die Schulter. «Pst, Ruhe!»

Misstrauisch legte er den Kopf schief. «Sie kenn'n sich aber sehr gut aus damit.»

«So etwas weiß doch jedes Kind», beeilte sie sich leise zu sagen. «Ein Wolf soll die Menschen gerissen haben? Das machen diese Tiere nicht.»

Sie schüttelte den Kopf. Selbst wenn ein Wolf an Tollwut litt, hätte er die Leichen in Stücke gerissen und nicht nur gepiekst. Plötzlich kam ihr ein Gedanke. Nur ein Werwolf hatte sich derart unter Kontrolle, dass er zwar von einem warmen Körper kostete, es dann aber schaffte, die Gier zu unterdrücken und von ihm abzulassen. Vom Rudel kam niemand in Frage, folglich konnte es nur der Lykanthrop sein, der mit den Theaterleuten in die Stadt gekommen war. War Adamo dieser Gestaltwandler? Laut Lupus hatte er nicht nach Werwolf gerochen. Gab es mehrere Lykanthropen unter den Illusionisten und ihren Helfern? Das war alles verwirrend und die Unwissenheit machte ihre Timberwölfin aggressiv.

«Doch, doch.» Er hob seinen Arm, um ihr Bein zu tätscheln, aber als er ihren drohenden Blick sah, zog er seine Hand weg. «Mich hat vor wenigen Monaten ein Wolf angefall'n und übel zugerichtet. Das Vieh war ein regelrechtes Monster!»

«Oh, bitte», spie sie, «Sie glauben nicht ernsthaft, dass wir gleich einen Mann zu sehen bekommen, der sich tatsächlich in ein Tier verwandelt, oder? Das ist nur ein Trick, wie alles in der Show.» Zumindest hoffte sie das.

Abwehrend hielt er die Hände hoch. «Ein Junge mit einem Wolfsrachen, eine Gestaltwandlung, die Bissspuren an den Leichen – für mich sind das einige Zufälle zu viel.»

Er schielte zu Lupus, als wollte er andeuten, dass der alte Mann die Zusammenhänge kannte, doch Lupus tat, als würde er von der Unterhaltung nichts mitbekommen, und schaute gebannt zur Radim, der gerade einer unversehrt gebliebenen Blondine half, aus einer Kiste zu steigen, in die er zuvor Säbel gestoßen hatte. Die Frau – der Zauberer hatte sie als Rafaela vorgestellt – drehte sich elegant um ihre eigene Achse, um zu beweisen, dass sie unversehrt war. Natürlich war sie leicht bekleidet, was sogar Jerkins für einen Moment ablenkte.

«Sie wollen eine Verbindung sehen, um Futter für einen Artikel zu bekommen, aber das sind alles nur Hirngespinste.» Energisch winkte Nanouk ab.

«Wir werden es *jetzt* sehen.» Der Reporter deutete zur Bühne, auf der Adamo und ein weiterer junger Mann einen Paravent aus dünnem Papier in die Mitte rückten. Sie stellten einige Kerzen so auf, dass ihr Licht die Wand von hinten erleuchtete, und verschwanden wieder.

«Verehrtes Publikum», mit diesen Worten trat Radim auf das Podest und deutete mit einer ausladenden Geste auf die Papierwand. «Kommen wir zum ersten Höhepunkt unserer Mitternachtsshow. Die folgende Attraktion ist einzigartig. Sie wird Ihnen den Atem rauben. Sie wird Ihnen Angst machen. Sie wird Sie schockieren! Manch eine Dame wird den Blick abwenden wollen, aber sie wird es nicht schaffen, weil die Faszination zu groß ist.»

Er ging zu einer Frau mit Filzglocke, die in der ersten Reihe saß und ihre Augen weit aufgerissen hatte, und nahm ihre Hand. «Bitte, glauben Sie mir, ich gebe Ihnen mein Wort. Während der gesamten Show sind Sie keine einzige Sekunde in Gefahr. Was Sie gleich sehen werden, ist kein Trick, so wahr ich hier stehe. Aber ich habe die Bestie unter Kontrolle. Sie unterwirft sich meinem Willen und ich würde es niemals zulassen, dass Ihnen etwas geschieht.»

Mit offenem Mund nickte die Frau, wobei der Hut verutschte. Sie beeilte sich, ihn wieder richtig aufzusetzen. Der Magier schien amüsiert darüber, wie leicht er sie aus der Fassung bringen und nervös machen konnte, und kehrte auf die Bühne zurück.

«Sie werden nun Zeugen sein, wie sich Pavel», er winkte und ein junger Mann, der zwei Köpfe kleiner als Radim war, trat auf das Podest, «in einen Wolf verwandelt.»

Nanouk war sicher, dass die Zuschauer genau wegen dieser Sensation gekommen waren, dennoch taten sie erstaunt und entrüstet. Es wurde getuschelt und das Flüstern klang wie das Summen eines Bienenschwarms. Neben ihr spannte sich Lupus an. Matt Jerkins setzte sich aufrecht hin und streckte seinen Hals, um besser sehen zu können. Unbewusst tastete er nach seiner Kamera, bis ihm einfiel, dass der Manager Jarek sie ihm abgenommen hatte. Missmutig stach er mit dem Stift auf den Block ein.

«Das Tier in ihm ist wild, aber ich beherrsche es», fuhr Radim selbstgefällig fort. «Trotzdem gibt es einige Verhaltensregeln, die ich bitte einzuhalten. Bleiben Sie unter allen Umständen auf Ihren Plätzen sitzen. Werfen Sie nichts auf die Bühne. Und den Zuschauer in der ersten Reihe möchte ich von dem Versuch abraten, die Hand nach dem Wolf auszustrecken, um ihn zu streicheln.»

Einen Moment lang fürchtete Nanouk, dass Pavel tatsächlich vor den Augen der Zuschauer die Gestalt wandeln würde, aber dann ging der dackelgesichtige Mann hinter den Paravent und sie atmete erleichtert aus.

«Da haben Sie es, die vermeintliche Gestaltwandlung findet versteckt statt», sagte sie leise zu Jerkins. «Es ist alles nur ein Bluff.»

Der Reporter murrte. «Das werden wir noch seh'n. Ich muss das prüfen. Die Bewohner von Anchorage haben ein Recht zu erfahr'n, ob ein verfluchter Werwolf unter ihnen lebt.»

Leise Musik ertönte aus zwei Lautsprechern, die rechts und links von der Bühne an den holzvertäfelten Wänden angebracht waren. Das Stück bestand nur aus Streichern und mystischen Choralgesängen. Nanouk bekam eine Gänsehaut. Sie schnupperte unauffällig, doch anstatt Pavels Geruch zu wittern, roch sie nur Lemonengras, Lavendel und den Schweiß der Zuschauer, denn die Hitze im Saal war mörderisch.

Als Pavel sich hinter der Papierwand krümmte, ballte Nanouk ihre Hände so fest zusammen, dass sich ihre Fingernägel in ihre Handballen bohrten. Aber sie spürte keinen Schmerz, denn Adrenalin rauschte durch ihre Adern. Sie konnte sich nur schwer davon abhalten, aufzuspringen und nach vorne zu laufen. Lupus sagte etwas zu ihr, aber sie verstand es nicht, weil sie sich vollkommen auf das Geschehen auf dem Podest konzentrierte. Sie nahm nur den Klang seiner Stimme wahr, die beruhigend auf sie einredete.

Pavels Körper wurde von Krämpfen durchgeschüttelt. Aus der Entfernung war schwer festzustellen, ob er allen nur etwas vorspielte oder nicht. Er stöhnte, als würde er sich quälen, doch zwischen die menschlichen Wehlaute schoben sich immer öfter tierische, die echt klangen.

Plötzlich streckte Pavel seine Hände nach oben. Breitbeinig stand er dort und wirkte, als würde er den Herrn im Himmel um Beistand anflehen. Nanouk hob kritisch eine Augenbraue. Das war zu theatralisch, um real zu sein. Kaum hatte sie sich entspannt, heulte Pavel wie ein Wolf. Ihm wuchsen Krallen. Ein Aufschrei ging durch das Publikum. Jerkins sprang auf, setzte sich jedoch sofort wieder hin, weil die Zuschauer hinter ihm nichts mehr sehen konnten und schimpften.

«Meine Kamera, verdammt, ich brauche meine Kamera», zeterte er, wagte aber nicht, sich auf die Suche nach Jarek zu machen, weil er dadurch das Spektakel verpasst hätte.

Pavel fiel zu Boden. Konvulsionen ließen seinen Körper erbeben. Das Knacken von Knochen war zu hören. Nanouk schaute zu den Lautsprechern hoch und fragte sich, ob die Geräusche in das Musikstück eingeflochten worden waren. Illusionisten arbeiteten mit allerlei

Tricks. Sie waren Meister der Täuschung und blendeten alle fünf Sinne gleichzeitig, um Magie vorzugaukeln.

Die Zuschauer waren außer sich. Sie rutschten auf ihren Stühlen herum. Eine Frau lief kreidebleich aus dem Saal, gefolgt von ihrem Mann. Einige Besucher hielten die Luft an, die Augen entsetzt aufgerissen, andere wiederum schrien ihre Fassungslosigkeit heraus.

«Grauenvoll!»

«Bereitet seinen Qualen ein Ende.»

«Das ist ja widerlich.»

«Er ist eine Bestie!»

Nanouk schaute Lupus an. In seinem Blick lag eine tiefe Traurigkeit. Ihr selbst versetzten die Reaktionen einen Stich ins Herz und sie schwor sich, alles dafür zu tun, dass die Existenz der Werwölfe geheim blieb!

Als würde ihm seine Kleidung auf einmal wie Säure auf der Haut brennen, riss Pavel sie sich vom Leib und stand unter großer Anstrengung auf. Er stützte sich auf den Knien ab und japste nach Luft.

«Ha!» Sie wandte sich an Jerkins und nahm mit Genugtuung wahr, dass ihr Ausruf ihn erschreckt hatte. «Pavel hat seine Utensilien vom Boden aufgehoben, als er zu Boden ging. Das ist das ganze Geheimnis. Alles nur fauler Zauber. Nichts weiter als Hokuspokus.»

Der Reporter ließ Block und Stift fallen und zeigte mit zitternder Hand zu Bühne. «Ach ja? Und wie erklären Sie sich das?»

Instinktiv kamen Nanouks Krallen zum Vorschein, als Pavel würgte und mit jedem Würgen sein Dackelgesicht mehr und mehr zu dem eines Wolfes wurde. Stück für Stück wuchs ihm eine Schnauze. Fell sprießte auf seinem Rücken. Seine Ohren wurden länger, sein Brustkorb massiger und er jaulte wie ein Köter, dem man auf die Pfoten getreten hatte.

Aufgewühlt sah sie zu Jerkins, aber er beachtete sie nicht. Sie zog rasch ihre Krallen ein und versteckte ihre Hände unter dem Parka, der auf ihrem Schoß lag.

Konnte Pavel wirklich ein Werwolf sein? Sie war verunsichert. Normalerweise vollzog sich die Wandlung viel schneller. Quälte er sich so, weil er noch nicht lange ein Werwolf war? Er hatte nicht den

Eindruck erweckt, als würde diese Demonstration ihm etwas ausmachen. Vielmehr schien er den kurzen Moment, den er als Mensch auf der Bühne gestanden hatte, ausgekostet zu haben.

Es musste sich um einen Trick handeln. Weshalb sollte er sich sonst hinter einer Papierwand verwandeln? Außerdem konnte sich Nanouk nicht vorstellen, dass sich auch nur ein einziger Lykanthrop freiwillig zur Schau stellte. Das war zu riskant. Und erniedrigend. Werwölfe waren stolze Geschöpfe.

Erneut fiel Pavel hin, doch diesmal fing er sich mit den Händen auf, so dass er sich auf allen vieren wiederfand. Ein Ruck ging durch seinen Körper, sein Rücken wölbte sich und sein Fell wurde dichter. Verborgen zwischen seinen Hinterläufen wuchs ein Schwanz. Als er plötzlich ausschlug, als wollte er Fliegen verscheuchen, erschraken die Zuschauer fast zu Tode. Ein Mann, der schräg vor Nanouk saß, presste seine Hände auf sein Herz. Sie machte sich ernsthaft Sorgen um ihn, denn es schlug viel zu schnell.

Pavels Zunge hing aus seinem Maul. Er sabberte, während er stöhnte. Speicheltropfen besprenkelten die Papierwand. Ob die Zuschauer, deren Gehör nicht so sensibel war, das unterschwellige Knurren ebenfalls vernahmen?

Nanouks Blick glitt erneut zu den Musikboxen. Die Streicher spielten inzwischen so hektisch, als würde es sie vor Angst kaum noch auf ihren Sitzen halten, und der Männerchor schmetterte die Choräle beinahe aggressiv, stampfend, warnend.

Eine gute Inszenierung, gab Nanouk zu, und atmete tief durch. Sie verbot sich, den Illusionisten auf den Leim zu gehen!

Wäre Pavel wirklich ein Werwolf, hätte sie nun, da nur wenige Stuhlreihen sie trennten, seinen Geruch trotz Duftkerzen und Schweißgeruch wahrnehmen müssen. Außerdem hätte er sie ebenso bemerkt. Nichts dergleichen war geschehen.

Kaum war er vollkommen verwandelt, warf er auch noch den Kopf hin und her, als wäre er tollwütig. Das ging nun wirklich zu weit. Nanouk ärgerte sich darüber, dass Wölfe in der Mitternachtsshow mal wieder als Monster dargestellt wurden.

Aber dann kam Radim auf die Bühne und beruhigte das Publikum mit beschwichtigenden Gesten und Worten. «Ich sagte Ihnen doch, dass ich den Wolf gezähmt habe. Er ist nicht mehr als ein folgsamer Hund.»

Er pfiff und ein Tundrawolf kam hinter dem Paravent zum Vorschein. Artig setzte er sich neben dem Magier hin. Seine Augen standen nahe beieinander, was ihm ein linkisches Aussehen verlieh. Sein Fell war struppig und glanzlos und hatte die seltsamste Farbe, die Nanouk jemals gesehen hatte. Sie war weder weiß, noch beige, eher von einem schmutzigen gelb, wie die Tapete in einer Raucherwohnung. Er wirkte tatsächlich wie ein Haustier. Normalerweise war diese Unterart recht groß, aber dieses Exemplar wirkte ausgemergelt.

«Wir woll'n den Burschen sehen», rief Matt Jerkins dem Illusionisten provozierend zu.

Radim lächelte verschmitzt und streichelte den Wolf. «Aber hier ist er doch.»

Er gab den Zuschauern Zeit, das, was sie beobachtet hatten, zu verdauen. Nach einer Weile fing der erste an zu klatschen. Immer mehr Besucher stimmten ein, bis schließlich der ganze Saal frenetisch applaudierte. Radim badete minutenlang im Beifall, der ebenso sein Lohn war wie die Eintrittsgelder.

«Ich bin nicht überzeugt», flüsterte Lupus.

Nanouk neigte sich in dem Moment zu ihm, in dem Jerkins seinen Block und seinen Stift aufhob. «Was sollen wir Claw berichten? Wir haben nichts.»

«Wir werden ihm erzählen, was wir gesehen haben.» Resignierend zuckte er mit den Achseln. «Der Alpha wird bestimmen, was zu tun ist.»

Wütend knabberte Nanouk auf ihrer Unterlippe herum. Ihr Blick folgte dem Tundrawolf, der von der Bühne sprang und hinter den Kulissen verschwand. Diese Unterart kam normalerweise in Nordeuropa und Asien vor. Am häufigsten war sie in Sibirien, Russland, zu finden. Vielleicht hatten die Illusionisten ihn importiert. Oder er war in Gestalt eines jungen Mannes eingereist.

Sie hasste es, nichts tun zu können. Ihre Wölfin war unruhig, sie wollte Pavel aufspüren, beschnuppern oder zur Rede stellen. Aber damit würde sie die Aufmerksamkeit auf sich ziehen, etwas, das ihr verboten und unklug war. Warum war der Alpha nicht hier? Er würde die Dinge regeln und zwar sofort. Sie hingegen musste sich Lupus unterordnen, der in der Rangordnung über ihr stand, und er hielt sie zurück. Immer nur warten, ausharren, lauern – das machte Nanouk verrückt. Man eroberte kein Königreich, indem man auf die Kapitulation wartete, sondern indem man angriff.

Der Applaus verebbte langsam. Radim brachte das Publikum zum Schweigen, denn das allgemeine Gemurmel war laut. Neben Nanouk machte Jerkins eifrig Notizen und zeichnete sogar das Bühnenbild inklusive Papierwand ab.

Sie reckte den Kopf. «Der Wolf sitzt im Bühneneingang.»

«Tut er das?», fragte Lupus und kniff die Augen zusammen.

Irritiert schaute sie ihn an. Konnte er den Tundrawolf denn nicht sehen? Für menschliche Augen war Pavel, falls er es denn war, im Schatten verborgen, aber ein Werwolf konnte ihn dennoch ausmachen. Ließen seine übernatürlichen Fähigkeiten Lupus im Stich? Sie machte sich immer größere Sorgen um ihn. Er war der einzige im Saal, der trotz der Hitze seine Jacke trug, und es machte nicht einmal den Anschein, als würde er schwitzen. Das alles waren Anzeichen, die ihr nicht gefielen.

«Ich könnte hingehen und ihn streicheln», schlug sie leise vor.

«Auf keinen Fall.» Lupus griff ihren Oberarm, um sie daran zu hindern aufzustehen. «Er darf zum jetzigen Zeitpunkt deine wahre Natur nicht erkennen, denn irgendetwas stimmt mit den Illusionisten nicht.»

Außerdem könnte er ein Mörder sein, dachte Nanouk und erinnerte sich an den Zeitungsartikel, den Jerkins erwähnt hatte. Aber sie besaß ebenfalls messerscharfe Krallen und ein Wolfsgebiss, das Knochen brechen konnte. Sie hatte keine Angst, vielmehr brannten Neugier und Tatendrang in ihr, dass es ihr fast unmöglich war, noch länger sitzen zu bleiben und zu – warten. Wie sie dieses Wort hasste!

Als Einleitung zum zweiten und letzten Höhepunkt der Mitternachtsshow hypnotisierte Radim Freiwillige aus dem Publikum. Er brachte sie dazu, sich wie Vollidioten aufzuführen, damit die angespannte Stimmung gelockert wurde, wie er meinte, denn auch der Abschluss der Veranstaltung hätte es in sich.

Der Illusionist ließ eine Frau gackern wie ein Huhn und einen Mann die Zahl drei vergessen, so dass er nicht einmal sagen konnte, wie viel eins plus zwei ist oder dass alle guten Dinge drei sind.

Zuerst dachte Nanouk, diese Personen würden zu den Theaterleuten gehören und alles wäre nur ein Bluff. Doch dann meldete sich Jerkins und wurde prompt auf die Bühne geholt. Er fiel vor Radim auf die Knie und leckte seine Schuhe ab. Als er dann auch noch kläffte wie ein Köter, Männchen machte und mit dem Hintern wackelte, als besäße er einen Hundeschwanz, war klar, dass es sich nicht um Täuschung handelte. Doch es war auch keine Magie, sondern ganz normale Showhypnose.

Wahrscheinlich waren die Illusionisten nur schrullige Künstler, die in ihrer eigenen Welt lebten, die geprägt von Requisiten, ewigem Lächeln und Täuschungen waren, und deshalb für Außenstehende seltsam erschienen.

Matt Jerkins kehrte auf seinen Platz zurück. Sein Gesicht war hochrot. Er tat so, als würde er sich Notizen machen, aber er malte nur Kästchen auf seinen Block. Nanouk war sich nicht sicher, ob er sich daran erinnerte, was er im Trancezustand angestellt hatte, aber so oder so wusste er, dass er sich lächerlich gemacht hatte. Gehörte das zu seiner Recherchearbeit? Was hatte er sich vorgestellt, dort oben zu erfahren?

Plötzlich kam ihr eine Idee. Das war ihre Chance, unauffällig näher an den Tundrawolf heranzukommen. Es reichte ihr schon den Geruch, den er auf der Bühne hinterlassen hatte, zu erschnüffeln, um das Rätsel um die Gestaltwandlung zu lösen.

Bevor Lupus sie davon abhalten konnte, sprang Nanouk von ihrem Sitz auf und meldete sich als nächste Kandidatin. Sie schob ihre Hose ein Stück nach unten, ihr Shirt ein bisschen höher und räkelte sich förmlich, denn mit Speck fing man Mäuse.

Tatsächlich biss Radim an. Er winkte sie zu sich. Während sie dezent hüftschwingend zur Bühne schlenderte, musterte er sie von oben bis unten. Sie hörte Lupus hinter sich fluchen und nahm den Ärger in Kauf, den er ihr machen würde, aber sie würde ihn zum Schweigen bringen, wenn sie ihm die Antwort auf die Frage nach Pavels wahrer Natur lieferte.

Als sie auf der Bühne stand, roch sie ihn – den Werwolf. Äußerlich behielt sie die Fassung und lächelte Radim offenherzig an. In Wahrheit nahm sie ihn kaum wahr, sondern konzentrierte sich auf die Witterung. Ihre Timberwölfin winselte aufgeregt. Nanouks Puls beschleunigte sich. Sie schaute an dem Illusionisten vorbei zu dem Tundrawolf, der seine Ohren spitzte und einen Schritt auf sie zukam. Auch er erkannte sie in diesem Moment. Es musste sich um einen Einzelgänger handeln. Sein Rudel bestand aus den Theaterleuten. Aber was waren sie?

Nanouk konzentrierte sich nun auf den Magier. Er war definitiv kein Lykanthrop, dennoch verströmte er einen absonderlichen Geruch. Eine alte Schuhsohle kam ihr als erstes in den Sinn. Dann dachte sie an eine lederne Schuheinlage, die nach jahrelangem Gebrauch stank und sich an den Rändern wellte. Er roch nach altem, speckigem Leder.

Ihr fiel wieder ein, was Lupus über Adamo gesagt hatte. *«Ein riecht ein wenig nach Mensch, aber eher auf eine muffige Art wie ein Mantel, der seit einer Ewigkeit mit Mottenkugeln auf dem Dachboden liegt.»*

Sie wich zurück, weil der Gestank ekelig war.

«Na, na, nur keine Angst. Ich werde Ihnen kein Haar krümmen», säuselte Radim verführerisch. «Wie ist Ihr Name?»

Sie überlegte, ob sie ihn anlügen sollte, und entschied sich dagegen. Während sich ihre Gefährten Rudelnamen gegeben hatten, benutzte sie ihren Geburtsnamen weiter, um zu demonstrieren, wie eins sie mit ihrer Wölfin war und dass sie die Lykanthropie als ihre Bestimmung ansah. «Nanouk.»

«Ein wunderschöner Name», sagte der alte Speichellecker. «Schauen Sie mir tief in die Augen und entspannen Sie sich. Sie sind in sicheren

Händen. Ich werde Sie auffangen, durch die Trance begleiten und Sie sicher wieder zurückführen.»

Wehe dieser Schleimer fasst mich an, war das einzige, was sie denken konnte. Dementsprechend feindselig musste ihre Mimik sein, denn Radims Lächeln erstarb.

«Sie trauen meinen Fähigkeiten nicht, Nanouk. Aber Sie werden meine Magie gleich am eigenen Leib erfahren und dann werden auch Sie zu den Gläubigen gehören.»

Skeptisch hob sie eine Augenbraue.

Er wandte sich lieber an die Zuschauer, die euphorisch an seinen Lippen hingen. «Liebes Publikum, Sie alle kennen Showhypnotiseure.» Theatralisch hob er seine Stimme und schmetterte die Worte in den Saal. «Diese Schauspieler benutzen allerlei Suggestionsmethoden, erwähnen ihrem Opfer gegenüber, dass intelligente Menschen sich besonders gut hypnotisieren lassen, um ein schlechtes Gewissen hervorzurufen und Bereitwilligkeit herbeizuführen. Oder sie reden den Freiwilligen ein, dass sie ein Magnet nach unten zieht, was diese tatsächlich zu spüren glauben, weil sie es glauben wollen. Sie kippen förmlich um. Wenn sie sich nun schnell hinlegen, führt das zu einer kurzzeitigen Desorientierung. Diesen schwachen Moment nutzen die Showhypnotiseure aus und setzen ihre Suggestion genau dort an, weil durch die Reizreduzierung die natürlichen Schranken offen stehen. Aber ich arbeite mit echter Magie.»

Nanouks Blick wurde provokativ. Egal, wie viele Argumente Radim brachte und wie viele Lobeshymnen er auf sich selbst sang, es war und blieb ein Trick und sie war keineswegs bereit mitzuspielen. An ihr würde er sich die Zähne ausbeißen.

«Ich werde Ihnen, Nanouk, nur in die Augen schauen, mehr nicht. Ab sofort werde ich nichts mehr sagen, denn ich möchte Sie nicht in den Trancezustand hineinreden, sondern ich werde Sie auf subtile Weise beeinflussen.» Leise fügte er hinzu. «Sie werden mir aus der Hand fressen.»

Ein Knurren stieg in Nanouk auf. Fest presste sie ihre Lippen zusammen. Wölfe mochten es nicht, wenn man ihnen in die Augen sah.

Sie verstanden das als Herausforderung. Im Grunde war es das sogar, auch wenn es nicht um eine körperliche Auseinandersetzung ging.

Plötzlich schüttelte Radim seinen Kopf. «Sie sind wirklich ein harter Brocken. Ich muss meine Magie direkt in Sie hineinfließen lassen. Erlauben Sie mir, dass ich Sie berühre.»

Er wartete nicht einmal ihre Antwort ab, sondern trat näher und legte seine Hände an ihre Wangen, wobei seine Fingerspitzen auf ihre Schläfen zeigten, als wollte er durch sie seine Energie direkt in ihr Gehirn fließen lassen.

Nichts geschah.

Außer dass die Berührung ihre Wölfin angriffslustig machte. Nanouk kämpfte hart mit ihr, denn sie wollte an die Oberfläche und nach Radims Kehle schnappen. Nur zur Warnung. Nur um ihn ein wenig mit ihren scharfen Zähnen zu kratzen.

Doch ihre Wölfin beruhigte sich von selbst, als sie die Unsicherheit bemerkte, die auf einmal in der Mimik des Magiers lag. Sein Blick flackerte.

Keuchend spannte er sich an und drückte seine Hand etwas stärker auf Nanouks Wangen. Seine bleiche Haut schien so dünn wie Pergamentpapier zu sein. Blaue Adern traten an seinen Schläfen hervor. Sie verschwanden, kaum dass er wieder locker ließ.

Nanouk spürte ... nichts.

Er schaute sie fragend an, dann sah er verunsichert über die Schulter zum Bühneneingang.

Dort hockte ein Mann und streichelte Pavel. Obwohl er mitbekam, dass die Show gerade den Bach runter ging, blieb er beeindruckend gelassen. Er strahlte dieselbe Überlegenheit aus wie der Alphawolf. Nanouk erkannte ein dominantes Männchen, auch wenn es sich nicht um einen Werwolf handelte. Und dass er nicht zu ihrer Spezies gehörte, erschnupperte sie, als er auf das Podest trat.

Zwei

Als Teenager war er ein Narr gewesen. In einsamen Nächten, und davon hatte es viele gegeben, hatte er davon geträumt, ein junger 007 zu sein, der seine Angebetete aus großer Gefahr rettete, damit sie sich in ihn verliebte. Eine andere Chance auf eine Freundin hatte er damals nicht gehabt.

Heutzutage brauchte Kristobal einer Frau nur in die Augen zu schauen und sie verliebte sich hoffnungslos in ihn.

Nachdem er die Evolutionsleiter emporgeklettert war, hatte er seine übersinnliche Macht ausgetestet, aber schnell herausgefunden, dass Hingabe nicht dasselbe wie Leidenschaft war. Die ersten Male mit einer bildschönen Frau waren Balsam für seine Seele gewesen. Doch zunehmend blieb nach einer Liebesnacht Schwermut in ihm zurück. Seine Geliebte wachte aus ihrer Trance auf und er aus der Illusion, diese falsche Zuneigung könnte ihn glücklich machen.

Nun, da er Nanouk auf der Bühne stehen sah, wurde er sich wieder bewusst, wie dumm es gewesen war, Frauen zu willenlosen Spielzeugen zu machen. Das schlechte Gewissen kehrte zurück. Er begehrte keine Marionette, sondern eine Frau wie sie, eine Amazone, die ihm nicht zu Füßen lag. Kristobal war erwachsen geworden. Mehr als das! Er hatte sogar den Tod überlistet und sehnte sich längst nicht mehr nach einer Frau, die gerettet werden wollte, sondern nach einer, die Seite an Seite mit ihm kämpfte.

Obwohl Nanouks kühle Fassade und ihre aufrechte Haltung ihn an Mila und die anderen Frauen seiner dunklen Gefolgschaft erinnerten, fehlte ihr die Arroganz der Vampirinnen. In ihren Augen loderte Wildheit. Seltsamerweise fühlte er sich davon angezogen, etwas dass ihn überraschte und irritierte, denn er verachtete jeden, der keine hundertprozentige Kontrolle über sich hatte – und Nanouks Körper gehörte ihr nicht allein.

Eigentlich war sie die Letzte, die ihn interessieren müsste.

Nanouk war keine, die nur cool tat, weil sie erobert werden wollte, sondern sie war eindeutig nicht einfach zu beeindrucken. Aber er hatte seine Wege und Mittel – übernatürlicher Natur.

Eine diabolische Vorfreude erfasste ihn.

Er machte sich erst gar nicht vor, dass er die Show retten musste, weil Radim kläglich versagte. Es ging Kristobal einzig um Nanouk. Sie zog ihn an wie eine Motte das Licht. Doch er würde sich nicht an ihr verbrennen!

Bei allen Mädchen, die ihn damals in Baresakes verschmäht hatten, weil seine Hosen und Pullover aus der Kleidersammlung stammten und er mittags in der Suppenküche essen musste – er würde Nanouk lehren, wie mächtig die Dunkelheit war.

Drei

Nanouk schnupperte. Er roch ebenso alt wie Adamo und Radim, doch auf eine köstliche Art und Weise. Wie schwerer alter Rotwein, dessen Duft allein schon trunken macht, ein wenig torfig, aber auf angenehme, köstliche Weise – ein edler Tropfen.

Er taxierte Nanouk, stellte sich hinter Radim und flüsterte ihm zu: «Spürst du nicht, was sie ist? Deine Instinkte sind schon verkümmert. Sie ist wie Pavel.»

«Ein...?»

«Scht», fuhr er dem Magier über den Mund, aber keineswegs barsch, sondern leise und selbstsicher. «Deine Beeinflussung hat keine Wirkung auf sie. Dazu braucht es größere Macht.»

«Ja, Herr.» Zähneknirschend machte Radim ihm Platz und drehte sich zum Publikum. «Erleben Sie nun den Meister der Meister höchstpersönlich. Großmagier Kristobal tritt nur noch selten auf, aber Herausforderungen reizen ihn, und diese junge Dame ist in vieler Hinsicht ein reizendes Geschöpf.»

Nanouk hörte kaum, was der Illusionist sagte. Sie hatte nur noch Augen für Kristobal, alles andere trat in den Hintergrund. Bisher hatte es so ausgesehen, als wäre die Mitternachtsshow Radims Herrschaftsgebiet, doch der Großmagier stellte sich als Oberhaupt heraus.

Die Wölfin in ihr blieb nicht unbeeindruckt von ihm, zumindest redete sich Nanouk ein, dass ihre animalischen Instinkte Schuld an dem Interesse waren, das sie dem Fremden entgegenbrachte. Mit seinem schwarzen Surcot unter der blutroten Cotte, dem breiten Gürtel und dem schwarzen Samtmantel, war er so edel gekleidet wie der König in einem historischen Schauspiel. Genauso aufrecht und würdevoll ging er auch. Kristobal war nur geringfügig kleiner als Radim, dafür aber kräftiger gebaut. Seine Augen waren so schwarz wie seine kurzen Haare. Er ragte aus der Masse heraus – durch seine Statur, seine Attraktivität und dem Stolz, der aus seinem ganzen Wesen sprach.

Eine dunkle Aura umgab ihn. Es schien, als wäre er in der Lage, direkt in sie hineinzusehen und zu erkennen, dass ihr Herz aufgeregt pochte, ihr Atem sich beschleunigte und ihre arrogante Haltung nur der Fassade diente. Wie war das möglich? Seine Mundwinkel kräuselten sich, er wusste, wie sehr er sie durcheinanderbrachte.

Er war von sündiger Schönheit, nicht wie die eines Engels, auf solche Männer stand Nanouk ohnehin nicht, sondern verführerisch wie ein Inkubus, der außergewöhnliche Lust versprach, aber Verderben brachte. Nanouk erkannte die fatale Anziehungskraft und trotzdem konnte sie sich ihrer Faszination nicht entziehen. Sein Lächeln besaß diese verführerische Anzüglichkeit, sein Blick war durchtränkt mit Lüsternheit und sogar sein eigenartiger Körperduft zog sie an wie eine Motte das Licht.

Nanouk witterte Gefahr! Die Sinne ihrer Timberwölfin, die normalerweise so viel besser funktionierten als ihre menschlichen, wurden dagegen von ihrem Paarungstrieb ausgeschaltet.

Ein neues Musikstück begann. Pauken und Trompeten übertönten Kristobals Worte, so dass das Publikum sie nicht verstehen konnte, zumal Radim weiterhin Lobeshymnen auf ihn sang. «Du kannst mir nicht widerstehen, Nanouk.»

«Das hat Radim auch geglaubt.» Kampfeslustig reckte sie ihr Kinn in die Luft und fand diese Haltung im selben Moment lächerlich. Wie ein bockiger Teenager. Dabei war sie eine gestandene Frau. Mehr als das – sie war eine Werwölfin!

«Ich bin stärker als er. Meine Magie ist sehr mächtig.» Kristobal senkte seine Stimme noch weiter ab. «Keiner der anderen Vampire kann Werwölfe beeinflussen, außer mir.»

«Vampire?» Sie glaubte sich verhört zu haben. «Ja, klar!»

Er lächelte milde. «Hast du gedacht, ihr seid die einzigen übersinnlichen Wesen auf dieser Welt? Wie einfältig!»

Nanouk bezeichnete die Lykanthropen nun wirklich nicht als übernatürliche Spezis, vielmehr als eine Laune der Natur. Das Gestaltwandeln war in ihren Augen kein größeres Wunder als die Tatsache, dass eine Raupe nach der Verpuppung zu einem Schmetterling wurde, ein

Chamäleon seine Farbe ändern und ein Gecko seinen Schwanz abwerfen und nachwachsen lassen konnte. Wenn Tiere ihr Aussehen zu verändern vermochten, wieso sollten Menschen das nicht können? Außerdem war es gefährlich, sich selbst als etwas Besonderes zu sehen, denn was unweigerlich folgte, war Überheblichkeit. Diese brachte Unglück über andere und brach einem über kurz oder lang das Genick.

Spöttisch rümpfte sie die Nase. «Es gibt keinen echten Zauber.»

«Ich werde es dir beweisen.» Kristobal schaute ihr tief in die Augen.

Tatsächlich spürte Nanouk etwas, doch das hatte wenig mit Magie zu tun, sondern vielmehr mit der Anziehung, die von ihm ausging. Sie war wie ein Sog, der nicht minder gefährlich war wie ein Wasserstrudel – man war verführt, den Kampf aufzugeben und sich einfach treiben zu lassen, selbst wenn das bedeutete, in den Tod gerissen zu werden. Aber Nanouk war stark für zwei, denn sie war nicht allein – ihr Tier stärkte sie. Ein Mensch hätte Kristobal nicht widerstehen können, ein weiblicher Werwolf schon.

Sie schenkte ihm ein provokantes Lächeln.

Plötzlich schnellte ihr Puls empor. Ihr war, als würde sein Blick gleich hinter ihren Augen flüssig werden. Er drang in ihre Adern ein und verteilte sich in ihrem Körper. Stück für Stück eroberte er sie und übernahm er die Kontrolle. Seine Macht fühlte sich wie flüssiges Feuer an, machte sie fiebrig. Sie brannte innerlich.

Ein Wechsel vollzog sich. Jetzt bekam ihre Wölfin, die ihn eben noch als würdigen Paarungspartner erkannte hatte, Angst. Während sie sich verkroch, wuchs in Nanouk das Verlangen, Kristobal zu Willen zu sein. Sie war außer Stande sich zu bewegen und befürchtete, dass ihr Tier die Oberhand gewinnen könnte, aber es hatte sich ganz klein gemacht und lauerte verunsichert.

Kristobal schritt majestätisch um Nanouk herum, als würde er eine magische Spur um sie ziehen, die sie außer Stande war zu überschreiten. Selbst als er seinen Blick von ihrem löste, blieb ein Echo seiner Macht in ihr zurück.

Ihre Glieder kribbelten, gleich würde sie sich von seinem Bann losreißen können.

Bevor die Beeinflussung jedoch vollkommen verebbte, stand er auch schon wieder vor ihr und legte sie mit seinem Blick an die Kette. Die Hitze in ihr schwoll wieder an. Sie seufzte. Der Wunsch ihm zu dienen, pulsierte erneut kraftvoll in ihr.

Verflucht sei er, dachte sie verzweifelt, wütend und ein klein wenig beeindruckt. Er hatte Recht behalten. So etwas wie Magie existierte – Nanouk spürte sie am eigenen Leib.

Er hielt einen Lutscher in der Hand. «Möchte die kleine Nanouk ihn haben?»

«Ja, Onkel.» Hatte sie das gesagt?

«Bist du dir sicher?»

«Bitte, bitte, bitte, möchte Lolli haben», hörte sie sich selbst wie aus der Ferne betteln. Augenblicklich lief sie hochrot an.

Kristobal reichte ihn ihr und strich beiläufig mit dem Zeigefinger über ihr Kinn. Ah, wie gut das tat. Sein Finger hatte sie nur gestreift, aber das allein hatte sich angefühlt wie eine intime Berührung. Trug sein Bann daran die Schuld? Oder ihr Interesse an ihm? Sie war außer Stande ihre Wünsche und die seinen, die er auf sie projizierte, auseinanderzuhalten.

Was tat er ihr an? Sie führte sich auf wie ein Kind. Viel schlimmer, wie eine Lolita. Während sie verführerisch an dem Lutscher nuckelte, senkte sie verlegen den Kopf und schaute Kristobal durch ihre langen Wimpern an. Stumm bettelte sie um Gnade. Sie hörte ihre Wölfin winseln und konnte nicht ausmachen, ob nur sie oder auch das Publikum das Winseln vernahm.

«Genug der Demonstration!», sagte er laut und das Publikum applaudierte. Er trat dicht an sie heran, damit nur sie ihn verstand. «Ich möchte dich nicht demütigen, nur deutlich machen, dass ihr keine Chance gegen uns habt.»

Er kappte den Bann.

Aufbrausend warf Nanouk den Lutscher nach Pavel, der daraufhin hinter die Kulissen flüchtete. Sie baute sich zu ihrer ganzen Körpergröße auf. Breitbeinig stand sie vor ihm – kampfbereit –, die Hände in die Hüften gestützt und lockte ihre Timberwölfin hervor, weil sie möglicherweise bald ihre Hilfe benötigte.

Wenn er gedacht hatte, sie würde aus dem Theater rennen, hatte er sich getäuscht. Sie vergrößerte nicht einmal den Abstand zu ihm, sondern reckte sich sogar zu ihm auf, so dass sie seinen Atem an ihrer Stirn spürte. «Wag' das ein zweites Mal und ich reiße dich in Stücke!»

«Ich kann dich beeinflussen so oft und wann ich will.» Seine Worte waren wie Eiswürfel, die in sie hineinfielen. «Im Gegensatz zu Hypnose benötige ich keine Einwilligung. Ich breche jeden Widerstand. Deine kühle Fassade zum Bröckeln zu bringen, war ein nahezu lustvolles Erlebnis.»

Ein Prickeln wehte, einer erfrischenden Brise gleich, durch ihren Körper. Ihre Brustspitzen stellten sich auf. Hatte Kristobal diese Reaktion provoziert oder kam sie aus ihr selbst?

Ihre Wölfin sprang aus dem Verborgenen hervor und knurrte angriffslustig. Nanouk musste von der Bühne herunter, um nicht zu riskieren, dass Kristobal sie zur Weißglut brachte und den Punkt überschritt, an dem sie ihr Tier gerade noch zügeln konnte.

Sie riss sich von seiner fesselnden Aura los und wollte vom Podest steigen, doch seine suggestive Stimme hielt sie zurück: «Ich bin noch nicht fertig mit dir, Nanouk.»

Aufgebracht flog sie herum.

«Du musst mir beim zweiten Höhepunkt assistieren.» Er nahm ihre Hand und ihr war, als wäre sein Arm auch ihr Arm, für den Moment konnte sie nicht mehr wahrnehmen, wo sie aufhörte und er begann. «Radim, es ist Zeit, den Geist zu beschwören.»

Während er sie zur Papierwand führte und sie mit dem Rücken davorstellte, lief ihre Wölfin unruhig hin und her, wobei sie immer höher in Nanouk aufstieg.

Radim reichte ihm eine schwarze brennende Kerze. «Haben Sie keine Angst um Nanouk, verehrte Zuschauer. Der Großmagier besitzt sogar die Fähigkeit, Schmerz auszuschalten. Sie wird nichts spüren. Aber wir können den Geist nur anlocken, wenn wir ihm ein Opfer präsentieren. Er ist sehr mitfühlend, wissen Sie? Zu Lebzeiten hat er selbst viel Leid erfahren, deshalb zeigt er sich nur Menschen, die ebenfalls leiden.»

Sie konnte es kaum glauben, als Kristobal den Ärmel ihres Langarmshirts hochschob und seinen Daumen über ihre Pulsadern kreisen ließ. Es lag eine subtile Drohung in dieser zärtlichen Berührung. Nanouks Herz pochte immer schneller. Sie bemühte sich, ihren Arm mit aller Kraft wegzuziehen, aber sie konnte sich keinen Zentimeter bewegen.

Als ein Wachstropfen auf ihre Haut fiel, zuckte sie innerlich zusammen, äußerlich stand sie unbeweglich auf der Bühne. Sie nahm den Schmerz tatsächlich nicht wahr, wohl aber ihre Wölfin. Nanouk spürte schon ihr seidiges Fell, die Krallen ihrer Pfoten drängten nach draußen und ihr Knurren steckte bereits in Nanouks Kehle.

Panisch versuche sie Kristobal ein Zeichen zu geben. Er reagierte nicht. Oder wollte nicht reagieren.

Eine Weile schwenkte er die Kerze und beobachtete das schmelzende Wachs. Dann sah er Nanouk an. Sein Blick bohrte sich in ihren, lähmte aber nur ihre Bewegung und schürte nicht erneut das Verlangen in ihr. Er legte den Kopf schief und ihr war, als würde er tiefer in sie eindringen. War er imstande, Gedanken zu lesen? Konnte er sein Gegenüber anhand von Gerüchen verstehen wie ein Werwolf?

Hörte er nicht das Winseln ihrer Wölfin? Für Nanouk war es so laut, dass es alle anderen Geräusche im Raum überlagerte.

Wie in Zeitlupe kippte er die Kerze. Das Wachs drängte gegen den Rand. Nanouk würde ihre Wölfin nicht mehr lange zurückhalten können. Sie würde sich vor aller Augen verwandeln, sie würde das Rudel verlassen müssen und zur Gejagten werden. Das durfte nicht geschehen! Sie hatte ihre Bestimmung und ihr Zuhause gefunden und dafür alle Brücken zu ihrem alten Leben abgerissen.

Langsam wuchsen Krallen aus ihren Fingerspitzen. Kristobal bemerkte es, denn sie stachen ihn in den Bauch, weil er so dicht bei ihr stand. Rasch schützte er Nanouk mit seinem Körper vor den Blicken der Zuschauer und verdeckte die Krallen fürsorglich mit seiner Hand.

Anstatt mit ihr zu schimpfen oder sich lustig über sie zu machen, flüsterte er ihrer Wölfin sanfte Worte zu: «Ganz ruhig ... Alles ist gut ... ich werde nicht weitermachen... es ist vorbei... niemand tut dir etwas ... entspann dich ...»

Es grenzte an ein Wunder, dass er ihr Tier tatsächlich erreichte. Nanouk schaffte es, ihre Krallen einzufahren. Noch nie hatte jemand mit ihrer Wölfin kommuniziert, wenn Nanouk in Menschengestalt war, nicht einmal der Alphawolf oder ihr ehemaliger Geliebter, der sie zu einer Gestaltwandlerin gemacht hatte. Das brachte sie völlig durcheinander! Es war nicht so, dass ihr Tier sofort den Schwanz zwischen die Hinterläufe klemmte und sich Kristobal unterwarf oder die Paarungswilligkeit zurückkehrte, sondern es hörte auf, Druck auf Nanouk auszuüben. Es wollte nicht länger heraus, sondern lauerte dicht unter der Oberfläche, abwartend, was Kristobal als nächstes tun und ob er sein Versprechen einhalten würde. Ihre Wölfin gab ihm eine Chance, somit musste Nanouk das ebenfalls tun.

Sie atmete tief durch und schaute zu Lupus. Aufgeregt diskutierte der alte Gefährte mit Jarek und zwei anderen Männern, die Sicherheitskräfte zu sein schienen, denn sie hatten Lupus' Arme gepackt und hielte ihn davon ab, auf die Bühne zu springen. Als der Alte Nanouks Blick begegnete, nickte sie, um anzudeuten, dass es ihr gut ging und er Ruhe bewahren sollte. Er verstand und setzte sich wieder. Einer der Security Guards nahm auf Nanouks Sitz Platz, um Lupus unter Kontrolle zu halten. Als würde ein Mann dazu reichen!

Die Zuschauer hielten den Aufruhr für eine Inszenierung, um die Vorstellung, die bisher nur auf der Bühne stattgefunden hatte, ins Publikum zu holen, und waren begeistert. Nur Matt Jerkins schaute dem Treiben seltsam distanziert zu, machte sich Notizen und lächelte in sich hinein. Er ahnte, dass mit Lupus etwas nicht stimmte, und Lupus' Auflehnen schien seinen Verdacht zu bestätigen. Ab sofort hatte er auch Nanouk auf dem Kieker.

Kristobal reichte Radim die Kerze. Abwägend musterte er Nanouk. «Bereit fortzufahren?»

Sie wollte ihm sagen, er solle sich zur Hölle scheren, konnte jedoch ihre Lippen nicht öffnen, und auch ihre Stimmbänder versagten den Dienst.

«Ich kann nicht zulassen, dass du sprichst oder mehr als den Kopf bewegst, denn wir müssen die Show zu Ende führen, sonst bringt das

Unglück.» Er fand sein einvernehmendes Lächeln wieder. «Theaterphilosophie.»

«Ruf den Geist», wies er Radim an.

Mit ausgestreckten Armen stellte sich der Magier vor das Publikum und sprach laut in einer fremden Sprache, die für Nanouk osteuropäisch klang. Er redete immer eindringlicher und hob seine Stimme weiter an, bis er sogar die Musik übertönte. Als er sich zu Nanouk herumdrehte, sah sie, dass seine Augen verdreht waren. Nur noch das Weiß war zu sehen. Durch die Schatten, die die Kerzen auf seine Miene warfen, wirkte sein Windhundgesicht wie ein Totenschädel.

Plötzlich neigte er sich vor und streckte seine Hände kraftvoll nach vorn, als wollte er seine Energie auf Nanouk werfen. Das Publikum schrie auf. Hände wurden auf Münder gepresst und Augen aufgerissen.

Was war geschehen? Nanouk fühlte sich unverändert.

Sie blickte zu Kristobal, zu Lupus und zu Jerkins. Alle schauten an ihr vorbei. Erst da begriff sie, dass nicht sie die Aufmerksamkeit auf sich zog, sondern etwas, das sich hinter ihr befand.

Langsam drehte sie ihren Kopf. Und erschrak!

Eine Frau stand zwischen dem Paravent und ihr, vielmehr schwebte sie. Sie war nicht wirklich durchsichtig, wirkte aber dennoch nicht greifbar, dafür auf schauerliche Weise unwirklich. Nanouk bekam eine Gänsehaut.

Die Schönheit war ganz in Schwarz gekleidet. Ihr langes, dunkles Haar hing in Wellen über ihre Brüste, die von einer Korsage hochgepresst wurden. Ein wallender Rock, der bis auf den Boden reichte, verhüllte ihre Beine. Darüber trug sie ein Überkleid aus Samt mit Borkateinsätzen an den Ärmeln. Sie war stark geschminkt. Die Smokey Eyes und der schwarze Lippenstift machten sie blass.

Das war also der Geist, den Kristobal angeblich gerufen hatte. Nanouk staunte. Sie schnupperte, roch aber nichts. Ihre Wölfin winselte. Alles hatte einen Geruch. Wieso diese Frau nicht? War sie wirklich eine Geistererscheinung? Nanouks Verstand schaltete sich ein.

In diesem Moment fasste Kristobal ihr Kinn und drehte ihr Gesicht zu ihm. «Genieße es.»

Wovon sprach er? Was hatte er vor? Er würde doch nichts tun, was ihrer Wölfin schadete oder sie doch noch hervorlockte?

Sie kniff ihre Augen zusammen und zog ihre Mundwinkel hoch, als würde ihre Wölfin die Lefzen blecken, doch er amüsierte sich nur darüber und ließ ihr Kinn wieder los. Er trat zur Seite, damit die Zuschauer einen freien Blick auf Nanouk und die Frau hatten.

Nanouk spürte einen Windhauch im Nacken und zuckte zusammen. Ihr Kopf flog herum. War das ...? Nein, das konnte nicht der Atem der Fremden gewesen sein. Ausgeschlossen!

Die Frau schaute schmunzelnd auf sie herab und streckte ihre Hand aus. Etwas streifte zärtlich Nanouks Oberarm. Nein, nein, das musste sie sich eingebildet haben. Die dunkle Schönheit wirkte viel zu geisterhaft und eindimensional, um in der Lage zu sein, sie anzufassen. Und dennoch glaubte Nanouk, die Körperwärme der Lady an ihrem Rücken wahrzunehmen. Ihre Nähe und die eindeutig lustvollen Absichten ließen Nanouk nicht kalt.

Ihre Zehenspitzen kribbelten. Einen Moment lang befürchtete sie, dass ihre Wölfin herausdrängte, aber diese war völlig ruhig. Seltsamerweise konzentrierte sich ihr Tier nicht auf die Fremde, sondern auf Kristobal. Ein wohliger Schauer rieselte durch Nanouk hindurch. Er war wirklich eine attraktive Erscheinung, aber nichts für sie.

Etwas drückte gegen Nanouks Rippen. Ihr war, als hätte sich ein Arm um ihre Körpermitte gelegt. Er rieb von unten gegen ihren Busen. Ein Windstoß wirbelte um ihre Beine. Aber als Nanouk verwundert nachschaute, lag ein Kaugummipapier direkt vor ihren Füßen und bewegte sich nicht. Wie war das möglich? Was ging hier vor sich?

Ihre Oberschenkel prickelten, als würden Fingerspitzen darüber laufen – über ihre nackte Haut, nicht über ihre Hose. Nanouk wandte den Kopf zu der Frau um und knurrte leise, worauf die Fremde laut lachte, sich vorneigte und Nanouks Mund mit ihren Lippen streifte. Deutlich hatte Nanouk den Kuss gespürt. Der Atem der Fremden hatte nach Rotweinschaum gerochen.

Verdutzt schüttelte sich Nanouk wie ein Wolf, dessen Fell nass war. Sie sah Kristobal fragend an. Sein Blick war lusttrunken. Erregte ihn das sinnliche Spiel der beiden Frauen? Auch das Publikum war fasziniert. Mit glänzenden Augen beobachtete es, wie die geisterhafte Erscheinung Nanouk verführte, obwohl das eigentlich unmöglich war.

Nanouk spürte Zähne an ihren Ohrläppchen, hauchzarte Berührungen an ihren Brustspitzen und einen Finger zwischen ihren Schenkeln, der die Naht ihrer Hose nachzog, was ihr ein Stöhnen entrang, das glücklicherweise nur Kristobal mitbekam. Sein Mund stand ein Stück weit offen, als würde er nach Luft ringen. Verlangend starrte er Nanouk an, fast so, als wollte er jeden Moment eingreifen, sie von der Fremden wegziehen und die Verführung eigenhändig weiterführen.

Plötzlich war die Musik zu Ende. Eine unheimliche Stille trat ein. Sprachlos saßen die Zuschauer auf ihren Stühlen und starrten staunend auf den Geist hinter Nanouk. Nach einer Weile seufzten sie und sackten in sich zusammen. Sie tuschelten aufgeregt. Der erste applaudierte und nach und nach stiegen die anderen mit ein.

Der Spuk war vorbei. Nanouk wandte sich um und fand ihre Annahme bestätigt. Die Geistererscheinung war verschwunden. Zurück blieb das Kribbeln auf ihrer Haut, das Pochen zwischen ihren Schenkeln und Kristobals hungriger Blick.

Kristobal gab sie frei. Augenblicklich stürmte Nanouk zu ihm und holte aus, um ihm eine Ohrfeige zu geben, doch er fing ihre Hand ab und hielt ihr Handgelenk fest. Das Publikum grölte. Es amüsierte sich königlich über das Schauspiel, das sich ihnen bot, und es klatschte noch frenetischer.

Kristobal neigte sich zu ihr herunter, doch anstatt zurückzuweichen, stellte sie sich auf die Zehenspitzen und signalisierte mit ihrer Köperhaltung, dass er sie mit seiner Showeinlage nicht eingeschüchtert hatte. «Wag' es und du wirst es bitter bereuen!»

«Dachtest du etwa, ich wollte dich küssen?» Er legte den Kopf schief. «Für mich macht es eher den Anschein, als würdest du mir deine appetitlichen Lippen feilbieten.»

«Unter diesen Lippen wartet ein Wolfsgebiss auf dich.» Um sich lustig über ihn zu machen, fügte sie hinzu: «Vampir.»

«Ich habe dir unsere wahre Natur nur offenbart, um euch zu warnen, Nanouk. Lasst uns in Ruhe, wie wir euch in Ruhe lassen. Kommt nie wieder in unsere Vorstellung.»

Er schien ernsthaft zu glauben, ein Blutsauger zu sein. Wieso winselte ihre Timberwölfin bei dem Gedanken, ihn nie wieder zu sehen? Sie war eine Kämpferin, kein unterwürfiges Weibchen! «Dann muss Pavel aufhören, sich öffentlich zu verwandeln.»

«Niemand sagt uns, was wir zu tun und zu lassen haben.» Er kam noch etwas näher.

Nanouks Mund prickelte sehnsüchtig. «Dann haben wir ein Problem.»

«Das haben wir wohl.» Eindringlich und todernst sah er sie an, als wollte er sie mit seinem Blick töten, aber sie spürte nicht, dass er erneut Einfluss auf sie nahm.

Nanouk riss sich los und stürmte von der Bühne. Genug mit diesem Theater! Sie hatte herausgefunden, wozu sie gekommen war. Pavel war wahrhaftig ein Werwolf und er brachte das Rudel in Gefahr.

Die Zuschauer, die inzwischen von ihren Plätzen aufgestanden waren und aus dem Saal gingen, um im Vorraum ihre Jacken und Mäntel zu holen, versuchten mit Nanouk ins Gespräch zu kommen, aber sie ignorierte sie und bahnte sich einen Weg zu Lupus.

Sie war stinksauer. Kristobal hatte sie aus der Bahn geworfen. Er hatte sie manipuliert, war sogar in ihr Inneres, zu ihrer Wölfin vorgedrungen, und hatte sie vor den Zuschauern bloßgestellt. Am liebsten hätte sie ihn in Stücke gerissen! Oder so heftig gevögelt, dass er um Gnade flehen würde.

Wütend stapfte sie durch die Menge. Ihre Rudelgefährten dachten, nichts könnte Nanouk umhauen oder auch nur aus dem Gleichgewicht werfen, weil sie stark und selbstbewusst auftrat und vollkommen eins mit ihrem Tier war. Aber in Wahrheit war sie nicht einmal stark genug die Beziehung zu ihrem Volk, den Inuit, aufrechtzuerhalten.

Als der Werwolf, der ihr Leben veränderte, auf die Buffin-Inseln kam, weil Claw ihn auf die Suche nach anderen Rudeln geschickt hatte, verliebten sie sich. Er vertraute sich ihr an, worauf sie ihn bat, sie zu infizieren, weil sie sich in Iqaluit gefangen fühlte. Sie war jung und wollte etwas erleben und nicht ständig von ihrer Tante hören, dass man alle modernen Einflüsse aus dem Nunavat Territorium, in dem sie lebten und das von den Inuit selbst verwaltet wurde, fernhalten musste.

Nachdem sie zum Werwolf geworden war, folgte sie ihrem Geliebten nach Anchorage und riss alle Brücken hinter sich nieder, weil sie den Balanceakt zwischen normalem Leben und Lykanthropie nicht zu schaffen glaubte. *Entweder oder* war ihre Devise. Sie hatte sich für das aufregende Leben der Gestaltwandler entschieden und besuchte Iqaluit nur am Todestag ihrer Eltern. Irgendwann würde sie gar nicht mehr zurückkehren. Es gab Tragödien, die konnte man nicht verarbeiten oder verdrängen, sondern man musste einen Schlussstrich ziehen, um sie zu vergessen.

Das war okay für Nanouk. Sie hatte sich selbst gefunden. Die Liebe zu ihrem Erzeuger hatte nicht gehalten, aber darauf hatte sie ohnehin nie viel Wert gelegt, weil Liebe obsessiv werden konnte. Sie hatte selbst erlebt, wohin das führte. Es reichte ihr vollkommen, dass er inzwischen ihr bester Freund war, nur sein ausgeprägter Beschützerinstinkt ging ihr gehörig auf die Nerven.

Dummerweise hatte Kristobal ihre innere Ausgeglichenheit erschüttert. Sie war verwirrt, doch sie wandelte ihre Unsicherheit in Wut und trat gegen einen Stuhl, bevor Lupus sie an den Schultern packte und sanft schüttelte.

«Ist alles okay?»

«Ja, klar. Ich mache mich gern zum Affen.» Sie verspürte große Lust, die gesamte Einrichtung zu zertrümmern.

Im Augenwinkel sah sie, dass der Manager Matt Jerkins hinter die Kulissen führte und war dankbar, dass Jarek ihn ablenkte. Das verschaffte ihnen die Möglichkeit das Nostalgia Playhouse zu verlassen und zum Rudel zu fahren, ohne dass der schmierige Reporter sich wie eine Klette an sie hängte. Der Mann, der Lupus in Schach gehalten hatte, begleitete die Dame mit der Filzglocke durch die Tür, die in den Backstagebereich führte. Zwei weitere Mitarbeiter traten mit Zuschauern hindurch und verschwanden. Adamo stellte sich in den Eingang, lehnte sich gegen den Türrahmen und schaute griesgrämig, wie Nanouk es tat, wenn sie in Ruhe gelassen werden wollte. Findet da eine Party statt, dachte sie sarkastisch.

«Du hast dich nicht lächerlich gemacht.» Lupus drückte ihre Oberarme zur Aufmunterung sanft. «Im Gegenteil, es war toll, wie du mitgespielt hast. Sah echt aus. Zuerst hatte ich Angst um deine Wölfin, aber dann merkte ich, dass du alles unter Kontrolle hast.»

«Mitgespielt? Wovon sprichst du?»

«Du hast so getan, als ob der Geist dich angefasst und du auf seine Berührung reagiert hättest.» Er reichte Nanouk ihren Winterparka und zwinkerte. «Eigentlich müsste ich *ihre* Berührung sagen. Ein Mordsweib!»

«Ich *habe* ihre Hände auf mir gespürt!» Und mehr. Ihr war brütendheiß, deshalb zog sie ihren Parka nicht an, sondern legte ihn über ihren Arm. Sie wollte so schnell wie möglich das Theater verlassen, denn sie hatte das Gefühl, dass die Hitze ihr die Luft abschnürte.

Lupus jaulte auf, weil ein Mann ihm auf den Fuß getreten war. Dieser schaute sich überrascht nach ihm um, worauf Lupus seine Unschuldsmiene aufsetzte und so tat, als würde er die Deckenmalerei betrachten, die kaum noch zu erkennen war. «Die Assistentin stand nicht wirklich auf dem Podest hinter dir, sondern sie war nur das Nebelbild einer Zauberlaterne. Nichts weiter als eine Illusion auf der Papierwand.»

«Ich habe nicht behauptet, dass ich an Geister oder wahre Magie glaube.» Tat sie das wirklich nicht? Wo sollte sie dann Kristobals Beeinflussung einordnen?

Lupus hakte sich bei ihr ein und sie gingen Seite an Seite in Richtung Ausgang. «Die vermeintliche Geisterscheinung war eine Phantasmagorie. Man erzeugt sie mit einer Laterna Magica.»

«Schon wieder Magie», bemerkte sie sarkastisch.

«Wenn man es so will», er hob seinen Zeigefinger, «aber die Laterna Magica hat nichts mit Zauber-, sondern mit Projektionskunst zu tun. Die Trugbilder entstehen durch Überblendungstechniken, Projektoren und Spiegel. Die Zauberlaterne wurde im 17. Jahrhundert erfunden und damals von vielen Illusionisten eingesetzt. Sie ist ein rein visuelles Medium.»

«Und weshalb habe ich die Berührungen des Geistes, Entschuldigung, des Projektors dann gespürt?» Sie wusste hundertprozentig, dass sie bei klarem Verstand gewesen war.

«Konntest du nicht. Absolut unmöglich!»

Nanouk kam nicht dazu, sich auf eine hitzige Diskussion mit Lupus einzulassen, denn zwei Männer versperrten ihnen den Weg. Es waren dieselben, die Lupus davon abgehalten hatten, auf die Bühne zu springen. Die beiden Glatzköpfe waren kräftig gebaut, mit fleischigen Muskelbergen und breitem Kreuz. Selbst ihre Gesichter ähnelten sich, möglicherweise waren sie verwandt. Sie besaßen dominante Kiefer, breite Nasen und hervorstehende Wülste über den Augen wie Steinzeitmenschen. Sie bauten sich vor dem Ausgang auf und starrten die zwei Werwölfe böse an.

«Was soll das?» Nanouk ließ sich keineswegs einschüchtern, sondern freute sich schon darauf, ihren Zorn in einem Kampf abzubauen, und trat herausfordernd auf die Zwillinge, wie Nanouk die beiden Kerle heimlich taufte, zu.

Jarek tauchte neben ihr auf. Er tupfte mit einem roten Spitzentaschentuch über seinen Mund, als hätte er gerade gespeist. «Wir können Sie leider nicht so einfach ziehen lassen, das verstehen Sie bestimmt.»

«Und Sie sehen sicherlich ein, dass Sie uns nicht aufhalten können.» Nanouks Antwort klang ebenso süßlich. Seine falsche Freundlichkeit konnte der Manager sich in die Haare schmieren. «Pfeifen Sie Ihre Wachhunde zurück, sonst werden wir ihnen wehtun müssen.»

Jarek lachte zwar, zwirbelte jedoch gleichzeitig seinen Schnurrbart nervös.

Er hatte gerade den Mund geöffnet, um etwas zu erwidern, als Kristobal auf der Bildfläche erschien. «Lasst sie gehen.»

«Aber ...»

Der Manager kam nicht dazu, zu widersprechen, denn Kristobal gebot ihm Einhalt, indem er seine Hand hob. «Ich sagte, lasst sie gehen!»

Der Bestimmtheit, die im Blick und in der Stimme des Großmagiers lag, hatte Jarek nichts entgegenzusetzen. Der Mann mit den Bernhardinerwangen fuchtelte wild mit seinen Armen herum, worauf die beiden Fleischberge zur Seite traten.

Nanouk nahm sich vor, Kristobal nicht anzusehen, damit er sich ja nichts darauf einbildete, war aber machtlos gegen den Reiz, den er auf sie ausübte. Als sie mit Lupus weiterschritt, schielte sie zu dem charismatischen Vampir. Er ließ sie ebenso wenig aus den Augen wie sie ihn, bis sie auf die Straße trat. Eine kalte Brise wehte über den Bordstein, aber es hatte aufgehört zu schneien. Die Wolkendecke riss auf und der Himmel darüber war übersät mit Sternen. Hatte sie Kristobal angelächelt? Sie hoffe nicht, konnte es aber nicht mit Bestimmtheit sagen.

Ob er Jarek auch mit seiner übernatürlichen Gabe beeinflusst hatte, damit der Manager sie gehen ließ?

Plötzlich hatte Nanouk einen Gedankenblitz. Konnte es sein, dass Kristobal ihr suggeriert hatte, die Berührungen des Nebelbildes zu spüren? Er hatte sie bewegungsunfähig gemacht und ihre Wölfin erreicht. Seine Beeinflussung hatte sich wie flüssiges Feuer angefühlt. Falls seine Suggestionen körperliche Reaktionen bei ihr hervorrufen konnten, war es durchaus denkbar, dass er die Macht besaß, sie glauben zu machen, den Geist zu spüren.

Bedeutete das nicht, dass die Berührungen im übertragenen Sinn die seinen waren? Oder wollte sie das nur glauben, weil sie hoffte, ihn ebenfalls nicht kalt gelassen zu haben?

Nubilus kam auf sie zugeeilt. «Die Show hat lange gedauert. Ich habe mir Sorgen gemacht. Aber ich sollte hier draußen warten, also habe ich gewartet und bin Patrouille gelaufen, dabei ist das Viertel nachts so tot, als würden die Leute hier noch an die Geisterstunde glauben und sich nicht trauen ...» Plötzlich stockte er. Seine Nasenflügel bewegten sich kaum merklich, als er schnupperte. «Aggressionen! Gab es Ärger? Heilige Scheiße, es gab Ärger, nicht wahr? Und ich stand auf der Straße wie diese blöde Pappfigur am Eingang.» Er raufte sich die kurzen, braunen Haare. «Ich hätte mit euch reingehen sollen. Das hätte ich tun sollen! Geht es euch gut? Ist alles in Ordnung? Lupus? Nanouk, du riechst verschwitzt und erschöpft.»

«Danke, das ist genau das, was eine Frau hören will.» Sie wollte gerade in den Ärmel ihres Parkas schlüpfen, als Nubilus ihn ihr aus den Händen riss.

Ganz Gentleman hielt er ihn ihr hin. «Es tut mir leid, so leid. Ich werde dich nie wieder allein lassen. Versprochen!»

«Bitte, tu mir das nicht an, Nubi», sagte sie sarkastisch. Nanouk lachte und das Lachen war befreiend.

Vier

Hier spukt das Böse, hatte jemand in die Holzzarge der Eingangstür geritzt.

Claw konnte darüber nur lachen. Er glaubte weder an Geister noch an Zauberei, sondern fühlte sich geerdet, deshalb konnte er auch nicht fassen, was Lupus ihm am Telefon erzählt hatte. Nachdem er mit Tala vom Wrangell-St. Elias Nationalpark nach Anchorage heimgekehrt war, fuhr er nicht als erstes nach Hause, sondern auf direktem Weg ins Knik River Valley, um sich mit seinem Rudel zu treffen.

Er hatte die Hütte ausgewählt, weil sie abgelegen lag und alle Menschen – bis auf ein paar sensationslüsterne Touristen und Jugendliche, die eine Mutprobe machten – sie wie der Teufel das Weihwasser mieden. Robert Hansen hatte in den achtziger Jahren Prostituierte an diesen Ort verschleppt, vergewaltigt und mit einem Jagdmesser getötet. Es hieß, die Hütte sei verflucht, doch sie war nicht mehr als ein Holzhaus, das idyllisch im Wald lag und langsam zerfiel.

Als Claw die Hütte betrat und den Pulverschnee von seinem schwarzen Crown Coat abschüttelte, schaute das Rudel auf. Seine Gefährten erhoben sich und neigten den Kopf. Testosteron schlug ihm entgegen. Er spürte Aggression, aber auch Unsicherheit, nicht weil seine Gefährten seine Reaktion auf ihr eigenmächtiges Handeln fürchteten, sondern weil sie die neuen Gegner nicht einzuschätzen vermochten.

«Ich bin im Bilde. Lupus hat mir bereits Bericht erstattet.» Er hielt Tala die Tür auf, trat jedoch zuerst ein. Wenn sie unter sich waren, ließ er ihr den Vortritt, doch in diesem Moment war es notwendig seinen Rang zu unterstreichen, damit das Rudel ihn nicht für ein verliebtes Schoßhündchen hielt.

Lupus nahm auf einer Kiste Platz. Er hatte offensichtlich noch nicht mitbekommen, dass die Temperaturen gestiegen waren, denn er war mit Skijacke, Mütze und Schal so dick eingepackt wie im tiefsten

Winter und trug sogar in der Hütte noch Handschuhe. «Ich hatte erwartet, dass die Gestaltwandlung auf der Bühne nur ein Trick ist, eine von vielen Illusionen, aber Pavel ist tatsächlich ein Werwolf. Nanouk ist auf die Bühne gegangen und hat ihn gerochen.»

«Das war riskant», eindringlich sah Claw die Werwölfin an, «oder mutig, wie man es sehen mag.»

Nanouk hatte das versteckte Lob sehr wohl verstanden und nickte dankbar. «Pavel ist ein schmieriger kleiner Kerl. Er fühlt sich wohl in seiner Rolle. Er mag es, etwas Besonderes zu sein, vom Publikum bestaunt zu werden und den Zuschauern Angst einzujagen.»

«Einzelgänger sind immer gefährlich, weil sie denken, es gäbe für sie keine Regeln, da sie zu keinem Rudel gehören.» Hinter Claw fiel die Tür ins Schloss. Tala stellte sich neben Nubilus. Es versetzte Claw einen Stich, aber sie durfte nicht den Platz an seiner Seite einnehmen, da sie nicht die Alphawölfin war. «Wir müssen mit Pavel reden. Entweder schließt er sich uns an oder er verlässt unser Revier, auf jeden Fall muss er sofort mit seiner Bühnenshow aufhören.»

«Ich will nicht mit einem Verräter Seite an Seite rennen.» Canis' Einspruch erntete leise Zustimmung.

Doch Claw konnte nicht zulassen, dass er sich weigerte, sich seinem Wort unterzuordnen und machte einen drohenden Schritt auf ihn zu. «Wenn er ein Rudelmitglied wäre, hätten wir ihn unter Kontrolle. Außerdem sind Werwölfe so selten, dass ein jeder etwas Kostbares ist.»

Einlenkend zog Canis den Kopf zwischen die Schultern.

Claw bemerkte Lupus' Kurzatmigkeit und war besorgt, nicht nur, weil er befürchtete, dass sein Tier es nicht länger schaffen würde, seine Krankheit auszubremsen, sondern auch weil die anderen Werwölfe seine Schwäche witterten und ihn zu Rangkämpfen herausfordern könnten. In seinem Zustand waren Kämpfe das letzte, was er brauchte. «Ich möchte, dass zwei von euch zu diesem Kristobal gehen und in meinem Namen um ein Gespräch bitten.»

Nanouks Puls schnellte hoch, als Claw den Namen des Großmagiers nannte, das hatte er deutlich gespürt und es passte ihm nicht. Doch unter die Angst, die er wahrnahm, mischte sich ein anderes Gefühl, das ihm weitaus größere Sorgen bereitete. Ihre Blicke trafen sich und Nanouk schaute ertappt zu Boden.

Nur Nubilus trennte die beiden Werwölfinnen. Tala spitzte die Lippen, wie sie es immer tat, wenn dunkle Wolken aufzogen. Claw wollte sich gar nicht erst ausmalen, was in diesem Moment in ihrem hübschen Kopf vorging. Frauen!

«Warum gehen wir nicht alle zum Theater, am besten sofort?» Wie die meisten Gefährten, reagierte Nubilus mit Unverständnis.

Claw taxierte ihn mit zusammengekniffenen Augen. Als ihm auffiel, dass der bullige Frankokanadier seinen braunen Baumwollpullover falsch herumtrug, denn der Waschzettel war zu sehen, musste er ein Grinsen unterdrücken, denn das hätte sein dominantes Auftreten ruiniert. «Weil das als Herausforderung betrachtet werden und einen Krieg anzetteln könnte. Kriege, selbst solche, die im Verborgenen stattfinden, fallen über kurz oder lang auf. Das ist zu riskant. Wir werden es erst einmal diplomatisch versuchen.»

«Aber dann ist unsere Chance auf einen Überraschungsangriff dahin.» Canis' Blut kochte vor Kampflust, weshalb er seine Daunenjacke auszog und auf einen Schemel warf, der daraufhin wackelte. «Nach dem zu schließen, was Nanouk und Lupus berichtet haben, werde sie uns auslachen, weil wir lieb *Bitte Bitte* sagen. Mit solchen Leuten zu reden ist vergebene Müh, man muss Taten sprechen lassen.»

Claw knurrte, weil sein Rudelgefährte zu weit ging. «Wir werden sie warnen und ihnen eine Chance geben, dahin zurückzukehren, wo sie hergekommen sind, oder weiterzuziehen. Auch wenn wir Werwölfe sind, werden wir uns nicht wie wilde Tiere aufführen und uns auf sie stürzen, ohne vorher eine Aussprache zu suchen, habe ich mich klar ausgedrückt?»

Aufsässig wollte Canis etwas erwidern, doch Claw fuhr ihm über den Mund, bevor er etwas sagte, das er bereuen würde. «Aus welchem Grund glaubst du, die richtige Strategie zu kennen? Du hast die Illusionisten noch nie getroffen.»

«Aber ich.» Selbstbewusst baute sich Nanouk vor dem Rudel auf.

«Ich werde zu Kristobal gehen und ihm mitteilen, dass der Alphawolf mit ihm zu sprechen wünscht.»

«Auf keinen Fall!», brauste Canis auf. Er ging neben ihr in Stellung und neigte sich leicht über sie, doch Nanouk zeigte sich keineswegs eingeschüchtert, sondern ignorierte ihn einfach und wartete auf Claws Reaktion.

Beschützend stellte sich Nubilus hinter Nanouk und legte beide Hände auf ihre Schultern. «Ich werde sie begleiten und nicht von ihrer Seite weichen.»

Nanouk schüttelte seine Hände ab und trat näher an den Alpha heran. «Ich brauche keine Wachhunde.»

Erneut nahm Claw etwas an ihr wahr, das ihn stutzig machte. Er spürte einen Hauch Sexualpheromone, nur sehr wage, aber seine geschulte Nase roch sie dennoch. Ihr Körper reagierte auf diesen Kristobal. Ihre abgebrühte Fassade konnte ihn nicht täuschen. Was war im Theater zwischen ihr und dem Illusionisten vorgefallen, das sie und Lupus ihm verheimlichten? Oder hatten Lupus und die Zuschauer nicht mitbekommen, dass auf der Bühne mehr vor sich gegangen war als Showhypnose und Phantasmagorien?

Auch diesmal hielt Nanouk Claws bohrendem Blick nicht stand. Weil sie den Alphawolf nicht herausfordern wollte. Und weil sie ahnte, dass er im Gegensatz zu den anderen Rudelmitgliedern, trotz der aufgeputschten Atmosphäre, hörte, dass ihr Herz einen Takt schneller schlug und ihr das Atmen schwerer fiel, jedes Mal, wenn Kristobals Name fiel.

Claw musste sich zusammenreißen, um nicht über sie herzufallen und sie zur Rede zu stellen, doch er war so klug, ihr Interesse an dem Fremden für sich zu nutzen. «Nanouk wird gehen. Die Theaterleute kennen sie schon und sie wird einen klaren Kopf bewahren.»

«Ich werde sie begleiten.» Die Unsicherheit in Talas Stimme war unüberhörbar.

Claw schüttelte den Kopf. «Nein.»

«Glaubst du, ich würde kurz vorher den Schwanz einziehen oder in Panik geraten?», fragte sie gereizt. «Ich brauche eine Chance, um mich zu beweisen.»

«Nicht hier und nicht jetzt!», donnerte seine Stimme durch die Hütte. Es tat ihm leid, die Stimme gegen sie zu erheben, aber sie hatte sich im Ton vergriffen. Das konnte er vor den anderen nicht durchgehen lassen. Tala wollte nur mitgehen, um mit Nanouk gleichzuziehen, aber dies war nicht der richtige Zeitpunkt und Weg, um sich mit ihr zu messen. Sie würde als Wolf kämpfen müssen, nur so konnte sie in der Rangordnung aufsteigen.

Und wenn er ehrlich war, wollte er sie verflixt noch mal aus der Schusslinie haben. Er würde nicht ruhig auf Nachricht warten können, wenn er wüsste, dass sie in der Höhle des Löwen war.

Tala errötete vor Wut, schwieg jedoch klugerweise. Sie hatte ihre Wangen aufgebläht. So unerotisch, wie dieses Kürbisgesicht auch wirkte – in diesem Moment fand Claw sie noch schöner, als er sie ohnehin schon fand. Leider war er gezwungen, ihr noch mehr wehzutun, in dem er aussprach, was alle dachten, nämlich dass sie gar nicht das Recht hatte, die anstehende Aufgabe zu übernehmen.

«Ich wäre ein schlechter Alpha, wenn ich den Omegawolf ins feindliche Lager senden würde.» Im Augenwinkel sah er, wie Rufus hellhörig wurde und die Ohren spitzte. Der Junge schien sich nicht bewusst zu sein, dass er nicht mehr der Unterste in der Hierarchie war. «Du besitzt weder die Erfahrung als Werwolf, noch die Geschicklichkeit beim Kampf, sollte es zu einem kommen.»

«Wie du wünschst.» Ihr Brustkorb hob und senkte sich aufgebracht. Sie schaute missbilligend zu Nanouk und zog sich dann hinter Lupus zurück, um zu demonstrieren, dass sie nicht mehr gebraucht wurde und sauer war.

Das würde Ärger zu Hause geben. Claw ließ sich nichts anmerken, obwohl es ihn schmerzte, Tala verletzt zu haben. Er musste sie nicht nur in ihre Schranken weisen, sondern auch auf den Boden der Tatsachen zurückholen. Das Leben im Rudel war nicht einfach und sie hatte sich nicht einmal freiwillig dazu entschieden, sondern war von dem wahnsinnig gewordenen ehemaligen Gefährten Dante infiziert worden.

Er nickte Canis zu. «Du wirst mit Nanouk gehen, aber sie übernimmt die Führung. Keine weiteren Diskussionen! Dein Hitzkopf wird uns irgendwann noch mal in Schwierigkeiten bringen. Nanouk ist eine Frau, die Illusionisten werden sie nicht als Bedrohung einordnen, auch wenn sie das sehr wohl ist.»

«Ich werde nicht von ihrer Seite weichen.» Canis warf Nubilus einen missbilligenden Blick zu, weil dieser Lupus und Nanouk nicht in die Mitternachtsshow gefolgt, sondern vor der Tür gewartet hatte.

Nanouk schnaubte und fragte provokant: «Wie willst du mich gegen Vampire beschützen?»

«Vampire existieren nicht. Dieser Kristobal hat dir einen Bären aufgebunden.»

«Ich kann es ja selbst kaum glauben. Aber wie erklärst du dir seine Beeinflussung?» Sie stellte sich dicht vor ihn und verschränkte ihre Arme vor dem Brustkorb. «Kristobal sagte, dass kein anderer Vampir außer ihm Werwölfe hypnotisieren kann, und das scheint zu stimmen, denn Radim hat es nicht geschafft, mich mit einem Bann zu belegen.»

«Das zu behaupten gehörte zur Show, um den Großmagier auf die Bühne zu holen und seine Magie als sehr machtvoll darzustellen.»

«Ich habe seine übernatürliche Macht gespürt.» Sie klang beinahe ehrfürchtig. «Außerdem erinnere dich an die beiden Leichen, die ausgerechnet in dem Viertel, in dem sich das Theater befindet, mit Bisswunden in den Hälsen gefunden wurden.»

«Das könnten auch Einstiche von einem Eispickel, einer Fleischgabel oder einem Plastikgebiss gewesen sein. Wer sagt denn, dass Jerkins sich das mit den vermeintlichen Bisswunden nicht ausgedacht hat, um dich aus der Reserve zu locken? Immerhin hat er dir die Theorie unter die Nase gerieben, dass ein Werwolf der Mörder sein könnte.»

«Das bezog sich auf Pavel, nicht auf uns», warf Lupus kurzatmig ein.

«Der Reporter hat die Wahrheit gesagt. Ich glaube auch nicht an die Existenz von Vampiren, aber wir müssen die Möglichkeit in Betracht ziehen. Werwölfe gibt es schließlich auch.» Claw wandte sich an Tala. «Wo hast du die *Alasca State News*, die wir auf dem Weg hierher gekauft haben?»

Tala hatte sie von ihrer Jacke verdeckt festgehalten und reicht sie ihm nun.

Anstatt die Zeitung anzunehmen, packte er Talas Handgelenk und zog sie herrisch neben sich. Es war nicht angebracht, dass sie dort stand, aber, zum Henker, sie gehörte an seine Seite, weil sie seine Frau war.

Sie war noch immer angesäuert, entspannter sich jedoch und hielt das Titelblatt der Tageszeitung hoch, die die Meldungen des gesamten Staats zusammenfasste.

Claw klopfte sanft mit dem Knöchel seines Zeigefingers dagegen. «Da steht es schwarz auf weiß. Die Polizei hat bekanntgegeben, dass die Leichen mit den Bisswunden blutleer aufgefunden wurden. Für mich ist das ein weiteres Puzzleteil. Entweder sind die Theaterleute Fetischisten und ahmen den Vampirismus nach», und Nanouk war lediglich Kristobals Charme erlegen, was Claw aufgrund ihrer Reaktionen durchaus für möglich hielt, aber verschwieg, «oder sie sind wahrhaftig Blutsauger.»

In der Hütte war es totenstill.

Fünf

Es war ein Test. So simpel wie effektiv.

Canis war begeistert von Nanouks Idee. «Auf diese Weise können wir erzwingen, dass die Illusionisten uns die Wahrheit offenbaren, ob sie wollen oder nicht.»

«Sie werden ihre unglaubliche Behauptung bestätigen, oder beweisen, dass sie uns etwas vorgemacht haben.» Was fällt dir als erstes ein, wenn du an Vampire denkst, hatte sie sich gefragt. Lichtempfindlichkeit. Glaubte man der Mythologie, verbrannten Blutsauger, wenn sie ins Sonnenlicht traten. Sie lebten in der Nacht, weshalb die Mitternachtsshow perfekt zu ihrem Rhythmus passte, und schliefen tagsüber. Es lag daher nahe, die Fremden am Tag aufzusuchen.

Um den Überraschungsmoment auf ihrer Seite zu haben, parkten sie ihren Wagen nicht unmittelbar vor dem Nostalgia Playhouse, sondern einen Block entfernt. Während sie gemeinsam den Gehweg entlang gingen, bestrebt, nahe an den Häuserwänden zu bleiben, wie zwei Wölfe, die sich an ihre Beute heranschlichen, musste Nanouk Canis immer wieder zurückhalten, damit er nicht vorauslief.

Sie fasste seinen Oberarm, um ihn zu zügeln, und schob ihren Zimtkaugummi in die Wangentasche. «Was ist nur los mit dir? So kenne ich dich gar nicht. Du bist nie ein Hitzkopf gewesen. Engagiert, ja, aber nicht aufbrausend.»

«Tut mir leid. Ich fühle mich selbst nicht wohl in dieser Rolle.» Er verlangsamte seinen Schritt, schaute auf ihre Hand, die ihn kräftiger gepackt hatte, als es eine Menschenfrau jemals getan hätte, und grinste anzüglich. «Ich mache mir Vorwürfe, dass ich dich und Lupus nicht anstellte von Nubi begleitet habe.»

«Es ist nichts passiert.» Nanouk ließ ihn los, damit er nicht glaubte, sie habe ihn berührt, um Nähe herzustellen. Energisch kaute sie auf dem Gum herum.

«Du warst unnötig in Gefahr und ich trage mit Schuld daran.»

«Lass es gut sein.» Da das alte Theater nur noch wenige Häuser entfernt war, spuckte sie den Kaugummi aus. «Du kannst nicht immer bei mir sein wie mein Schatten.»

«Aber Gefährten sind füreinander da.» Leiser fügte er hinzu: «*Ich* bin immer für dich da.»

«Das weiß ich doch. Aber in dem Zustand, in dem du bist, solltest du dich lieber um dich selbst kümmern. Wo ist die Gelassenheit des Inupiaq-Indianers?» Sie knuffte ihn in die Seite.

Woraufhin er sie behutsam schubste. «Ich sollte meinen Stamm besuchen. Vielleicht würde mich das wieder runterbringen.»

«Oder rennen.» Wie gern würde sie einmal wieder mit Canis in Wolfsgestalt im Wald herumtollen, doch sie befürchtete, dass er mehr als Freundschaft hineininterpretierte. Obwohl die Fronten geklärt waren, machte er ab und zu Anspielungen.

«Lupus wird schwächer und Nubi hat seinen Kopf in den Wolken.» Er knabberte an seiner Unterlippe. «Sie sind nicht die richtigen Begleiter für dich.»

«Lass Nubilus in Ruhe!» Der Bär hatte bei ihr einen Stein im Brett. Hatte Canis ihn deshalb auf dem Kieker?

«Er will mir meinen Platz streitig machen, das spüre ich.» Schlecht gelaunt trat er gegen einen Getränkekarton, die in die Straßenrinne flog und dort liegenblieb. «Über kurz oder lang wird er mich herausfordern.»

«Wir reden hier über die Rangordnung und nicht über den Platz an meiner Seite, oder, Canis? Wenn es bei euren Animositäten nämlich um mich geht, werde ich fuchsteufelswild! Ich bin alles andere als paarungswillig und das weißt du.»

«Dein Körper strömt andere Signale aus, Nanouk.»

Abrupt blieb sie stehen. «Wie bitte?»

«Beruhige dich, bei Nubi und mir geht es um die Hierarchie. Unsere Wölfe machen sich immer stärker bemerkbar, sie wollen sich messen.» Er zog sie weiter.

«Rieche ich wirklich ...», sie suchte nach einer passenden Beschreibung, denn das Wort *läufig* wollte sie unter allen Umständen vermeiden, und sagte verlegen: «... bereit?»

Er grinste über das ganze Gesicht. «Erst seit gestern.»

Gestern war sie in der Mitternachtsshow gewesen. Und sie hatte Kristobal kennengelernt. «Verflixt», murmelte sie und dachte daran, wie Claw sie beim Treffen angeschaut hatte. Er ahnte etwas. Sie hatte noch nie Glück mit Männern gehabt, deshalb hatte sie sich vorgenommen, vorerst allein zu bleiben. Aber das bedeutete ja nicht, dass sie abstinent sein musste. «Das kann nur daran liegen, dass meine Wölfin den Frühling wittert.»

«Also, mein Wolf ist das ganze Jahr über bereit.» Eine Frau, die auf der anderen Straßenseite ging und schwer an ihren Einkaufstaschen trug, wurde durch Canis' Gelächter auf sie aufmerksam. «Das ist der Lauf der Natur. Deine Triebe kannst du nicht unterdrücken.»

Nanouk knurrte. «Noch lauter, dann hört es die ganze Straße.»

Betreten zuckte er mit den Achseln. «Tschuldigung.»

Sie blieben vor dem Theater stehen. Schwere Vorhänge hingen vor den Fenstern. Von außen wirkte das Gebäude unbewohnt und bei Tageslicht noch abrissreifer als in der Nacht. Im Glaskasten, in dem Adamo gesessen und die Kasse gemacht hatte, hing ein Schild:

Mitternachtsshow

Heute Vorstellung

Einlass: dreißig Minuten vor Geisterstunde

«Sehr dezente Werbung», sagte Canis und klopfte gegen das Glas. «Es wundert mich, dass die Show überhaupt ausverkauft war, so wie ihr berichtet habt.»

Nanouk erinnerte sich daran, dass einige Zuschauer nach der Vorstellung hinter die Kulissen gebracht worden waren. Vielleicht beeinflussten die Vampire sie, so dass sie genug Mundpropaganda machten. Oder sie nahmen einen kleinen Mitternachtssnack. Vorsichtshalber überprüfte Nanouk noch einmal, ob die Kette noch um ihren Hals hing.

Sie klopfte an der Eingangstür. Niemand antwortete. Dann presste sie ein Ohr an die Tür und lauschte, aber es war nichts zu hören. Während Canis das Gebäude genauer betrachtete, um herauszufinden, ob sie die Fassade hinaufklettern konnten, blickte Nanouk zum Himmel. Kein einziges Wölkchen schmälerte die Schönheit des strahlenden

Blaus. Schliefen die Theaterleute? Weil sie nachts arbeiteten? Oder weil sie Vampire waren? Ein mulmiges Gefühl breitete sich in ihr aus.

Als sie Canis gerade vorschlagen wollte, einen Hintereingang zu suchen, öffnete jemand die Tür. Es war einer der Steinzeitmenschen. Sein mürrischer Gesichtsausdruck wirkte wie in Stein gemeißelt. Hinter ihm tauchte sein Ebenbild auf. Ihr Aussehen war nicht völlig identisch, aber ihre Gesichtsphysiognomie war dieselbe, ebenso ihre Haltung und ihre Einstellung Fremden gegenüber. Wie Blutsauger sahen die beiden nun wirklich nicht aus, selbst wenn Nanouk sich von ihrem Klischeedenken löste.

Also waren die Illusionisten und ihre Crew doch keine Vampire.

«Verkneif dir einen Kommentar», sagte sie zu Canis, der die beiden Wachmänner von oben bis unten musterte und amüsiert ihr Profil in Augenschein nahm. Dann wandte sie sich an die Zwillinge. «Wir wünschen Kristobal zu sprechen.»

Der kleinere von beiden lachte abfällig und spuckte auf die Straße. «Nein, das wollt ihr bestimmt nicht.»

«Keine Beute kommt freiwillig zum Jäger», murmelte der andere, packte seinen Gürtel und zog seine Jeans hoch, über der sich ein Bäuchlein wölbte.

«Hört mal gut zu.» Canis prüfte, wer sich in der Nähe aufhielt, da es so aussah, als würde es zu einem Kräftemessen kommen. «Wir werden zu ihm gehen, ob ihr uns nun durchlasst oder wir uns den Weg freikämpfen müssen. Uns ist das egal. Gegen einen guten Kampf haben wir nie etwas einzuwenden.»

«Wir auch nicht.» Der Größere neigte sich vor.

Das hätte er nicht tun sollen, denn Canis gab ihm blitzschnell mit seiner Stirn eins auf die Nase. Während sein Gegner aufheulte, trat er dem zweiten in die Weichteile und schlug dem ersten in Nieren. Seine Bewegungen waren beeindruckend schnell und geschmeidig, so dass die Kolosse nicht dazu kamen, seine Schläge und Tritte abzuwehren.

Da Nanouk wusste, dass die Kerle nur kurzfristig abgelenkt waren, sprang sie zwischen ihnen hindurch, machte eine Rolle vorwärts und rollte sich im Foyer des Theaters ab. Sie kam sicher auf ihren Füßen zu stehen und flog herum, die Hände erhoben, um jeden Moment ihre Krallen auszufahren. Canis hatte sich auf den Schultern der Kolosse abgestützt und nach vorne geschwungen, und stand bereits neben ihr, als sich die Zwillinge verdutzt umdrehten und nur langsam begriffen, dass man sie überrumpelt hatte.

Nanouks Krallen drängten heraus. Ihre Timberwölfin war heiß auf eine Auseinandersetzung, sie wollte mitkämpfen. Aber noch erlaubte es Nanouk ihr nicht. Sie hatte keine Ahnung, was die Wachmänner über ihre wahre Natur wussten und wollte sich nicht eher zu erkennen geben als notwendig.

Es war lustig anzusehen, wie sich ihre Gesichter vor Wut rot färbten. Nur die Nasenspitze des Kleineren blieb blass, als würde sie nicht gut durchblutet werden. Beide Männer stürmten gleichzeitig durch die Tür. Sie stießen an den Schultern zusammen und blieben fast im Eingang stecken, aber dann waren sie mit großen Schritten bei ihnen. Ihre Arme sahen kräftig aus und ihre Pranken waren groß wie Bärentatzen.

«Stopp!», rief jemand hinter Nanouk. «Caleb, Caine, was macht ihr denn da?»

Ohne die beiden Angreifer aus den Augen zu lassen, kam Canis an Nanouks Seite, um zusammenzubleiben.

Adamo lief aufgeregt zu ihnen, doch als er die offen stehende Tür sah, schirmte er sein Gesicht mit den Händen ab. «Macht sie zu, ihr Idioten!»

Der Kleinere, der bei dem Namen Caine zusammengezuckt war, entschuldigte sich kleinlaut und gehorchte.

Nanouk und Canis wechselten Blicke. War doch etwas Wahres an der Behauptung, dass die Illusionisten Vampire waren? Nanouk hätte es wohl Kristobal zugetraut, dass er die Rolle des Blutsaugers bis zur Perfektion spielte, nicht aber Adamo. Er war nicht so abgebrüht wie seine Freunde und Kollegen. Aber was war mit den Zwillingen? Ihnen hatte das Tageslicht nichts ausgemacht.

Nachdem der Eingang geschlossen war und das Foyer nur von dem Licht des Notausgangs ein wenig erhellt wurde, entspannte Adamo sich wieder. «Ihr solltet gehen. Es wird euch nicht bekommen, wenn ihr bleibt. Bitte, ich meine es nur gut mit euch.»

«Wir müssen dringend mit Kristobal reden.» Nanouk fiel auf, dass der junge Mann ständig den Kopf gesenkt hielt und sie von unten herauf anschaute. Wie ein unterwürfiger Wolf. Wahrscheinlich war er das kleinste Rädchen im Getriebe der Mitternachtsshow.

Entsetzt schüttelte er den Kopf. «Das geht nicht.»

«Wieso nicht? Hält er gerade seinen Mittagsschlaf in seinem Sarg?»

Für diesen Kommentar gab Nanouk Canis einen Klaps auf den Bauch. Das konnte noch heiter werden. Der Großmagier würde sich die Spitzfindigkeiten des Indianers nicht gefallen lassen. «Bitte, Adamo, unser Alpha schickt uns. Wir können nicht zurückkehren, ohne ihm Kristobals Antwort zu überbringen. Das versteht du doch, oder?»

«Ihr seid Werwölfe, oder?» Er saugte seine Oberlippe in den Mund ein, als versuchte er seine Lippenspalte zu verbergen. «Ihr seid wie Pavel.»

Nanouk warf den Zwillingen einen misstrauischen Blick zu. «Könntest du Kristobal wenigstens fragen, ob er uns empfängt? Wenn er ablehnt, werden wir ohne Ärger zu machen gehen.»

Zögerlich willigte er ein und verschwand durch eine Tür.

Nanouk und Canis standen den Zwillingen gegenüber. Die Atmosphäre war geladen. Nanouk musste nicht nur die Kolosse im Zaum halten, sondern auch ihren Gefährten, denn sein Tier würde sich liebend gern mit ihnen messen. Sie hatte sich Vampire anders vorgestellt – schlanker, eleganter, pfiffiger –, aber vermutlich waren sie so unterschiedlich wie Werwölfe. Dezent schnupperte sie. Caine und Caleb rochen nach Schweiß, nach Mann, nach körperlicher Arbeit und dem Stemmen von Gewichten, nach Motorenöl, speckigem Leder und nach Lemonengras und süßen Lavendelblüten, als hätten sie vor Kurzem die Kerzen im Saal ausgetauscht. Die vielen Gerüche verwirrten Nanouks Nase.

Adamo kehrte zurück. Unsicher schaute er von Nanouk zu Canis und wieder zu ihr. «Okay.»

Es kribbelte in Nanouks Zehspitzen, doch sie war sich nicht sicher, ob ihre Füße zu Kristobal laufen oder aus dem Theater wegrennen wollten. «Dann gehen wir.»

«Er nicht.» Obwohl in Adamos Stimme Angst mitschwang, stellte er sich Canis in den Weg.

Canis' Zornesfalte trat hervor. Er stemmte seine Hände in die Hüften und kniff seine Augen zusammen. «Was soll das heißen?»

«Kristobal will nur mit ihr sprechen. Solltest du darauf bestehen, sie zu begleiten, werden Caleb und Caine euch beide auf die Straße setzen und das Gespräch ist beendet, bevor es begonnen hat.» Entschuldigend zuckte Adamo mit den Achseln. «Befehl ist Befehl.»

«Das sollen sie versuchen», sagte Canis und ballte seine Hände zu Fäusten.

Nanouk sah alle Felle davonschwimmen. Sie massierte ihre Schläfen, dachte kurz nach und legte beschwichtigend die Hände auf die Schultern ihres Gefährten. «Wir müssen auf die Bedingung eingehen.»

«Auf keinen Fall wirst du ohne mich zu diesem ...»

«Canis», unterbrach sie ihn drohend und verstärkte ihren Griff. «Er wird mir nichts tun. Außerdem weiß ich mich zu wehren. Oder willst du mir absprechen, dass ich mich um mich selbst kümmern kann?»

«Natürlich nicht.» Er biss die Zähne zusammen, denn er wusste, dass sie ihn ausgetrickst hatte.

Eine andere Antwort hätte er ihr nicht geben dürfen, weil das einer Herausforderung gleich gekommen wäre. Innerlich triumphierte Nanouk. Sie wusste, wie sie ihren Freund zu nehmen hatte. Dennoch konnte sie ihn verstehen. Vor zwei Jahren war er von Claw ausgeschickt worden, um andere Werwölfe zu suchen, doch den einzigen, den er mit nach Anchorage brachte, hatte er selbst zu einem gemacht. Und nun tauchte aus dem Nichts ein Lykanthrop in der Stadt auf. Das frustrierte Canis.

Er wehrte ihre Hände ab. «Aber ich bin nicht mitgekommen, um im Foyer zu warten, während du ins Verderben läufst.»

«Red keinen Unsinn. Ich geh nur kurz fragen und bin in Nullkommanichts wieder bei dir.» Ihr Blick streifte die Wachmänner. «Du kannst dich ja ein bisschen mit den Vin-Diesel-Kopien prügeln, um Dampf abzulassen. Das würde euch dreien gut tun.»

Die Wächter runzelten die Stirn, dann fiel der Cent und sie schnaubten wie Stiere, die jeden Moment angriffen, aber eine Geste Adamos hielt sie zurück.

Nanouk wunderte sich, dass die Fleischberge auf den Jungen hörten. Da Canis noch nicht vollkommen überzeugt war, setzte sie noch ein Argument obendrauf. «Wirst du dich besser fühlen, wenn wir Claw gegenübertreten müssen, ohne unsere Mission erfüllt zu haben? Manchmal muss man sich selbst zurücknehmen, damit das Rudel an sein Ziel kommt.»

Er murmelte unverständliche Worte und brummte schließlich. «Geh, bevor ich es mir anders überlege. Aber solltest du in fünfzehn Minuten nicht wieder an derselben Stelle stehen wie jetzt, werde ich das Playhouse auf den Kopf stellen.»

Sie lächelte ihn dankbar an, reichte ihm ihre Outdoorjacke und wandte sich zum Gehen, als er sie am Arm festhielt. «Und wehe du erzählst Nubi davon.»

Ihr Lächeln wurde breiter. «Versprochen.»

Es sah vollkommen lässig aus, wie Nanouk Adamo durch eine Seitentür folgte, doch innerlich war sie aufgewühlt. Mit jedem Schritt, den sie Kristobal näherkam, schwoll das Kribbeln in ihren Zehen an. Es erfasste ihre Füße und wanderte ihre Beine hoch, bis es Körperstellen infizierte, an denen die Funken sofort ein Buschfeuer auslösten.

Hätte sie doch nur nicht die Stilettos angezogen! Die Zehn-Zentimeter-Absätze waren allein schon zu sexy, aber dass sie in braunen kniehohen Schnürlederstiefeln mündeten war definitiv too much. Zu spät. Nanouk konnte sie schlecht ausziehen und Kristobal barfuß entgegentreten.

Sie gingen einen Korridor entlang, bogen vor den Künstlergarderoben in ein Treppenhaus ab und nahmen die Treppe, die in die zwei Obergeschosse führte. Nanouk fand ihre Vorurteile erneut widerlegt, denn sie hatte damit gerechnet, Kristobal im Keller vorzufinden. Nicht unbedingt in einem Sarg liegend, aber in einer Kellerwohnung ohne Fenster.

«Caleb und Caine», fragte Nanouk beiläufig, «sind das menschliche Wächter, die euch bei Tag beschützen?»

Adamo hustete gekünstelt, um Zeit zu gewinnen und sich eine Antwort zurechtzulegen. «Das fragst du besser Kristobal.»

«Dann habe ich also Recht?», bohrte sie nach.

Kaum merklich nickte er und hielt ihr die Tür auf, die ins zweite Obergeschoss führte.

Nanouk trat hindurch. Ihr wurde mulmig. Der Verdacht, dass Kristobal sie nicht auf die Schippe genommen hatte, erhärtete sich. Nicht nur er war ein Vampir, sondern auch Adamo, wahrscheinlich alle, die mit der Mitternachtsshow zu tun hatten, bis auf die Zwillinge. Und sie befand sich mitten unter ihnen. Diesmal gab es kein Publikum, aufgrund dessen Kristobal sich zügeln musste, um seine wahre Natur zu verbergen. Kein Werwolf hielt Sichtkontakt, um ihr zu Hilfe eilen zu können. In Kürze würde sie allein mit ihm sein, doch sie fürchtete sich mehr vor dem Prickeln, das er in ihr auslöste, als vor allem anderen.

Adamo brachte sie in einen Raum und verschwand. Nanouk war so überrascht in einem Schlafzimmer zu stehen, dass sie Kristobal erst wahrnahm, als er sich erhob. Er hatte an einem Schreibtisch in der Ecke gesessen, nun musterte er sie von oben bis unten und hob eine Augenbraue.

Gut sah er aus, musste sie zugeben, obwohl es ihr befremdlich erschien, dass er auch privat Bühnenkostüme trug. Hemd und Hose waren genauso pechschwarz wie seine Haare. Auffällig jedoch war der bordeauxrote Gehrock aus Samt. Er wirkte mit der schwarzen Posamentenborte und den goldenen Knöpfen wie aus einem anderen Jahrhundert. Wie alt mochte er sein? Sollten Vampire tatsächlich unsterblich sein, konnte er zweihundert Jahre älter sein, als er aussah. Aber Werwölfen sagte man diese Eigenschaft ebenfalls nach, was nicht stimmte, sie alterten nur langsamer, weil das Tier ihnen Kraft schenkte.

«Hast du dich meinetwegen so sexy angezogen?» Kristobal schlenderte näher. Ein anzügliches Lächeln umspielte seine Lippen.

Was bildete er sich ein! Nanouk schaute an sich herab. Ihr T-Shirt war dezent und camelfarben, aber sie musste zugeben, dass es sich aufgrund des Stretchstoffes eng an ihre Rundung schmiegte. «Ich habe mich lediglich in weiser Vorausahnung luftig angezogen. Weshalb ist es im Theater eigentlich immer so brütend heiß?»

«Vampire produzieren kaum Eigenwärme.» Sein Handrücken streifte ihren Oberarm. «Entspann dich. Du stehst stramm wie ein Soldat.»

Im Grunde war sie das sogar, eine Kriegerin, die von ihrem Alpha einen Auftrag erhalten hatte. Kristobals Berührung hinterließ eine heiße Spur auf ihrem Arm. Ihr fiel auf, dass alle Fenster von innen zugenagelt waren. «Sonnenlicht ist also tatsächlich tödlich?»

«Bist du hier, um mich umzubringen?»

«Unsinn.» Aber es konnte nicht schaden, etwas über die Vampire zu erfahren. «Nun? Wirst du antworten oder muss ich das Geheimnis lüften, indem ich einige Bretter von den Fenstern reiße? Du solltest den strahlend blauen Himmel sehen.»

Ein Knurren stieg in seiner Kehle auf, wie sie es nur von Werwölfen kannte. Das verwirrte sie für einen kurzen Moment.

«Kannst du dir überhaupt vorstellen, wie schwer es ist, ständig in künstlichem Licht zu leben?» Zwischen den Zeilen hatte er ihre brisante Frage bejaht.

«Wenn ihr nicht genug Blut trinkt, fallt ihr in eine Starre?»

«Über kurz oder lang würden wir sterben.» Er fuhr sich mit der Zungenspitze über die Lippen, als hätte er einen trockenen Mund. «Wir müssen fremdes Blut aufnehmen, um überleben zu können und um unseren Hunger zu stillen. Proteine, Salze und so weiter. Unserem Blut fehlen die Erythrozyten, die für den Sauerstofftransport zuständig sind – eine überspitzte Anämie sozusagen –, es besteht nur aus einer Konzentration von Thrombozyten und Leukozyten. Die Blutplättchen beschleunigen unsere Heilung, und die außergewöhnlich hohe Dichte an weißen Blutkörperchen stärkt unser Immunsystem immens. Aber alles hat seinen Preis.»

«Dann seid ihr nicht tot?»

«Sehe ich etwa so aus?» Pikiert hob er eine Augenbraue.

«Wie sieht es mit religiösen Symbolen aus?» Sie holte den Anhänger ihrer Kette hervor, den sie bisher unter ihrem Shirt verborgen hatte.

«Nein», schrie Kristobal hysterisch. Abwehrend hielt er die Hände vors Gesicht und duckte sich. Doch schon im nächsten Moment lachte er herzhaft. Er kam zu ihr und nahm das Kreuz in die Hand, das an der Kette hing. «Lass mich raten. Der Schmuck ist aus Silber.»

«Es kam auf einen Versuch an.» Seine Hand war viel zu nahe an ihrem kleinen festen Busen. Es prickelte bereits in ihren Brustspitzen.

Er wendete den Anhänger und schaute sich die Rückseite an. «Silber kann uns genauso wenig anhaben wie euch Werwölfen.»

«Worte sind nur Worte. Beweise sind mir lieber.» Ihr Busen wogte auf und ab. Warum ließ er das Kreuz nicht endlich los? «Seid ihr unsterblich?»

«Fast.» Er legte die Kette auf ihr Dekolleté und strich mit den Fingern darüber.

Nanouk hätte ihn am liebsten ihre Krallen spüren lassen, denn er wusste genau, welche Wirkung er auf sie hatte. Anstatt sich die Blöße zu geben, durch eine unüberlegte Reaktion zu offenbaren, dass er ihr den Atem raubte, versuchte sie ihn mit weiteren Fragen abzulenken. «Kann man euch mit einem Holzpflock töten?»

«Man kann jedes Lebewesen umbringen, indem man ihm einen Pflock durchs Herz treibt.» Seine Finger glitten erneut über die Kette, dann über das Kreuz und tiefer. «Was sagt das schon aus?»

«Genauso wie Köpfen den sicheren Tod bringt.» Ihre Brustspitzen malten sich auf dem Stretch-T-Shirt ab.

Kristobal betrachtete sie verträumt. «Und wenn ein Arm ab ist, ist er ab. Er wächst nicht nach. Herrgott, wenn das so wäre, wären wir wirklich Freaks.»

«Und das seid ihr nicht?»

«Pass auf, was du sagst.» Mit zusammengekniffenen Augen starrte er sie an. «Wir sind nicht mehr Freaks als ihr es seid.»

Als seine Finger um ihre linke Brustwarze kreisten, war es zu viel für Nanouk. Sie musste ihm einen Riegel vorschieben, um seinem Charme nicht zu erliegen und schwach zu werden. «Wie sieht es mit der Heilung von Wunden aus?» Sie hatte ihre Frage noch nicht ganz ausgesprochen, da hatte sie schon ihre Krallen ausgefahren und ihn oberflächlich am Hals gekratzt.

Auch bei Werwölfe heilten Wunden schneller als bei Menschen, aber nicht so schnell wie Kristobals. Innerhalb von wenigen Sekunden war nichts mehr von den Kratzern zu sehen. Faszinierend und erschreckend zugleich, denn sollte es zu einem Revierkampf kommen, wären die Vampire mächtige Gegner.

Plötzlich drängte Kristobal Nanouk gegen die Wand. Er zwängte sie mit seinem Körper ein und legte seine Hand an ihre Kehle. Krallen stachen sachte in ihren Hals. Vampire besaßen also auch Klauen, gut zu wissen. Während sein Gesicht vor Zorn versteinert war, sprach sein Körper eine andere Sprache, denn die Wölbung in seinem Schritt drückte gegen Nanouks Bauch. Hitze stieg in ihr auf.

«Mach das nie wieder.» Sein Gesicht war dem ihren so nahe.

Er würgte sie nicht. Sein Griff war nur eine Drohung. «Ich war neugierig.»

«Neugier ist der Katze Tod.» Sein Daumen tastete nach ihrem Kehlkopf.

Sie fasste sein Handgelenk, nur für alle Fälle. «Ich bin eine Werwölfin.»

«Du verhältst dich wie eine Raubkatze. Das hat durchaus seinen Reiz, birgt allerdings auch eine gewisse Gefahr.»

Das sollte wohl bedeuten: bis hierhin und nicht weiter. Nanouk hatte verstanden. «Es ging mir nur um einen weiteren Beweis, mehr nicht.»

«Was soll ich tun, damit du mir glaubst, dass ich ein Vampir bin?» Seine Stimme klang dunkel und rau.

Sie sprach den ersten Gedanken aus, der ihr kam. «Verwandele dich in eine Fledermaus.»

Er lachte schallend. Zum Vorschein kamen zwei lange, spitze Eckzähne, die leicht nach hinten gebogen waren wie die Fangzähne eines Wolfes, nur dass sie filigraner waren. «Selbst wenn ich es könnte, würde ich das nicht tun, nicht in ein Tier.»

«Beiß mich, um mein Blut zu kosten, und ich reiß dich in Stücke», warnte sie ihn knurrend.

«Das würde ich niemals tun.» Ihr wurde warm ums Herz, doch was er dann sagte, war wie ein Eimer Eiswasser, den er ihr ins Gesicht schüttete. «Das Blut von Lykanthropen schmeckt faulig. Es hat diesen haut goûte wie Wildfleisch – streng, scharf und wenn sie schon viele Jahre Werwölfe sind, sogar ein wenig süßlich-aasig.»

Nanouk holte aus, um ihm eine Ohrfeige zu verpassen, die sich gewaschen hatte. Doch er fing ihr Handgelenk erneut ab und drückte es gegen die Wand über ihrem Kopf.

«Mal sehen, ob dein Kuss besser schmeckt.» Er vergrub seine Hand, die zuvor an ihrem Hals gewesen war, in ihren Haaren, zog ihr Gesicht zu sich und presste seinen Mund fest auf den ihren.

Unnachgiebig hielt er sie fest. Nanouk wehrte sich spielerisch, doch als sie seine Zungenspitze an ihren Lippen fühlte, ließ sie ihn hinein. Kristobal schmeckte warm und köstlich. Was hatte sie erwartet? Dass er kalt wie ein Fisch war? Er hatte gesagt, dass Vampire keine Eigenwärme produzieren können und sie nahm ihm das ab, weil die Heizung bis zum Anschlag aufgedreht worden sein musste. Aber warum glühte seine Haut?

Sie gab sich der Illusion hin, dass sie der Grund dafür war, und drückte ihren Mund fester auf den seinen, nicht nur weil sie immer erregter wurde, sondern auch um zu testen, ob er lediglich herausfinden wollte, wie abgebrüht sie war. Wenn er nur beabsichtigte, sie zu ärgern, würde er den Kuss lösen, sobald er merkte, dass sie sich nicht aufregte.

Er tat es nicht, sondern öffnete seinen Mund weiter, um tiefer in sie eindringen zu können. Zärtlich umspielte seine Zungenspitze die ihre. Ihre Zungen umkreisten sich wie kleine Wirbel, sanft und doch voller Energie.

Obwohl Nanouk sich Kristobal hingab, hielt er ihren Hinterkopf fest, damit sie sich ja nicht von ihm entfernte. Er ließ ihr Handgelenk los und legte seine Hand an ihren Hosenbund. Sein Kuss wurde leidenschaftlicher, er schob seine Fingerspitzen im Rücken unter ihr Shirt und streichelte sie knapp über dem Steißbein.

Nanouk bekam eine wohlige Gänsehaut. Sie umschlang seine Taille, winkelte ihr Bein an und stemmte die Stiefelsohle gegen die Wand, so dass ihr Knie zwischen seine Schenkel stieß. Hart bohrte sich seine Erektion gegen ihren Bauch. Mochte Kristobal glauben, Nanouk würde sich ihm in diesem Moment unterwerfen, so wusste sie doch, dass ihre Macht über ihn ebenso groß war. Ungeduldig drängte ihre Wölfin sie, einen Schritt weiterzugehen.

Plötzlich trat Kristobal einen Schritt zurück. Er betrachtete ihre vom Küssen geschwollenen Lippen und fuhr sich mit dem Handrücken über seinen Mund. «Ich war nur neugierig, möchte die Spezies der Gestaltwandler näher kennenlernen und Vergleiche sammeln, falls in eurem Rudel jemand ist, der mir gefällt. Vielleicht nehme ich sie als Schoßhund bei mir auf.»

«Elender Mistkerl!» Nanouk erkannte die Retourkutsche, trotzdem war sie verletzt.

Kristobal musste ihr ansehen, dass er sie tief getroffen hatte, denn er lenkte ein: «Du bist nicht die erste Werwölfin, die ich geküsst habe. Die Wahrheit ist, ich wollte wissen, wie *du* schmeckst.»

«Du bist anderen Lykanthropen begegnet?» Durch diese unglaubliche Neuigkeit trat der Kuss in den Hintergrund.

«Keine weiteren Auskünfte! Ich habe keine Lust mehr auf dein Frage-und-Antwort-Spiel. Du bist nicht nur gekommen, um mich wiederzusehen und mit mir zu flirten, nicht wahr?»

«Nicht nur ... ich mit ... dir?», echote sie und konnte nur mühsam ihre aufwallende Wut unterdrücken. Okay, kommen wir zum Geschäft, dachte sie. «Claw, mein Alphawolf, schickt mich. Er möchte dich um eine Unterredung bitten.»

Kristobal kehrte zum Schreibtisch zurück und schob einige Blätter hin und her. «Ich bin nicht interessiert und hatte dir bereits in der Mitternachtsshow gesagt, dass wir in Ruhe gelassen werden wollen.»

«Du hattest nur gemeint, wir sollten die Veranstaltung nie wieder besuchen. Ich erinnere mich genau an deine Worte.» Nanouk bereute ihre Spitzfindigkeit sogleich. Seufzend holte sie ein Haargummi aus der Hosentasche und band ihre Haare zu einem lockeren Zopf. «Bitte, Kristobal. Es geht nur um ein Gespräch.»

«Nein!»

Sie ging auf ihn zu, blieb aber abrupt stehen, als er sie über die Schulter hinweg ansah. Hatte er etwa gedacht, sie würde so leicht aufgeben? «Das Rudel wird nicht nachgeben. Meine Gefährten werden sich gewaltsam Zugang verschaffen, um eine Unterredung zu erzwingen oder um Pavel zu holen.»

«Das sollen sie versuchen», sagte er scharf, drehte sich endlich zu ihr um und lehnte sich mit seiner Kehrseite gegen den Schreibtisch. Alles an ihm signalisierte Abwehr: seine vor dem Oberkörper verschränkten Arme, sein düsterer Blick und seine zusammengepressten Lippen.

«Sollte das eintreten, werdet ihr keine Ruhe mehr haben. Mit deiner Verbohrtheit zettelst du einen Krieg an.»

Er neigte sich zu ihr. «Dein Alphatier ist genauso stur.»

«Ja, das ist er, und er wird versuchen, alles dafür zu tun, die Existenz der Werwölfe geheim zu halten. Verdammt, Kristobal, es geht hier nicht um Machtkämpfe, sondern um Schadensbegrenzung.» Sie holte tief Luft und bemühte sich um Gelassenheit. «Im Grunde wollen wir doch alle dasselbe.»

Gedankenversunken schaute er auf den Boden. Nach einer Weile, in der Nanouk ihn nicht störte, sah er auf. «In Ordnung. Claw bekommt eine halbe Stunde nach der heutigen Mitternachtsshow, keine Sekunde mehr. Wir treffen uns auf neutralem Boden, im alten, leer stehenden Krematorium, das gleich hinter dem Nostalgia Playhouse in der Parallelstraße liegt.»

«Nicht auf dem Friedhof?»

Seine Antwort troff ebenso vor Sarkasmus wie ihre Frage. «Im Winter ist es dort zu kalt.»

Warmduscher! Diese Vampire legen wohl keinen Wert auf Authentizität, dachte sie spöttisch und schluckte das Glucksen herunter, das ihre Kehle hochkroch.

«Punkt zwei Uhr morgens!», fuhr er fort. «Er bringt fünf Mitglieder seines Rudels mit und ich fünf meiner dunklen Lords.»

«Dunkle Lords?» Nanouk biss die Zähne zusammen, um nicht zu grinsen, denn sie musste die Vampire ernst nehmen, um die Verhandlungen nicht zu gefährden.

«Und Ladies, um genau zu sein.» Er stieß sich vom Tisch ab und machte einen Schritt auf sie zu. «Hast du etwas gegen diese Bezeichnung?»

«Oh, nein, ein toller Name ... und dunkel sind Vampire ja irgendwie ... nun gut, nicht wirklich sie selbst, sie sind keine Farbigen oder stets schwarz gekleidet ... aber immerhin sind sie Geschöpfe der Dunkelheit ... wenn auch keine Adeligen, davon gehe ich mal aus», murmelte sie vor sich hin, während das Grinsen in ihren Wangen zwackte. «Klingt klasse, so düster, geheimnisvoll, Angst einflößend, gruselig, gefährlich ...»

«Nanouk!», unterbrach Kristobal sie warnend, doch seine Augen funkelten belustigt.

Sie eilte aus dem Raum, weil sie das Lachen nicht länger unterdrücken konnte.

Sechs

Kristobal drehte den Vampiren den Rücken zu, denn für ihn gab es nichts zu diskutieren. Seine Entscheidung war gefallen.

Aufgewühlt spähte er über die Dächer zu den Schloten einer stillgelegten Fabrik. Sie erinnerten ihn an Baresakes. Egal, wo man sich in der Textilstadt aufhielt, man konnte von überall her die Industrieschlote sehen.

Manche Erinnerungen waren wie Krebsgeschwüre. Man konnte sie nicht vollkommen entfernen, weil sie zu nahe am Herzen saßen. Kristobal hatte einen Teil davon schmerzhaft herausgerissen. Den Rest würde er sein Leben lang mit sich herumtragen, und unter den gegebenen Umständen war das verdammt lang. Nur der Tod vermochte alle Geschwüre zu heilen.

Kristobal sah sein jüngeres Ich auf dem Bett liegen und sich die Hände auf die Ohren pressen, doch die Geräusche von nebenan drangen trotzdem zu ihm durch. Es war nicht das lustvolle Stöhnen, das ihn störte, sondern die Schreie. Dads neue Freundin bettelte zwar leise darum, von ihm geschlagen zu werden, aber ihr Schmerz war echt.

Als Kristobal einmal mit ihr allein war, fragte er sie, weshalb sie sich das antue, und sie gab offen zu, dass sein Dad sonst das Interesse an ihr verlieren würde.

Seine Mom hatte Kristobal gewarnt. «Zieh ruhig zu deinem Arschloch von Vater. Du denkst, so kommst du aus dem Trailerpark raus, aber auch er wohnt in diesem Loch Baresakes, bei ihm wird alles nur schlimmer werden.»

Sein Dad hatte wenigstens eine feste Freundin, eine Arbeit als Autoschlosser und lebte nicht in einem Mobile Home, sondern in einem festen Haus, alles, was seine Mom nicht hatte. Doch was Kristobal als erstes einfiel, wenn er jetzt an seinen Vater zurückdachte, war dessen Gleichgültigkeit.

Immerhin verhalf er ihm damals zu seinem ersten Job. Weil er es satt hatte, ihn durchzufüttern, nahm er ihn zum Arbeiten mit in die Werkstatt. Wie stolz Kristobal am Anfang gewesen war! Das meiste Geld musste er zwar zu Hause abgeben, aber den Rest sparte er, um so schnell wie möglich aus dieser Stadt zu fliehen, in der es an dreihundert Tagen im Jahr regnete und die meisten ihren Frust in Alkohol ertränkten oder an anderen ausließen.

Als sein Chef ihn mit einem Auspuffrohr schlug, da er es gewagt hatte, eine Pinkelpause zu machen, und ihm beinahe die Hand brach, ging er nicht mehr hin. Sein Dad war stinkwütend. «Du Weichei wirst es nie zu etwas bringen! Du bist wie deine Mutter zu schwach für diese Welt.»

In diesem Moment nahm Kristobal sich vor, ihnen allen zu beweisen, was in ihm steckte. Wieder einmal. Aber anstatt weiter von Heldentum zu träumen, schloss er sich einer Gruppe von Trickbetrügern an. Damals war er der Frischling unter ihnen, heute führte er sie an.

Dads Freundin war die einzige, die sich je um ihn gekümmert hatte. Kristobal, damals noch ein Teenager, quälte es, ihr Leid mit ansehen zu müssen und er schwor sich, keine Frau jemals schlecht zu behandeln. Doch die Zeit hatte ihn eines Besseren belehrt. Er hatte Frauen zwar nicht geschlagen, aber sie sich zu Willen gemacht. Doch auch das war vorbei!

Radim trat neben ihn. «Wir sind den Werwölfen keine Rechenschaft schuldig. Haben wir nicht gesagt, wir würden uns nichts und niemandem mehr beugen?»

«Das werden wir auch nicht.» Selbstsicher wandte sich Kristobal zu seiner Gefolgschaft um.

«Warum dann dieses unsinnige Treffen?» Erst zögerte er, dann sprach Radim doch aus, was er dachte: «Ist es wegen dieser Frau?»

Kristobal verströmte seine Macht im Raum. Sie floss wie giftiges Gas aus ihm heraus, nur so viel, dass alle seine Drohung wahrnahmen, denn er war der einzige unter ihnen, der auch seinesgleichen beeinflussen konnte. «Pass auf, was du sagst!»

«Liebe macht blind.» Mila hatte sehr leise gesprochen, doch er hatte es mitbekommen.

Jedem anderen hätte Kristobal seine Grenzen gezeigt, aber ihr ließ er es durchgehen, denn sie wusste, wovon sie sprach. Mila hatte es erst geschafft, seinen Dad zu verlassen, als Kristobal sie Jarek vorstellte. Doch die beiden kamen nie richtig zusammen, weil Jarck sich mehr um das Wohl der Gruppe kümmerte als um sie. Es war in Ordnung für Mila, sie war es gewohnt, sich den Männern anzupassen und stellte ihre Bedürfnisse hinten an.

«Das Rudel soll sich zum Teufel scheren», zetere Radim und fuchtelte herum. «Wir tun und lassen was wir wollen. Wir sind schließlich Vampire!»

Wenn Kristobal wollte, hätte er ihn mit bloßen Händen zerquetschen können und dafür nicht einmal seine übernatürliche Macht benötigt, denn Radim war zwar etwas größer als er, aber so schlaksig wie er als Schüler gewesen war. «Solltest du dich nicht langsam für deinen Auftritt fertig machen?»

«Aber ...»

Jarek, der bisher in der Ecke gestanden und sich nicht in die Diskussion eingemischt hatte, schnitt Radim nun das Wort ab. «Du bist nur der Herr der Mitternachtsshow, aber Kristobal ist der Herr unserer Gemeinschaft, vergiss das nicht.»

Angesäuert presste Radim seine Lippen aufeinander. Er verneigte sich vor Kristobal und verließ das Zimmer. Die anderen Vampire folgten ihm, viele von ihnen dachten wie er.

Der Alphavampir blieb allein zurück und ärgerte sich, weil Radim Recht hatte, in allem, auch was Nanouk betraf.

Sieben

Es stank nach Verwesung, obwohl das Krematorium schon so lange außer Betrieb war, dass man den Namen, der auf die Fassade gepinselt worden war, nicht mehr entziffern konnte. Während Nanouk sich die Nase zuhielt, machte sich Nubilus auf die Suche nach dem Ursprung des Gestanks. Sie bewunderte ihn für seine Tapferkeit.

Er bog vom Korridor, durch den das Rudel auf leisen Sohlen ging, in einen Nebenraum ab. «Hier stehen zwei Brennöfen und sie riechen, als wären sie kürzlich erst in Betrieb gewesen.»

«Dieser Ort ist schon lange tot.» Nanouk verspürte keine Lust, ihm nachzugehen, um zu prüfen, ob er recht hatte. Sie richtete den Lichtkegel ihrer Taschenlampe auf den Gang. «Komm jetzt! Claw, Tala, Canis und Rufus haben schon fast die nächste Biegung erreicht.»

Nubilus' Hand schoss nach vorne und öffnete einen der Öfen. «Hier drin liegt ein Haufen Tierleichen und die Kadaver sehen ziemlich ... platt aus.»

«Wie meinst du das?» Nanouk schüttelte verständnislos den Kopf. Er klang wie ein Kind, das ein Geschenk aufmachte, dabei war der Fund wahrlich kein Grund zur Freude.

Seine Stimme klang seltsam hohl, da er den Kopf in den Brennofen gesteckt hatte, um besser sehen zu können. Mit seiner Taschenlampe leuchtete er den Ofen aus. «Sie bestehen nur noch aus Haut und Knochen.»

Blutleer, durchfuhr es Nanouk. «Die Vampire müssen sich an ihnen genährt und ihre Kadaver hier versteckt haben.»

«Und wenn der Brennofen voll ist, stellen sie ihn an und vernichten alle Beweise.» Schwungvoll warf er die Tür zu. «Nach Menschen riecht es zum Glück nicht.»

Ein Schwall abgestandener, süßlicher Luft wurde zu ihr geweht. Sie hielt sich die Nase zu und fragte nasal: «Wie hältst du den Gestank bloß aus?»

«Mein Wolf würde sich am liebsten darin wälzen.» Nubilus klang ein wenig verträumt.

Angewidert schüttelte sie sich. «Das kann nicht dein Ernst sein.»

«Gib es schon zu, deine Timberwölfin will es auch.»

«Ganz bestimmt nicht.» Zur Sicherheit horchte sie in sich hinein. Ihre Wölfin sprang auf, als erwartete sie, dass Nanouk sie zum Spielen herausließ.

Lapidar zuckte er mit den Achseln. «Es ist okay. Wölfe wälzen sich nun mal in Aas.»

«Aber ich bin in Menschengestalt!» Manchmal war Nubi echt ekelig.

«Du hast dein Tier zu sehr vermenschlicht», sagte er, als handle es sich um ein Haustier. Grinsend ging er an ihr vorbei. «Was stehst du hier herum? Die anderen sind nicht mehr zu sehen. Ein Rudel muss immer zusammenbleiben, das weißt du doch.»

Nanouk folgte ihm und knuffte ihn in die Seite. Nubilus musste man einfach gern haben. Er war manchmal ein wenig zerstreut und ein wenig zu behäbig, um ein guter Kämpfer zu sein, aber für Nanouk war er wie der Fels in der Brandung. Immer ruhig, beständig, verlässlich und ausgeglichen. Ihn konnte man in die erste Verteidigungslinie stellen. Er wäre zwar nicht schnell genug, um den Angriffen auszuweichen, aber er würde den Feind entweder einfach niederrennen oder sich wie eine schützende Mauer vor seine Mitstreiter stellen und den eigenen Untergang in Kauf nehmen, damit sie ungeschoren blieben und den Kampf gewinnen konnten.

Das Krematorium hätte längst abgerissen werden sollen. Nanouk fühlte sich hier nicht sicher. Obergeschoss und Dach fehlten. Der obere Teil des baufälligen Gebäudes wirkte, als hätte es ein hungriger Riese Stein für Stein abgepflückt, um an die Leichen im Erdgeschoss zu gelangen. Die Zimmerdecke war so rissig, dass sie jeden Moment einstürzen konnte. Schneeregen fiel durch die tellergroßen Löcher in den Korridor. Kleine Erhebungen aus Eis, das bereits angetaut war, bedeckten den Fußboden darunter und hatten inzwischen fast dieselbe schmutzige Farbe wie der Beton.

Es war nicht angenehm, durch diesen Gang zu gehen, denn der Boden war gepflastert mit Betonsteinen, die sich von der Decke gelöst hatten. Der Gestank nach menschlichem Urin mischte sich mit tierischen

Fäkalien – Mensch wie Tier musste in der Einäscherungsanstalt Unterschlupft vor Kälte, Wind und Niederschlag gesucht haben. Hatten die Vampire die Personen ausgesaugt? Oder lediglich vertrieben?

Nanouk entspannte sich erst, als sie neben Canis und Nubilus in dem Raum stand, in dem sie die Illusionisten treffen würden. Tala und Rufus hatten einen Schritt hinter ihnen Stellung bezogen. Weil sie ihnen den Rücken freihalten sollten. Weil die Rangordnung es vorgab. Und weil sie zuschauen und lernen sollten.

Ungeduldig lief Claw vor ihnen auf und ab. Er verursachte einen Luftzug, der die Kerzenflammen zum Flackern brachte, die die Vampire aufgestellt haben mussten. Gespenstisch tanzten die Schatten der Werwölfe an den Wänden, in denen sich die Kühlschränke für die Leichen befanden.

Nanouk befürchtete, dass Kristobal und seine dunklen Lords ihr Faible für Auftritte auf die Spitze treiben und aus den Kühlschränken steigen würden, doch sie kamen durch die gegenüberliegende Tür wie Normalsterbliche.

Alle sechs waren in Schwarz gekleidet. Kristobal trug einen Crombie Coat, der ihm bis zu den Knöcheln reichte, und einen flauschigen Cashmere-Schal. Hatte er noch nicht gemerkt, dass der Schnee langsam in Regen überging, weil die Temperaturen selbst nachts kaum noch unter den Gefrierpunkt fielen? Immerhin war er der einzige von den sechsen, der keine Handschuhe anhatte. Nanouk erinnerte sich, dass er gesagt hatte, Vampire würden kaum Eigenwärme produzieren. Vermutlich froren sie sogar im Sommer. Oder Kristobal musste sich dringend nähren.

Nein, das konnte nicht zutreffen. Er war attraktiv wie eh und je. Nun, da Nanouk ihn im direkten Vergleich zu Radim, Jarek, Adamo und den zwei Frauen, die er als Mila und Rafaela vorstellte, sah, stellte sie fest, dass er bei weitem nicht so blass und ausgezehrt wie die anderen aussah. Seine Gesichtsfarbe war frischer, gesünder, seine Wangen voller, seine Schultern breiter und sein Körperbau kräftiger. Höchstwahrscheinlich bekam er als Alphavampir die meiste Nahrung. Das mochte seinen Teint erklären, nicht aber seine Statur.

Er war kein Muskelpaket wie Claw, aber gestählt auf eine athletische Weise. Seine Schultern waren nicht so breit, seine Taille schlanker, aber er war einen Kopf größer als der Alphawolf und wirkte ebenso kräftig, selbstbewusst und kampfbereit.

Auch Claw stellte seine Gefolgsleute vor. «Wieso ist Pavel nicht hier?»

«Wir sind Vampire, er ist ein Werwolf.» Das war eine nette Umschreibung dafür, dass Kristobal keinen Gestaltwandler neben sich duldete, wenn es darum ging, wichtige Entscheidungen zu treffen. Alle lasen die Botschaft zwischen den Zeilen heraus: Er begegnete keinem Lykanthropen auf Augenhöhe.

Als Kristobal Nanouk ansah, senkte sie kurz den Blick, damit er nicht in ihren Augen las, dass sie sich wünschte, es würde keine Rivalität zwischen ihnen bestehen. Außerdem verletzte seine Anspielung sie. Da ihre Wölfin gegen diese unterwürfige Haltung rebellierte, schaute Nanouk wieder auf, doch der Alphavampir beachtete sie längst nicht mehr.

«Es geht bei unserer Unterredung um ihn.» Vor Unverständnis schnaubte Claw.

Kristobal schlug sich sanft gegen den Brustkorb. «Pavel gehört zu meinen Leuten.»

«Das soll wohl heißen, dass du ihn zwingst, sich deiner Entscheidung zu beugen», knurrte der Alphawolf, während Canis und Nubilus sich wie zwei Bodyguards hinter ihm aufbauten. Er brauchte ihre Unterstützung nicht, aber sie beabsichtigten zu demonstrieren, dass sie hinter ihm standen und ihm den Rücken stärkten.

«Pavel hat sich mir unterworfen.» Kristobals Blick streifte Canis und Nubilus. Dann bekam seine Stimme einen süßlichen Klang. «Du weißt doch, wie das funktioniert, Alphawolf.»

«Das Rudel besteht nur aus Werwölfen. Bei uns geht es um die Rangfolge. Aber ihr seid Vampire.» Claw schaute einen Blutsauger nach dem anderen an.

«Hierarchien findest du sogar bei den Menschen», ließ Kristobal lapidar fallen und gab damit zu, dass es bei den Blutsaugern ähnliche Strukturen wie im Rudel gab.

«Wieso klingt das bei dir eher, als würdest du dir ein Schoßhündchen halten?» Claw wurde von Kristobals Lachen unterbrochen. Der Alphawolf ging einen Schritt auf ihn zu. «Du duldest Pavel nur, akzeptierst ihn aber nicht.»

Kristobal lockerte seinen Schal. «Er trägt keine Kette um seinen Hals und kann gehen, wann immer er möchte.»

«Pavel muss unter deinem vampirischen Einfluss stehen», wetterte Claw. Die Unsicherheit, die in seinen Augen flackerte, war so schnell verschwunden, wie sie aufgetaucht war. Auch er konnte ein Opfer von Kristobals übernatürlicher Gabe werden. «Kein Werwolf würde sich freiwillig öffentlich verwandeln. Das ist zu riskant!»

«Und erniedrigend, meinst du wohl.» Kristobal schmunzelte diabolisch, da Claw jedoch auf seine Provokation nicht einging, fuhr er fort: «Er steht hinter einer Papierwand, so dass das Publikum denkt, die Verwandlung wäre eine Illusion.»

«Irgendwer wird dahinterkommen», sagte Claw allgemein, um Matt Jerkins nicht in Lebensgefahr zu bringen, «und dann werden sie sich auf die Suche nach weiteren Werwölfen machen. Apropos weitere Gestaltwandler, ich muss mich mit Pavel über sie unterhalten, egal ob dir das passt oder nicht.»

Radims Gesichteszüge entglitten. Stirnrunzelnd sah er seinen Alpha von der Seite an.

Dieser schüttelte den Kopf. «Es gibt keine.»

«Aber du hast ...», begann Nanouk.

Gereizt unterbrach Kristobal sie. «Er ist der einzige, dem wir begegnet sind.»

Canis lupfte einen Stein, der scheppernd gegen eine der unteren Kühlschranktüren knallte und vor Jareks Füßen auf den Boden fiel. «Ihr spielt ein Spiel mit dem Feuer, für das wir bezahlen müssen.»

«Wir lassen uns nichts vorschreiben!», sagte der Manager der Mitternachtsshow und holte mit dem Fuß aus, um den Stein zurückzukicken, doch eine Geste Kristobals hielt ihn davon ab. Jarek hatte nicht das Recht die Verhandlungen zu führen.

«Und wir lassen uns von euch nicht ans Messer liefern», machte

Claw klar und baute sich in seiner ganzen imposanten Größe vor ihm auf.

Unbeeindruckt verschränkte der Alphavampir lässig seine Arme vor dem Körper. «Wir treffen Vorsichtsmaßnahmen.»

Einen Moment lang sah es so aus, als wollte Claw auf den Boden spucken. «Ihr beeinflusst die Besucher eurer Illusionsveranstaltung, richtig? Ihr führt sie nach der Show hinter die Bühne, nährt euch von ihnen ...»

«Und wir schicken sie heim, ohne jegliche Erinnerung an den Biss.» Kristobal zuckte mit den Achseln, als wollte er sagen: Wo ist das Problem?

«Die Male schließen wir mit unserem Speichel.» Lasziv fuhr sich Mila mit der Zungenspitze über ihre Lippen. «Niemand wird misstrauisch werden.»

Plötzlich erkannte Nanouk sie. Dieser durchdringende Blick. Diese kühle Sinnlichkeit. Das war der Geist, der sie während der Phantasmorgie verführerisch gestreichelt hatte. Tief in Nanouks Innerem schüttelte sich ihre Wölfin, als wäre ihr Fell nass. Ist ja schon gut, rief Nanouk ihr zu, eigentlich war es Kristobal, der ihr die Berührungen suggeriert hatte. Mila hatte nur so getan, als könnte sie Nanouk anfassen.

Während der Veranstaltung hatte die Vampirin ein Kleid mit Korsage und Borkateinsätzen getragen. Und eine Langhaarperücke, denn in Wahrheit hatte sie kurze schwarze Haare, wie Halle Berry in «Stirb an einem anderen Tag», und sie trug ein Latexsuit. Wen wollte sie kopieren, Catwoman oder Trinity? Besaß sie keine eigene Persönlichkeit? Nanouk kleidete sich selbst gern sexy, ging aber nicht derart offensiv mit ihrem Sexappeal um. Ob Kristobal Milas Stil gefiel?

Nanouk drückte ihren Rücken durch und stellte sich aufrechter hin, als könnte sie mit mehr Körperspannung ihre Attraktivität unterstreichen, dabei beachtete Kristobal sie gar nicht, sondern lieferte sich ein Blickduell mit Claw.

Eine Perücke. Diese kühle Ausstrahlung. Endlich sah Nanouk klar. Mila hatte auch die Matrone verkörpert. Die Mentalmagierin war nur eine Rolle von vielen, die die Vampirin spielte. Schon während der Show hatte sie unheimlich gewirkt. Heute Nacht verliehen ihr eisblaue Kontaktlinsen etwas Dämonisches.

«Und was ist mit den zwei Leichen, die in dem Viertel, in dem sich das Nostalgia Playhouse befindet, gefunden wurden?» Ein heiseres Knurren stieg in Claws Kehle auf.

Adamo spannte sich an. Nanouk konnte die Empfindungen der Vampire nur dumpf wahrnehmen, weil ihre Körper geringere Reaktionen wie beispielsweise Schweißbildung zeigten, aber sie hatte die Veränderung in dem jungen Mannes dennoch gespürt. Er trug eine schwarze Strickmütze mit dem weißen Schriftzug *Nightmare* an der Seite. Seine Augen hatte er mit dunklem Kajal eingerahmt. War Ville Valo sein Idol? Oder hatte er sich für dieses Treffen für ein Gangster-Outfit entschieden? Es wirkte nicht, was nicht an seiner Lippenspalte lag, sondern an dem Schalk, der aus seinen Augen sprach, und den blonden Locken, die unter der Mütze hervorlugten. Mochte er sich noch so dunkel kleiden, man sah ihm seine Gutmütigkeit an.

«Tote ziehen die Polizei und Journalisten an, besonders wenn den Leichen einige Liter Blut fehlen.» Abfällig lachte Claw. «Die Spur führt zu euch, damit zu Pavel und schließlich zu uns.»

Als Kristobal tief ein- und kräftig wieder ausatmete, war nicht einmal ein Hauch zu sehen, während sich bei Claw jedes Wort in ein Atemwölkchen wandelte. «Das war ein Unfall.»

«Zwei Unfälle» korrigierte der Alphawolf ihn. «Zwei sind zwei zu viel.»

«Menschen sind für uns wie Elche für Wölfe». Kristobal legte den Kopf schräg. «Beute.»

«Wir waren selbst einmal Menschen und sind es zu einem gewissen Anteil immer noch.»

«Ihr ernährt euch immer noch wie Menschen und jagt nur noch zum Spaß.» Claw wollte protestieren, doch Kristobal fuhr ihm über den Mund: «Für uns gibt es allerdings keine Alternative. Wir jagen, um zu überleben.»

«Der Tod ist niemals eine Notwendigkeit!»

«Wir sind es gewohnt, im Verborgenen zu leben und wissen, wie weit wir gehen können.»

«Offensichtlich nicht.»

«Ein Jungvampir...», Kristobal vermied es, einen seiner Gefolgsleute anzuschauen. «Wir werden ihn ab sofort nicht mehr allein jagen lassen, somit wäre das Risiko eines neuen Missgeschicks gleich null.»

«Es gibt kein kalkulierbares Risiko. Ihr seid Tiere wie wir auch.»

«Pass auf, was du sagst!»

Claw spuckte jedes Wort förmlich aus, um seine Antipathie deutlich zu machen. «Wir können kein Vertrauen in jemanden investieren, der einen von uns zur Schau stellt wie einen Freak.»

«Pavel nimmt freiwillig an der Mitternachtsshow teil. Er liebt es sogar, im Rampenlicht zu stehen.»

Kristobal sprach die Wahrheit, aber Claw hatte Pavel nicht kennengelernt, daher glaubte er ihm nicht: «Im Grunde spielt das keine Rolle. Das muss aufhören! Da du deinen Wolf nicht zurückpfeifen willst, kann ich nicht anders, als euch nahezulegen, Anchorage zu verlassen.»

«Das ist nicht dein Ernst.» Kopfschüttelnd schaute Kristobal seine Gefolgsleute an, die entweder entsetzt oder entrüstet reagierten.

«Ich dulde keinen Einzelgänger in meinem Revier! Zieht nach Barrow weiter.»

«Das ist oben im Norden. Dort ist es noch kälter als hier.» Radim zog seinen Daunenmantel enger um seinen dünnen Körper. Für jemanden, der kaum Eigenwärme produzierte, musste die Aussicht auf Temperaturen bis zu 25 Grad minus ein Albtraum sein.

Claw versuchte wie ein Vampir zu denken, um den Nachtgeschöpfen seinen Vorschlag schmackhaft zu machen. «Bis Ende Januar steigt die Sonne dort nicht über den Horizont. Dagegen ist es in Anchorage selbst zur Wintersonnenwende Ende Dezember noch fünf Stunden täglich hell.»

«Das macht uns nichts. In diesen Stunden schlafen wir.» Süffisant lächelnd rieb Kristobal seine Handflächen aneinander. Ob er es bereute, auf Handschuhe verzichtet zu haben? «Barrow hat nur viertausend Einwohner, während in dieser Stadt zweihundertachtzigtausend Menschen darauf warten, unsere Show zu sehen.»

Und ausgesaugt zu werden, dachte Nanouk. Hinter ihr wurde Tala unruhig, weil sie Claw, ihrem Alpha und Lebensgefährten, aktiv beistehen wollte. Nanouk legte unauffällig ihre Hand auf Talas Bauch, da sie unmittelbar vor ihr stand, doch Tala zuckte zurück. Die Neue im Rudel weigerte sich, Halt bei ihrer Konkurrentin zu suchen. Mit allen im Rudel war sie zusammengewachsen, nur nicht mit Nanouk, weil etwas zwischen ihnen stand. Der ausstehende Kampf um die Rangordnung. Bald würden sie ihn nicht länger aufschieben können.

Canis bemerkte die Spannung zwischen den beiden Werwölfinnen und nahm Talas Hand, denn die Vampire durften die Schwachstelle nicht bemerken. Er war es, der Nanouk erzählt hatte, dass Barrow früher einmal Ukpaegvik hieß, was in der Sprache seines Stammes, der Inupiaq, bedeutet: Ort, an dem Eulen gejagt werden. Der Indianer hatte ihr viel beigebracht, ebenso der Werwolf und Mann in ihm. Sein Profil war das eines exotischen Kämpfers. In ihm schlummerte ein Alpha. Eines Tages würde er Claw herausfordern, aber noch ordnete er sich ihm unter. Vielleicht lag darin seine Unzufriedenheit, die ihn zurzeit quälte.

Nanouk hatte Canis wohl einen Moment zu lange angeschaut, denn auf einmal spürte sie Kristobals Blick. Er bohrte sich förmlich in sie hinein. Ihre Fußsohlen kribbelten, doch sie führte das auf die Kälte zurück und bewegte ihre Zehen, um die Blutzirkulation anzuregen.

Sichtlich schlechter gelaunt wandte sich Kristobal wieder Claw zu. «Außerdem vergisst du, dass wir bereits März haben, und dass Kollateralschäden in einer Kleinstadt eher zu Aufruhr führen.»

«Du sagtest doch, Leichen würden nie wieder vorkommen. Oder meintest du», der Alphawolf machte eine Pause, um seinen Vorwurf zu unterstreichen, «auftauchen?»

«Wir saugen keine Menschen blutleer, sondern nähren uns nur soweit an ihnen, dass sie nicht mehr als Schwindel verspüren. Das bedeutet allerdings, ein Mensch pro Mahl reicht nicht, oder aber wir müssen uns öfter nähren. Auch deshalb kommt Barrow für uns nicht in Frage.»

«Hier könnt ihr nicht bleiben.» Energisch trat Claw auf einen Betonbrocken, der sich irgendwann einmal aus der Decke gelöst hatte und auf den Boden gefallen war; er zerbarst in tausend Stücke.

«Wir lassen uns nichts vorschreiben», sagte Kristobal in einem Ton, der erkennen ließ, dass die Vampire sich für die Spitze der Nahrungskette hielten.

Claws Körper vibrierte vor Zorn. «Ihr bringt uns ins Gefahr. Das kann ich nicht zulassen!»

«Wir haben alles unter Kontrolle.» Selbst mit Kristobals Gelassenheit war es inzwischen vorbei. Er öffnete seinen Mund ein Stück, damit alle sehen konnten, wie seine Eckzähne länger wurden.

«Uns nicht.» Claw heulte und das Rudel stimmte mit ein. Krallen wuchsen aus seinen Fingern, er machte sich bereit, seine Gestalt zu ändern, aber noch hielt er sich zurück.

Tala winselte.

Erstaunt beobachteten die Lykanthropen, wie Kristobals Hände zu Klauen wurden, die allerdings kleiner und grazieler waren als die ihren. Er machte einen Ausfallschritt, um einen besseren Stand zu haben, sollte der Alphawolf ihn angreifen.

Während die Wölfe ein Dreieck bildeten, um wie *ein* Wolf aufzutreten – Nubilus und Nanouk direkt hinter Claw und dahinter Rufus und Canis, der Tala im Zaum hielt –, formierten sich die Vampire zu einer Linie wie die Defensive Line beim American Football. Auch Jarek, Radim, Adamo, Rafaela und Mila bekamen Klauen, lange, spitze Eckzähne und nahmen Kampfposition ein. Die Vampire wirkten wie eine Armee der Finsternis, aber auch das Rudel war zu allem bereit. Ihre Wölfe traten bis dicht unter die Oberfläche, so dass die sechs bereits Wolfsaugen hatten.

Der Raum war plötzlich zu klein für zwölf Personen.

Es durfte nicht zum Kampf kommen. Das würde jegliche Gespräche und Übereinkommen auf ewig verbauen. Nanouk musste etwas unternehmen. «Wir sind alle übernatürliche Wesen.»

«Wir nicht», Claw knurrte so laut, dass er kaum zu verstehen war. «Wir sind geerdet und sehen uns nicht als elitäre Rasse an.»

«Mit einem Krieg wäre niemandem geholfen.» Sie versuchte nicht flehentlich zu klingen. «Die Menschen würden auf uns aufmerksam werden und beide Rassen jagen. Niemand würde Anchorage bekommen.

Die Vampire müssten weiterziehen und das Rudel sein angestammtes Revier verlassen.»

«Mit der Gabe der Beeinflussung könnten wir die Menschen die Existenz der Vampire vergessen machen.» Mila lächelte überlegen.

«Ihr vergesst die Duplikatoren: Zeitungen, TV, Radio, Internet ...» Milas Lächeln erstarb so schnell, als hätte Nanouk es ihr aus dem Gesicht geschlagen. Im Grunde hatte sie das sogar, wenn auch mit Argumenten. «Wir wären nirgendwo mehr sicher. Und in eurer Show war bereits ein Reporter.»

«Sie hat recht», sagte Kristobal zu ihrer Verwunderung, rührte sich jedoch nicht.

Eine bedrückende Stille trat ein.

«Ich spreche hiermit meine Warnung aus. Solltet ihr in drei Tagen noch hier sein, betrachten wir das als Herausforderung.» Mit diesen Worten drehte sich Claw energisch um und stapfte aus dem Raum, gefolgt von Nubilus, Canis, Tala und Rufus.

Die Verhandlungen waren gescheitert! Nanouk sah Kristobal fassungslos an. Wieso war er überhaupt zu diesem Treffen gekommen, wenn er nicht vorhatte, seinen Teil zu einem Abkommen beizutragen?

Er malte mit den Zähnen, seine Kiefer bewegten sich. Zufrieden schien er ebenfalls nicht zu sein. War das ein leichter Schweißfilm, der auf seiner Stirn glänzte? Nein, das war unwahrscheinlich, denn die anderen Vampire hatten rote Nasen und blaue Lippen vor Kälte.

Vielleicht war er nur ihretwegen hier. Sie hatte ihn schließlich überredet. Doch jetzt merkte sie, dass sie es nicht geschafft hatte, ihn zu überzeugen. Ein kleiner, aber feiner Unterschied, der dazu geführt hatte, dass die Aussprache in einer Farce geendet hatte.

«Fuck», murmelte Nanouk und eilte hinter ihren Gefährten her. Sie trat so fest auf, als wollte sie Löcher in den Boden stampfen. Die Sturheit von Claw und Kristobal war unübertroffen. Keiner von beiden wollte auch nur einen Millimeter zurückweichen. Eigentlich war das kein Wunder.

Zwei Alphas auf einem Territorium, das konnte nur in einer Katastrophe enden!

Acht

Der Schneeregen hatte die Straßen spiegelglatt gemacht. Die Temperatur musste bei knapp über null Grad liegen, aber der Boden war noch gefroren, so dass Blitzeis die Folge war. Inzwischen hatte der Regen aufgehört, es schneite nur noch, doch die Flocken waren so filigran, dass sie sofort auf Nanouks Outdoorjacke schmolzen.

Claw, Tala und Canis bahnten sich ihren Weg über den glatten Bürgersteig. Halb gingen sie, halb rutschten sie, die Arme ausgestreckt, um die Balance zu halten, oder um an einem Autodach oder einer Straßenlaterne Halt zu finden. Unsicher hangelten sie sich von Schneeinsel zu Schneeinsel. Lediglich Rufus, der Schmächtigste von ihnen, lief über das Eis, als hätte er Klebstoff oder Spikes unter den Sohlen.

Nubilus war zurückgefallen. Er tat sich besonders schwer damit, seinen massigen Körper aufrecht zu halten. Wenn Nanouk, die hinter ihm ging, ihn so sah, konnte sie kaum glauben, dass er ein Werwolf war, der sich in Gestalt eines Büffelwolfes lautlos an Beutetiere anschleichen konnte. Die ausgestorbene Spezis war gut in ihm versteckt, denn niemand würde jemals vermuten, dass in ihm ein geschickter Jäger lauerte.

Plötzlich ruderte er mit den Armen. Er schaute sich panisch um und langte nach einem Bauzaun, der vor einem Haus aufgestellt war, das renoviert wurde. Tatsächlich schaffte er es, seine Finger in den Maschen zu verhaken, doch durch sein Gewicht und den Schwung seines Falls, riss er den Zaun nieder und ging zu Boden.

Fluchend rieb er sich seine Kehrseite. Als die vier, die vor ihm waren, sich umdrehten und besorgt schauten, hob er beide Hände. «Alles in Ordnung. Ich bin ja gut gepolstert.»

«Ich helfe ihm auf. Geht ruhig schon vor», beeilte sich Nanouk zu sagen, denn Rufus wollte zu ihnen zurücklaufen. Sie griff Nubi von hinten unter die Arme.

«Du glaubst nicht ernsthaft, dass du mich hochheben kannst, oder?» Über die Schulter hinweg sah Nubilus sie skeptisch an.

Zufrieden beobachtete sie, wie die anderen weiter in Richtung Auto gingen. Sie schob den Bauzaun von seinen Beinen. Mit einem Seufzer drehte er sich, kniete sich hin und kroch auf allen vieren zu einem Wagen.

Nanouk schlidderte zu ihm. Verschwörerisch neigte sie sich vor. «Ich möchte noch einmal mit ihm reden.»

«Mit wem?», fragte er beiläufig, während er sich auf die Bordsteinkante setzte und sich hochzog.

Ein dunkler Schatten flog über sie hinweg. Vielleicht ein Kolkrabe. Sie kannte sich mit Tieren, die nicht in das Beuteschema ihrer Wölfin fielen, nicht halb so gut aus wie Tala, die als Stadt-Ranger gearbeitet hatte, bevor sie ein Werwolf wurde. Für Nanouk war ein Vogel einfach ein Vogel und für ihre Wölfin ein wenig attraktives Jagdziel.

«Nicht so laut», ermahnte sie ihn und legte den Zeigefinger an ihren Mund. Absichtlich vermied sie, Kristobals Namen zu nennen, damit es nicht zu vertraulich klang. «Vielleicht kann ich zu ihrem Alphavampir durchdringen und ihn zur Vernunft bringen.»

Klang das verrückt? Ja, das tat es. Claw hatte mehr Macht als sie. Weshalb sollte ausgerechnet sie das Wunder vollbringen, den Vampir umzustimmen? Weil da etwas zwischen ihnen war? Stimmte das überhaupt? Bei dem Gedanken daran, ihn wieder zu treffen – unter vier Augen – stellte sich ihre Timberwölfin auf alle vier Pfoten und hechelte. Manchmal ging das Tier in ihr Nanouk gehörig auf die Nerven!

«Kristobal?» Ungläubig riss Nubilus seine Augen auf. «Du bist verrückt! Er hat keine zweite Chance verdient.»

«Jedenfalls hat er Claw nicht mit seiner Magie beeinflusst. Glaub mir, er hätte ihm seine Meinung aufzwingen können, aber er hat es nicht getan.» Es war ein seltsames Gefühl den Feind zu verteidigen. Aber war er das denn überhaupt?

Kopfschüttelnd trat Nubi auf den Bürgersteig. Sein rechter Fuß rutschte weg, doch er hielt sich an Nanouks Schulter fest und fing sich rechtzeitig. «Wieso du?»

«Weil ich ihn schon dreimal getroffen habe, mehr als jeder von euch. Er durfte nicht nachgeben, weil er sonst vor seiner dunklen Gefolgschaft schwach dagestanden hätte.» Sie nahm seine Hand von ihrer Schulter und drückte sie, als wollte sie ihn stumm um Vertrauen bitten.

Ein Winseln drang aus seiner Kehle. Er hob ihre Hand an, neigte sich vor und rieb seine Wange an ihrem Handrücken. «Das ist zu riskant.»

«Ich muss ihn nach den anderen Lykanthropen fragen.»

Abrupt richtete er sich wieder auf. «Welchen anderen?»

«Ich habe Claw noch nichts davon erzählt, weil ich nicht sicher bin, ob Kristobal die Wahrheit gesagt hat oder nicht. Er hat behauptet...», andere Gestaltwandlerinnen geküsst zu haben, nein, den Kuss konnte sie Nubi unmöglichen beichten. «Er ließ mir gegenüber fallen, dass er andere getroffen hat. Aber eben, als das Rudel und die Illusionisten dabei waren, hat er es abgestritten. Vielleicht wollte er sich auch nur lustig über mich machen.»

«Claw wird dich holen kommen.»

«Überzeug ihn, mir Zeit zu geben.» Zärtlich rieb sie seine kalten Hände zwischen den ihren.

«Ich?»

«Alles, was ich brauche, ist ein bisschen Zeit mit ihm allein.» Bei diesen Worten stieg Hitze in ihre Wangen, doch sie hoffte, dass Nubilus davon ausging, dass die Rötung von der Kälte kam. «Du schaffst das schon.»

Sie prüfte, ob Claw, Tala, Canis und Rufus weit genug entfernt waren, und rannte geduckt zur gegenüberliegenden Straßenseite. Dort führte eine kleine Gasse zwischen zwei Häusern hindurch. Doch als Nanouk sie durchquert hatte, fiel ihr ein Wagen auf, der unweit parkte. Das Fenster an der Fahrerseite stand eine handbreit offen und der Mann hinter dem Steuer aschte gerade nach draußen ab. Dünne, strähnige Haare klebten an seinem hageren Gesicht. Sein Blick war ausgerechnet auf das Nostalgia Playhouse gerichtet. Es war Nanouk bisher nicht aufgefallen, aber von der Seite betrachtet, hatte er eine Hakennase.

«Shit!» Matt Jerkins konnte sie jetzt am allerwenigsten gebrauchen. Die Vampire unterschätzten ihn. Sie dachten sicher, dass sie ihn mit ein wenig Beeinflussung manipulieren konnten, damit er in einem Artikel Werbung für ihre Show machte und sie dann in Ruhe ließ. Doch der schmierige Reporter war wie eine Zecke. Hatte er sich erst einmal festgebissen, ließ er nur los, wenn man Gewalt einsetzte.

Plötzlich gellten Schreie durch die Nachbarschaft. Nanouks Herz blieb fast stehen. Sie zog hastig ihren Kopf zurück, denn Jerkins schaute in ihre Richtung. Ihre Nackenhaare stellten sich auf. Nach dem ersten Schreck erkannte sie, dass diese herzzerreißenden Laute von einem kleinen Kind stammten.

Als das Heulen und Kreischen abrupt aufhörte und von Neuem begann, mit haargenau denselben Lauten, stieß Nanouk kräftig ihren Atem aus. Jemand musste das Geschrei seines Kindes aufgenommen haben und als Klingelton benutzen. Manche Leute waren krank!

Nanouk schaute sich suchend um und machte ein blinkendes Display unter dem Schnee aus, der rechts und links die Ecken der Gasse wie Silikonfugen ausfüllte. Sie glaubte kaum, dass jemand das Mobiltelefon versehentlich verloren hatte, nicht in diesem gottverlassenen Viertel. Es war naheliegender, dass irgendein Punk das Handy gestohlen und weggeworfen hatte, als die Prepaidkarte leer war und er nur noch angerufen werden, aber selbst nicht mehr telefonieren konnte.

Diese Gegend war nachts selbst für einen Werwolf unheimlich. Nachdem sich die Firmen, die hier einst ansässig gewesen waren, einen profitableren Standort gesucht hatten, hatten die Gebäude lange Zeit leer gestanden, bis sie von Künstlern entdeckt worden waren. Die eröffneten Ateliers, Galerien, Bühnen und Musikhallen. Die Unterhaltungsindustrie kam – und ging wieder, weil sich die nächtlichen Überfälle mehrten. Inzwischen standen die meisten Häuser wieder leer. Nur Kleinbetriebe, die sich nichts Besseres leisten konnten und ein paar junge Leute, die die Häuser besetzten, um keine Miete zahlen zu müssen, lebten hier.

Dieser Distrikt war ein Durchgangsviertel. Ob das auch für die Vampire zutraf? Waren sie wie Wanderheuschrecken, die über ein Gebiet herfielen, sich nährten und weiterzogen? Auf diese Weise war die Gefahr, entdeckt zu werden, geringer. Ihre Berufswahl sprach für diese Theorie.

Nanouk schaute noch einmal zu Jerkins, aber er war zum Glück im Auto sitzen geblieben. Er schnippte gerade seinen Glimmstängel aus dem Wagen, drehte einige Male die Zigarettenpackung in der Hand und zündete sich dann eine neue Zigarette an.

Ihr blieb nichts anderes übrig als zurückzugehen und nach einem Hintereingang zu suchen. Dabei lief sie jedoch Gefahr, von Claw gesehen und aufgehalten zu werden. Noch in der Gasse warf sie einen Blick auf die Häuserwände, verwarf jedoch die Idee hochzuklettern und durch eins der Dachfenster ins Theater zu gelangen sogleich wieder. Das wäre wohl kaum die richtige Art, die Verhandlungen mit den Vampiren fortzuführen. Sie könnten Nanouks Eindringen sogar als Angriff werten.

Das Klacken ihrer Schuhsohlen hallte in der Gasse und das Rascheln ihrer Gore-Tex-Jacke klang viel zu laut. Am Ende angekommen, linste sie vorsichtig um die Ecke. Nubilus kam gerade bei den anderen an. Sie saßen schon im Auto. Er ging zur Fahrerseite und neigte sich herunter, woraufhin Claw das Fenster herunterfuhr.

Nanouk blieb nicht viel Zeit. Ihr Pulsschlag beschleunigte sich, als sie an den Häuserwänden zur Rückseite des Theaters ging. Klack, Klack, Klack. Einige Schritte legte sie auf Zehenspitzen zurück, aber auf diese Weise kam sie langsamer voran. Sie verbot sich zum Rudel zu schauen, weil sie das nur aufgehalten hätte. Es tat ihr unglaublich leid, ihren Leitwolf zu hintergehen, aber sie sah eine reelle Chance, es zu schaffen, Kristobal ins Gewissen reden und ihn zur Vernunft zu bringen. Und selbst wenn nicht, ließ er sie womöglich mit Pavel sprechen.

Zu ihrem Erstaunen traf sie Adamo an der Rückseite des Gebäudes. Mütze und Jacke hatte er inzwischen ausgezogen. Er wollte gerade eine Tüte in die Mülltonne werfen, doch als er Nanouk bemerkte, hielt er in seiner Bewegung inne.

Um ihn nicht zu erschrecken oder bedrohlich zu wirken, schlenderte Nanouk betont locker zu ihm und war froh, als schließlich eine rote Backsteinmauer sie vor den Blicken ihrer Rudelgefährten schützte. «Müll?»

«Von den Zuschauern. Wir selbst leben ja sehr ...», er überlegte kurz und schaute dabei nach oben, als könnte er den richtigen Begriff am Himmel ablesen, «umweltfreundlich.»

Am liebsten hätte sie laut gelacht, aber sie verbot es sich selbst, weil das Thema zu ernst war. Hoffentlich kam kein Umweltaktivist jemals auf die Idee, das irgendwann einmal als Zukunftsmodell zu propagandieren. Nanouk sah schon den Werbeslogan vor ihrem geistigen Auge: *Auch Sie können helfen, das Müllproblem unseres Planeten zu lösen. Konvertieren Sie heute noch zum Vampirismus.*

«Wahrscheinlich braucht ihr nicht einmal Klopapier, oder?» Sie hatte die Frage ausgesprochen, ohne vorher darüber nachzudenken. Nun kam sie ins Grübeln. Eigentlich brauchten die Vampire das Blut, das sie aufnahmen, um ihren Körper funktionstüchtig zu halten. Abfallstoffe dürften von ihren Körpern kaum produziert werden. Aber was war mit dem im Blut enthaltenen Wasser?

«Nur zum Mundabwischen.» Er ließ die Tüte in die Tonne fallen und schloss den Deckel. Erst jetzt schaute er sich nach weiteren Werwölfen um. Als er merkte, dass Nanouk allein gekommen war, atmete er erleichtert aus. Er rieb seine Oberarme und trat auf der Stelle. Obwohl seine Lippen schon blau waren, ließ er Nanouk nicht einfach stehen. «Was willst du hier?»

«Ich möchte Kristobal sehen.» Da Adamo unverschämt grinste, stellte sie klar: «Um die Verhandlungen fortzuführen.»

«Natürlich.» Das Grinsen wirkte durch seine Lippenspalte seltsam verzerrt. Er ging ins Haus und winkte ihr, damit sie ihm folgte. «Komm rein, aber bleib hier unten, sonst bekomme ich Ärger.»

Ohne auf eine Antwort zu warten, verschwand er im Haus.

Nanouk trat ein und schloss rasch die Tür hinter sich. Ihr Blick schweifte umher. Niemand hatte sich je die Mühe gemacht, diesen abgelegenen Bereich des Gebäudes ansehnlich zu gestalten. Wer durch den Hintereingang eintrat, kam um zu arbeiten. Nur der vordere Bereich, durch den die Zuschauer in den Saal strömten, war früher einmal schön hergerichtet gewesen.

Die Wände zeigten den blanken Putz, sie waren seit der Erbauung des Hauses weder gestrichen noch tapeziert worden. Risse durchzogen die Wände wie Adern und erweckten den Eindruck, das Theater wäre ein lebendiges Wesen. Hier hinten gab es nicht einmal eine Heizung, so dass die Kälte des gesamten Winters im Korridor konserviert war und es kälter als draußen war.

Es dauerte nicht lange und Adamo kehrte mit einer brennenden Kerze in der Hand zurück. «Bist du dir eigentlich bewusst, dass er keinen anderen aus deinem Rudel empfangen würde, nur dich?» Ohne auf eine Antwort zu warten, wandte er sich um und ging voraus.

Stirnrunzelnd folgte sie ihm. Als Adamo in die Dunkelheit des Korridors eintauchte, war aufgrund seiner schwarzen Kleidung für einen kurzen Augenblick nur das Kerzenlicht zu sehen. Wie ein Irrlicht. Nanouk schüttelte sich. Hoffentlich war das keine Vision gewesen. Aber der Schein verlieh der Atmosphäre nicht nur etwas Geheimnisvolles, Schauriges, sondern wirkte auch herrlich altmodisch und gemütlich, wie das ganze Theater. Mit jedem Gang, den sie dem Kern näherkamen, stieg die Temperatur an, bis es schließlich so warm war, dass Nanouk ihre Jacke auszog. Wenn ihr heiß war, konnte sie sich nicht konzentrieren, und bei der anstehenden Diskussion mit dem Alphavampir musste sie einen klaren Kopf bewahren.

Zu ihrer Überraschung führte Adamo sie nicht zu Kristobals Zimmer ins Obergeschoss, sondern zu einer Kammer in der Nähe der Bühne. Da Licht brannte, trat sie ein. Noch bevor sie sich verwundert umdrehen konnte, hatte Adamo die Tür hinter ihr geschlossen. Seine schlurfenden Schritte entfernten sich.

Neugierig sah sie sich im Zimmer um. Der Ganzkörperspiegel zu ihrer Rechten war an den Seiten schon leicht blind. Es handelte sich eindeutig um die kitschige Imitation eines barocken Modells mit Goldrahmen und Engel. Nanouk fragte sich, welche Bewohner das rote Samtpolster der Bank, die neben dem Spiegel stand, wohl beherbergte, denn es war gespickt mit stecknadelkopfgroßen Löchern und noch kleineren Kotablagerungen. Während Spinnweben zwischen den Kleiderbügeln, auf denen Kostüme aus allen Epochen hingen, ihre Netze gewebt hatten, erspähte sie in der Ecke hinter den Requisiten Mäusekot.

Plötzlich entdeckte sie Kristobal hinter einer kleinen Guillotine kniend und erschrak, da er sie zwischen Wippe und Fallbeil anstarrte. «Was machst du hier?», war alles, was ihr spontan einfiel.

«Wir überlegen die Show etwas umzugestalten.» Er zog das Beil hoch und gab dann wieder etwas mehr Seil, als würde er prüfen, ob die Konstruktion einsatzbereit oder reif für die Entsorgung war.

Nanouk stellte sich auf die Zehenspitzen und machte eine Unschuldsmiene. «Suchst du nach einem Ersatz für den Auftritt von Pavel?»

Als Antwort ließ er das Beil herunterfallen. Kristobal wartete einen Moment, damit sich die Wirkung entfalten konnte, dann zog er das Beil wieder hoch und verknotete das Seil. Er erhob sich und kam um die Guillotine herum. Mit verschränkten Armen blieb er davor stehen. «Ich werde meine Meinung nicht ändern.»

«Warum nicht? Weil du dir dann einen Zacken aus der Krone brichst?»

Blitzschnell sprang er vor. Er riss ihr die Jacke aus der Hand, legte seinen Arm um ihre Taille und zog sie an sich heran. «Nicht einmal du wirst mich umstimmen können.»

Seine Nähe brachte sie einen Moment lang durcheinander, doch sie fing sich wieder und atmete tief durch. «Du bist unsagbar stur. Und ein Lügner. Aber ich verzeihe dir, um dir zu zeigen, dass man manchmal über seinen Schatten springen muss.»

«Was meinst du?» Er hob ihr Gesicht an, damit sie ihm in die Augen sah.

«Du hast vorgeschlagen, dass die Vampire und Werwölfe sich auf neutralem Boden treffen sollten, doch das Krematorium ist euer Revier. Wir haben die Tierkadaver entdeckt.»

Er lächelte hintergründig. «Egal, wo wir das sinnlose Gespräch geführt hätten, der Ausgang wäre derselbe geblieben.»

«Warum hast du dir dann überhaupt die Mühe gemacht, die zwei Schritte über die Straße zu gehen?»

«Vielleicht wegen dir.» Unerwartet neigte er sich vor, um sie zu küssen.

Obwohl es wundervoll in ihren Lippen prickelte, legte sie ihre Finger auf seinen Mund. Das machte es nur noch schlimmer, denn durch die Berührung kribbelte es nun auch in ihrer Hand. «Hast du mich heute Mittag wirklich geküsst, weil du mich schmecken und spüren wolltest? Oder um dich lustig über mich zu machen und mir vor Augen zu führen, dass du mit mir machen kannst, was dir gefällt?»

«Wie kommst du darauf?» Seine Zungenspitze hinterließ eine feuchte Spur auf ihren Fingern.

Erschrocken nahm sie ihre Hand weg. «Bei dem Treffen eben hast du deutlich gemacht, dass du nicht viel von Lykanthropen hältst. Aber ich bin nun mal eine Gestaltwandlerin, deiner nicht würdig und dir nicht ebenbürtig.»

«Ich bin ein Alpha, keiner ist mir ebenbürtig.»

«Aber ich bin kein Vampirliebchen.» Wütend knurrte sie. «Und ich lasse mich auch nicht zähmen.»

«Genau das gefällt mir an dir. Du weißt deine Krallen und Zähne einzusetzen, aber du kannst auch winseln wie eine läufige ...»

«Ich warne dich, sprich es nicht aus!» Nanouk fuhr ihre Krallen aus. «Du bist stur.»

«Ich bevorzuge: beharrlich. Auch was die Wahl meiner Geliebten betrifft. Ich will dich heute Nacht und ich werde dich bekommen.» Zärtlich küsste er eine ihrer Krallen.

Das verwirrte sie so sehr, dass Nanouk sie augenblicklich wieder einzog.

Er schob ihr Langarmshirt nach oben und kraulte ihren Bauch. Als seine Hände sich jedoch an ihrer Hose zu schaffen machten, hielt sie seine Arme fest. «Es war nur ein Kuss.»

«Ein Kuss ist ein Auftakt.» Seine Fingerspitze tauchte in ihre Hose ab und dehnte den Bund ein wenig. Kristobal wagte einen Blick. «Keine Unterwäsche, interessant.»

«Trag ich nie. Bild dir nichts ein!» Aufgebracht schlug sie seine Hand weg. «Der Kuss heute Mittag war auch kein Appetizer.»

«Ganz Gentleman hielt ich mich zurück.» Sein Ton war gönnerhaft. «Ich gab dir genug Zeit zu akzeptieren, dass du dich mir hingeben wirst.»

Hatte er sie beeinflusst? War es möglich, dass er ihr mit dem ersten Kuss die Sehnsucht nach ihm eingepflanzt hatte und die Saat gewachsen und zu Verlangen geworden war? Nanouk rief sich die Begegnung in Erinnerung, doch dann wurde ihr bewusst, dass das Interesse an ihm bereits in der Mitternachtsshow geweckt worden war. Auf der Bühne war er auf seine eigene, ganz spezielle Art in sie eingedrungen. Sie hatte seine vampirische Magie wie flüssiges Feuer empfunden. Vielleicht hatte er sich nie vollkommen wieder aus ihr entfernt, sondern hatte absichtlich einen Funken in ihr gelassen, um sie an sich zu binden.

Nanouk hörte in sich hinein. Tatsächlich nahm sie etwas wahr, das vor dem ersten Treffen mit Kristobal nicht in ihr gewesen war. Es klang wie ein Echo von ihm. Dieser Mistkerl!

Empört hob sie ihre Outdoorjacke auf, doch er riss ihr die Jacke wieder aus der Hand und schleuderte sie weg. Bevor Nanouk wusste, wie ihr geschah, hatte er auch schon den Arm um ihre Hüften gelegt und drängte sie mit dem Rücken gegen die Wand. Er schmiegte sich an ihren Bauch, ließ dann jedoch eine handbreit Platz zwischen ihnen, weil er sie nicht bedrängen wollte. Durch den engen Kontakt war sein Schritt zum Leben erwacht. Sein Körperduft hüllte sie ein, dieser intensive Geruch uralten Weines, der sie trunken machte, ohne dass sie einen Tropfen Alkohol zu sich genommen hatte.

Sinnlich strich seine Hand über ihre Seite, streifte die äußere Wölbung von Nanouks Busen und glitt über die Hüften zu ihrem Po, eine heiße Spur hinterlassend. Tat er es gerade wieder? Projizierte er seine eigene Lust auf sie? Das wollte sie nicht zulassen!

Blitzschnell duckte sie sich. Da seine rechte Hand auf ihrem Hintern gelegen hatte, konnte Nanouk nicht nach links in Richtung Tür fliehen, sondern war gezwungen nach rechts auszuweichen. Sie sprang über die Ecke der Bank, rollte sich auf dem Boden ab und kam wieder auf ihren Füßen zu stehen. Tatsächlich hatte sie es geschafft, sich von ihm zu befreien und hatte sogar ihre Gore-Tex-Jacke zu fassen bekommen. Leider befand sich der Ausgang nun hinter ihm.

Noch während sie triumphierend lächelte, rechnete sie ihre Chancen aus: Kristobal stand immer noch an der Wand, daher konnte sie es schaffen, an ihm vorbeizukommen, wenn sie einen Haken nach rechts schlug. Aber seine Beine waren lang und er konnte große Schritte machen. Es blieb ihr nichts anderes übrig als ihn für einige Sekunden abzulenken.

Da ihr in dieser Kammer nicht viele Möglichkeiten zur Verfügung standen, nahm sie das Polster von der Bank und schlug damit auf Kristobal ein. Ein – zwei – dreimal kurz und schnell hintereinander. Sie kam sich vor wie eine Närrin, die mit Watte auf einen Riesen einschlug. Oder wie zwei Verliebte, die eine Kissenschlacht machten. Ihr Herz schlug einen Takt schneller.

Plötzlich ließ sie das Polster fallen und rannte los, die Tür fest im Blick.

Aber auch Kristobals Bewegungen waren so schnell, wie es bei einem Menschen nie der Fall gewesen wäre. Noch während er auf sie zukam, stieß seine Hand vor, kurz und kraftvoll wie eine Schlange, die zubiss, und bekam Nanouks Jacke zwischen ihren Beinen zu fassen. Er zog nicht einmal daran, sondern hielt sie einfach nur fest. Nanouk gab einen spitzen Schrei von sich, als sie auf diese unerwartete Weise zurückgehalten wurde.

Da sie ihm ihren Anorak nicht als Trophäe zurücklassen wollte und es draußen kalt war, ließ sie nicht los. Dadurch drückte sich der Stoff jedoch auf ihre Mitte. Als sie daran zerrte, zog Kristobal ebenfalls. Ein Gerangel entstand, wodurch die Jacke über ihren Schritt rieb und Gefühle hervorrief, die völlig unpassend waren.

Als Nanouk sich gerade herumdrehen und ihr Bein über den Anorak heben wollte, umarmte Kristobal sie von hinten und presste sie gegen seine Wölbung. Seine Lippen streiften ihren Nacken. Sie erschauerte wohlig, vergaß aber nicht, dass alles, was sie empfand, nur Trug sein konnte. Ihre Brustspitzen reckten sich auf, da Kristobals Hände ihren Bauch liebkosten und langsam höher glitten. So sehr sie ihm auch nachgeben wollte, sie durfte ihm nicht vertrauen.

Nicht ohne Hintergedanken legte sie ihre Handflächen an seine Beine. Zärtlich streichelte sie seine Oberschenkel, glitt über seine Lenden zu seinem erigierten Glied, das den Stoff seiner Hose dehnte. Ihre Gefühle überwältigten sie einen Moment lang. Was sie spürte, gefiel ihr ausgesprochen gut. Es machte sie neugierig, weckte ihr Verlangen und bevor sie realisierte, was sie tat, knetete sie seinen Schritt sachte.

Kristobal stöhnte leise in ihr Ohr. Er legte seine Hände an ihren Busen und streckte jeweils einen Finger aus, um nach ihren Brustspitzen zu tasten. Wenn er das schaffte, befürchtete Nanouk dahinzuschmelzen und sich nicht länger gegen ihn wehren zu können. Deshalb drückte sie zu. Nicht zu fest, denn sie beabsichtigte nicht, ihm Höllenschmerzen zuzufügen, aber auch nicht zu sanft, damit ihr Griff seine Wirkung nicht verfehlte.

Er schrie zwar auf, aber mehr vor Schreck, denn seine Wölbung wuchs durch das Kneifen sogar noch an.

Obwohl er ihr leid tat, konnte sie sich einen Kommentar nicht verkneifen: «Vampire sind also doch nicht allmächtig, wenn sie Schmerz empfinden können.»

Er schaute sie an, als wollte er sie jeden Augenblick bei lebendigem Leib fressen. Anstatt zu antworten, packte er sie, schleuderte sie herum und drückte sie mit dem Rücken auf die Bank.

Nanouk fluchte leise. Sie hatte zu lange gewartet, hatte den Kampf aus den Augen verloren und zu spielen begonnen. Diese Unaufmerksamkeit rächte sich nun. Aus Leibeskräften versuchte sie, ihn wegzustemmen, aber er war viel zu kräftig. Ihr Vorteil lag in ihrer Schnelligkeit, in dieser Hinsicht war sie ihm überlegen – falls sie sich nicht gerade ablenken ließ.

Für Kristobal war es ein Leichtes, sie unter Kontrolle zu halten. Er hielt ihre beiden Handgelenke locker mit einer Hand fest, presste mit der anderen ihren Busen am Ansatz zusammen, damit ihre Brustwarzen ihm entgegen wuchsen, und ließ sie seine Zähne spüren, ohne Nanouk wegzutun. Zur Wut über die Niederlage kam nun noch die Schmach hinzu, denn ein Stöhnen entfloh ihrem Mund, bevor sie ihn schließen konnte.

«Du magst es wild, scheint mir.» Seine Stimme besaß dieses Timbre, das etwas tief in Nanouk berührte.

Doch sie konnte nicht verkraften, dass er auf Werwölfe herabschaute. «Nur mit meinesgleichen.»

«Vielleicht bist du bei mir richtiger, als du denkst», hörte sie ihn noch sagen, doch da hatte sie schon ihre Beine unter ihm angewinkelt und stieß ihn mit aller Kraft weg.

Was hatte er damit gemeint? Diese Frage hallte in ihr wider, doch diesmal erlaubte sie sich keine einzige Sekunde des Zauderns, sondern sprang auf und riss die Arme zur Abwehr hoch. Ihr Busen beschwerte sich, ihr Schoß pochte protestierend und ihr Herz wummerte, vor Kampflust und vor Verlangen nach ihm.

Wenn Kristobal wüsste, dass sie ihn in diesem Moment süß fand, wie er überrumpelt die Stirn krauste und seine Überlegenheit bröckelte, hätte er sie vermutlich übers Knie gelegt, weil *süß* das letzte war, was ein Vampir, besonders ein Alphavampir sein wollte!

Überrascht stand er vor der Tür, nicht aus Absicht, sondern weil ihr Stoß ihn dorthin geschleudert hatte, was bedeutete, dass er ihr erneut den Fluchtweg abschnitt. Sie musste ihn von dort weglocken. Und sie verspürte den Wunsch, ihn doch noch ein wenig zu necken.

Gleichsam aus Übermut und Kalkül stürmte Nanouk auf ihn zu. Während sie sich unter seinen Händen, die nach ihr griffen, hinweg duckte, fuhr sie ihre Krallen aus und schnitt ihm im Vorbeilaufen den obersten Hosenknopf ab. Mochte Kristobal auch stärker sein, so war sie schneller, das hatte sie ihm hiermit bewiesen. Ihre Schnelligkeit war die einzige Chance ihm zu entkommen. Aber wollte sie das überhaupt?

Nanouk lief in einem Halbkreis und kam erst vor den Kleiderstangen mit den Kostümen zum Stehen. Ihr Blick glitt zu dem Knopf, der über den Boden zur Bank rollte, dagegenstieß und schließlich liegen blieb.

«Soll ich jetzt beeindruckt sein, weil du nicht einmal außer Atem bist?» Es war eine rhetorische Frage gewesen, denn Kristobal wartete nicht auf eine Antwort, sondern griff erneut an. Vorfreude spiegelte sich auf seinem Gesicht.

Nanouk schämt sich für das breite Lächeln, das auf ihren Lippen lag, als sie vor ihm floh. Sie war eine Kämpferin. Eine Werwölfin! Und er ein arroganter Vampir, der glaubte, er wäre jedem überlegen. Ein ...

ein ... Am liebsten hätte sie geschimpft wie ein Rohrspatz, doch ihr fiel nichts ein. Verdammt sollte er sein!

Sie duckte sich unter einer Kleiderstange hindurch und rannte im Kreis herum zurück zur Tür. Kristobals Größe wurde ihm zum Verhängnis, denn er blieb an einem wallenden Rokokokleid hängen, was ihr einen Vorsprung einbrachte. Ihre Timberwölfin jankte traurig, weil die lustvolle Jagd ein Ende fand, als Nanouk den Griff der Tür erreichte und sie aufzog.

Plötzlich wurde ihr der Knauf aus der Hand gerissen. Wie von Geisterhand, denn im Gang stand niemand und Kristobal hatte sich gerade erst von dem Kleid befreit und aufgerichtet. Nanouk erschrak fast zu Tode. Sie schaute den Alphavampir ungläubig und fragend an. Verunsichert flackerte sein Blick. Hatte er vielleicht? Nein, das konnte unmöglich sein. Oder doch?

Er kam immer näher. Nur noch eine Armlänge trennte Nanouk von ihm. Kristobal brauchte lediglich seine Hand ausstreckten, um sie zu packen. Verzweifelt warf sie ihre Jacke nach ihm und zog an dem Griff, doch die Tür blieb verschlossen.

Erneut rannte sie vor ihm davon. Seine Unsicherheit verschwand so schnell wie sie aufgetaucht war. Wieso lachte er so unverschämt sinnlich? Innerlich schalt sie ihre Timberwölfin, denn sie schien Nanouk auszubremsen, wollte herumtollen und sich sogar von Kristobal fangen lassen, weil sie sich nach mehr Zuwendung von ihm sehnte. Verrücktes Tier! Sie waren immer eins gewesen, und ausgerechnet jetzt gab es seinem Paarungstrieb nach.

Auf keinen Fall! Nanouk war nicht läufig. Warum prickelte es dann zwischen ihren Schenkeln? Noch nie hatte sie eine Jagd erregt, bei der sie die Gejagte war. Das passte nicht zu ihr, weder zur Frau noch zur Wölfin.

Nanouk lief zwischen den Kleiderstangen hindurch, sie sprang über die Wippe der Guillotine und hastete kreuz und quer durch die Requisiten. Sie entkam Kristobal nur knapp, aber sie entkam ihm. Hastig warf sie die Kleiderstangen hinter sich um, die Kostüme verteilten sich auf dem Boden.

Die Hindernisse hielten Kristobal einige Sekunden lang auf, wertvolle Zeit, die Nanouk nutzte, um das Fenster aufzureißen, das hinter den Kleiderstangen zum Vorschein kam. Kalter Wind wehte einige Schneeflocken hinein. Durch die Hitze, die im Theater herrschte, wirkten die Temperaturen draußen wieder wie zwanzig Grad unter null.

Nanouk stützte sich mit den Händen auf der Fensterbank ab, um sich über den Sims zu schwingen. Just als sie Schwung nahm, packte Kristobal sie und warf sie zu Boden. Die Kostüme dämpfen ihren Aufprall. Dennoch war sie sauer, dass er so grob mit ihr umging. Was hatte sie denn erwartet? Immerhin hatte sie den Kampf eröffnet.

Ihre Wölfin lag ungern auf dem Rücken. Nanouk wollte sich gerade herumdrehen, um sich hinzuknien und aufzuspringen, als Kristobal sich auf sie stürzte. Er legte sich auf sie und hielt sie fest, jedoch ohne sie mit seinem Gewicht zu belasten. Ohne zu zögern stieß er zwischen ihre Beine und presste ihre Schenkel auseinander. Während er ihre Handgelenke umschlang, da sich ihre Krallen bereits zeigten, drückte er seine Wölbung gegen ihren Schritt. Er hielt ihre Hände über ihrem Kopf fest und wollte sie küssen.

Nanouk drehte widerspenstig ihr Gesicht zur Seite, aber in ihrem Inneren gab ihr Tier ein Wolfsgeheul von sich, um mit Kristobal in Kontakt zu treten und Zusammengehörigkeit zu signalisieren.

Er schnupperte an ihrem Hals. Seine Nasenspitze strich über ihren Kiefer. Sanft knabberte er an ihrem Ohrläppchen und hinterließ mit seiner Zunge eine heiße Spur auf ihrer Wange. «Du bist doch längst überfällig. Normalerweise paaren sich Wölfe von Januar bis März und wir haben schon fast April.»

«Denk ja nicht, dass ich es derart nötig habe.» Hatte sie sich eben noch dazu hinreißen lassen, seine Liebkosungen zu genießen, sich zu räkeln und zu seufzen, wehrte sie sich nun wieder gegen ihn.

Kristobal hob eine Augenbraue. Sein Griff war wie Stahl. «Wieso hast du mich dann mit dem kleinen Kampf bezirzt?»

«Das war gar nicht meine Absicht!» Sie hörte sich keifen und erkannte sich selbst kaum wieder. «Ich wollte weg von dir.»

Jegliche Arroganz verschwand aus seinem Gesicht, als wäre sie nur eine Maske gewesen, die er von jetzt auf gleich hatte fallen lassen. Einige Sekunden lang musterte er sie prüfend, dann ließ er ihre Hände los und rutschte von ihr runter. «Ist das immer noch dein Wunsch?»

Nanouk zögerte. Würde er sie wirklich gehen lassen, wenn sie nickte? Langsam wurde ihre Wölfin wütend. Sie begehrte an die Oberfläche zu steigen, um die Kontrolle zu übernehmen und sich endlich mit Kristobal zu paaren.

Die Betroffenheit in seiner Miene versetzte Nanouk einen Stich. Es war nicht ihre Absicht gewesen, ihn zu verletzen, sondern sie hatte ihn nur ein wenig necken wollen, aber über dieses Stadium waren sie längst hinaus. Ihr Körper verzehrte sich nach ihm. Er sollte sich wieder auf sie legen, sie streicheln und küssen und all die Dinge mit ihr tun, die sein Blick ihr versprachen.

Es ist nur Sex, redete sich Nanouk ein. Sie hatte schon mehr als einen One-Night-Stand in ihrem Leben gehabt, da sie sich schwer mit festen Beziehungen tat. Ihre Liebhaber waren nie fremde Kerle gewesen, die sie auf Partys aufgerissen hatte. Solch ein Typ Frau war sie nicht. Sie hatte die Männer meist länger gekannt, manchmal waren es Freunde, manchmal nur Bekannte, aber immer hatte ein Vertrauensverhältnis geherrscht, eine zarte emotionale Bindung, irgendeine Art von Nähe.

Genau dasselbe empfand sie für Kristobal. Obwohl er ein Vampir, ein Feind war, und es sogar passieren konnte, dass Claw zum Schutz der Werwölfe den Krieg gegen die Illusionisten ausrief. Sie fühlte sich stark zu ihm hingezogen. Wäre sie sonst ein weiteres Mal zu ihm gekommen? Natürlich wollte sie mit ihm reden, aber das war nur die halbe Wahrheit. Sie hatte kaum abwarten können, ihn wiederzusehen. Allein.

Was soll's, dachte sie sich und legte ihre Hand an seine Wange. Nanouk strich ihm die kurzen schwarzen Haare an der Schläfe zurück. Seine Haut war warm, nicht kalt, nicht als wäre er tot, sondern er war heißblütig und voller Energie und Kraft. Er war anders als die anderen Vampire. Aber was wusste sie schon von ihnen?

«Du hast gewonnen», wisperte sie atemlos und sagte dann etwas, das die meisten ihrer Liebhaber angemacht hatte: «Nimm mich hart.»

«Oh, nein, so nicht!» Er packte ihre Handgelenke, drückte sie wieder auf die Kostüme nieder und legte sich halb auf sie. «Hast du noch nie davon gehört, dass Vampire Verführer sind? Ich werde nicht wie ein Tier über dich herfallen und mit Gewalt in dich eindringen. Wenn es das ist, was deine Wölfin begehrt, bin ich der falsche Liebhaber für sie. Aber wie sieht es mit dir aus, Nanouk?»

Sie hatte erwartet, dass ihm der Sinn nach unverbindlichem Sex stand, aber nun sah es so aus, als wollte er mehr. Die Vereinigung, die ihm vorschwebte, teilte sie normalerweise nur mit einem festen Partner. Wenn sie sich derart intim liebten, würde sie es danach schaffen, sich emotional wieder von ihm zu lösen?

Gefühle, die sich tief im anderen verankerten, entwickelten mitunter Widerhaken, was dazu führte, dass das Band zwischen zwei Liebenden nur mit Gewalt gelöst werden konnte. Und das hinterließ lebensgefährliche Wunden. Nanouk hatte es selbst gesehen.

Neun

«Die Paarung dauert bei Wölfen nur dreißig Minuten. Bei Vampiren kann sie Stunden dauern.» Kristobal gab ihre Hände frei und neigte den Kopf zu ihr herunter. Behutsam saugte er an ihrer Ohrmuschel.

«Das mit der halben Stunde trifft vielleicht auf Wölfe zu, aber nicht auf Werwölfe.» Nanouks Hände glitten über seinen Oberkörper. Er fühlte sich so gut an, so fest, der Flaum jedoch weich. «Die vereinte Kraft des Menschen und des Tieres machen mich enorm ausdauernd.»

Mit den Lippen zupfte er einige Strähnen aus ihrem Zopf. Das reichte ihm offensichtlich nicht, denn er nutzte seine Zähne, um das Haarband zu lösen. «Das werden wir ja sehen.»

«Eine neue Herausforderung?» Es lag eine subtile Drohung darin, wie sie ihre Hand auf seine Wölbung schob und leichten Druck ausübte.

«Schluss mit dem Kämpfen!» Stöhnend presste er sich fester gegen ihre Hand, als wollte er ihr demonstrieren, dass er ihr vertraute. «Wenn man sich liebt, muss man eins werden, wie du mit deiner Wölfin.»

Ihr Herz schmolz bei dem, was er sagte. Er fand genau die richtigen Worte, um sie zu berühren. Weshalb tat er das? Warum überzog er ihren Hals mit tausend Küssen? Wieso streichelte er erst ihr Dekolleté, ihre Seiten und ihren Bauch, bevor er es wagte, ihren Busen zu kraulen? Bei einem One-Night-Stand war es nicht nötig, liebevoll zu sein. Es ging nur darum, zusammen Spaß zu haben.

Die Lust in ihr wuchs, als er ihr Langarmshirt nach oben schob und ihre Brüste betrachtete. Nanouk keuchte, denn er kitzelte ihre Brustspitzen mit seinem Atem. Müsste der Odem eines Toten nicht kalt wie Frost sein? Seiner war angenehm warm, wie auch seine Hände. Aber er hatte ja behauptet, gar nicht tot zu sein. Der Verdacht erhärtete sich in ihr, dass diese Vampire ganz anders waren als die in den Mythen.

Etwas zu eilig zog sie ihr Shirt aus, weil es sie störte und um ihm einen besserer Zugang zu ermöglichen.

«Wir haben Zeit», wisperte er.

Nanouk errötete. Ihr lag ein spitzer Kommentar auf der Zunge, dass der Sonnenaufgang schneller kam, als er dachte, doch sie schluckte ihn herunter. Stattdessen machte sie sich an seiner Hose zu schaffen.

Kristobal jedoch wehrte ihre Hände ab und schmiegte seine Lenden wieder an ihre Hüften. Während er sich an ihrer Mitte rieb, glitt seine Zungenspitze über die Hügel und Täler ihrer kleinen, festen Brüste. Er streifte ihre Brustwarzen mit seinen Lippen und küsste jeden Zentimeter ihres Oberkörpers.

Erregt drückte Nanouk ihren Rücken durch und reckte ihren Busen ihm entgegen. Sie begehrte mehr, wollte intensiver angefasst werden, denn seine Zurückhaltung trieb sie in den Wahnsinn. Seine sanften Berührungen fachten das Feuer der Lust an, aber nicht genug, und es führte nur dazu, dass sie mehr wollte.

Mehr von seinen Händen, mehr von seinen Küssen und mehr von Kristobal.

Endlich leckte er mit der ganzen Länge seiner Zunge über ihre linke Brustwarze. Nanouk erschauerte, seufzte und vergrub ihre Finger in seinen Haaren. Er saugte ihre andere Spitze zärtlich ein, ließ sie vorsichtig seine Zähne spüren und zwirbelte sie geschickt mit seinen Lippen.

Nanouk stöhnte. Sie wand sich lustvoll unter ihm. Gierig zerrte sie an Kristobals Pullover. So schön sich das Cashmere auch anfühlte, sie wollte *ihn* spüren. Doch er ließ nicht von ihr ab, so dass der Pulli zwischen ihnen eingeklemmt war. Eine solche Geduld hätte sie ihm gar nicht zugetraut.

Er streckte ihre Arme nach oben und strich gefühlvoll über die Innenseiten nach unten bis zu ihren Achseln. Nanouk zuckte und lachte, weil sie kitzelig war. Verführerisch machte er: «Scht», streichelte die äußeren Wölbungen ihrer Brüste, dann glitten seine Hände tiefer. Je näher sie Nanouks Schoß kamen, desto stärker pochte er.

Kristobal hatte so eine Art sie zu liebkosen, die sie verrückt machte. So sanft, wissend, dass er ihre Erregung antrieb, und unglaublich sinnlich. Als er an ihrem Hosenbund ankam, schob er seinen Mittelfinger darunter. Er zog den Bund etwas nach unten, dann glitt sein Finger über ihren Bauch nach vorne, bis er ihren Venushügel streifte.

«Rasiert», stellte Kristobal flüsternd fest und sprach mehr zu sich selbst als zu Nanouk, «dadurch nimmt man Berührungen intensiver wahr.»

Sie hatte eine Ahnung. «Du auch?»

Sein verklärtes Schmunzeln war Antwort genug.

Nanouk hatte noch nie einen Liebhaber gehabt, dessen Geschlecht enthaart war, und konnte es kaum erwarten, Kristobals intimste Körperstelle zu sehen. Bestimmt war er auch dort unten wunderschön. Er ließ es jedoch nicht zu, dass sie seine Hose weiter öffnete.

Sie hatte kein Problem damit, die erste zu sein, die nackt war, deshalb wollte sie sich ausziehen, in der Hoffnung, er würde es ihr gleichtun, aber selbst davon hielt er sie ab.

Normalerweise waren es die Männer, die drängten, diesmal war es Nanouk und sie fühlte sich unwohl in dieser Rolle. Als hätte sie *es* nötig. Dabei fühlte sie sich wie eine Wölfin, die hinter einer Beute – einer wahren Delikatesse – herjagte, welche sie herankommen ließ und dann doch immer wieder Haken schlug und entkam. «Worauf wartest du?»

«Du bist noch nicht erregt genug.»

Woher wollte er das wissen? «Ich kann kaum noch feuchter werden.» Sie erschauderte.

Kristobal bemerkte ihren Blick, der kurz zum Fenster schweifte, durch das sie noch vor Kurzem hatte fliehen wollen. Es stand immer noch weit offen und die Temperatur im Raum sank rasch ab. Ganz Gentleman stand er sofort auf und schloss es.

Das nutzte Nanouk aus und entledigte sich ihrer Boots und ihrer Hose. Als Kristobal sich zu ihr herumdrehte, fand er sie splitterfasernackt auf den Kostümen liegend vor. Sie räkelte sich ein wenig, nicht so, dass es aufgesetzt oder billig wirkte, nur so viel, um ihn zu locken. Sehnsüchtig streckte sie ihm ihre Hand entgegen, damit er sich wieder zu ihr legte.

Zu ihrer Verwunderung packte er ihren Arm und zog sie auf die Füße. «Ich werde dich erst nehmen, wenn du bereit bist.» Er drehte sie so, dass sie sich im Ganzkörperspiegel sah, trat dicht an sie heran und legte seine Hand auf die Stelle zwischen ihren Schulterblättern.

Seine Fingerspitzen glitten über ihren Rücken zu ihrem Steiß, wo er sie kreisen ließ. «Dort hast du einen Sakralfleck. Normalerweise verschwindet er bis zur Pubertät, aber deiner ist immer noch schwach zu sehen. Ich hoffe, es bedeutet nicht, dass du eine Heilige bist?»

Ihr fiel ein, dass Vampire kein Spiegelbild besaßen, glaubte man den Mythen. Aber sie konnte Kristobal klar und deutlich sehen. War das wieder ein Indiz dafür, dass er nicht tot war, wie er behauptet hatte?

«Glaubst du, ich schäme mich für meinen Körper und du könntest mir zeigen, wie attraktiv ich trotz dieses Makels bin? Viele Inuitbabys werden mit einem Mongolenfleck geboren. Dass meiner nie vollkommen verschwunden ist, macht mir gar nichts. Er gehört zu mir wie meine Wölfin. Ich finde mich trotzdem sexy. Schockiert?» Ihre Nacktheit störte sie nicht, wohl aber, dass er noch angezogen war.

«Hör auf ständig tough zu sein! Du hast Angst schwach zu wirken, wenn du dich vollkommen fallen lässt. Aber Frauen sind weich», er massierte sachte ihre Brüste, «hingebungsvoll», zwirbelte ihre Brustspitzen, bis Nanouk seufzte, «und sanft.»

«Was willst du mir damit sagen?», fragte sie atemlos und sogar ein wenig schnippisch, weil er sie an einem wunden Punkt getroffen hatte.

«Es braucht viel mehr Stärke, sich hinzugeben, aber wenn du dich erst einmal gehen lässt, wirst du eine viel größere Lust verspüren.»

Das Problem war nur, dass sie nie – nie – niemals schwach sein wollte, erst recht nicht in Sachen Liebe, weil sie bei ihren Eltern gesehen hatte, wohin das führte. Außerdem standen sie und Kristobal nicht auf derselben Seite. Im Gegensatz zum Rudel betrachtete sie ihn zwar nicht als Feind, dennoch vertraten sie unterschiedliche Interessen.

Trotz aller Vernunft verspürte sie das starke Verlangen nachzugeben, sich vollkommen auf Kristobals Spiel einzulassen, weil es viel Kraft kostete, ständig stark zu sein, und weil sie ihn begehrte. Sie wollte ihn mehr als alles andere in diesem Moment, deshalb lehnte sie ihren Hinterkopf gegen seine Schulter und schloss ihre Augen, um seine Berührungen in sich aufzusaugen.

«Nicht machen», sagte er.

Da sie nicht verstand, schaute sie ihn stirnrunzelnd an.

Er drehte ihr Kinn so, dass ihr Blick auf den Spiegel gerichtet war. «Schau dich an. Beobachte dich, während ich dich stimuliere, und du wirst sehen, wie hübsch du bist, wenn du dich vor Lust verzehrst.»

«Das kann ich nicht.» Den Wunsch konnte sie ihm nicht erfüllen.

«Du willst nicht», sein Daumen strich über ihre Unterlippe, «das ist es doch, was du eigentlich sagen wolltest.»

Er hatte Recht. Durch seine übernatürliche Macht konnte er sie nicht nur beeinflussen und lenken, sondern auch durchschauen. Das machte ihr Angst. «Was soll das bringen?»

«Ich möchte, dass du siehst, wie natürlich dein Körper auf Lust reagiert, damit dein Kopf folgt ... wie befreiend es ist, sich immer mehr gehen zu lassen ... und dass du keine Bedenken haben musst, alle Barrieren fallen zu lassen, weil du nur gewinnen kannst.» Sachte zwirbelte er eine Brustspitze. «Momentan erlaubst du es der Erregung nicht, tief in dich einzudringen. Du schützt dein Inneres mit einer Mauer, so dass die Lust nur deinen Körper berührt, nicht aber deine Seele. Ich werde dir beweisen, wie elektrisierend Sex sein kann, bis in die Haarspitzen ... bis in die dunklen Gefilde deines Ichs ...»

«... bis in mein Herz?»

«Ich werde dich nicht verletzen.» Sanft küsste er ihr Haar. «Versuch es. Es wird dir gefallen.»

Und mehr wollen? Ihre Alarmglocken schrillten, aber Nanouk wollte Kristobal schon so sehr, dass es kein Zurück mehr gab. Als er endlich begann, sich auszuziehen, stand ihre Entscheidung fest. Sie wollte ihm diesen kleinen Gefallen tun, denn danach würde er sie nehmen. Außerdem hatte er sie neugierig gemacht. Was würde passieren, wenn sie auf sein Angebot einging. Nur ein Stück, nur so weit, dass sie keinen Schaden nahm.

Würde er sie mehr ausfüllen als jeder andere Liebhaber zuvor, nicht nur mit seinem Geschlecht, sondern mit allem, was ihn ausmachte? Die Faszination, die sie vom ersten Moment für ihn an empfunden hatte, nahm weiter zu.

Sie sah aufmerksam in den Spiegel, aber sie betrachtete nicht sich, sondern ihr Blick glitt über seinen Körper. Sanfte Muskelhügel wölbten sein T-Shirt, das sich eng an seinen stählernen Brustkorb schmiegte, seine Beine waren kräftig und sein Oberkörper lief an seinen Hüften wie ein V zusammen. Trainierte er? Der Gedanke an einen Gewichte stemmenden Vampir zauberte ein Lächeln auf ihr Gesicht. Nein, das konnte sie sich beim besten Willen nicht vorstellen. Es musste einen anderen Grund dafür geben. Aber welchen? Was unterschied ihn von seiner dunklen Gefolgschaft? Was machte ihn so besonders?

Voller Verlangen sein haarloses Geschmeide mit Händen und Mund zu erkundschaften, wollte sie sich zu ihm umdrehen, doch er schmiegte sich an ihren Rücken und schlang seine Arme um sie. Er legte ihre Haare über ihre linke Schulter zurück und küsste ihren Hals so hauchzart, dass Nanouk eine wohlige Gänsehaut bekam.

«Ich möchte *es* spüren, bitte.» Es bestand keine Notwendigkeit, die Dinge beim Namen zu nennen, Kristobal wusste ohnehin, worauf ihre Begierde abzielte.

Während er mit seinen Lippen an den Haaren in ihrem Nacken zupfte, schob er mit einem Fuß ihre Beine ein Stück auseinander, streifte seine Hose ab und führte seinen Penis zwischen ihre Schenkel. Ebenso wie Kristobal die meisten Männer überragte, war sein Phallus größer als die meisten erigierten Glieder, die Nanouk zu sehen bekommen hatte. Es glühte förmlich und kitzelte ihre Schamlippen.

«Ich meinte doch, anfassen.» Wieso gab er ihr nie, was sie wollte? Er spielte mit ihr, führte sich auf wie ein dominantes Männchen, doch er ging dabei so verführerisch vor, dass sie ihm nicht böse sein konnte.

«Zu spät. Mehr als *einen* Wunsch gewähre ich dir nicht.» Sein diabolisches Lächeln machte ihn noch attraktiver. «Du hättest dich halt genauer ausdrücken müssen.»

So leicht gab sie sich nicht geschlagen. Sie schloss ihre Beine, schaukelte ihre Hüften und rieb ihre Oberschenkel aneinander, um ihn zu stimulieren. Sein Stöhnen in ihrem Ohr klang wundervoll. Er schmiegte sich enger an sie und stieß einige Male zwischen ihre Schenkel. Sein heißes Fleisch rieb über ihre Schamlippen, die wie elektrisiert kribbelten.

War Kristobal in der Lage seine Magie in den unteren Gefilden zu konzentrieren und sie dadurch zusätzlich zu erregen?

Er drückte ihren Oberkörper ein bisschen nach vorne und fuhr fort, sie indirekt zu nehmen, hörte jedoch nicht auf, ihren Nacken und ihre Schultern zu küssen. Seine Hände streichelten über ihr Steißbein, ihre Taille und ihre Pobacken.

Nanouks Schoß pochte und ihre Mitte schrie nach mehr. Wenn es um Kristobal ging, wollte sie immer nur mehr. Was war nur los mit ihr? So kannte sie sich gar nicht. Das war nicht sie, sondern er und seine übersinnliche Kraft. Längst ärgerte sie dieser Gedanke nicht mehr, sondern er beruhigte sie. Die Tatsache, dass er sie manipulierte, entband sie jeglicher Verantwortung für ihr intimes Zusammensein.

Seine Küsse waren warm wie eine laue Sommernacht und seine Berührungen heiß, als würden Sonnenstrahlen ihren nackten Körper streifen. Der Alphavampir vereinte den Tag und die Nacht in einer Person. Der Mensch, der der Vergangenheit angehörte, und der Blutsauger, der er heute war?

Nein, das passt nicht, dachte sie, während er ihren Oberkörper wieder aufrichtete, seinen Phallus aus ihrer Spalte nahm und stattdessen zwischen ihre Gesäßhälften drückte. Der Mensch in ihm war tot. Was also verbarg sich in seinem Inneren, das ihn so feurig machte?

«Du sollst nicht träumen, sondern dich im Spiegel betrachten.» Er kniff leicht in ihre Brustspitze.

Nanouk schrie auf, stöhnte zu ihrer Verwunderung und knurrte ihn schließlich an.

Doch Kristobal lachte amüsiert und massierte ihren Busen, als müsste er wieder gut machen, dass er ihn gekniffen hatte. Sie wand sich vor Lust unter seinen Berührungen, die so viel intensiver waren als bei ihren anderen Liebhabern.

Ob alle Vampire derart magische Hände besaßen? Sie wollte es nicht herausfinden und ihre Wölfin auch nicht. Wie schön, dass sie sich wieder einig waren.

Da Nanouk ihre Augen schloss, fasste Kristobal ihre andere Brustwarze mit Zeigefinger und Daumen und zwirbelte sie drohend etwas fester. «Der Spiegel!»

Sie schaute erneut auf ihr Spiegelbild. Die Frau, die sie sah, lehnte sich gegen den stattlichen Mann hinter ihr. Ihre Wangen waren gerötet, ihre Haare zerzaust und ihre Brustspitzen erigiert. Ihr Blick war verklärt. Sie wirkte verunsichert, als Kristobal ihr Bein anhob und ihren Fuß auf die Bank stellte, die neben dem Spiegel stand.

Nanouk schämte sich. Das war nicht sie. Sie hasste es, unsicher zu sein und wenn andere merkten, dass sie dabei war, ihre Fassung zu verlieren. Die Wölfin in ihr hatte sie gestärkt, sie selbstbewusst und überlegen gemacht. Sie war eine Kämpferin! Sie brauchte keinen Mann. Aber diese Frau, die sie abfällig musterte, wollte nirgendwo anders sein als bei Kristobal.

Seine Hände glitten über ihre Oberschenkel. Zärtlich kraulte er die Innenseiten und kam dabei ganz langsam ihrem pulsierenden Schoß immer näher. Eine Weile wehrte sich Nanouk innerlich gegen die Lust, die beständig in ihr anwuchs, weil sie Schwäche bedeutete. Als er jedoch mit seinen Fingerspitzen ihre äußeren Schamlippen liebkoste, schoss ihre Erregung empor, was sie nicht länger verstecken konnte, denn ihr Brustkorb wogte auf und ab. Sie öffnete ihren Mund, um besser Luft zu bekommen, dadurch jedoch machte die Frau im Spiegel solch einen frivol Eindruck, dass Nanouk ihn schnell wieder schloss. Dabei hatte die Frau hübsch ausgeschaut – so sinnlich hatte Nanouk sich selbst noch nie gesehen.

Verlegen senkte sie den Blick.

Keine Sekunde später hob Kristobal ihr Kinn an. «Hinschauen!»

Er hatte sich zu ihr heruntergeneigt. Sein Gesicht war neben dem der Frau im Spiegel. Sie gaben ein schönes Paar ab.

«Lass dich fallen und schalte deinen Kopf aus. Ich werde für dich da sein, wenn du aus der Lust wieder auftauchst.» Kaum hatte er das ausgesprochen, schob er seinen Mittelfinger in sie hinein. Während er sie gefühlvoll damit nahm, rieb er mit seinem Handballen über ihre Schamlippen und ihre intimste Stelle.

Die Frau im Spiegel öffnete ihren Mund und Nanouk stöhnte. Sie waren eins, begriff Nanouk da, wie sie und ihre Timberwölfin, zwei Seelen in einer Brust. Endlich erkannte sie, dass sie eine lustvolle Seite besaß, eine, die nicht nur schnellstmöglich zum Höhepunkt kommen wollte, sondern eine, die das Liebesspiel in vollen Zügen genoss.

Ihr Spiegelbild hatte die Augen halb geschlossen, ihr Blick war verklärt und sie schämte sich dafür, wie hingebungsvoll sie sich unter Kristobals intimer Berührung wand – aber Nanouk sah nicht weg. Sie schaute fasziniert zu, wie sie etwas in die Knie ging und sich an seiner Hand rieb. Ihre Brüste waren leicht gerötet, ihre Schamlippen feucht und geschwollen. Wie gebannt beobachtete sie, dass die Frau, nein, sie selbst immer lockerer wurde und ihre Zurückhaltung bröckelte. Ihr Intimduft stieg immer stärker auf. Sie roch ihn und Kristobal musste ihn ebenfalls riechen.

In diesem Moment bemerkte sie, dass auch er sie musterte. Das Schamgefühl kehrte zurück. Sie wollte ihr Gesicht wegdrehen, aber sie konnte nicht, denn sie versank in seinem Blick. Ihr fiel der Stolz auf, der ihr entgegenschlug.

Wie sehr sie ihn begehrte! Am liebsten hätte sie ihn auf der Stelle vernascht. Sie hatte kein Problem damit, beim Sex aktiv zu sein. Und genau darin lag das Problem, wie sie durch Kristobal erfahren hatte, denn ihr fiel es schwer, sich verwöhnen zu lassen. Passiv zu sein. Lust zuzulassen, die über eine Triebbefriedigung hinausging. Erst jetzt wurde ihr bewusst, dass ihre Wölfin damit zufrieden gewesen war, die Frau jedoch nicht. Aber die Wölfin trug keine Schuld, sondern die Vergangenheit.

Nanouk wollte weiblich sein, sich gehen lassen und sehen, wohin das führte, ob als Belohnung wirklich eine Lust auf sie wartete, die bis tief in ihr Innerstes drang.

Als Kristobal um sie herumging und sich vor sie stellte, tat sie deshalb – nichts, sondern ließ sich treiben und von ihm leiten. Er vergrub seine Hand in ihren Haaren und zog sie zu sich heran. Am Anfang war sein Kuss zurückhaltend und zärtlich, doch er wurde immer leidenschaftlicher, bis er schließlich seine Lippen fest auf die ihren presste und mit ihr züngelte. Aber seine Zunge zuckte nicht unkontrolliert durch ihren Mund, sondern sie spielte mit der ihren auf eine sinnliche Art und Weise, stieß sie auffordernd an und kreiste um sie, als wäre sie Nanouks wichtigstes Körperteil. In diesem Moment war sie genau das.

Kristobal lenkte stets seine Aufmerksamkeit hundertprozentig auf das, was er gerade tat. Indem er sich auf eine Liebkosung konzentrierte, holte er das meiste aus allem heraus. Jeder Kuss war berauschend, jede Berührung atemberaubend. Nie fasste er eine Körperstelle beiläufig an, nie tat er etwas Unüberlegtes. Er hatte Recht gehabt, er war ein Verführer! Er beherrschte die Kunst der Lust. Wie vollkommen würde erst der eigentliche Akt sein? Daran wagte Nanouk nicht einmal zu denken, weil sie bereits jetzt dahinschmolz.

Enttäuscht seufzte sie, da er den Kuss löste. Er ließ sich auf ein Knie nieder und nahm den Duft ihres Schoßes in sich auf. Noch immer stand ihr rechter Fuß auf der Bank, so dass ihre Mitte leicht aufgeklafft vor seinem Gesicht schwebte. Er leckte über seine Lippen, während er ihre geschwollenen Lippen betrachtete. Auch er atmete schwer. Sein Phallus stand steif von seinen Lenden ab.

Kristobal führte seine Hände zwischen ihren Beinen hindurch, griff ihre Pobacken und zog ihren Unterleib näher heran. Seine Nasenspitze rieb über ihre Klitoris. Nanouk keuchte und legte ihre Hände an Kristobals Hinterkopf. Sie drängte ihn nicht, sie zwischen ihren Schenkeln zu küssen, wie sie es noch vor Kurzem getan hätte, aber sie musste sich festhalten, weil ihre Knie vor Erregung zitterten.

Er leckte über ihre Schamlippen und schaute lüstern zu ihr hoch. Dabei gelang ihm das Kunststück, nicht einmal ansatzweise unterwürfig zu wirken. Außerdem hielt er sie so fest, dass sie ihm nicht entkommen konnte, sollte sie es versuchen. Er kontrollierte ihre Lust. Aber sie fühlte sich nicht gezwungen, sondern begehrt.

Während er sein Gesicht auf ihre Spalte drückte, um näher an ihre intime Öffnung heranzuzüngeln, warf Nanouk einen Blick in den Spiegel – das erste Mal freiwillig. Kristobal war ein stattlicher Mann, mit breiten Schultern und knackigem Hintern. Es erwärmte ihren Schoß und ihr Herz, wie er vor ihr kniete, um sie zu verwöhnen, und so ungeniert von ihr kostete.

Sie sah sich im Spiegel direkt an. Wider Erwarten fachte es ihre Lust an, zu sehen, dass sie vor wachsender Erregung nicht mehr aufrecht stehen konnte, sich deshalb nach vorne beugte und sich auf Kristobals

Schultern abstützte. Ihre steifen, hochroten Brustwarzen zeigten nach unten, als wollten sie sich ihm anbieten. Weil er beschäftigt war, begann Nanouk ihre Brüste selbst zu massieren, nur mit einer Hand, denn mit der anderen suchte sie immer noch nach Halt.

Kristobals Zunge tanzte durch die Täler und über die Berge ihres Schoßes. Mit den Fingern hielt er die großen Schamlippen beiseite und lutschte an den kleinen, bis Nanouks Keuchen in Stöhnen überging. Es kümmerte ihn nicht, dass sie Probleme hatte, ruhig stehen zu bleiben. Er heizte ihr sogar noch weiter ein, indem er seine beiden Zeigefinger in ihre Mitte schob und die Öffnung etwas aufdehnte. Dann ließ er seine Zunge folgen, sie zuckte durch ihr Inneres, kitzelte und erregte sie.

Nanouk zerfloss. Wahrscheinlich war sie noch nie zuvor so feucht gewesen. Obwohl es Kristobal war, der von ihrer Feuchtigkeit kostete, war sie es, die trunken davon wurde. Ihr wurde abwechselnd heiß und kalt, im Spiegel bemerkte sie Schweißtropfen auf ihrer Stirn, ihr Körper brannte wie Feuer vor Verlangen nach diesem Mann.

Plötzlich war sie stolz darauf, die Frau im Spiegel zu sein, so aufgelöst diese auch war. Sie war nicht länger eine Fremde, vor der Nanouk zurückschreckte und auf die sie herabsah, weil sie sich nicht mehr unter Kontrolle hatte, sondern ein Teil ihres Ichs, das trotz grenzenloser Lust seine Würde behielt.

Erneut brach Nanouk ein Stück weiter auf. Die Erregung drang weitaus tiefer in sie ein als nur unter ihre Haut. Kristobal war in ihr, nicht nur seine Zunge, sondern auch ein Hauch seiner selbst. Es fühlte sich warm und gut an und ganz und gar nicht beunruhigend.

Durch den Rausch ihrer Gefühle, merkte sie erst, dass er sich erhoben hatte, als er bereits vor ihr stand. Er hob sie hoch, trug sie neben den Spiegel und stellte sie dort ab. Leidenschaftlich schmiegte er sich an sie, drückte sie an die Wand und küsste sie inbrünstig. In seinem Kuss lag so viel Verlangen, dass es ihr den Atem raubte. Sie schmeckte ihn, sie schmeckte sich selbst und wollte sich am liebsten nie wieder von ihm lösen.

Mit einer Hand hob er ihren Oberschenkel an und drang in sie ein. Er hatte sie so gut geölt, so geschmeidig und locker gemacht, dass er sich problemlos mit einem einzigen Stoß vollkommen in ihr versenken konnte. Nanouk hielt sich an seinen Schultern fest und presste ihr Becken gegen seine Lenden. In diesem Moment wollte sie diesen Mann, auch wenn er ihren Untergang bedeutete.

Sie fiel in einen Taumel aus Lust und Adrenalin und meinte, Sexualpheromone wahrzunehmen. Männliche Pheromone. Tierische männliche Lockstoffe. Aber das war unmöglich. Ihre Sinne mussten ihr einen Streich spielen und sie an ihren letzten und einzigen Liebhaber erinnern, den sie gehabt hatte, seit sie eine Werwölfin geworden war – ihren Erzeuger. Er war der letzte, an den sie jetzt denken wollte, deshalb bemühte sie sich, ihre Gedanken auszuschalten, und konzentrierte sich auf ihre Gefühle. Doch eben ihr Bauchgefühl warnte sie. Konnte es sein, dass Kristobal sie durch seine Magie glauben machte, die Botenstoffe zu riechen, weil er damit ihre Wölfin auf seiner Seite hätte?

Sachte begann er, Nanouk zu nehmen. Er zog sich aus ihr zurück und drang erneut ein, während er sie weiterhin küsste. Nanouk stöhnte in seinen Mund hinein, als er zusätzlich ihren Busen mit seiner freien Hand sanft knetete, die andere hielt weiterhin ihr Bein fest, damit ihre Mitte für ihn geöffnet blieb.

Ihre Hand glitt über seinen Brustkorb und zwirbelte seine Brustwarzen, was ihn derart anmachte, dass er schneller und härter in sie eindrang. Seine Stöße wurden immer zügelloser. Kristobal füllte Nanouk gut aus und schob sich mit einer Intensität in sie hinein, die Nanouk unglaublich erregte, sie aber nicht kommen ließ. Als würde er nicht wollen, dass ihr Liebesspiel jemals zu Ende ging. Für Nanouk war es eine bittersüße Qual. Sie hielt sich stärker an ihm fest, völlig berauscht von der Lust, die er ihr zeigte und vor der sie immer zurückgeschreckt war.

Plötzlich zog sich Kristobal aus ihr zurück. Nanouk seufzte enttäuscht. Da er lachte, knurrte sie ihn an, doch er küsste sie, bis ihr Knurren in Stöhnen überging, und trug sie dann zur Guillotine. Bevor sie wusste, wie ihr geschah, hatte er sie auch schon mit dem Rücken auf die Wippe gelegt. Er hob ihre Beine an, dass ihre Knie in seinen Armbeugen lagen und ihre Mitte weit aufklaffte. Ohne auf ihr Gezeter zu achten, stieß er hart in sie hinein, so dass ihr Kopf über die Wippe geschoben wurde und herabhing. Kristobal beugte sich vor und saugte eine ihrer Brustspitzen tief in seinen Mund ein.

Der leichte Lustschmerz entrang Nanouk erneut ein Seufzen. Sie hob ihren Kopf, um Kristobal für einen Kuss entgegenzukommen. In diesem Moment fiel ihr Blick auf das Fallbeil. Sie lag auf der Wippe, wie eine zum Tode Verurteilte. Sollte das Beil herunterfallen, würde es genau auf ihren Hals treffen und sie köpfen.

Verunsichert drückte sie Kristobal weg. Als er nicht von ihr abließ, schlug sie ihm auf die Schulter. Noch war sie nicht panisch, denn wenn sie gewollt hätte, würde er längst auf dem Boden neben der Guillotine liegen. Er war stärker als sie, aber das Überraschungsmoment wäre auf ihrer Seite und ihre Timberwölfin wusste sich ihren Weg freizukämpfen. Doch eigentlich wollte die nicht kämpfen, sondern sich paaren.

Stirnrunzelnd sah Kristobal sie an.

Nanouk sagte nichts, sondern schaute einfach nur zum Fallbeil auf, das über ihr schwebte, wie ein Damoklesschwert.

«Angst vor ein bisschen Gefahr?» In seiner Stimme schwang Herausforderung und Lust mit.

Eigentlich war er allein schon gefährlich genug für sie. Weil er sie durch seine übersinnliche Macht manipulieren konnte. Und weil sie Gefahr lief, von Claw bestraft zu werden, sollte er jemals erfahren, dass sie Kristobal geliebt hatte. Trotzdem blieb sie bei dem Alphavampir. Sie konnte nicht anders. Die Anziehungskraft war zu stark.

Dann tat er etwas, womit sie nicht gerechnet hatte. Er streckte sich aus, kroch ein wenig höher und legte sich über sie, ohne sie mit seinem Gewicht zu belasten. Nun würde das Beil ihn treffen, sollte das Seil sich lösen.

«Es ist nicht scharf, oder?», fragte sie, weil sie nicht davon ausging, dass er sein Leben für sie riskierte. «Ein Theatermesser. Mehr Schein als Sein?»

«Ich habe es gut verknotet.» Er stieß kraftvoll in sie hinein.

Dann ist es doch nicht stumpf, war alles, was sie denken konnte, bevor die Erregung wieder die Kontrolle übernahm und ihre Gedanken lähmte. Kristobal fing an, sie in einem langsamen, aber gleichmäßigen Rhythmus zu nehmen. Seine Küsse dämpfen Nanouks Stöhnen, das immer lauter wurde. Bei jedem Stoß schmatzte es zwischen ihren Beinen und die Guillotine ächzte. Kristobals Oberkörper rieb über Nanouks Brustspitzen, sein Phallus drängte immer energischer in ihre Mitte hinein und presste ihre Feuchte heraus, die sich auf der Wippe verteilte. Nanouks Hintern rutschte darauf vor und zurück. Sie hielt sich mit einer Hand an der Liege und mit der anderen an Kristobal fest, doch der zog sie ohnehin immer wieder zurück, denn er hielt ihre Beine nicht nur hoch und gespreizt, sondern auch gepackt, damit Nanouk ihm nicht entglitt.

Die Flammen der Lust züngelten immer höher. Je näher Nanouk dem Höhepunkt kam, desto intensiver wurde das Prickeln, das ihren Körper elektrisierte, seit Kristobal begonnen hatte, sie zu stoßen. Sie stand unter Strom, von den Haaren bis zu den Zehenspitzen, ein völlig neues Erlebnis, denn bisher hatte sich ihre Erregung immer auf ihre Mitte konzentriert. Diese vampirische Macht hatte etwas für sich! Sie konnte nicht nur manipulieren, sondern auch die Erregung vervielfachen.

Kristobal schrie schmerzhaft auf, als der Orgasmus durch Nanouk hindurchfegte und sie ihre Finger in seine Seiten krallte, doch er wehrte sie nicht ab, sondern stieß nur noch kräftiger in sie hinein, bis auch er kam. Während Nanouk im siebten Himmel schwebte und den Höhenflug auskostete, gab er ein heiseres Stöhnen von sich, das beinahe etwas Animalisches hatte, und brach über ihr zusammen.

Er schmiegte sich eng an sie und rang nach Atem. Eine angenehme Schwere erfasste Nanouk, die nicht von Kristobal kam, denn er stützte sich auf seinen Ellbogen ab, sondern von der satten Zufriedenheit, die sie bislang nur empfunden hatte, wenn sie stundenlang in Wolfsgestalt durch die Wälder gelaufen war. Als Mensch war diese wohlige Erschöpfung nur Sehnsucht gewesen.

Als Kristobal aufstand, war sie zuerst enttäuscht, doch er nahm sie auf die Arme, trug sie zu den umgeworfenen Kleiderständern und bettete sie auf die Kostüme. Lächelnd legte er sich neben sie, ganz dicht an ihre Seite, und streichelte ihren Bauch.

Hitze stieg in Nanouks Wangen. Sie hatte damit gerechnet, dass mit dem Orgasmus die Zweisamkeit beendet war. «Ich sollte gehen.»

«Das Liebesspiel ist noch nicht vorbei.» Sein Zeigefinger kreiste um ihren Bauchnabel, streifte einmal kurz ihren Venushügel und kehrte dann zum Nabel zurück. «Vorspiel – Höhepunkt – Nachglühen. Ich mache keine halben Sachen.»

Mit ihrer Unsicherheit kehrte ihr Sarkasmus zurück. «Die perfekte Inszenierung, nicht wahr? Für Theaterleute ist es Sünde, wenn eine Szene vorzeitig abgebrochen wird.»

«Nach der intimen Zusammenkunft ist Nähe wichtig, damit Wärme im Inneren bleibt. Kehrt man sich nach der Vereinigung sofort den Rücken, wird das Liebesspiel rückwirkend von Kälte überschattet.» Er neigte den Kopf zu ihr herunter und küsste ihr Dekolleté. «Damit zerstört man alles, was war.»

Nanouk schluckte schwer, ließ sich aber nichts anmerken. Er hatte Recht. Nach ihren One-Night-Stands hatte sie sich zwar von der Lust befreit, aber schlecht gefühlt und wollte jedes Mal nur noch weg. Der Sex hatte ihren Körper kurzzeitig befriedigt, aber nicht mehr. Sie war auf der Suche gewesen. Nach was? Nach Vollkommenheit, nach Erdung, nach einem Zuhause.

Durch ihre Wölfin hatte sie ein gewisses Maß an Zufriedenheit erlangt, aber nun erkannte sie, dass das Glück nur in einem Partner zu finden war. Doch das bedeutete gegenseitige Verankerung mit schmerzhaften Widerhaken, etwas, das sie sich geschworen hatte, niemals zuzulassen.

Was tat Kristobal ihr nur an! Er verletzte sie, indem er ihr zeigte, dass sie niemals vollkommen glücklich sein würde, weil sie das einzige, das ihr wahre Erfüllung bringen könnte, nicht zulassen durfte. Daran war nur seine Magie Schuld!

Aufgewühlt stieß sie ihn weg und setzte sich auf. «Gib es schon zu! Du hast mich mit deiner übersinnlichen Kraft verführt, hast mich mental aufgebrochen wie eine Muschel, um mich zu demütigen und zu beweisen, dass das Rudel dir nichts entgegensetzen kann.»

«Wie kommst du darauf?» Er stützte sich hinter seinem Rücken auf den Ellbogen ab. «Das Rudel hat überhaupt nichts mit uns zu tun.

Wenn es darum ginge, hätte ich dich erst gar nicht empfangen dürfen. Auch ich kann mir die Finger an dir verbrennen, weil meine dunklen Lords und Ladies es bestimmt nicht gern sehen, wenn ich mich mit dem Feind verbünde.»

«Feind?» Sie fühlte einen Stich im Herzen und wich vor ihm zurück. «Ich hätte es wissen müssen. Du hast keine Skrupel, deine übernatürlichen Kräfte für deine Zwecke einzusetzen.»

«Ich muss dich enttäuschen.» Schwungvoll stand er auf und schlüpfte in seine Hose. «Du bist zu *mir* gekommen, erinnerst du dich? Hast dich freiwillig entkleidet und dich mir hingegeben. Ich würde dich unter keinen Umständen dazu zwingen, mit mir zu schlafen.»

Sie glaubte ihm, denn er war verärgert. Außerdem hatte sie ihn aufgesucht und sich ihm angebiedert. Es zog sie immer wieder zu ihm, aber seine Macht wirkte wohl kaum, wenn sie getrennt waren.

Ihre Augen wurden feucht. Sie winkelte ihre Beine an und vergrub ihr Gesicht zwischen den Knien. Seine Berührungen waren so wundervoll, so intensiv gewesen, nicht weil er Magie eingesetzt hatte, sondern weil sie sehr empfänglich für seine Zuneigung war. Sie war wie ein Resonanzkörper für Kristobal gewesen. Weil sie ihn vom ersten Treffen während der Mitternachtsshow an begehrte und sich das Verlangen bei jedem Widersehen in ihr ausgedehnt hatte, bis es ihre Vernunft überlagerte, sie sogar Claw in den Rücken gefallen war und eigenmächtig gehandelt hatte, war sie dem Mann erlegen, nicht dem Vampir. Das Echo von ihm, das sie bis in ihre Eingeweide vernommen hatte, war nicht seine Magie gewesen, sondern die Sehnsucht nach ihm, die aus ihr selbst kam.

Kristobal war nicht das Problem, sondern sie selbst. Dabei durfte sie nicht lieben. Mehr als eine Verliebtheit erlaubte sie sich nie. Liebe bedeutete Gefahr. Schließlich war sie die Tochter ihrer Mutter und ihre Mutter war tot wegen eines Mannes.

Zehn

Kristobal hockte sich neben sie und legte ihr einen Samtumhang um die Schultern. «Bitte erzähl' niemand, dass ich die Tür allein durch die Kraft meiner Gedanken geschlossen habe. Die anderen wissen nicht, wozu ich fähig bin, und das soll auch so bleiben.»

«Wieso?» Verwundert sah sie zu ihm auf.

«Ein Alpha muss immer ein Ass im Ärmel haben, falls ihn jemand herausfordert. Der Tag wird kommen. Ich spüre, dass man mir bald meinen Rang streitig machen wird.»

Der Mottenkugel-Geruch des Umhangs stach in ihre Nase wie Nadelstiche, deshalb legte Nanouk ihn weg, streckte sich nach ihrem Langarmshirt und streifte es über. Nachdem sie beide nicht mehr vollkommen entblößt waren, machte sich ein Hauch von Distanz bemerkbar. Ihre Nacktheit hatte sie verbunden – die Intimität war vorbei. «Du redest wie ein Werwolf.»

«Nein!», sagte er entschieden. Während er sich erhob, griff er nach seinem Pullover und zog ihn an.

Woher kam seine Aversion gegen Lykanthropen? Er musste Gestaltwandler getroffen haben, die jenseits von Anchorage lebten, anders konnte Nanouk es sich nicht erklären.

Kristobal lenkte ein: «Wölfe bevorzugen einen ehrlichen Kampf. Wenn ein Wolf den Rang des anderen begehrt, fordert er ihn geradewegs heraus. Die Vampire sind den Menschen ähnlicher, sie taktieren, intrigieren und schwächen – erst dann schlagen sie aus dem Hinterhalt zu.»

«Warum tust du dann so, als seien Vampire besser als Werwölfe?» Noch im Sitzen schlüpfte sie in Hose und Boots.

«Sie stellen eine neue Stufe der Evolution dar.»

Er hielt ihr seine Hand hin, um ihr aufzuhelfen. Kurz überlegte sie, ob sie ablehnen sollte, denn sein elitäres Denken ging ihr gehörig gegen den Strich. Doch dann ergriff sie seine Hand und ließ sich auf die Füße ziehen. «Versuch und Irrtum, so hat die Evolution schon immer funktioniert. Vielleicht seid ihr schneller von diesem Planeten verschwunden als ... Wie alt bist du eigentlich?»

Er lachte und reichte ihr die Gore-Tex-Jacke. «Nicht so alt, wie du vermutest.»

Sie nahm die Jacke zwar an, schüttelte jedoch ihren Kopf, wodurch ihr bewusst wurde, dass ihre Haare offen waren, ein seltener Umstand. «Ich werde nicht gehen, bevor du mir etwas über die anderen Gestaltwandler verraten hast, die euch begegnet sind.»

«Es gibt kein anderes Rudel. Das war eine Lüge.» In seiner Stimme schwang die Warnung mit, schlafende Hunde nicht zu wecken.

Ihr Haargummi lag vor der Sitzbank. Nanouk hob es auf, legte ihre Jacke auf die Bank und band ihre Haare zu einem Zopf zusammen. Kurz schaute sie sich im Spiegel an und war froh, dass sie endlich wieder die Alte war, zumindest äußerlich. Da ihr Aussehen wieder hergestellt war, gewann sie auch ihre Fassung zurück.

Wie ein Wolf auf der Pirsch schritt sie auf Kristobal zu. Sie blieb dicht vor ihm stehen und blickte ihm geradewegs in die Augen. «Ich kann riechen, wenn jemand lügt, und du hast gerade gelogen.»

«Nur Pavel ...» Er brach ab und packte ihr Handgelenk, denn sie hatte blitzschnell ihre Hand an seine Wange gelegt.

Da sie ihre Krallen nicht ausfuhr, hielt er sie einfach nur fest. Er ließ sie gewähren. In Nanouks Augen war es ein Test, aber sie hatte nie vorgehabt, ihn zu verletzen. Alles, was sie wollte, war ein wenig Druck auszuüben, um endlich die Wahrheit zu erfahren. Sie strich über sein Kinn, Bartstoppeln kitzelten ihre Handfläche.

«Dein braunes Haar schimmert auf einmal fuchsrot.» Fasziniert ließ er einige Strähnen durch seine Finger gleiten.

«Meine Wölfin sitzt nahe an der Oberfläche. Sie wird dich angreifen, solltest du nicht endlich die Wahrheit sagen. Ich werde sie nicht davon abhalten können.» Wenn sie ehrlich war, wollte sie das auch nicht. Diesmal würde Kristobal nicht davonkommen.

Seine Gesichtszüge wurden hart. Er trat einen Schritt zurück und musterte sie. Seine Nasenflügel blähten sich. Es war offensichtlich, wie ernst es ihr war. Schnaubend drehte er sich um. Er ging zum Fenster und stützte sich auf der Fensterbank ab. Obwohl er so tat, als würde er etwas oder jemanden auf der Straße beobachten, sah Nanouk, dass sein Blick nach innen gerichtet war.

«Es ist wahr, ich schwöre, es gibt kein anderes Rudel. Nicht mehr.»

Ihre Timberwölfin winselte. «Was ist passiert?»

«Sie sind tot.» Er richtete sich mühsam auf, wie ein Mann, der schon viel gesehen und erlebt hatte. «Alle.»

Ihr Tier heulte auf, als hätte man ihm die Füße weggerissen. «Wie konnte das passieren?»

«Evolution.»

Dieses eine Wort war wie ein schwerer Stein, der in Nanouk hineinfiel und ihre Gedanken anregte. Sie waberten, bildeten Kreise, die immer größer wurden und Stück für Stück die Wahrheit frei spülten.

«Warum tust du dann so, als seien Vampire besser als Werwölfe?»

«Sie stellen eine neue Stufe der Evolution dar.»

Plötzlich riss Nanouk ihre Augen auf. Ihr wurde abwechselnd heiß und kalt. Mensch – Gestaltwandler – Vampir. Nein, das konnte nicht sein! Das war unmöglich. Kaum vorzustellen. «Ihr wart früher einmal Lykanthropen?»

Sein Spiegelbild in der Fensterscheibe schaute sie an. Stumm nickte er.

Dieses Geständnis war so unglaublich, dass es Nanouk für einen Moment die Sprache verschlug, obwohl ihr tausend Fragen auf der Zunge brannten. Die Sexualpheromone, die sie wahrgenommen hatten, waren keine Einbildung gewesen, sondern Kristobal hatte sie tatsächlich verströmt. Aber wie war das möglich, wo er doch behauptete, kein Werwolf mehr zu sein? Wenn sie ihn richtig verstand, war sein Wolf tot, er hatte sich weiterentwickelt und war zu einem Vampir geworden.

Das übertraf ihre Vorstellungskraft.

Ihr ehemaliger Gefährte Dante hatte versucht, sein Tier loszuwerden und war darüber verrückt geworden, so dass Claw ihn hatte töten müssen, damit er das Geheimnis um die Existenz der Werwölfe in seinem Wahn nicht preisgab.

«Ich verstehe das nicht.» Sie ging zu ihm und fasste ihn energisch an den Schultern. «Erkläre es mir.»

Seine Kiefer malten. «Wir haben uns von unserer Geißel befreit.»

«Geißel?» Zorn wallte in ihr hoch. Nur mit Mühe konnte sie sich davon abhalten, ihn zu ohrfeigen. «Ihr seid Mörder.»

«Oh, nein, wir sind Überlebende.»

Inbrünstig drückte sie seine Oberarme. Sie stand kurz davor, ihn zu schütteln, bis sein Kopf wieder klar war. «Das, was in euch lebte ... *mit* euch lebte, war etwas Lebendiges, etwas Kostbares, eine Aufwertung eures menschlichen Daseins.»

Er schnaubte. «Hat dein Alphawolf dir das eingetrichtert?»

Ein zunehmender Schmerz machte sich in ihrem Brustkorb bemerkbar, als würde sich ihr Tier an ihr festklammern. Nanouk überkreuzte ihre Arme und presste sie auf ihren Busen. «Ich würde mich niemals von meiner Wölfin trennen! Wenn sie sterben würde, wäre das auch mein Tod. Vielleicht nicht körperlich, denn ihr habt offensichtlich einen Weg gefunden, die zwei Seelen, die in eurer Brust wohnten, zu trennen – aber ich würde nicht mehr weiterleben wollen. Ich bin eins mit ihr. Sie macht mich erst vollkommen!» Der Schmerz ließ nach. Nanouk entspannte sich und nahm die Hände herunter.

«Welch flammende Rede!» Ein spöttisches Lächeln umspielte seinen Mund. «Hätte ich so empfunden wie du, wäre ich glücklich gewesen. Und wenn ich glücklich gewesen wäre, hätte ich diesen Schritt nicht machen müssen. Aber ich fühlte mich, als wäre ich nie allein, als würde mich ständig ein Schatten verfolgen, jemand, der meine Entscheidungen in Frage stellte, der versuchte mein Handeln zu beeinflussen und mich schwächte, weil ich ständig mit meinem Wolf um die Kontrolle über meinen – meinen! – Körper kämpfen musste.»

«Aber er schenkte dir seine immense Kraft.» In ihren Augen war Kristobal undankbar. «Seine tierischen Instinkte sind hilfreich.»

«Und zeigen sich immer dann, wenn man sie nicht gebrauchen kann. Wölfe lassen sich nicht zähmen, nicht einmal, wenn sie ein Teil von dir selbst sind.» Er hob eine Kleiderstange auf, als wäre das Gespräch für ihn beendet. «Die Trennung war nur eine logische Konsequenz.»

Das klang so sachlich, dass Nanouk am liebsten aus der Haut gefahren wäre. «Woher weiß ich überhaupt, dass du die Wahrheit sprichst? Wir hatten einen Gefährten, Dante, der alles Erdenkliche ausprobiert hat, um sich von seinem Wolf zu befreien. Er ist darüber wahnsinnig geworden.»

«Weil er es nicht geschafft hat.» Kristobals Haltung strahlte selbst dann noch Überlegenheit aus, als er das Polster wieder auf die Sitzbank legte, als wäre er der Butler und nicht der Hausherr. «Wir schon.»

«Wie?» Sie fand es komisch, dass er die Ordnung im Raum eigenhändig wiederherstellte, anstatt einen seiner Lakaien damit zu beauftragen. Wollte er nicht, dass ihre Vereinigung bekannt wurde? Oder lenkte er sich nur ab, weil ihm das Gespräch unangenehm war?

Er zögerte und schindete Zeit, indem er erst einige Kostüme aufhob, die von den Bügeln gerutscht waren, als Nanouk die Kleiderstangen umgeworfen hatte. «Es war Zufall. Wir hatten Feinde, die Skua. Am Anfang waren sie nur eine Gruppe von Freunden, die regelmäßig zusammen Jagen gingen. Sogar einen Löwen. Keine Ahnung, woher sie ihn hatten. Kranke Mistkerle! Ausgerechnet in unserem Revier, in unserem Wald, setzten sie das arme Tier aus und jagten es. Dabei geriet Radim in ihr Visier, aber wir lenkten von ihm ab. Wir handelten, wie Menschen es tun würden, waren aber in Wolfsgestalt, dadurch wurden sie auf uns aufmerksam. Sie entwickelten eine gefährliche Neugier und wir wurden zum ultimativen Jagdziel auserkoren.»

Das war neben dem Publikwerden der Existenz der Werwölfe die zweite Angst, die an Nanouk haftete. Sie bückte sich nach einem altrosafarbenen Kleid mit Puffärmeln und Reifrock. Es war wirklich hübsch – an einer anderen Frau. In ihrem Kleiderschrank hing kein einziges Kleid, und erst recht nichts in rosa. Beides war viel zu süßlich.

«Das passt nicht zu dir.» Offensichtlich war Kristobal derselben Meinung. Er hielt einen Gürtel hoch, an dem ein Halfter hing. «Eher das hier.»

Sie zeigte auf den Colt, dessen Perlmuttgriff herausragte. «Ich hoffe, das ist keine scharfe Waffe.»

«Sie ist genauso gefährlich wie das Fallbeil der Guillotine.» Schmunzelnd hängte er den Gürtel weg.

Nanouk legte das Kleid auf die Bank, weil der Bügel gebrochen war, und weil sie Kristobal auf diese Weise kurz den Rücken zudrehen konnte, damit er ihr die Enttäuschung darüber nicht anmerkte, dass er beim Finale auf der Wippe doch nicht sein Leben für sie riskiert hatte. Wieder verpuffte ein Bonuspunkt. «Lenk nicht ab. Was war mit den Skua?»

Er fuhr fort zu erzählen, während er die restlichen Kleiderstangen aufstellte. «Eines Tages erwischten sie Jarek dabei, wie er sich gerade in einen Wolf verwandelte. Die Jäger schossen ihm einen Pfeil ins Herz, noch während sich die Wandlung vollzog. Wir vertrieben sie zwar, doch es war zu spät. Jarek hatte sich in einen Menschen zurückverwandelt und sah tot aus. Als ich mich jedoch über ihn neigte, hörte ich sein Herz schwach und unregelmäßig schlagen. Er lebte noch – zumindest ein Teil von ihm. Jarek brauchte einige Zeit, um sich zu erholen. Als er wieder genesen war, stellte er fest, dass die Feinde den Wolf in ihm getötet hatten, nicht aber den Menschen. Allerdings war sein menschlicher Körper nicht mehr selbstständig lebensfähig. Alles hat seine Konsequenzen.»

«Deshalb muss er Blut trinken.» Angewidert schüttelte sie sich. Es gab keinen Anlass, diplomatisch zu sein und zu verbergen, dass sie nicht verstand, weshalb man seinen Wolf gegen ein Leben als Geschöpf der Nacht eintauschte.

Lässig zuckte Kristobal mit den Achseln. «Sein Körper war nicht mehr voll funktionstüchtig.»

«Also hatten die Jäger mehr als nur den Wolf getötet.» Wenn man erst einmal ein Tier hatte, gehörte man zusammen. Für immer. Das war Nanouks feste Meinung.

«Der Parasit hatte dem Wirt die Lebensenergie geraubt.» Er hob die letzten Kostüme auf, die, auf denen sie nackt und in inniger Umarmung gelegen hatten.

Das war eine gefühlte Ewigkeit her, doch in Wirklichkeit nur eine Viertelstunde. Eben noch hatten sie sich geliebt, jetzt knurrte Nanouk ihn schon wieder drohend an. «Nimm das Wort Parasit nie wieder in den Mund!»

«Jarek lebte, nur das war wichtig. Und er besaß weiterhin die Kraft des Wolfes, die leidlichen tierischen Einflüsse war er jedoch los, der Glückliche! Das wollten wir auch. Außerdem gewann er die Gabe,

Menschen zu beeinflussen. Wahre Magie», er sprach die letzten beiden Worte ehrfürchtig aus. «Das hat uns endgültig überzeugt.»

«Aber wie habt ihr das Wunder vollbracht?» Nanouk wollte es keinesfalls nachahmen, sondern vielmehr wissen, was sie unbedingt vermeiden musste, um ja nicht Gefahr zu laufen, ihre Timberwölfin zu verlieren.

Seine Antwort klang trocken. «Wir haben das Szenario nachgestellt.»

«Ihr habt einen von euch getötet?» Ungläubig ließ sie sich auf die Sitzbank nieder.

«Mich, ich war das Alphatier. Ich hatte nicht nur das Recht, sondern auch die Pflicht, mich dem Experiment zu stellen.» Seine Miene wurde hart, da die Erinnerung keine angenehme war. Er lehnte sich gegen die Wand und verschränkte die Arme vor dem Oberkörper. Je weiter sein Bericht fortschritt, desto leiser wurde seine Stimme und sein Blick immer verklärter. «Sie ketteten mich an und ich verwandelte mich. Als mein Brustkorb sich zu verformen begann, stieß Jarek mir ein Messer zwischen die Rippen, genau dort, wo ihn der Pfeil getroffen hatte und das Herz unter dem Brustkorb schlägt. Kurz bevor ich ohnmächtig wurde, glaubte ich wirklich zu sterben. Zu aller Verwunderung erwachte ich. Ich war schwach, fühlte mich krank, als hätte man mir das Herz bei lebendigem Leib aus dem Körper gerissen, aber es war eins, auf das ich verzichten konnte. Mein Wolf war verschwunden.»

«Und der Vampir erwacht.» Angewidert rümpfte sie die Nase. Sie erhob sich, ging zu ihm auf die andere Seite des Raumes und stellte sich vor ihn, um ihm in die Augen schauen zu können. «Wie kann man sich freiwillig für ein Leben entscheiden, in dem man Blut trinken muss, um zu überleben?»

«Wölfe jagen andere Lebewesen. Sie bringen sie zur Strecke und fressen sie, solang die Körper ihrer Beutetiere noch warm sind.» Er legte seine Hand unter ihr Kinn, damit sie ihn ansah. Seine Stimme war samtweich und siegessicher. «Sag mir nicht, du hast der Versuchung widerstanden? Deine Wölfin wird dich zur Jagd gezwungen haben.»

Natürlich hatte er Recht. Die Jagd war etwas, das sie akzeptierte, aber nicht mochte. Wenn sie in Wolfsgestalt war, liebte Nanouk sie, sobald sie wieder ein Mensch war, widerte es sie an, Tiere zu töten. Nanouk setzte sich auf die Fensterbank, um sich seiner Berührung zu entziehen, weil sie ihr Verlangen erneut weckte, aber sie wollte wütend auf ihn sein, denn ihr gefiel ganz und gar nicht, was er sagte. Die Kälte des Morgens, die durch die Fugen kroch, fand ihren Weg unter Nanouks Langarmshirt. «Was ist mit Pavel? Ist er in Ungnade gefallen, weil er noch ein Werwolf ist? Oder ist er der Omegawolf?»

«Ein Anwärter», sagte Kristobal lapidar. Er drehte sich zu ihr und lehnte sich mit der Schulter an die Wand an. «Wir ziehen schon eine Weile mit unserer Mitternachtsshow herum und haben ihn unterwegs aufgegriffen.»

«Seid ihr anderen Gestaltwandlern begegnet?» Aufgeregt sprang sie von der Fensterbank. Sie spitzte ihre Ohren. Auf seiner Reise durch Alaska und Kanada hatte ihr Erzeuger keinen einzigen Werwolf getroffen, was vielleicht auch daran lag, dass sie seine Aufmerksamkeit auf sich gezogen hatte.

«Es gibt andere Werwesen da draußen, nur einige wenige, aber es gibt sie. Wir haben ihre Existenz nur gestreift, denn sie wollten in Ruhe gelassen werden, wie wir auch. Ich kann dir nichts über sie sagen.»

Nanouk seufzte enttäuscht. Nach allem, was er ihr erzählt hatte, hätte sie ihn verachten müssen, doch er hatte ihr Interesse nur noch mehr geweckt. Weil sie die Kälte immer noch an ihrer Kehrseite fühlte, öffnete sie das Fenster, schloss die altmodischen Holzläden, die von außen angebracht waren, und verriegelte das Fenster wieder. «Warum bist du überhaupt zum Werwolf geworden? War es ebenfalls ein ... Unfall?»

Er nickte ihr dankend. Vermutlich glaubte er, sie hätte die Läden geschlossen, weil der Tag bald anbrach. «Genauso wenig, wie mein Werden zum Vampir. Bei Jarek war es ein Unfall, nicht so bei mir. Ich habe mich immer bewusst für etwas entschieden, eine Charaktereigenschaft, die dazu beitrug, dass ich zum Alpha aufstieg, denn ich wusste schon immer, was ich wollte, und das verlieh mir Selbstsicherheit.»

«Warum wolltest du ein Werwolf werden, etwas, das du nach kurzer Zeit gelernt hast zu hassen?»

«Weil ich damals nur den Vorteil sah. Ich brauchte die Kraft, weil ich zwar groß, aber schwächlich war, und ich wusste schon immer, dass mein Weg anders verlaufen würde als der meiner Klassenkameraden. Etwas Besonderes wartete auf mich. Doch es war nicht die Lykanthropie, sondern mein Dasein als Vampir.»

Nanouk verstand nicht, weshalb sie sich ausgerechnet zu einem Exzentriker hingezogen fühlte. Kristobal wollte etwas Besonderes sein, deshalb war er ein Gestaltwandler und ein Blutsauger geworden. Auch sein Beruf als Illusionist passte ins Bild. Aber dann kam ihr ein Gedanke. Er war im Grunde immer auf der Suche nach sich selbst gewesen, nach seiner Bestimmung, seinem inneren Frieden – genauso wie Nanouk selbst. «Wer hat dich infiziert?»

«Ist das hier ein Interview?» Er stieß sich von der Wand ab.

«Du hast mir schon so viel berichtet, nun kannst du mir auch noch das verraten.»

«Ich hätte dir gar nichts sagen sollen.» Er stieß einen der Kleiderständer so fest an, dass er gegen einen anderen krachte. «Es war ein Fehler.»

«Das wusstest du vorher.» Nanouk erinnerte sich, dass er gezögert hatte, doch am Ende hatte er ihr seine Geschichte erzählt. «Warum hast du es dann getan?»

«Weil ich aus irgendeinem Grund möchte, dass du meine Entscheidungen nachvollziehen kannst.» Er hatte sie nicht angesehen, als er das gesagt hatte.

Aus einem sentimentalen Grund? Sie hätte ihn in diesem Moment gern gespürt, aber er blieb, wo er war. Es freute sie, dass er nicht nur Sex mit ihr teilte, sondern auch seine Gedanken, obwohl es weiser gewesen wäre, wenn er diese für sich behalten hätte.

Plötzlich kam ihr ein Gedanke, der ihre aufkeimenden Gefühle augenblicklich gefrieren ließ. Vielleicht war Kristobals Offenheit nur Taktik, denn seine Beichte änderte alles! Für die Verhandlungen, für das Rudel. Für sie? Er hatte erwähnt, dass Vampire keine offene Konfrontation suchen, wie es Werwölfe tun, sondern: *«Vampire taktieren, intrigieren und schwächen – erst dann schlagen sie aus dem Hinterhalt zu.»*

Lag es nicht auf der Hand, dass er mit Waffen kämpfte, die auf den ersten Blick nicht als solche zu erkennen waren? Sie waren spitz, subtil und gefährlich – Worte. Mit seiner vermeintlichen Enthüllung hatte er einen Schutzwall um seine dunkle Gemeinschaft errichtet, dem Rudel Stolpersteine in den Weg gelegt, und gleich dahinter wartete eine Falle.

Die Verführung, das Geständnis... das alles gehörte zu seinem Trick. Er spielte nur, das alles war Show, wie das Fallbeil und der Colt. Das Leben war seine Bühne und Nanouk nur eine Statistin, die er in seine Darbietung einbaute. Zu allem Unglück sprach er die Wahrheit, das roch sie.

«Jarek war es. Er hat mich erst zum Gestaltwandler und dann zum Vampir gemacht und wurde zu meinem engsten Vertrauten.» Endlich drehte Kristobal sich zu ihr um. «Warum bist du ein Werwolf geworden?»

«Weil ich es ebenfalls wollte, und es ist das einzige in meinem Leben, das ich nie bereut habe», sagte sie schnippisch in Anspielung auf die Vereinigung mit ihm.

Nanouk griff ihre Jacke, verließ den Raum und machte die Tür fest hinter sich zu. Sie knallte sie nicht zu, denn das wäre kindisch gewesen, aber sie drückte die Klinke nicht herunter, sondern zog die Tür geräuschvoll ins Schloss, um ihren Unmut zu zeigen. Fast hatte sie geglaubt, dass Kristobal etwas für sie empfand, doch sie hatte die Wahrheit rechtzeitig erkannt. Ein Mann würde nicht ihr Untergang sein! Und die Vampire nicht das Ende für das Anchorage-Werwolf-Rudel bedeuten.

So mussten sie sich wohl von heute an bezeichnen. Denn es gab andere Gestaltwandler dort draußen.

Elf

Als Nanouk auf dem Gang stand und gerade nach links zum Hinterausgang gehen wollte, roch sie einen Werwolf. Sie hielt ihre Nase in alle Richtungen und schnupperte. Vielleicht bekam sie doch noch die Möglichkeit, mit Pavel zu sprechen. Aber nein, der Geruch war kein fremder, sonder ihr sehr wohl bekannt, ja, sogar vertraut.

Rufus war in der Nähe.

Noch vor Kurzem hatte sie ihn den *Kleinen* genannt, doch diese Bezeichnung passte nicht mehr zu ihm. Er war an dem grausamen Erlebnis mit Dante gewachsen. Sein Gesicht war immer noch das eines Jungen, der an der Schwelle zum Jugendlichen stand, aber seine Haltung hatte sich geändert, seit er nur knapp dem Tod entronnen war. Er ging aufrechter, hielt ihrem Blick länger stand und drängte bei jeder Versammlung im Knik River Valley weiter nach vorne. Talas Anwesenheit tat ihm gut, sie stärkte ihn. Neben dem alten Lupus war Tala seine engste Vertraute.

Aber was machte er in der Höhle des Löwen? Zudem allein? Nanouk witterte ausschließlich seine Fährte.

Auf leisen Sohlen schlich sie nach rechts. Je näher sie Rufus kam, desto deutlicher war Lachen zu hören. Von Rufus und einer weiteren männlichen Person. Sie war erleichtert, dass es ihm gut ging. Die Vampire hatten ihn zumindest nicht gefangenen genommen. Aber mit wem war er zusammen?

Sie nahm den zweiten Geruch erst wahr, als sie kurz vorm Eingang zur Bühne stand. Licht fiel von dort in den dunklen Korridor, es flackerte. Zwei schmächtige Schatten zuckten über die Wand, die gegenüber des Zugangs lag. Einen Menschen hätte Nanouk viel früher gewittert, folglich musste es sich um einen Vampir handeln.

Erneutes Lachen.

«Wie soll ich das Publikum beschäftigen, wenn ich das halbe Kartenspiel aufdecken muss, um meine Karte wiederzufinden?», fragte Rufus.

Die zweite Stimme klang fast ebenso hell wie seine. «Ein Zauberer muss nicht nur Tricks beherrschen, sondern auch das Publikum, sagt Radim.»

Adamo, jetzt erkannte Nanouk ihn. Sie linste vorsichtig um die Ecke und sah ihn neben Rufus auf dem Podest stehen. Sie hatten alle Kerzen, die um die Bühne herum standen, angezündet. Vor ihnen auf einem kleinen, hüfthohen mit schwarzem Samt überzogenen Tisch, lag ein Kartenspiel.

Seufzend hob Rufus eine Karte nach der anderen ab. «Ich weiß ja, dass die, die ich mir gemerkt habe, über der, die du gezogen hast, liegt. Aber was soll ich in der Zwischenzeit den Zuschauern erzählen? Ich muss sie doch ablenken, sonst werden sie misstrauisch oder langweilen sich.»

«Du bist zu ungeduldig. Versuche dich erst einmal an Tricks, bei denen du nicht viel reden musst.» Adamo stopfte ein buntes Seidentuch in seine Faust, murmelte verschwörerisch klingende Worte in einer fremden Sprache, während er mit seiner anderen Hand fuchtelte – und öffnete die Faust. Das Tuch war verschwunden. Zum Beweis hielt er kurz beide Handflächen hoch. Sie waren leer. Nachdem Adamo jedoch erneut eine Faust gemacht und wild gestikulierte hatte, zog er das Tuch wieder daraus hervor, als wäre es die ganze Zeit dort gewesen.

«Wow!» Aufgeregt riss Rufus ihm das Seidentuch aus der Hand. «Das will ich auch können. Welche Zauberformel muss ich aufsagen?»

Adamos Lachen war faszinierend. In ihm schwangen gleichzeitig die Leichtigkeit des Jungen mit, der er einmal gewesen war, und das Wissen des Mannes, der er einmal werden würde. «Das war doch nur Blödsinn. Genauso wichtig wie die Tricks selbst, ist die Show drumherum. Mach irgendetwas, das geheimnisvoll wirkt, um Atmosphäre zu schaffen, wie Radim sagt, und die Zuschauer abzulenken, damit sie dir nicht so genau auf die Finger gucken.» Daraufhin hielt er ihm seine Hand direkt vors Gesicht.

«Du trägst ja einen falschen Daumen!» Rufus nahm das Imitat an sich und drehte es prüfend. «Da hast du das Tuch reingestopft, richtig? Deshalb auch dieses Rumgefuchtele. Sah ziemlich albern aus, um ehrlich zu sein.»

«Albern?», echote Adamo. «Es ist alles eine Sache der Ablenkung.»

Oh, ja, davon konnte Nanouk ein Lied singen. Kristobal hatte mit ihr dieselbe Show abgezogen, nur hatte er seine Hände nicht zum Gestikulieren benutzt, sondern sie viel zielgerichteter und effizienter eingesetzt.

Sie trat auf die Bühne und verschränkte die Arme vor dem Oberkörper. «Was machst du hier?»

Jeder andere Werwolf hätte sie vorher gerochen, doch Rufus hatte seinen Kopf oft in den Wolken und war zu versunken in die Kunst der Zauberei gewesen. Vor Schreck warf er den Daumen im hohen Bogen fort und stieß gegen den Tisch vor ihm, so dass sich das Kartenspiel zwischen der Bühne und der ersten Stuhlreihe verteilte.

Blitzschnell stürmte Nanouk vor und fing den Daumen auf. Adamo taumelte erschrocken einen Schritt zurück, weil er befürchtet hatte, sie würde ihn angreifen, aber das lag ihr fern. Er strahlte nichts von der Überheblichkeit der anderen Vampire aus. Um ihn zu beruhigen lächelte sie, ging langsam auf ihn zu und reichte ihm das Imitat. Noch immer wirkten die dunklen Kajallinien um seine Augen eher belustigend als düster.

«Claw hat mich abgestellt, um auf dich zu warten.» Schuldbewusst zog Rufus den Kopf zwischen die Schultern und stellte den Tisch wieder auf.

Nanouks Herz rutschte in die Hose. «Claw?»

«Adamo meinte, es würde noch etwas dauern, bis dein Gespräch mit Kristobal zu Ende ist», sagte Rufus, während er begann, die Karten vom Boden aufzuheben, «deshalb hat er mir einige Tricks gezeigt.»

Hitze stieg in ihre Wangen. Lustigerweise errötete der junge Vampir heftiger als sie. Er wusste, dass sie und Kristobal nicht nur geredet hatten. Um Nanouks Blick auszuweichen, kniete sich Adamo hin und sammelte ebenfalls die Karten auf, die auf die Bühne gefallen waren.

Rufus stand auf und zuckte mit den Achseln. «Claw hatte nach zwei Stunden keine Lust mehr auf dich zu warten, deshalb hat er Nubilus und mich zurückgelassen. Nubi wartet draußen im Wagen. Mir war langweilig, also habe ich mich auf die Suche nach dir gemacht.»

Zum Glück hatte ihn Adamo aufgehalten. Sie nickte dem Vampir, der sich inzwischen erhoben hatte und von Rufus das restliche Kartenspiel in Empfang nahm, dankbar zu. Ihre Wölfin hatte sich tief in sie zurückgezogen, denn ihr schwante Übles. Claw war sauer, so viel stand fest. Weil sie eigenmächtig gehandelt hatte und ihn hatte warten lassen. Aber es konnte noch schlimmer kommen. Was war, wenn er sie und Kristobal durch das Fenster beim Liebesspiel beobachtet und deshalb das Nostalgia nicht gestürmt hatte? Oder hatte er lediglich das ohnehin schon angespannte Verhältnis zwischen dem Rudel und den Vampiren nicht überstrapazieren wollen, indem er ungebeten das Theater betrat? Die Situation konnte leicht eskalieren.

Bemüht, sich nichts anmerken zu lassen, nahm sie seine Jacke von einem Stuhl in der ersten Sitzreihe und reichte sie ihm. «Wir gehen.»

«Hier ist es toll. Findest du nicht auch?», sagte er euphorisch und zog sich an. «Wie in einer anderen Welt.»

«Das ist eine andere Welt ... ein anderes Revier, das der Vampire.» Ihre Stimme klang gepresst. Nanouk ging in den Korridor voraus. Noch überwand sie sich nicht, ihre dicke Outdoor-Jacke anzuziehen, da es viel zu heiß im Kern des Gebäudes war.

Als sie nach rechts abbiegen wollte, hielt Adamo sie davon ab. «Er hat vor dem Vordereingang geparkt.»

«Nubilus?» Sie drehte sich auf dem Absatz um. Ihre Sohlen quietschten auf den schwarzroten Bodenfliesen.

Rufus ging mit Adamo voraus und sagte über seine Schulter hinweg: «Dort ist es heller. Die Straßenlaternen hinter dem Theater sind fast alle kaputt.»

Nubi war ein Held! Nanouk schüttelte verständnislos ihren Kopf und folgte den beiden Jungen. Ein Mann wie ein Bär, der die übernatürliche Kraft eines Werwolfes in sich trug, hatte Angst vor der Dunkelheit.

Erstaunt musterte Nanouk Rufus und Adamo. Sie unterhielten sich lautstark über Zaubertricks. Als wären sie Menschen. Als würden die Zeichen nicht auf Krieg stehen und sie womöglich bald gegeneinander kämpfen müssen, dabei waren sie bei der missglückten Verhandlung im Krematorium dabei gewesen. Sie waren so vergesslich, so gedankenlos. Für sie war der Konflikt beneidenswert einfach beizulegen.

Während Nanouk Blicke aus der Dunkelheit spürte und einige modrige Körpergerüche wahrnahm, waren die Jungs völlig unbekümmert. Rufus fürchtete sich nicht davor, auf fremdem Gebiet zu wandeln, und Adamo störte es nicht, dass sein neuer Freund zu einer Spezies gehörte, der die dunkle Gemeinschaft eigentlich nicht freundschaftlich gesinnt war.

Sie waren einfach zwei Jungen, die sich mochten. Verband sie, dass sie beide keine reinen Menschen waren? Ihr Alter? Oder ihre allzu offensichtlichen Makel? Der Junge mit dem Feuermal auf der Wange und der Teenager mit der Lippenspalte. Ihr Äußeres war nicht perfekt, aber sie konnten beide von einer Sekunde zur anderen zu Killern werden.

Im Foyer angekommen drehte sich Rufus zu ihr um. Seine Brust schwoll vor Stolz an. «Adamo ist viel älter als ich und muss sich nie rasieren, ich aber schon seit einem Jahr!»

«Vampire haben nun mal keine Haare, außer auf dem Kopf, Wimpern und Augenbrauen. Was kann ich dafür?» Adamos Schmollmund wirkte durch seine Hasenscharte verzerrt. Seine Zungenspitze stieß hervor, als würde er versuchen, den Spalt damit zu füllen oder ertasten, ob die Lücke noch vorhanden war.

Deshalb war Kristobals Geschlecht also samtig glatt. Nanouk schämte sich für diesen unsittlichen Gedanken. Hoffentlich bemerkte Rufus nicht, dass sich ihr Pulsschlag beschleunigte. Doch dann fiel ihr ein, dass Flaum auf Kristobals Brustkorb spross und sie bei ihm Bartstoppeln gefühlt hatte.

Ein Schaben war zu hören. Nanouk konzentrierte ihre Sinne darauf. Von den Zwillingen war nichts zu sehen, aber die Blutsauger lauerten in den dunklen Ecken und Gängen. Wer wusste, was sie im Schilde führten!

Doch es war nur eine Maus, Nanouk roch sie. Das Tier scharrte hinter der Theke der Garderobe. Als Nanouk in diese Richtung blickte, fiel ihr Blick auf den Ganzkörperspiegel neben dem Tresen. Rufus'

Spiegelbild knöpfte sich gerade die Jacke zu. Doch wo war Adamo? Eigentlich stand er unmittelbar neben ihm und drückte ihm ein Kartenspiel zum Üben in die Hand. Im Spiegel allerdings sah Nanouk nur ihren Rudelgefährten.

Wie war das möglich? Nanouks Magen schmerzte, als hätte jemand sie in den Bauch geboxt. In der Kostümkammer hatte sie geglaubt, den Mythos widerlegt zu haben, dass Vampire kein Spiegelbild besaßen, denn Kristobal war eindeutig zu sehen gewesen. Nun war sie vollkommen verwirrt.

Sie musste an die Phantasmagorie denken. Lupus hatte gesagt, dass man früher unter anderem mit Spiegeln gearbeitet hatte, um eine vermeintliche Geistererscheinung zu erzeugen. Wenn das der Fall war, bedeutete es, dass Mila ebenfalls ein Spiegelbild hatte. «Wie habt ihr das bei der Mitternachtsshow eigentlich mit dem Geist gemacht? Das war ziemlich beeindruckend.»

Adamo gab Rufus auch noch das Seidentuch und den falschen Daumen mit. «Mit einem Projektor.»

«Einer Laterna Magica?» Da er nicht halb so viel Interesse zeigte, ihr die großen Tricks zu erklären, wie er Rufus die kleinen erklärt hatte, bohrte sie weiter: «Mila sah aber doch ganz anders aus.»

«Die Aufnahme ist schon alt. Wir ziehen schon länger mit der Show umher», murmelte er vor sich hin.

Seine Ehrlichkeit erstaunte Nanouk. Oder war er zu unbedarft, um zu behaupten, Mila hätte sich nur als mittelalterliche Lady kostümiert? Wahrscheinlicher war, dass er nicht ahnte, worauf Nanouks Frage abzielt. War die Aufnahme von Mila gemacht worden, bevor sie eine Vampirin wurde?

Wenn das stimmte, was war dann mit Kristobal? Wieso besaß er die mentale Kraft Werwölfe zu beeinflussen, während seine dunkle Gefolgschaft dagegen sie nur auf Menschen anwenden konnte? Was ließ die Magie in ihm wachsen? Er hatte seine volle Macht noch nicht entwickelt, das Schließen von Türen allein durch seine Gedanken war nur der Anfang, etwas, mit dem er nicht einmal selbst gerechnet hatte, weil er der einzige Vampir mit zusätzlichen Fähigkeiten zu sein schien. Es sei denn, seine dunklen Lords and Ladies hatten ebenso Geheimnisse vor ihm wie er vor ihnen.

Das Spiegelbild ... die Körperbehaarung ... die Pheromone ... Kristobal war ein Rätsel. Und einzigartiger und gefährlicher als jedes andere Geschöpf, dem Nanouk jemals begegnet war.

Es wäre gesünder für sie gewesen, wenn diese Erkenntnis ihn nicht noch attraktiver für sie gemacht hätte.

Zwölf

Viele Männer träumen von einem Harem, aber für Claw war das ungefähr das letzte, das er sich wünschte. Je mehr Frauen, desto mehr Probleme.

Während die Straßen von Anchorage nur noch mit Schneematsch bedeckt waren, stapfte Claw im Knik River Valley durch Pulverschnee. Dieser reichte zwar gerade mal bis zum oberen Rand der Polyurethan-Beschichtung seiner Canadian Boots, aber unter dem Neuschnee versteckte sich eine Eisschicht, auf der selbst er, trotz all seiner Erfahrung als Survivaltrainer und der Geschicklichkeit seines Wolfes, leicht ausrutschte.

Gern hätte sich Claw darauf konzentriert, wo er hintrat, aber die beiden Frauen hinter ihm machten ihn nervös.

Sie hatten ihren Jeep in einem Forstweg geparkt. Nun waren sie zu dritt unterwegs zum Treffpunkt des Rudels, der Hütte von Robert Hansen. Im Wald war es fast so hell wie in der Stadt. Nach vielen Wochen war der Himmel aufgeklart und zeigte sich von seiner schönsten Seite. Der Mond leuchtete wie eine riesige Lampe, Sterne umrahmten ihn. Claw hätte gern die Schönheit der Nacht genossen, doch die Frauen lenkten ihn zu sehr ab.

Um ihren Platz in der Rangfolge zu verteidigen, schritt Nanouk so dicht hinter ihm, dass sie Gefahr lief, ihm in die Hacken zu treten, Ihre Timberwölfin war nicht in der Laune, ihren Platz kampflos herzugeben.

Tala ließ sich genauso oft unterwürfig zurückfallen wie sie aufmüpfig aufholte, weil sie es nicht mochte, dass eine Frau zwischen ihr und Claw stand. Verständnislos war ihr Verhalten ihm gegenüber abgekühlt, als er Nanouk wider Erwarten nicht den Kopf abgerissen hatte. Nanouk hatte zwar eigenmächtig gehandelt, aber auch Ungeheuerliches in Erfahrung gebracht, daher wollte er sich um die Konsequenzen, die auf jeden Fall folgen würden, später Gedanken machen. Das passte

Tala nicht. Das kleine Biest hätte mit Genugtuung beobachtet, wie er Nanouk gescholten hätte. Dabei hatte Nanouk genug andere Probleme. Man ließ sich nicht mit dem Feind ein!

Er fluchte – leise, weil Tala, es nicht mochte. «Ich es kann nicht fassen, dass die Vampire einmal Werwölfe gewesen sein sollen.»

«Ich glaube Kristobal.»

Claw schaute sie kurz über seine Schulter hinweg an. Nanouk hatte einen Atemzug lang gezögert, das war ihm nicht entgangen. «Was macht dich so sicher, dass er uns nicht auf eine falsche Fährte locken will?»

Er spürte ihr Zaudern. Sie ließ sich einen Schritt zurückfallen, holte dann aber auf, als Tala versuchte, sich zwischen sie und Claw zu drängen. Er brauchte das nicht zu sehen, sein Gehör reichte vollkommen aus.

«Es könnte ein Ablenkungsmanöver sein», warf Tala schnippisch ein, «um uns zu irritieren und zu schwächen.»

«Der Alphavampir sagt die Wahrheit.»

«Was macht dich so sicher?» Die Herausforderung, die in Talas Frage lag, hatte nicht nur etwas mit den Illusionisten zu tun, sondern bezog sich auch auf Nanouks Kompetenz innerhalb des Rudels. Das erste Mal wagte Tala es, ein ranghöheres Rudelmitglied zu kritisieren.

Zu Claws Erstaunen ließ Nanouk sich nicht provozieren, und er fragte sich, ob das kein Schuldeingeständnis war. Was verheimlichte Nanouk?

Sie holte wieder zu ihm auf. «Kristobal hätte mir das Geheimnis der Vampire nicht verraten müssen.»

«Das stimmt.» Ein Hauch von Provokation lag in Talas Worte, als sie wissen wollte: «Wieso hat er sich also ausgerechnet dir offenbart?»

Ein Knurren drang aus Claws Kehle, bevor er es zurückhalten konnte. Es passte ihm gar nicht, dass Kristobal nicht ihn, den Alphawolf, über die Vergangenheit der Illusionisten aufgeklärt hatte, sondern ein Rudelmitglied, das nicht einmal an zweiter oder dritter Stelle stand. Das war nicht richtig! Kristobal, der die Regeln der Werwölfe aus eigener Erfahrung kannte, hätte es besser wissen müssen. Entweder hatte er sich absichtlich darüber hinweggesetzt, um die Ordnung innerhalb des Rudel zu stören oder er war Nanouk gegenüber schwach geworden.

Claw ärgerte sich mit jedem Schritt, den sie der Hütte näher kamen, mehr darüber, dass er in der letzten Nacht nicht ins Nostalgia Playhouse gestürmt war und Nanouk an den Haaren herausgezerrt hatte. Stattdessen hatte er vor dem Gebäude stundenlang gewartet, um sie nicht in Verlegenheit zu bringen und als Alphaloser dazustehen, der sein Rudel nicht unter Kontrolle hatte. Es war falsch gewesen, Nanouk an der langen Leine zu halten. Weil sie sich so sehr zu Kristobal hingezogen fühlte, dass sie eigenmächtig Entscheidungen traf, um ihn zu sehen, und ihm vertraute, nahm Claw sich vor, sie mit Vorsicht zu genießen.

Am liebsten hätte er Nanouk auf der Stelle umgeworfen und ihr Gesicht mit Schnee eingeseift, damit sie wieder klar denken konnte. Aber dann hätte Tala ihm das Fell über die Ohren gezogen. Er schaute kurz zu ihr zurück und überlegte, ob er es riskieren sollte. Durch ihre Eifersucht kam ihr Temperament zum Vorschein. Das erregte ihn ungemein!

Er verwarf den Gedanken wieder. Wenn sie ihn angriff, würde er sie unterwerfen – und sich mit ihr vereinen wollen. Dazu war jetzt keine Zeit. Sehnsüchtig pochte es zwischen seinen Beinen.

Doch schon im nächsten Moment war jegliche Erregung verflogen. Er stampfte wütend auf und rannte los. Seine Boots trieben Schnee vor sich her. Er schnaufte, nicht vor Anstrengung, sondern vor Empörung. Vor den verkohlten Überresten der Hütte blieb er stehen. Aufgeregt schnupperte er. Der Brand lag nur wenige Stunden zurück. Benzingas stieg noch immer von der Asche auf. Eine menschliche Nase hätte den Geruch nicht wahrgenommen, aber für ihn als Werwolf war er beißend.

Claws Timberwolf trat dicht an die Oberfläche.

Der größte Teil ihres Versammlungsortes war zerstört. Wie viele Male war er den Weg durch den Wald gegangen, um sich an sein Rudel zu wenden? Wie viele Jahre hatten sie sich hier getroffen, Pläne geschmiedet und debattiert?

Wütend trat er gegen eine Latte, die aus der Asche herausragte. Sie brach ab, wurde durch Claws Kraft über die Ecke des Fundaments getrieben und landete im Schnee.

Dieser Ort gehörte dem Rudel! Es war wie ein Ritus gewesen, im Valley zusammenzukommen, im Wald, dort, wo das Tier in ihnen hingehörte und sich heimisch fühlte, selbst wenn die Werwölfe in Menschengestalt blieben. Wollte ihm jemand – das Schicksal oder die Menschen – ein Zeichen schicken, dass das Rudel entdeckt werden würde oder schon aufgeflogen war?

Tala trat neben ihn. «Wir könnten die Hütte wieder aufbauen.»

«Wohl kaum.» Die Sanftheit, mit der sie sprach, besänftigte ihn ein wenig, auch wenn ihr Vorschlag naiv war. «Die Leute würden neugierig werden und uns auflauern.»

Ihre Hand streifte kurz seinen Rücken. Er stand unter Strom und sie kannte ihn bereits gut genug, um ihn in dieser Situation nicht zu bedrängen. «Wir werden einen neuen Versammlungsort finden.»

Bevor er antworten konnte, klingelte ihr Handy. Schuldbewusst sah sie ihn an, denn die Regeln besagten, dass Mobiltelefone ausgeschaltet sein mussten, um die Treffen nicht zu stören. Sie sah wunderschön aus, wenn sie mit großen Augen und scheuem Blick zu ihm aufschaute. Wenn sie das tat, konnte er ihr nicht böse sein. Alles, was er dann wollte, war sie zu beschützen, sie zu halten und zu lieben. Er nickte ihr zu.

Erleichtert holte Tala ihr Handy aus der Jackentasche und schaute auf das Display. «Onawa.» Während sie den leichten Abhang hinunterstieg, um ungestört telefonieren zu können, meldete sie sich: «Hi, Granny.»

Das gab Claw Zeit, Nanouk, die an diesem Abend außergewöhnlich still war, ins Gewissen zu reden. Er wandte sich zu ihr um. Seine Miene verfinsterte sich. «Was läuft zwischen dir und Kristobal?»

«Nichts.»

Sie errötete, etwas, das er bei Nanouk noch nie gesehen hatte. «Er ist durch und durch manipulativ. Wir können ihm nicht trauen», ermahnte er sie eindringlich.

«Ich weiß.» Nanouk rieb ihre behandschuhten Handflächen aneinander, als wäre ihr kalt, doch sie wollte nur seinem bohrenden Blick entgehen, indem sie auf ihre Hände schaute.

«Du kannst mir nichts vormachen. Ich rieche den Großmagier an dir.» Er lächelte missfällig, als sie erschrocken aufsah. «Du kannst dich so oft duschen und so gründlich waschen, wie du willst, ich nehme ihn trotzdem an dir wahr. Er steckt in jedem Wort, mit dem du ausdrückst, dass du ihm Glauben schenkst, und in jeder Körperreaktion, die allein sein Name in dir hervorruft. Ich bin der Alphawolf, vergiss das nicht. Meine Sinne sind schärfer als die all unserer Gefährten. Dein Herz schlägt schneller, wenn wir über Kristobal reden, du fängst an zu schwitzen und dir fällt das Atmen schwerer. Also wag es ja nicht, mich noch einmal anzulügen!»

Obwohl sie die Schultern straffte, um wie die alte Nanouk zu wirken, lag der betretene Ausdruck immer noch auf ihrem Gesicht. «Es wird nicht wieder vorkommen.»

Er stand kurz davor, sie übers Knie zu legen für diese Dummheit. Sein Blick glitt zu Tala, die ihn und ihre Rivalin misstrauisch im Auge behielt. Er trat nahe an Nanouk heran, fasste sie aber seiner Frau zuliebe nicht an. «Lust ist eine Sache. Man kann Spaß zusammen haben und den anderen danach vergessen. Aber wenn Gefühle im Spiel sind, können sie ein Herz vergiften.»

«Ich will mich auf niemanden einlassen, auf keinen Mann!» Sie sprach jedes einzelne Wort so hart aus, dass er ihr glaubte. «Ich weiß, wie schlimm es ist, von jemandem verlassen zu werden, den man mehr liebt als sein eigenes Leben. Meine Mutter ist nie über den Tod meines Vaters hinweggekommen. Aber ich werde es gar nicht erst so weit kommen lassen. Ich schenke der Wölfin in mir meine ganze Liebe und nur ihr.»

Sie machte sich etwas vor, denn alle – Menschen wie Werwölfe – sehnten sich nach Zuneigung, und konnten auf Dauer nicht ohne leben, aber Kristobal war nicht der Richtige. Er hatte Nanouks Kämpferherz nicht verdient und würde ihr nur wehtun. Dennoch konnte Claw sie verstehen. Kristobal besaß das Charisma eines Anführers, dem nur wenige Frauen widerstehen konnten. «Weiß Canis über dich und den Alphavampir Bescheid?»

«Gott bewahre, nein!» Flehentlich legte sie ihre Handflächen aneinander. «Bitte, sag ihm nichts. Er würde mich in die Mangel nehmen.»

«Dazu hätte er als dein Erzeuger jedes Recht.» Seine Mundwinkel zuckten, denn er dachte daran, wie es aussah, wenn er Tala in die Mangel nahm.

Kopfschüttelnd schlang sie die Arme um ihren Körper. «Canis würde es nicht verstehen, weil ich allen Männern auf ewig abgeschworen hatte, nachdem unsere Beziehung auseinanderging.»

«Ich kann dein Verhalten auch nicht nachvollziehen. Und ich will es auch nicht. Halte dich von Kristobal fern, das ist mein letztes Wort», beeilte er sich zu sagen, denn Canis, Lupus, Rufus und Arctos kamen den Berg herauf.

Arctos rutschte aus, bekam jedoch rechtzeitig einen Ast zu fassen. «Ich bin froh, wenn es endlich Frühling wird.»

«Aber du stammst doch von der grünen Insel.» Leichtfüßig tänzelte der kleine Rufus um ihn herum. «Außerdem bist du ein Polarwolf.»

«Stimmt schon, allerdings wurde ich in Pearyland geboren. Das liegt im Norden Grönlands, ist jedoch größtenteils eisfrei», erklärte er geduldig. «Im Winter wird es in meiner Heimat bis zu minus vierzig Grad kalt. Deshalb mag ich es kalt, aber dieses monatelange Schliddern, Rutschen und Balancieren auf Eis und Schnee, macht mich langsam wahnsinnig. Ich will endlich wieder vernünftig gehen können.»

Lupus entzog sich Canis, der ihn bis dahin gestützt hatte. Obwohl er schnaufte und jeder Schritt ihm Probleme machte, wollte er dem Alphawolf nicht wie ein Krüppel entgegentreten. Claw machte sich ernsthaft Sorgen um ihn. Lupus' Gesicht war so weiß wie der Schnee, dunkle Ringe wölbten sich unter seinen Augen und seine Wangen waren eingefallen.

«Du hättest zu Hause bleiben sollen», sagte Claw scharf. Im direkten Vergleich mit Arctos sah Lupus wie ein Greis aus. Der Inuit war annähernd im selben Alter wie Lupus, doch sein dunkles Haar war nur von einzelnen grauen Strähnen durchwoben und sein Gesicht so rund und leuchtend wie ein Kürbis.

Lupus winkte ab, als wäre alles halb so schlimm. «Es ist nicht das Pankreaskarzinom. Ich habe mir einen Magen-Darm-Virus eingefangen.»

«Was ist denn hier passiert?», fragte Canis und ging vor dem Haufen aus verkohltem Holz in die Hocke.

Erneut schwoll Zorn in Claws Brust an. «Irgendwelche Punks haben die Hütte niedergebrannt.»

«Es war nur ein einzelner Mann.» Canis ließ seine Handfläche über den Schnee schweben, als würde er ihn beschwören. «Ich kann seine Fußspuren noch erkennen. Der Neuschnee hat sie nicht vollkommen unter sich begraben.»

Stöhnend kam Lupus zu ihm. Er legte seinen Arm beiläufig auf Rufus' Schultern. Es sollte wie eine freundschaftliche Geste wirken, doch es war offensichtlich, dass er Halt suchte. «Vielleicht der Vater eines Opfers des fliegenden Albtraums.»

«Nach all den Jahren?» Claw krauste seine Stirn. Bereits 1984 wurde Robert Christian Hansen verurteilt. Schade, dass er nur einen Bruchteil seiner Strafe von 499 Jahren absitzen konnte. Solche Menschen waren die wahren Bestien, nicht die Werwölfe. Flying Nightmare, so hatten die Medien den Mörder und Vergewaltiger damals getauft, weil er einige seiner Opfer mit seinem Privatflugzeug ins Knik River Valley gebracht hatte. Es war unglaublich, dass er fast zwanzig Jahre lang eine Bäckerei in Anchorage geführt und mit seiner Frau, seinem Sohn und seiner Tochter den Anschein eines gutbürgerlichen Lebens aufrechterhalten hatte, während er heimlich siebzehn Prostituierte ermordete. Er hatte mitten in der Stadt gelebt und seine wahre Natur verheimlicht. Wie die Gestaltwandler.

«Dad müsste schon recht alt sein.» Kraftvoll erhob sich Canis und bot Lupus seinen Arm an, aber dieser lehnte ab. «Vielleicht sieht er sein Ende kommen und möchte endlich einen Schlussstrich ziehen.»

«Oder Ranger Topperhead», warf Arctos ein. «Ihm war der dunkle Fleck in der Geschichte seines Territoriums schon immer ein Dorn im Auge.»

«Ich werde einen neuen Ort für uns finden.» Claw schaute zu Tala, die in einiger Entfernung zwischen den Bäumen stand, an einem schneebedeckten Ast zupfte und immer noch telefonierte. Sie behielt das Rudel die ganze Zeit im Auge, eigentlich war es Nanouk, der ihre Aufmerksamkeit galt. Aber nun, da sie Claws Blick spürte, schenkte sie ihm ein Lächeln, das ihn von innen heraus wärmte.

Doch es gab einiges zu besprechen. Immer mehr Rudelmitglieder trudelten ein. Als alle versammelt waren, sandte Claw sein Wolfsgeheul gen Nachthimmel und alle stimmten mit ein, um ihre Zusammengehörigkeit zu zeigen.

«Es gibt gleich zwei unangenehme Neuigkeiten.» Eigentlich hatte Tala von Walt erzählen wollen, aber nun war es an Claw: «Tala hat sich gestern mit ihrem ehemaligen Arbeitgeber Walter Sarks getroffen. Den wahren Grund ihrer Kündigung kennt er natürlich nicht. Er erzählte ihr, dass auffallend viele Hunde und Wölfe in und um Anchorage sterben. Bürgermeister Benderman hat einige Leute damit beauftragt, herauszufinden, was los ist, darunter auch Walt.»

«Ich kenne jemanden, der im Anchorage Zoo arbeitet, dort sind auch schon zwei Wölfe gestorben, aber ich dachte, das sei ein lokales Problem.» Lupus hielt sich den Bauch. «Das bedeutet auch Gefahr für uns.»

«In zweierlei Hinsicht.» Im Augenwinkel sah Claw, wie Nanouk immer wieder ihr Gewicht von einem Bein auf das andere verlagerte. Zu Recht fürchtete sie sich vor den Fragen ihrer Gefährten, darunter die, weshalb Kristobal ihr so bereitwillig das Geheimnis der Vampire anvertraut hatte. «Zum einem könnte es sich um eine Krankheit handeln, die auch uns befällt, zum anderen könnte der Untersuchungsausschuss auf unsere Fährte stoßen.»

Das erste Mal, seit alle beisammen waren, meldete sich Nanouk zu Wort. «Was sollen wir machen?»

«Vorerst nichts. Ich werde das im Auge behalten.» Claw nickte ihr zu. «Erzähle ihnen, was du herausgefunden hast.»

«Tut mir leid», sagte Lupus plötzlich, hielt sich mit der Hand den Mund zu und raste mit einer Schnelligkeit, die Claw ihm in seinem Zustand nicht zugetraut hatte, tiefer in den Wald.

Zögerlich begann Nanouk. Sie erntete ungläubiges Gelächter, Kopfschütteln und Erstaunen, als sie berichtete, dass die Illusionisten früher einmal Werwölfe gewesen waren, die durch Zufall herausfanden, wie sie sich ihres Wolfes entledigen konnten und dies auch taten. Die Konsequenz war ein Leben in der Nacht, das Trinken von Blut, aber auch die Gabe der Beeinflussung.

«Sie waren einmal wie wir.» Beinahe ehrfürchtig sprach Rufus diese Worte aus.

Doch Canis packte ihn an den Schultern und schüttelte ihn sanft. «Nein, ganz und gar nicht. Im Gegensatz zu ihnen, sind wir stolz darauf, Werwölfe zu sein.»

«Macht, dass sie einmal wie wir waren, sie nicht zu unseren Brüdern?», fragte der Kleine.

Canis ließ ihn so abrupt los, als hätte er sich an ihm verbrannt. «Sie sind ein feindliches Rudel!»

«Nicht einmal das.» Schwer atmend kam Lupus hinter einem Baum hervor und lehnte sich dagegen. «Sie sind keine Lykanthropen mehr, sondern Vampire, die menschliches Blut brauchen, um zu überleben. Allein durch tierisches Blut können sie nicht überleben.»

Schweigen trat ein. Alle führten sich vor Augen, was das bedeutete.

Tala kam den Abhang hoch. Mit ernster Miene hielt sie ihr Handy hoch. «Noch mehr schlechte Neuigkeiten.»

«Ist alles in Ordnung mit Onawa?» In der Gegenwart der alten, traditionsbewussten Indianerin fühlte Claw sich wohl, weil er sich nicht verstellen musste, denn sie wusste über ihn Bescheid. Außerdem hatte er bei ihr ein Stein im Brett, seit er ihr klar gemacht hatte, dass es auf der ganzen Welt keinen besseren Beschützer für ihre Enkelin gab als ihn.

«Granny ist okay», Tala steckte ihr Mobiltelefon in die Brusttasche ihres Anoraks und zog den Reisverschluss zu, «aber ein Mann hört sich in den Indianer- und Wolfszentren von Anchorage bis runter nach Valdez nach Werwölfen um. Ein Reporter.»

«Jerkins!» Lupus hielt sich wieder die Hand vor den Mund, aber noch rannte er nicht zurück in den Wald.

«Er hat schon den ein oder anderen Artikel über Werwölfe geschrieben», warf Rufus mit stolzgeschwellter Brust ein, weil er, der Zweitletzte in der Rangfolge und Jüngste, etwas zur Diskussion beitragen konnte.

Doch sein Enthusiasmus wurde von Claw gedämpft. «Genauso wie über Bigfoot.»

«Fremde hätten sich bei ihm gemeldet und gefragt, wo sie die Wolfsbestien finden könnten. Durch sie fühlt er sich wahrscheinlich darin bestätigt, dass es wirklich Werwölfe gibt», Talas Stimme wurde immer leiser, «und ist wieder auf der Suche.»

«Nach uns.» Obwohl er keinerlei unflätige Begriffe benutzt hatte, klang Canis, als würde er fluchen.

Noch mehr Hiobsbotschaften! Claw hatte die Nase gestrichen voll. Es reichte! Die Sache mit Dante war kaum ausgestanden, da kreuzten auch schon die Illusionisten in Anchorage auf, mit einem Lykanthropen, der auf der Bühne seine Gestalt wandelte, zu allem Übel entpuppten sich die Magier als Vampire, die ehemalige Werwölfe waren und deren Anführer mindestens so stur wie er selbst war, und jetzt tauchten auch noch Fremde auf, die ihre Fährte aufgenommen hatten. Matt Jerkins hatte seine Lektion offensichtlich nicht gelernt. Beim nächsten Mal würde Claw sich nicht zurückhalten. «Welche Fremden?»

«Jäger. Sie haben schon alles Mögliche gejagt, sogar», abschätzig rümpfte Tala ihre hübsche kleine Nase, «Löwen – zumindest rühmen sie sich damit – und sind jetzt auf der Suche nach etwas Größerem, Wilderem, Aufregenderem, nach dem ultimativen Jagdziel.»

«Die Skua», wisperte Nanouk atemlos.

Claw drehte sich zu ihr um. Er hatte keinen blassen Schimmer, was oder wen sie meinte, aber er spürte ihre physische Reaktion, als wäre ihr Körper der seine, schließlich war er ihr Alpha.

Es fühlte sich an wie der Kontakt mit einem Elektroschockgerät.

Dreizehn

«Halte dich von Kristobal fern, das ist mein letztes Wort», hatte Claw ihr befohlen. Aber was sollte Nanouk machen, wenn der Alphavampir seinen schwarzen Escalade am Straßenrand vor ihren Füßen parkte und ausstieg? So wie jetzt.

Er schob den Ärmel seines Mantels hoch und warf einen kurzen Blick auf seine Armbanduhr. «Du bist pünktlich, das schätze ich.»

«Du tust ja gerade so, als wären wir verabredet.» Plötzlich fiel es ihr wie Schuppen von den Augen. Sie konnte sich gerade noch zurückhalten, ihn entrüstet mit ihren Handschuhen, die sie in ihrer Rechten hielt, zu schlagen. «Du bist mein Kunde, habe ich recht?»

Kristobal warf die Fahrertür zu und lehnte sich lässig gegen seinen Cadillac, der wie ein Geländewagen aussah. «Ich habe dich gebucht, richtig, online und anonym. Das solltest du in Zukunft besser lassen, denn es ist zu gefährlich. Du gehörst eine Stunde lang mir.»

«Um zu trainieren», stellte sie klar, spürte jedoch ein warmes Prickeln in tieferen Körperregionen.

Seine Mundwinkel wölbten sich nach oben.

«Es geht um Sport, ich meine Fitness.» Sie kam sich reichlich blöd vor, als sie heftig gestikulierend vor ihm stand und nach den passenden Worten ohne Doppeldeutigkeit suchte. «Kein Kontaktsport.»

«Du kennst selbst die intimsten Stellen meines Körpers. Hat er den Eindruck auf dich gemacht, als hätte ich Training nötig?»

Überheblicher Kerl! Mit kritischem Blick musterte sie ihn von oben bis unten. Er trug wieder seinen dunklen Crombie Coat, eine schwarze Stoffhose und glänzende Lederschuhe, die frisch geputzt worden waren. Von Adamo, vermutete Nanouk, wohl kaum vom Alphavampir höchstpersönlich. Seine Statur war kräftig und sein Teint rosig. Er sah gesund und kraftstrotzend aus. Wie auch immer er das machte, optisch hatte er den anderen Vampiren viel voraus.

«Was willst du dann? Ich arbeite schließlich als Personal Trainerin.»

Wie viele Werwölfe hatte sie einen Job gewählt, der sie unabhängig machte. Um Kristobal zu zeigen, dass auch sie in der Lage war, dick aufzutragen, und um ihn aus der Reserve zu locken, indem sie etwas tat, womit er nicht gerechnet hatte, stützte sie sich mit ihrer rechten Hand am Dach seines Wagens ab und kam ihm dabei ziemlich nahe. «Durch dich habe ich Einbußen.»

Das stimmte nicht ganz. In der dunklen Jahreszeit legten viele ihrer Stammkunden eine Pause ein, was Nanouk normalerweise dazu zwang, in einem Fitnessstudio zu jobben. Diesen Winter jedoch nicht! In den letzten Monaten hatte sie sich rechtzeitig ein finanzielles Polster zugelegt, um einigermaßen über die Runden zu kommen, denn ihre Wölfin hasste geschlossene Räume, die nach Schweiß stanken.

Kristobal hob eine Augenbraue. «Keine Sorge, ich werde dich bezahlen.»

«Für was?», fragte sie mit rauer Stimme. Sie knickte den Arm ein wenig ein und kam ihm noch näher. Es machte ihr immer mehr Spaß, ihn zu verunsichern.

Sein Blick flackerte. Seine Kiefer mahlten, während er sie von oben bis unten musterte. «Du siehst sogar in deinem Sportdress sexy aus.»

Als er ihr wieder in die Augen sah, las sie Begehren darin. Er roch berauschend und sinnlich. Das Kribbeln breitete sich in ihrem Körper aus. Genug, sagte sie sich und stemmte sich vom Wagendach ab, bevor sie in dem Feuer verbrannte, das sie selbst gelegt hatte.

«Durchtrainiert von Kopf bis Fuß, aber mit Rundungen an den richtigen Stellen.» Er streckte die Hände nach ihr aus, aber sie trat einen Schritt zurück. «Ich bin hier, um mit dir in Ruhe über die Zusammenkunft zu reden.»

«Sprich mit Claw, nicht mit mir, er ist der Alpha. Morgen Nacht hast du Gelegenheit dazu», schmetterte sie das Gespräch ab, obwohl sie sich geschmeichelt fühlte. Bevor er sie versuchen konnte, umzustimmen, hob sie abwehrend ihre Hände. «Ich habe wirklich keine Zeit, denn ich muss noch bei Lupus vorbeifahren.»

«Ich fahre dich.»

«Mein Auto steht auf dem Parkplatz der 5th Avenue Shopping Mall nur eine Straße weiter.»

Plötzlich packte er sie, hielt sie eng umschlungen und drehte sich gemeinsam mit ihr um. Er drückte sie gegen die Fahrertür seines Escalades, so dass sie ihm nicht entkam. «Entweder du setzt dich jetzt sofort in meinen Wagen und wir fahren zu deinem Rudelgefährten oder ich werde dich auf den Rücksitz werfen und hier und jetzt über dich herfallen.»

Die Scheiben sind nicht getönt, war das erste, was Nanouk in den Sinn kam.

«Du überlegst ernsthaft!» Etwas regte sich in seiner Hose.

Hitze stieg in ihre Wangen. «Unsinn!»

Ihre Bemühungen ihn wegzustemmen, waren erfolglos, denn er war ebenso stark wie ein Werwolf. Wäre er ein Angreifer gewesen, hätte sie sich zu wehren gewusst, doch sie wollte ihm weder in die Weichteile treten, noch sein Gesicht mit ihren Krallen auf links drehen. «Du darfst mich hinfahren, aber keinesfalls kommst du mit in seine Wohnung.»

«Ein fairer Deal», sagte er, doch dieses diabolische Glitzern in seinen Augen hätte sie warnen müssen, denn sie erwachte erst wieder aus ihrer Trance, als sie bereits vor Lupus' Wohnungstür stand.

Irritiert schaute sie sich um. Sie trug ihre Mütze und ihre Handschuhe nicht mehr. «Wie ...? Du Schuft hast mich beeinflusst!»

Blitzschnell fuhr sie ihre Krallen aus, aber Kristobal packte ihr Handgelenk und drehte ihr behutsam den Arm auf den Rücken. «Du hast Lupus über die Gegensprechanlage gesagt, dass du mich eingeladen hättest, dich zu begleiten. Bei der Aussage solltest du bleiben.»

«Was hast du mich noch gezwungen auszuplaudern?»

«Alles.»

«Alles?» Wusste er, dass den Vampiren am morgigen Abend bei der Zusammenkunft ein eiskalter Wind entgegenwehen würde, was die Werwölfe bereits herausgefunden hatten, was sie planten, und was Nanouk für ihn empfand?

Sie fletschte ihre Lippen, um ihm ihr Wolfsgebiss zu zeigen.

Er hatte sich gerade zu ihr heruntergeneigt, um ihr zu demonstrieren, dass er sich eher amüsierte, als sich zu fürchten, indem er sie trotzdem küsste, als eine ältere Frau die Tür öffnete. Ihre Finger glitten durch ihre kurzen, gestuften Haare, die so weiß wie die Kochschürze war, die sie umgebunden hatte. Als sie bemerkte, dass sie die Schürze noch trug, zog sie sich rasch aus und hängte sie über die Garderobe. Sie zog den Bund ihres hellblauen Baumwollpullovers über ihr kleines Bäuchlein und strich ihn glatt.

Ihr Lächeln war so leuchtend wie die tellergroße Sonnenblume auf dem Stickbild hinter ihr. «Seid ihr die Treppen hochgeflogen?»

«Könntest du?» Nanouk drängte ihre Wölfin zurück in ihr Inneres.

Kristobal lachte und ließ sie los. «Meinst du, ich trage Flügel unter der Haut wie du Fell?»

«Hallo, Nanouk.» Die Frau schüttelte Nanouks Hand, dann reichte sie sie Kristobal, der sie, erstaunt über ihre Freundlichkeit, annahm. «Ich bin Elise, Theodores Ehefrau. Kommen Sie herein.»

Ebenso wie er, fragte sich Nanouk, ob Elise wusste, dass sie einen Vampir vor sich hatte. Ihre Lippen prickelten sehnsüchtig und ihr Körper brannte an den Stellen, an denen sie den seinen berührt hatte.

Elise trat in die Diele, gefolgt von ihren beiden Gästen, und rief. «Theo, deine Gäste sind da. Wo bleibst du denn?»

Die Toilettenspülung war zu hören. Ein Wasserhahn wurde auf- und wieder zugedreht. Lupus kam mit dezenter Schamesröte im Gesicht aus dem WC und begrüßte sie. Er vermied es jedoch, ihnen die Hand zu schütteln. Skeptisch beäugte er Kristobal. «Vielleicht solltest du im Wohnzimmer warten.»

«Was geht hier vor?» Der Vampir legte besitzergreifend eine Hand auf Nanouks Schulter.

«Eine reine Vorsichtsmaßnahme.» Einen Moment lang verspürte Nanouk den Wunsch, ihre Hand auf die seine zu legen, doch sie widerstand dem Drang. Es war schon kritisch genug von Kristobal überhaupt begleitet zu werden. Ihre Wut, die sie empfunden hatte, als sie ihn nach der Vereinigung verlassen hatte, war verflogen. Dieser Mann machte sie nachgiebig, das gefiel ihr nicht. «Alle im Rudel lassen ihr Blut vorsorglich untersuchen, weil in Anchorage und Umgebung viele Hunde und Wölfe sterben. Lupus ist Arzt.»

«Im Ruhestand.» Lupus hielt sich den Rücken, als müsste er demonstrieren, dass er zu alt war, um zu arbeiten.

Gekränkt löste Kristobal seine Berührung und sah Nanouk an. «Glaubst du, ich habe mich nicht im Griff und kann deinem Blut nicht widerstehen?»

«Nein.» Sie war selbst verwundert darüber, dass sie nicht gezögert hatte. Ihre Meinung von ihm war höher, als es gut für sie war. «Du bist der Alphavampir.» Außerdem roch Werwolfblut für Vampire streng und scharf wie haut goûte, erinnerte sie sich.

Obwohl sie bestätigt hatte, von seiner Selbstkontrolle überzeugt zu sein, erhellte sich seine Miene nicht. Konnte er Gedanken lesen? Widerwillig folgte er Elise, die am Ende des langen, schmalen Korridors in der Tür zum Wohnzimmer stand, sich nun umwandte und ins Zimmer ging. Sie war nicht überrascht, folglich wusste sie über seine wahre Natur Bescheid, doch sie war zu höflich, um ihn anders als andere Gäste zu behandeln.

«Du hättest ihn nicht mitbringen sollen, aber das weißt du selbst.» Bevor Nanouk erwidern konnte, dass Kristobal sie beeinflusst hatte, winkte Lupus ab, womit das Thema für ihn beendet schien, und schlurfte ins Badezimmer. «Wir haben andere Probleme. Es ist schon zu spät.»

«Was meinst du?» Sie nahm auf dem WC-Deckel Platz, zog ihren Polartec-Windstopper aus und legte ihn über den Badewannenrand. Dann schob sie den Ärmel ihres Thermo-Shirts hoch und legte ihren Arm auf das Waschbecken. Auf der Ablagefläche über dem Becken stand ein Aufsteller mit einigen Röhrchen, von denen die meisten bereits mit Blut gefüllt waren.

«Ich habe mein Blut sofort untersucht, nachdem ich von den vielen toten Wölfen gehört hatte.» Plötzlich hielt er sich mit schmerzverzerrtem Gesicht den Bauch. Einige Sekunden später war der Krampf schon wieder vorbei und Lupus streifte sich Latexhandschuhe über. «Ich habe es. Einen Krankheitserreger, den ich noch nie gesehen habe, einen, der den Körper kaputt macht, richtig kaputt. Er tötet ihn langsam, indem er die Organe dazu bringt, sich selbst zu vergiften.»

Nanouk setzte sich aufrechter hin. Jesses! Das bedeutete, er litt nicht an einem Magen-Darm-Infekt, sondern bei seinen Symptomen handelte es sich um Vergiftungserscheinungen.

«Ich bin am Ende mit meinem Latein, deshalb habe ich Camille gebeten, mein Blut anzuschauen und Tests zu machen.»

«Camille?» Nanouk hob ihre Augenbrauen. Claw würde nicht erfreut sein. «Ist sie eingeweiht?»

Kopfschüttelnd desinfizierte er ihre Armbeuge und tastete nach der Ader. «Sie ist Biologin und Kuratorin im Anchorage Zoo und hat in ihrem Labor ganz andere Möglichkeiten als ich hier. Außerdem kennt sie sich sehr gut mit Tieren aus. Ein normaler Arzt wäre bei unserem Mischblut aufgeschmissen. Ihr Horizont ist weit, sie ist eine aufgeschlossene junge Frau, und ich habe ihr gesagt, das Blut wäre von Hunden einer Auffangstation. Die Wölfe, die im Zoo starben, wiesen ähnliche Symptome auf, wie ich sie habe.»

«Claw ...»

«Ich werde es ihm nur beichten, falls Camille etwas herausfindet. Glaube mir, es fällt mir schwer, ihn zu hintergehen, aber er hat Wichtigeres zu tun.» Lupus schaute in Richtung Wohnzimmer, als könnte er durch Wände sehen. «Wir behalten besser für uns, dass *er* hier war.»

«Ich werde Kristobal bitten, es nicht zu ... Autsch.» Nanouks Blick fiel auf die Nadel, die in ihrem Arm steckte. Blut floss in das Röhrchen mit dem Gerinnungshemmer, auf dem bereits ihr Name stand.

Um sich abzulenken, las sie die Etiketten der anderen Röhrchen, die schon mit Blut gefüllt waren. Rufus. Claw. Tala. Natürlich, sie wohnten ebenfalls hier im Haus, Rufus sogar bei Lupus und Elise. Canis. Adamo. Arctos. Halt! Hatte sie richtig gelesen? Sie ging die Namen noch einmal durch und tatsächlich, das Blut in einem der Röhrchen war viel dunkler und dickflüssiger als das der anderen.

«Adamo war hier?», flüsterte Nanouk. Was ging hier vor sich?

Ertappt riss Lupus die Augen auf und drehte das Röhrchen so, dass man das Etikett nicht mehr lesen konnte. «Rufus hat ihn darum gebeten. Er hat Angst um seinen neuen Freund. Auch er war einmal ein Werwolf, vielleicht können sich die Vampire ebenfalls anstecken.»

Plötzlich stand Kristobal im Türrahmen. Nanouk hatte ihn nicht kommen hören. Er konnte sich genauso leise heranpirschen wie ein Wolf. Ihr Herz pochte aufgeregt. Hatte er ihr Gespräch belauscht?

Lupus zog die Nadel aus Nanouks Arm und schüttelte kaum merklich den Kopf, aber sie hatte verstanden. Der Alphavampir hatte keinen blassen Schimmer von Adamos Blutopfer und um Adamos Willen sollte das auch so bleiben.

Offensichtlich gab es Geheimnisse auf beiden Seiten, sowohl bei den Illusionisten als auch im Rudel. Das war nicht gut. Über kurz oder lang würde das eine oder das andere Ärger bringen und davon hatten sie ohnehin schon genug.

Bevor Lupus einen Tupfer auf die Einstichstelle pressen konnte, machte Kristobal einen Satz nach vorn. Erschrocken wich der alte Mann zur Seite und stieß gegen die Ablagefläche. Der Ständer mit den Blutabnahmeröhrchen wackelte gefährlich.

Kristobal packte Nanouks Arm, ehe sie ihn wegziehen konnte, und leckte den Blutstropfen ab, der herausgetreten war, ohne den Blick von ihr zu nehmen. Ekelte er sich nicht vor ihr? Wollte er ihr beweisen, dass der süßlich-aasige Geschmack ihres Blutes ihn nicht abschreckte? Was bedeutete das für ihre Beziehung? Ihre Gedanken gingen in einem Strudel aus Gefühlen unter.

Als er sich wieder aufrichtete, lag ein selbstzufriedener Ausdruck auf seinem Gesicht. Nanouk schaute auf ihre Armbeuge. Der Einstich war nicht mehr zu sehen. Bei Werwölfen heilten Wunden schneller als bei Menschen, aber so schnell nun auch wieder nicht. Sein Speichel hatte den Einstich innerhalb von Sekunden geschlossen.

Kristobal war also ein mächtiges Wesen, das nicht nur töten, sondern auch heilen konnte. Ein Pluspunkt für ihn, dennoch gehörte er zur dunklen Seite, das durfte sie niemals vergessen. Weil sie nicht wusste, was sie sagen sollte, versuchte sie, einen Scherz zu machen: «Du solltest umsatteln und Sanitäter werden.»

«Oder Arzt in der Nachtambulanz», warf Lupus ein und stellte das neue Röhrchen zu den anderen, er zitterte noch immer. «So jemanden wie dich können sie dort gut gebrauchen.»

Auf einmal krümmte er sich. Nanouk sprang auf und stützte ihn, aber sie kam sich hilflos wie nie zuvor in ihrem Leben vor.

Er hielt sich mit schmerzverzerrter Miene am Waschbecken fest und stöhnte. Krämpfe erschütterten seinen vom Krebs gezeichneten Körper. Zitternd drehte er den Hahn auf, schaufelte sich Wasser ins Gesicht und trank einige Schlucke, die er sofort wieder ausspie.

Sein Speichel war gerötet. Er spuckte Blut. Nanouk war zutiefst erschüttert. Schockiert wusste sie nicht, was sie sagen oder wie sie ihm helfen konnte. Wo war die Stärke von Lupus' Werwolf? Sie hatte ja keine Ahnung gehabt, dass das Pankreaskarzinom schon so viel von seiner übernatürlichen Kraft aufgefressen hatte. Nun tat das Virus sein Übriges. Gegen zwei Gegner kam sein Körper nicht an. Trotz allen Lebenswillens.

«Lasst mich allein. Bitte. Geht», bat Lupus eindringlich und ließ sich auf den Toilettendeckel fallen, «bevor Elise mich so sieht.»

Kristobal zog Nanouk aus dem WC, denn sie war unfähig, sich von selbst zu bewegen. Während er sie ins Wohnzimmer führte, hörten sie Geklapper aus der Küche. Elise musste die Spülmaschine ausräumen.

Das ist gut, dachte Nanouk, so ist sie wenigstens beschäftigt und bekommt nichts von Lupus' Anfall mit.

Im Wohnzimmer lehnte sie sich gegen das altmodische Buffet, dessen Scheiben mit Häkeldecken verhangen waren. Auf der Anrichte reihten sich Bilder auf. Nanouk nahm ein eingerahmtes Foto, das Theodore und Elise beim Angeln am Ship Creek zeigte, der mitten durch Anchorage führte und zur Leichzeit der Lachse sogar Grizzlys anlockte.

«Sie ist die Liebe seines Lebens.» Nanouks Augen wurden feucht. «Wegen ihr hat er sich infizieren lassen, um den Krebs zu überlisten und seine Lebenszeit zu verlängern.»

Kristobal legte den Arm um ihre Hüften. «Du hast ihn gebissen, habe ich recht?»

«Woher weißt du das?» Sie nickte und versuchte ihre Tränen zurückzuhalten. «Theo ... Dr. Theodore Brass war der Arzt des Rudels.

Als er mich bat, sein Leben zu verlängern, konnte ich nicht anders. Ich musste ihm diesen Wunsch erfüllen, denn er war nicht so egoistisch wie ... egal, jedenfalls tat er alles immer nur für Elise.»

Nanouk nahm ein anderes Foto zur Hand. Es zeigte ihn inmitten einer Familie. Damals war er noch braunhaarig und sein Gesicht noch rund gewesen. Er lächelte und hatte seinen Arm um ein blondes Mädchen gelegt, das zwar noch Affenschaukeln trug, aber ein kleiner Busen wölbte bereits ihr Sommerkleid.

Als Elise mit einem Tablett hereinkam, auf dem eine Thermoskanne und drei Tassen standen, blinzelte Nanouk ihre Tränen rasch weg.

Die ältere Frau stellte das Tablett auf den Couchtisch. «Ich habe Kaffee gemacht, denn ich wusste nicht...» Achselzuckend sah sie Kristobal an. Dann bemerkte sie das Foto in Nanouks Hand, kam zu ihnen und betrachtete es. Lächelnd tippte sie darauf. «Das ist bestimmt an die zwanzig Jahre her. Eugene, Theos Bruder, hat das Foto damals im Alameda County gemacht. Es war Sunbeams Firmung. Ich hatte leider nicht freibekommen.» Sie überspielte die Ausrede, indem sie fragte: «Ist Theo schon wieder im Bad?»

Während sie das Wohnzimmer verließ und den Duft von Rosenwasser hinterließ, murmelte sie: «Dieser Magen-Darm-Infekt muss teuflisch sein, wenn er sogar Werwölfe befällt.»

«Seine Eltern leben in Berkeley. Sie haben ihn nie in Alaska besucht, weil sie glauben, dass Elise ihren Sohn davon abgehalten hat, die Arztpraxis seines Vaters zu übernehmen, aber das stimmt nicht.» Liebevoll strich Nanouk über den Bilderrahmen, der aussah wie eine Miniaturstaffelei. «Theo und Elise lernten sich auf der University of California kennen. Nach dem Studium war das Heimweh so stark, dass sie nach Anchorage zurückkehrte. Sie hielt es in Kalifornien einfach nicht aus, es war zu anders. Elise konnte nicht ohne Alaska sein und Theo nicht ohne Elise, also war klar für ihn, dass er ihr folgte. Er liebt sie mehr als sein eigenes Leben, das hat er mir mehr als einmal erzählt.»

Lupus schlurfte auf Pantoffeln ins Zimmer und schloss die Tür hinter sich. Sein Gang war unsicher und er suchte nach Halt an der

Wand, am Schrank und an der Rückenlehne des Sofas. Er quälte sich ein Lächeln hervor, ließ sich in den Sessel fallen und wischte sich den Schnurrbart aus Schweiß mit einem Stofftaschentuch weg. «Gegen Krebs hilft leider auch dein Speichel nicht.»

«Aber wir Vampire kennen eine Methode, die alle Krankheiten heilt», entgegnete Kristobal trocken, imitierte mit Zeige- und Mittelfinger eine Messerklinge und zeigte damit auf sein Herz.

Nanouk stellte das Foto zurück auf die Anrichte. «Was willst du damit sagen?»

«Das ist ein Angebot.» Mehr sagte der Alphavampir nicht. Sie wussten alle, was er damit meinte.

Lupus war ebenso überrascht wie Nanouk. Die Werwölfe und die Vampire waren alles andere als befreundet. Was führte Kristobal im Schilde? Nanouk versuchte an seiner Miene und seiner Haltung abzulesen, was er mit diesem Schritt bezweckte, aber der Alphavampir war undurchsichtig wie eh und je.

«Das ist großzügig, verrückt, aber großzügig, besonders unter den gegebenen Umständen. Aber ich, ein Vampir? Auf mein geliebtes Steak verzichten, nie wieder sehen, wie der Sonnenschein auf der Oberfläche des Cook Inlets glitzert, oder ein Wolfsgeheul von mir geben, in das meine Rudelgefährten einstimmen? Das kann ich mir nicht vorstellen.» Dennoch grübelte Lupus eine Weile. Schließlich schlug er entschlossen auf die Armlehne des Sessels, doch seine Stimme war schwach: «Nein, aber ich danke dir, dass du das für mich tun würdest.»

«Nicht für dich», Kristobals Blick schweifte zu Nanouk, «sondern für sie.»

Vierzehn

Im Nachhinein betrachtet hatte es Nanouk kalt erwischt, wie ein Erdbeben, das ohne Vorwarnung aus dem Nichts gekommen war.

Kristobals Angebot hatte sie erschüttert, ihre Gedanken und Gefühle verrückt, und nun waren sie nicht mehr an ihrem Platz. Die Vermutung, er hätte nur mit ihr geschlafen, um sie zu manipulieren, war zerbröckelt. Seine Behauptung, er würde auf Werwölfe herabschauen, war auf einmal blass und konturenlos.

Was sollte sie vom Alphavampir halten?

Als er sich mit ihr vereint und gemeint hatte, bei ihm könnte sie ihr Schutzschild sinken lassen und sich vollkommen hingeben, denn er würde ihre Schwäche nicht ausnutzen, sondern mit Lust belohnen, hatte er ein Samenkorn in sie hineingepflanzt. Sein überraschender Vorschlag hatte diesem Korn Wärme geschenkt. Es war aufgebrochen und hatte zu wachsen begonnen.

Nanouk war so durcheinander, dass es ihr schwerfiel, sich auf den Straßenverkehr zu konzentrieren. Auch weil Lupus abgelehnt hatte. Er würde sterben. Bald. Aufgelöst parkte sie ihren Wagen vor dem Anchorage Zoo und blinzelte beim Aussteigen ihre Tränen weg, damit Lupus, der vom Beifahrersitz aufstand, ihre feuchten Augen nicht bemerkte. Immer stark sein, stets die Haltung wahren – noch nie war ihr das so schwergefallen wie jetzt.

Erschöpft folgte Nanouk Lupus zum Angestellteneingang, an dem Camille bereits auf sie wartete. In einer Stunde würde sich das Rudel mit den Vampiren treffen, und bis dahin wollte Lupus unbedingt alle Informationen zusammenhaben. Je mehr sie über die Krankheit wussten, die Anchorage heimsuchte, desto effizienter konnten sie darauf reagieren.

Als Camille sie kommen sah, nahm sie einen letzten Zug von ihrer Zigarette, ließ sie auf den Boden fallen und trat sie aus. Sie lächelte entschuldigend, was das Grübchen auf ihrer rechten Wange in die

Länge zog, und hob den Stummel auf. «Eine Mentholzigarette. Ich versuche ernsthaft, davon loszukommen, glaub mir.»

«Eine Biologin, die raucht, das passt nicht, außerdem ...»

«... ist es ungesund», vervollständigte sie Lupus' Satz. Es dämmerte bereits. Die letzten Sonnenstrahlen dieses Tages, an dem der Winter noch einmal sein frostiges Gesicht gezeigt hatte, ließen ihre weizenblonden Locken leuchten.

Nanouk schob die Enden ihres Schals unter ihre Jacke. Die beiden hatten diese Unterhaltung ganz offensichtlich schon mehrfach geführt.

Zu Camilles Erstaunen, lenkte er jedoch dieses Mal ein. «Es gibt Tödlicheres – diesen Virus zum Beispiel.»

«Aber er befällt doch ausschließlich Canidae, oder?» Sie schaute sich um, fand nichts, worin sie den Zigarettenstummel entsorgen konnte, und ließ ihn schließlich in die Tasche ihres weißen Kittels gleiten. Dann trat sie beiseite.

«Natürlich.» Lupus warf Nanouk einen vielsagenden Blick zu und trat ein.

Camille wusste also nicht über die Gestaltwandler Bescheid. Nanouk nahm sich vor, Lupus das Reden zu überlassen. Da er eine Außenstehende in die Probleme des Rudels hineingezogen hatte, musste er auch den Balanceakt vollbringen, Informationen aus Camille herauszukitzeln, ohne selbst welche preiszugeben.

Sie folgte den beiden durch die Korridore zum Labor und überlegte, woher sie Camille kannte. Als sie sich um einen Tisch, auf dem die Blutproben standen, gruppierten, kam sie zu dem Schluss, dass die Kuratorin einer Bankerin ähnlich sah, die Nanouk im Sommer trainierte. Dasselbe rundliche Gesicht und dieselben großen braunen Augen, nur dass Camille eine Stupsnase hatte. Eine hübsche Frau, die Anfang dreißig sein musste und bei Männern mit Sicherheit auf viel Resonanz stieß. Trotzdem trug sie keinen Ehering, aber vielleicht hatte sie ihn aus Sicherheitsgründen während der Arbeit im Labor ausgezogen.

«Wir», begann Lupus absichtlich vage, um das Werwolf-Rudel nicht zu nennen, «haben die ganze Stadt nach Ködern oder kranken Beutetieren, die die Hunde und Wölfe gefressen haben könnten, abgesucht. Nichts. Alles scheint sauber.»

Camille verschränkte die Arme vor ihrem Körper. «Kein Wunder. Sie tragen das Virus in sich und stecken sich gegenseitig an.»

«Aber irgendwie muss der Erreger nach Anchorage gelangt sein», warf Nanouk ein.

«Durch einen Canidae, der schon länger infiziert, aber noch nicht daran gestorben ist.» Camille nahm eins der Blutabnahmeröhrchen aus dem Gestell und hielt es hoch. «Einer wie dieser hier.»

Das Blut in dem Röhrchen war dunkler als das der anderen Proben und dick wie Sirup. Nanouk erkannte es sofort wieder, obwohl sie das Etikett mit dem Namen nicht lesen konnte. Eine dunkle Vorahnung lag ihr wie ein Stein im Magen.

«Ist Adamo wirklich ein Hund?», wollte Camille wissen und stellte das Röhrchen zurück. «Der Kleine ist etwas Besonderes. Er kann das Virus übertragen, hat aber selbst eine Immunität dagegen entwickelt.»

Lupus überging ihre Frage. «Das ist doch gut, nicht wahr? Wirst du mithilfe seines Blutes ein Gegenmittel herstellen können?»

«Ich habe schon damit angefangen, allerdings erfolglos. Das Blut ist eigenartig. Das Virus muss es sehr verändert haben oder es ist verschmutzt. Bist du sicher, dass es nicht kontaminiert wurde?» Zögerlich fügte Camille hinzu: «Ich habe menschliches Blut darin entdeckt.»

«Adamo hat sich gewehrt, als wir ihn zur Ader gelassen haben.» Verlegen lachte Lupus. Er war nicht gut darin zu lügen. «Er hat mich gekratzt. Mein Blut muss sich mit seinem vermischt haben. Ein zweiter Versuch wäre zu gefährlich gewesen.»

Misstrauisch kniff Camille ihre Augen zusammen. «Ich habe nicht nur eine Blutgruppe extrahiert, sondern alle, die es gibt.»

«Probier es trotzdem weiter, bitte.» Lupus legte seine Handflächen aneinander. «Es ist unsere einzige Chance.»

«Versprochen, allerdings halte ich sein Blut nicht für rein genug. Für manche Canidae in dem Animal Shelter, aus dem die Proben stammen, wird die Hilfe allerdings zu spät kommen, befürchte ich.» Seufzend wandte sie sich um, nahm einen Zettel von der Fensterbank hinter ihr und reichte ihn Lupus. «Das sind die Namen der Tiere, die bereits infiziert sind.»

Da Lupus einen kurzen Blick darauf warf und den Zettel eilig einsteckte, wusste Nanouk, was das für sie bedeutete. Der Findling in ihrem Magen wuchs zu einem Fersenstein an. Wenn Adamo den Virus in sich trug, traf das sehr wahrscheinlich auf alle Vampire zu, und Nanouk war diejenige aus dem Rudel, die den engsten Kontakt zu ihnen pflegte. Das rächte sich nun auf eine Weise, mit der sie niemals gerechnet hatte.

Aber sie war stark. Sie würde kämpfen. Gegen die Skua und gegen den Virus! Wieso war ihr dann auf einmal übel?

Als Camille sie aus dem Labor in den Korridor führte, um sie zum Ausgang zu geleiten, wäre sie beinahe über den Wischmopp der Putzfrau gestolpert. Lupus und Nanouk stürmten vor und fingen sie rechtzeitig auf, indem sie ihre Arme packten.

«Tschuldigung.» Während sich die Putzfrau, die einen orangefarbenen Schal wie einen Turban um ihren Kopf drapiert hatte, aufrichtete, stemmte sie eine Hand in ihren Rücken und ächzte.

«Schon gut, Millicent.» Camilles Wangen waren gerötet. «Ich hätte die Augen aufmachen müssen.»

«Schön'n Feierabend», wünschte Millicent und stützte sich auf dem Mopp ab.

«Ich bringe nur meine Gäste zum Parkplatz und komme zurück, denn ich muss noch arbeiten. Es wird eine lange Nacht werden.» Das Gegenmittel konnte nicht warten.

Nanouk fing an, Camille zu mögen, weil sie gewissenhaft war.

«Sie haben sich den falsch'n Job ausgesucht, Miss Brass. Ich mach' Schluss, wenn ich das hier fertig hab'.» Millicent entblößte beim Lachen zwei Lücken in der oberen Zahnreihe und fuhr fort, den Boden zu putzen.

Brass? Nanouk war aufgewühlt und verärgert. Sie ließ sich absichtlich zurückfallen.

Lupus bemerkte ihre Verstimmung und ging ebenfalls langsamer. Der Abstand zu Camille vergrößerte sich zusehends. Dennoch flüsterte er: «Sie ist meine Nichte.»

Plötzlich sah Nanouk klar. Camille kam ihr nicht bekannt vor, weil sie einer Kundin ähnelte, sondern weil sie sie auf einem Foto gesehen hatte. Nanouk hatte sie nur nicht sofort wiedererkannt, weil Camille damals ein Teenager gewesen war. Sunbeam. Die Tochter von Lupus' Bruder Eugene. Sie lebte nicht länger in der San Francisco Bay Area, sondern in Anchorage. In der Nähe ihres Onkels, der ein Werwolf war. Ihr Onkel, der ihr Blutproben von Lykanthropen und einem Vampir zur Verfügung gestellt hatte. Er brachte das Rudel in Gefahr. Oder Camille.

Nanouk roch Ärger. Seit die Illusionisten in der Stadt waren, multiplizierten sich die Probleme mit rasender Geschwindigkeit.

Fünfzehn

Taten die Vampire sich das an, weil sie sich schuldig fühlten? Sie standen inmitten des Kletterparcours und zitterten wie Espenlaub, da mit dem Sonnenuntergang die Kälte gekommen war. Nur Kristobal hielt sich tapfer, aber auch seine Lippen waren blau.

Dank der übernatürlichen Sehkraft ihrer Wölfin, konnte Nanouk das selbst von hier oben erkennen. Wie alle aus dem Rudel stand sie versteckt hinter Ästen auf einem Podest zirka drei Meter über dem Boden. Es war an einem Baum befestigt und die Bäume in unterschiedlichen Höhen mit Seilen, Steigleitern, wackligen Balken, dünnen Brettern oder einer Seilbahn verbunden.

Im Sommer machten die Schulklassen aus Anchorage, aber auch aus weiter entfernten Städten, einen Ausflug zu diesem Abenteuerpark, außerdem fanden Trainings für Manager und Selbsthilfegruppen statt. Claw führte einige seiner Survivalgruppen hierher, aber Vampire sah dieser Ort das erste Mal.

Bei der zweiten Zusammenkunft mit den Illusionisten war der Alphawolf keine Kompromisse eingegangen und hatte sich ausschließlich im Revier der Werwölfe treffen wollen: in den Wäldern.

Nanouk war verwundert darüber, dass Kristobal sofort nachgeben hatte. Hatte er ein schlechtes Gewissen? Längst ging es nicht mehr nur um Pavel, der sich auf der Bühne hinter einem Paravent in einen Wolf verwandelte, sondern um Leben und Tod.

Da Claw den Illusionisten beweisen wollte, dass auch er in der Lage war Spielchen zu spielen und einen großen Auftritt hinzulegen, hatte er seinem Rudel befohlen, sich auf den Podesten in den Baumwipfeln zu verbergen. Nur Lupus hatte er heimgeschickt, als ein Blutfleck in seinem Schritt aufgetaucht war. Nun nutzte Claw das Überraschungsmoment aus, trat aus dem Schutz der Seilbahn, hinter der er sich geduckt hatte, und stellte sich breitbeinig an den Rand, die Hände in die Hüften gestemmt. «Die Jäger sind euch wie Schmeißfliegen nach Anchorage gefolgt.»

Verdutzt flogen die Vampire herum. Es passte ihnen gar nicht, dass sie zu ihm aufschauen mussten. Nanouk musste an Kristobals Worte denken. Er hatte recht gehabt, die Vampire waren nicht annähernd so alt, wie das Rudel gedacht hatte, denn wenn die Skua ihnen noch immer auf den Fersen waren, konnte ihre Wandlung zum Blutsauger nicht lange zurückliegen.

«Wir hatten die Skua nicht im Schlepptau, das hätten wir bemerkt», wetterte Kristobal. «Komm gefälligst runter, wenn du mit mir sprechen willst.»

«Sie sind eurer Fährte gefolgt. Ihr macht ja nicht gerade ein Geheimnis aus der Existenz von Lykanthropen.» Claws Seitenhieb auf Pavels Auftritt war unmissverständlich.

«Die Zuschauer glauben, die Gestaltwandlung wäre eine Illusion. Und diejenigen, die uns gefährlich werden könnten, lassen wir dieses Detail vergessen.» Unwirsch deutete Kristobal dem Alphawolf mit einer Geste herunterzuklettern.

Nanouk kam zum Vorschein und konnte sich einen Kommentar nicht verkneifen. «Wie Matt Jerkins zum Beispiel?»

Kristobals Laune sank weiter, da immer mehr Werwölfe aus ihren Verstecken kamen und die Vampire umzingelten, auch wenn die Lykanthropen auf Podesten in den Bäumen standen.

Nanouk spürte die Unruhe der Blutsauger, sie witterte ihre Nervosität und ihr Unbehagen. Das gefiel ihrer Timberwölfin. Aber sie fragte sich auch, ob es klug war, die Vampire gegen sich aufzubringen, wo sie doch eigentlich zusammenarbeiten mussten?

«Ihr habt die Gehirnwäsche bei Jerkins nicht gut genug durchgeführt», Claw hockte sich hin wie ein Aasgeier, der seine Beute in Augenschein nahm, «denn er hat nach der Vorstellung vor dem Theater geparkt und euch beobachtet.»

Kristobal zuckte mit den Achseln, aber seine Lässigkeit war gespielt. «Vielleicht interessiert er sich für unsere Zaubertricks wie die Geistererscheinung.»

Sein Blick streifte den von Nanouk. Ihr wurde daraufhin so heiß, dass sie den Reißverschluss ihres Parkas eine handbreit herunterzog.

Claw war nicht entgangen, dass die Luft zwischen ihnen trotz Frost flirrte. Knurrend sprang er vom Podest, woraufhin Mila und Radim, die in der Nähe standen, einen Schritt zurück machten. Nur Jarek blieb, wo er war. Ein Mensch hätte sich bei diesem Sprung aus luftiger Höhe beide Beine gebrochen. Der Alphawolf dagegen zuckte nicht einmal mit der Wimper.

«Nein, dieser schmierige Reporter hat eine Ahnung. Möglicherweise habt ihr sein Wissen nicht gelöscht, sondern nur betäubt, und es wurde reaktiviert, als die Skua ihn nach Werwölfen fragten.» Wütend schnaubte Claw. «Aber ihr seid fein raus, denn ihr seid keine Lykanthropen mehr. Ihr tragt den Virus in euch und seid ansteckend, könnt daran aber nicht mehr sterben.» Den letzten Satz brüllte er beinahe heraus: «Wir müssen für eure Unachtsamkeit bezahlen.»

Auch die anderen Werwölfe sprangen herunter, allen voran Canis, dessen Wolf bereits in seinen Augen sichtbar wurde. «Die Jäger mussten nur der Spur aus Canidae-Kadavern folgen, die ihr hinterlasst.»

«Wir kümmern uns um die Skua», versicherte Kristobal.

Claw lief vor ihm auf und ab wie ein Tier in einem Käfig. «Oh, nein, wir nehmen das lieber selbst in die Hand und regeln die Dinge richtig.»

«Willst du damit sagen, wir wären nicht in der Lage dazu?» Jareks Miene war so eiskalt, dass die Schneeflocken, die sich in seinem gezwirbelten Schnurrbart gefangen hatten, nicht einmal schmolzen.

Claw legte seinen Kopf schräg. «Sieht man doch.»

«Wir sind nicht zum Streiten zusammengekommen, sondern um das gemeinsame Problem zu lösen», beeilte sich Nanouk zu sagen.

«Bisher habe ich nur Anschuldigungen gehört.» Obwohl Jarek äußerlich ruhig blieb, funkelten seine Augen gefährlich.

«Wir sollten nicht gegeneinander kämpfen, sondern uns verbünden und mit gemeinsamer Kraft gegen die Skua vorgehen.» Nanouk zog den Kopf etwas zwischen die Schultern, um unterwürfig um Zustimmung zu bitten, und schaute zu Claw. «Die Vampire müssen das Problem bereinigen, denn sie haben es verursacht, aber ich werde sie begleiten, um sie zu unterstützen.»

«Und um uns im Auge zu behalten.» Verächtlich schnaubte Mila.

Canis packte Nanouks Arm, aber sie wehrte ihn ab. «Auf keinen Fall!»

«Wir können die Skua und ihre neue Jagdmethode nur besiegen, wenn wir uns zusammenraufen.» Eindringlich sah sie von Werwolf zu Vampir. «Beide Seiten rühmen sich für ihre Selbstdisziplin, also zeigt sie jetzt.»

Bevor Canis seine Hand erneut nach ihr ausstreckte, stellte sich Kristobal zwischen sie, mit dem Rücken zu Canis, als würde er ihn nicht als Bedrohung ansehen. «In Ordnung, du kommst mit, wenn wir den Jägern nachspüren. Alles Weitere erledigen wir.»

Nanouk schüttelte den Kopf. «Damit ist es nicht getan. Wir brauchen ein Bündnis. Jeder muss seine Stärke mit einfließen lassen: Die Werwölfe kennen jeden Stein in Anchorage und können sich tagsüber frei bewegen, weil ihnen Sonnenlicht nichts ausmacht, während die Vampire die Skua kennen und die Gabe der Beeinflussung besitzen.»

Es wurde getuschelt, bis Kristobal schließlich sagte: «Sie hat Recht.»

Claw schob sich zwischen den Alphavampir und Nanouk. Vielleicht missfiel ihm, dass Nanouk die Diskussion leitete. Wahrscheinlicher war, dass ihm die Nähe zwischen den beiden nicht passte. «Wir werden es auf einen Versuch ankommen lassen. Dann bilden wir also ab sofort die Allianz der Wild Warriors.»

Die Vampire schnaubten und zeterten. Manche machten abfällige Bemerkungen, die einige Werwölfe dazu veranlassten, ihre Krallen auszufahren. Nanouk ahnte, dass es noch ein langer, schwerer Weg werden würde, die beiden Gruppen zu vereinen. Dabei dachte sie nicht nur an die Skua und den Virus, sondern auch an die Freundschaft zwischen Rufus und Adamo und vielleicht auch ein wenig an sich selbst.

«Wild sind wir ganz bestimmt nicht, sondern zivilisiert.» Kristobal schnippte eine Schneeflocke von seinem Mantel. «Die ESP Elite, das passt doch viel besser.»

Er erntete Zustimmung von seiner dunklen Gefolgschaft. Nur Radim lachte verächtlich. «Wie wollt ihr zusammenarbeiten, wenn ihr euch schon wegen des Namens uneinig seid?»

Nanouk pflichtete ihm bei. «Reißt nicht den nächsten Streit vom Zaun. Ihr verschwendet nur Zeit. Wie wäre es mit Dark Defence?»

«Genauso lächerlich wie die Idee, wir könnten an einem Strang ziehen», warf Canis ein. «Wir brauchen keinen Namen, denn es gibt kein *wir!*»

«Er stärkt das Gemeinschaftsgefühl.» Wenn es jemals so etwas geben wird, dachte Nanouk.

«Einverstanden.» Claw nickte, stellte jedoch klar: «Es ist Teamwork auf Probe.»

«Dark Defence, das gefällt mir.» Kristobal sah Nanouk über Claws Schulter hinweg an. Für alle anderen war daran nichts ungewöhnliches, aber für sie war es einer dieser Blicke, die ihr durch und durch gingen.

Sechzehn

Gegen Kristobal sah jeder Mann wie ein Schuljunge, der noch nicht trocken hinter den Ohren war, aus, selbst ein durchtrainierter, fuchsschlauer Kämpfer wie Canis.

«Du sitzt neben mir!» Nachdem Kristobal die Zentralverriegelung entsichert hatte, hielt er die Beifahrertür seines Escalades für Nanouk auf.

Normalerweise reagierte Nanouk allergisch auf Befehle, wenn sie nicht vom Alphawolf persönlich kamen, doch diesmal blieb die Rebellin in ihr gelassen, denn sie erkannte die Botschaft zwischen den Zeilen.

«Ich sitze vorne.» Canis drängte sich dazwischen. Bevor er ungebeten einsteigen konnte, tippte Kristobal ihn an der Schulter an. Obwohl Canis seine Hand wegwischte, verharrte er in seiner Bewegung und schaute ihn mürrisch an.

«Entschuldigung, du hast mich wahrscheinlich nicht richtig verstanden.» Kristobals Worte klangen klebrig-süß wie Zuckerwatte. «Du wirst auf dem Rücksitz Platz nehmen wie es sich für Hunde gehört.»

Unterwürfig nickte Canis. «Ja, Herr.» Seine Stimme hatte an Kraft verloren und seine Arme hingen schlaff herab.

Er tat wie ihm befohlen und setzte sich auf die Rückbank. Nach wenigen Sekunden erwachte er aus der Trance. Sein Gesicht lief vor Wut hochrot an. Hätten Nubilus, Rafaela und Mila sich nicht rechts und links neben ihn gesetzt, wäre er augenblicklich aus dem Wagen gesprungen und hätte sich auf den Alphavampir gestürzt.

«Musste das sein?» Nanouk wagte es, ihm in die Augen zu schauen, wenngleich sie dadurch Gefahr lief, ebenfalls seine Macht zu spüren zu bekommen.

Kristobal strahlte keineswegs Überlegenheit oder Hochmut aus, für ihn war Canis' Beeinflussung reine Notwendigkeit gewesen. Ebenso wie Nanouk stieg er ein und sah Canis im Rückspiegel an. «Wir sollten nicht länger wegen Nichtigkeiten streiten, sondern endlich aktiv werden. Die Zeit läuft uns davon.»

«Die Hunde und Wölfe sterben wie die Fliegen», pflichtete sie ihm bei und legte unauffällig die Hände auf ihren Bauch, weil die Übelkeit, die das Virus verursachte, durch den Adrenalinschub anschwoll.

Inzwischen war ihr fast fortwährend übel, aber noch hatte sie sich kein einziges Mal übergeben müssen. Etwas ging in ihrem Körper vor. Er hatte begonnen, sich selbst zu zerstören. Ihr Urin war dunkelgelb und Montezumas Rache hatte sie schon zweimal heimgesucht, seit sie mit Lupus Camille befragt hatte. Als hätte der Zettel, den die Biologin ihm überreicht hatte, den Ausbruchs des Virus' erst verursacht. Dabei war vielmehr das Wissen, dass es sie erwischt hatte, der Auslöser.

«Ist alles okay mit dir?» Kristobal startete den bulligen Cadillac und fuhr los.

Nanouk versuchte erst gar nicht, sich ein Lächeln hervorzuquälen. Sie war noch nie gut darin gewesen, auf Schönwetter zu machen. «Ich habe mich nur gerade gefragt, wie wir die Skua aufspüren sollen?»

«Sie wohnen im H, diesem auffälligen Hotel in der City», antwortete Mila, die sich vorbeugte und eine Hand auf Kristobals Schulter legte. «Es heißt so, weil es aus zwei Gebäuden besteht, die auf der dritten Etage durch einen Glastunnel, einem sogenannten Skywalk, verbunden sind.»

Gegen ihre aufwallende Eifersucht war Nanouk auf verlorenem Posten. Am liebsten hätte sie Mila das provokante Grinsen aus dem Gesicht gekratzt. «Woher wisst ihr das?»

«Glaubst du, wir waren untätig?» Ohne auf eine Antwort zu warten, fuhr Kristobal fort.

Nanouk schnupperte dezent, sie konzentrierte ihre Sinne auf den Alpha und stellte zufrieden fest, dass sein Körper in keinster Weise auf Mila reagierte. Entspannt lächelte sie Mila an, worauf das Grinsen der Vampirin verschwand und sie sich wieder zurücklehnte – soweit das möglich war, denn sie musste auf der Kante der Rückbank sitzen. Trotz der Geländewagen-Ausmaße des Cadillacs war der Platz für vier Personen eng, denn das, was den beiden Vampirinnen auf den Rippen fehlte, hatte Nubilus zu viel. Dasselbe galt allerdings auch für seine sympathische Ausstrahlung.

Kristobal parkte seinen Wagen an der gegenüberliegenden Straßenecke. Sie stiegen aus und flanierten über den Bordstein wie Touristen, nur dass sie wie Besucher aus der Hölle aussahen: düster und grimmig. Ob es den Vampiren nun passte oder nicht, sie waren ein Rudel Wölfe auf der Jagd.

Plötzlich tauchte Pavel aus dem Verborgenen auf. Er hatte in einer kleinen Gasse gelauert, die nicht breiter als einen Meter war und zwischen einem kleinen Supermarkt und einem Souvenirgeschäft hindurch zur Nebenstraße führte. Hündisch neigte er seinen Kopf, verharrte einige Sekunden und richtete sich wieder auf. «Sie haben das Hotel vor zwei Stunden verlassen, Herr.»

«Wie viele sind es?» Nanouks Blick schweifte von Pavel, dessen Gesicht noch ausgemergelter und dackelgesichtiger als zuvor aussah, zum H. Hatte ihn das Virus auch befallen? Die beiden fünfstöckigen Gebäude erhellten die ganze Straße. Die Lichter im Skywalk leuchteten in einem hellen Blau und ließen ihn futuristisch wirken.

«Sechs», antwortete Kristobal an Pavels Stelle. «Sie haben drei Zimmer im dritten Geschoss angemietet: zwei normale und eine Ecksuite.»

Wie ein bockiger kleiner Junge, der noch immer schmollte, kickte Canis einen Dreckklumpen weg, der in mehrere Teile zerfiel. «Haben sie Angst vor der Dunkelheit oder warum schlafen sie zu zweit?»

«Unterschätze sie nicht. Sie sind gerissen», mahnte Kristobal. «Einer fungiert als Backup für den anderen. Hätte mich nicht einmal gewundert, wenn sie ein Zimmer für alle gebucht hätten und einer von ihnen jede Nacht Wache geschoben hätte.» Er klatschte in die Hände, doch das Geräusch wurde von seinen Handschuhen gedämpft. «Wir gehen rein!»

Überrascht stellte sich Nanouk ihm in den Weg. «Jetzt? Wir sollten die Skua nur aufspüren.» Das hatten die Werwölfe gedacht, nicht jedoch die Vampire, denn die wussten längst, wo sich die Jäger aufhielten.

«Soll ich erst deinen Alphawolf um Erlaubnis bitten?» Kristobals Blick wurde so finster, dass es sie nicht gewundert hätte, wenn er jeden Moment seine Zähne flechten würde. Innerlich tobte sie, weil er sich derart aufplusterte, doch ihre Wölfin unterwarf sich ihm, weil er nun mal der Stärkere war.

Zögerlich zückte Nubilus sein Mobiltelefon. «Wir könnten ihn wenigstens anrufen.»

«Ich bin hier der Alpha. Ihr steht unter meinem Befehl!», donnerte Kristobal. Er brauchte Nubi nur anzusehen und dieser steckte sein Handy zurück in die Jackentasche, weil er dank Canis mit eigenen Augen gesehen hatte, wie leicht Kristobal Mensch und Werwolf manipulieren konnte. «Du und Rafaela, ihr werdet vor dem Hotel Wache stehen und mich anrufen, sollten die Skua auftauchen. Pavel, du gehst zum Nostalgia Playhouse, um die Mitternachtsshow vorzubereiten. Der Rest folgt mir auf dem Fuße.»

Nanouk zischte. «Willst du etwa einfach durch den Vordereingang reinspazieren und um die Zimmerschlüssel bitten?»

«Was denn sonst?» Kristobals Miene blieb grimmig, aber seine Augen funkelten belustigt.

Am späten Abend war der Empfang des Hs glücklicherweise nur mit einem Rezeptionisten besetzt. Nanouks Blick klebte an den Augenbrauen des grauhaarigen Mannes, denn sie waren geschwungen wie Tilden und struppig. Wahrscheinlich musste er sie morgens kämmen. Sypher Beattie stand auf seinem Namensschild. Sypher lächelte, als er sie begrüßte, lächelte, als er Kristobal die drei Ersatzschlüsselkarten aushändigte, und lächelte immer noch, als sie sich von ihm verabschiedeten. Nur die beiden älteren Damen in der Lobby beäugten die Gruppe misstrauisch. Sie erhoben sich und gingen eilig in die Bar, als würden sie sich auf einmal in Gesellschaft sicherer fühlten.

«Du kennst ihre Namen.» Es war eine Feststellung, keine Frage.

«Hacket, Cramer, Mancini, Hinthrone, Montalbán und Stafford, ihr Alpha.» Kristobal sah Nanouk nicht an, als würde er noch mehr Informationen zurückhalten. «Man muss seine Gegner kennen.»

Seine Körpersprache verriet ihr, dass er damit auch die Werwölfe meinte. Wie viel wussten die Vampire über das Anchorage-Werwolf-Rudel? Und was hatte Kristobal über sie persönlich in Erfahrung gebracht? Das gefiel Nanouk ganz und gar nicht. Noch war die Dark Defence nur ein netter Gedanke und nicht Realität.

Am Fahrstuhl trafen sie auf einen Betrunkenen, der auf den Knopf drückte, als wollte er ihn in die Wand rammen. Doch als der Aufzug kam, überließ er ihn Nanouk, Kristobal, Canis und Mila. Angeblich wäre nicht genug Platz in der Kabine. Doch der Alkoholpegel in seinem Blut war nicht so hoch, dass er die Gefahr nicht wahrnahm, die von den Vieren ausging.

Als sie durch den Flur im dritten Obergeschoss zu den Zimmern schritten, die sich auf der anderen Seite des Skywalks befanden, konnte sich Nanouk trotz der Ernsthaftigkeit ihrer Mission ein Lächeln nicht verkneifen. Sie waren so unauffällig, wie eine Karawane von Ligern – Hybriden aus männlichen Löwen und weiblichen Tigern, die um einiges größer als ihre Eltern werden.

Kristobal fiel schon durch seine Statur auf. Außerdem schaute er so konzentriert, als könnte er wie Superman die Etage allein durch seinen Blick zur Explosion bringen. Mila hatte ihre Jacke im Auto gelassen und machte mit ihrem engen schwarzen Lederzweiteiler den Eindruck, als wäre sie auf dem Weg zu einer Matrix-Convention. Canis versteckte seine Wolfsaugen hinter einer Sonnenbrille und ging recht dicht hinter Kristobal, als wollte er sich eher auf ihn als auf die Skua stürzen.

Nanouks Aufgeregtheit stieg mit jedem Schritt, den sie den Zimmern näher kam. Was würden sie finden? Falls die Jäger so gewitzt waren, wie Kristobal behauptete, würden sie wohl kaum die Beweismittel für die Existenz von Lykanthropen herumliegen lassen – falls es denn Belege gab.

Ihr Puls beschleunigte sich und ihr war heiß, so dass sie ihren Parka öffnete. Ihre Timberwölfin drängte heraus, weil sie die Jagd genoss, doch sie durfte unter keinen Umständen die Oberhand gewinnen. Sie waren schließlich gekommen, um Beweise zu vernichten und nicht, um welche zu hinterlassen.

Ohne anzuhalten, warf Kristobal Canis und Mila jeweils eine Schlüsselkarte zu. «Du kommst mit mir, Nanouk.»

Ein Knurren drang aus Canis' Kehle, weil er sich weigerte, einem anderen Alpha als Claw zu folgen und weil Nanouk an seine Seite und nicht an die eines Vampirs gehörte.

«Erledige deinen Job», forderte Nanouk ihn scharf auf, doch sie zog ihren Kopf zwischen die Schultern, damit er erkannte, dass es sich um eine versteckte Bitte handelte, «und dann lass uns schnell wieder verschwinden.»

Er verschwand im ersten Zimmer, Mila im zweiten und Nanouk folgte Kristobal in die Ecksuite. Erfreulicherweise waren die Vorhänge beiseite gezogen und das Licht von der Straße und den Gebäuden auf der gegenüberliegenden Straßenseite reichte aus, um Wohnbereich und Schlafzimmer zu erhellen.

Sie sahen sich fragend an, als Sirenen zu hören waren. Ein Polizeiwagen kam näher. Hatte der Rezeptionist Alarm geschlagen? Mit großen Schritten eilte Kristobal zum Fenster. Er stellte sich mit dem Rücken an die Wand, damit man ihn nicht von draußen sehen konnte, und spähte auf die Straße. Nach einer Weile gab er Entwarnung: «Jetzt sehe ich den Wagen. Er biegt an der Kreuzung ab.»

Erleichtert betraten sie gemeinsam den Schlafraum.

Während Nanouk aufgeregt begann, den Kleiderschrank zu durchwühlen, fragte sie sich, ob es besser gewesen wäre, Handschuhe zu tragen wie der Alphavampir, denn nun hinterließ sie eine Menge Fingerabdrücke. Aber die Skua gingen normalerweise in den Wäldern auf die Jagd nach Tieren. Daher hoffte Nanouk, dass sie keinen kriminologischen Sinn entwickelt hatten. Sie mochten schlau sein, aber eher darin, Spuren wie Tatzenabdrücken und abgeknickten Ästen zu folgen und mit der Flinte zu zielen, nicht darin, Fingerabdrücke zu sichern und auszuwerten.

Die Skua waren es gewohnt zu jagen. Diesmal waren sie die Beute. Das dürfte sie aus der Bahn werfen.

«Gewehre. Natürlich.»

Nanouk drehte sich zu Kristobal um. Er hatte eine Holzkiste unter dem Doppelbett herausgezogen und geöffnet. «Im Schrank hängen Halfter für eine ganze Armee: Schulterhalfter, Gürtelhalfter, Beinhalfter ...», zählte sie auf. «... für Pistolen und Messer, manche bestückt, manche leer.»

«Das war zu erwarten, interessiert uns aber nicht», sagte er, trat gegen den Deckel und schob die Kiste zurück unter das Bett.

Nanouk hob ihre Augenbrauen, sie war anderer Meinung. Das Waffenarsenal der Skua würde es ihnen nicht leichter machen, sie für immer aus der Stadt zu vertreiben. Oder zu besiegen. Dante hatten sie schlussendlich töten müssen, um ihr Geheimnis zu wahren. Aber diesmal bestand ihr Ziel aus sechs Personen. Sechs Leichen gingen zu weit! Das Rudel bestand nicht aus Schlächtern.

Nanouks Übelkeit machte sich wieder bemerkbar, diesmal stärker als zuvor, außerdem gluckerte es in ihrem Enddarm. Anfänglich bemühte sie sich, den Druck zu ignorieren, doch der Drang die Toilette aufzusuchen war zu stark.

«Der Moment ist wirklich unpassend, aber es geht nicht anders.» Verlegen ging sie ins Badezimmer.

Bevor sie die Tür hinter sich schließen konnte, stand Kristobal im Türrahmen. «Etwas stimmt nicht mir dir.»

«Ich muss den Fisch zum Abendessen nicht vertragen haben.» Wohlwissend, dass er die Symptome erkannte, an denen auch Lupus litt, schob sie die Tür zu, so dass er zurückweichen musste.

Nachdem sie sich erleichtert hatte, wusch sie sich Hände und Gesicht mit eiskaltem Wasser. Die Frau, die ihr im Spiegel entgegenblickte, sah verunsichert aus. Sie wollte nicht sterben. Noch lange nicht! Hätte sie mehr an die alten Sitten ihrer Inuit-Vorfahren geglaubt, hätte sie einen Schamanen gebeten, sie zu heilen. In Fällen wie dem ihren versetzte er sich mithilfe eines Ritus' in Trance. Angeblich verließ er in diesem Zustand seinen Körper und flog ins Reich der Geister, um dort die Seele des Kranken, die von Geistern besessen war, zurückzugewinnen.

Doch Nanouks Schicksal lag in der Hand einer Fremden. Camille. Würde sie die Werwölfe ans Messer liefern, sollte sie herausfinden, von wem das Blut wirklich stammte?

Nanouk prüfte das Bad und ging durch das Schlafzimmer in den Wohnbereich. «Ein Taser klebt unter dem Spülbecken.»

«Und eine Armbrust liegt unter dem Sofa.» Kristobals Stimme war nur zu hören, ihn selbst sah sie nicht, da er hinter dem Zweisitzer kniete.

«Eine Armbrust?», echote Nanouk. «Die Skua leiden unter Paranoia.»

Plötzlich schoss etwas großes Schwarzes auf sie zu. Abwehrend hob Nanouk ihre Hände vors Gesicht. Sie fuhr instinktiv ihre Krallen und Fangzähne aus. Ihr Herz wummerte in ihrem Brustkorb. Es gab ein dumpfes Geräusch am Fenster. Kristobal richtete seinen Oberkörper abrupt auf, so dass sein Kopf und seine Schultern hinter dem Sofa zum Vorschein kamen. Das nachfolgende Krächzen ging Nanouk durch Mark und Bein. Der Kolkrabe schimpfte gehörig, fing sich in der Luft und flog weiter. Nanouk atmete tief durch und entspannte sich wieder. Hoffentlich war der Rabe kein schlechtes Zeichen.

Kristobal stemmte sich auf der Rückenlehne ab und stand auf. «Die Skua wissen, wie gefährlich Werwölfe sind, deshalb das Arsenal.»

«Dabei hatten sie es noch nicht einmal mit Vampiren zu tun.» Mila stolzierte herein und deutete mit ihren langen Fingernägeln, die Klauen nicht unähnlich waren, auf einen Vorhang an der Wand. «Dahinter befindet sich eine Verbindungstür, aber man kann sie nicht mit der Zimmerkarte öffnen, nur mit einem richtigen Schlüssel. Im Nachbarraum sind lediglich ein paar Waffen versteckt ...»

«Noch mehr?» Langsam bekam Nanouk Angst. Die Skua könnten die ganze Stadt in Schutt und Asche legen.

«... und diese Kamera.» Die Vampirin hievte eine digitale Spiegelreflexkamera mit einem Teleobjekt hoch, das fast so groß wie ein Kanonenrohr war. «Auf der Speicherkarte sind Fotos von Anchorage, als hätten sie sich mit der Stadt vertraut gemacht, und Bilder, die im Education Center der Tierschutzorganisation *Wolf Song of Alaska* aufgenommen wurden.»

Erinnerungen prasselten auf Nanouk ein. Das vor einer Woche neu eröffnete Education Center befand sich in der 5th Avenue Shopping Mall. Dante hatte es damals in Stücke zerlegt auf der Suche nach einem Heilmittel gegen Lykanthropie. Hätte er sich auf das Angebot, das Kristobal Lupus gemacht hatte, eingelassen? Die Vampire hatten ihre Erlösung darin gesehen, doch in Nanouks Augen waren sie vom Regen in die Traufe gekommen.

«Jerkins' Handynummer haben sie am Rand der *Alasca State News* notiert.» Als Canis eintrat und einen Laptop schwenkte, wich Mila zur Seite. «Ich habe schon einen Blick darauf geworfen.»

«Aber er ist Passwortgeschützt.» In Milas Vermutung schwang Herausforderung mit. Sie traute den Werwölfen offensichtlich nicht viel zu.

«Nope.» Er stellte ihn auf den gläsernen Couchtisch. «Er ist leer, absolut leer ...»

«Das kann nicht sein.» Energisch schob die Vampirin ihn weg, setzte sich hin und klappte den Laptop auf.

Canis zuckte mit den Achseln und fuhr fort: «... was mich vermuten lässt, dass eine USB-Festplatte irgendwo versteckt ist.»

«Hast du den Zimmersafe überprüft?», fragte Kristobal und trat hinter Mila, um ihr zuzuschauen, wie sie die Dateien durchsuchte.

Sicher, dass Mila nichts finden würde, lehnte sich Canis gegen die Tür. «Es gibt keinen, ich habe alles abgesucht.»

«Im Nachbarzimmer auch nicht.» Seufzend schloss Mila den Computer wieder. Sie warf Canis einen mürrischen Blick zu, weil er Recht behalten hatte. «Vielleicht gibt es an der Rezeption Safes.»

«Ganz bestimmt sogar», Nanouk schaute sich suchend um, «meistens aber auch in Suiten. Da die Gäste mehr zahlen, bekommen sie auch mehr Komfort.»

Sie brauchten nicht lange zu suchen, bis sie ihn fanden. Er versteckte sich im Sideboard unter dem Fernseher. Man musste die Schlüsselkarte in den Schlitz stecken und eine Zahlenkombination eingeben, die der Gast individuell wählen konnte.

«Den Safe bekommen wir niemals auf.» Nervös biss sich Nanouk auf ihre Unterlippe.

Canis neigte sich vor und einen Moment lang sah es so aus, als wollte er sie küssen. «Mit roher Gewalt.»

«Affe!» Gewaltsam schob sich Mila dazwischen und hockte sich hin. «Lasst mich das machen.»

Sie schloss ihre Augen, um sich besser konzentrieren zu können, und drückte jede der Zahlentasten, um mit ihrem hochsensiblen Tastsinn und Gehör herauszufinden, welche am meisten benutzt worden waren, besonders in letzter Zeit. Dann versuchte sie einige Kombinationen, blieb jedoch erfolglos.

Stimmen durchdrangen die Stille. Zwei Männer unterhielten sich auf dem Flur. Nanouks Puls beschleunigte sich. Auf Zehenspitzen schlich sie zur Tür, die Canis hatte offenstehen lassen, und spähte um die Ecke.

Die beiden Männer spazierten geradewegs auf sie zu. Es waren bullige Kerle mit geröteten Wangen, die nebeneinander die Breite des Korridors ausfüllten. Sie wirkten wie eine fleischige Wand, die ihnen den Fluchtweg abschnitt. In Gedanken legte sich Nanouk einen Plan zurecht. Sie mussten die Männer entweder zu Fall bringen, indem sie die beiden umrannten oder ihnen die Beine wegtraten, oder über sie hinwegspringen, was ein Leichtes für sie und Canis wäre. Aber was war mit Kristobal und Mila? Mit ihrem Wolf hatten sie auch einige seiner Fähigkeiten verloren.

Plötzlich blieben die Männer stehen. Sie schüttelten sich recht förmlich die Hände und verabschiedeten sich bis zum Frühstück. Während sie ihre Zimmer auf der gegenüberliegenden Seite aufschlossen, knöpften sie fast synchron die Sakkos ihrer grauen Anzüge auf und lockerten ihre Krawatten. Ohne Nanouk bemerkt zu haben, traten sie ein. Der Flur war wieder verwaist und still.

Leise schloss Nanouk die Tür der Suite. «Nur zwei Geschäftsmänner, die noch einen zusammen gehoben haben.»

Neugierig schob Canis seinen Zeigefinger in Milas Kragen und zog ihn von ihrem Hals weg. «Wo endet denn das Tattoo?» Ornamente schlängelten sich von ihrem Haaransatz über ihre linke Schulter in tiefere Regionen, die sich unter ihrem Lederoberteil verbargen.

Nanouk schaute Kristobal an, der nicht minder verwundert war. Was lief da zwischen den beiden?

Entgegen Nanouks Erwartung, schlug Mila Canis' Hand nicht weg, sondern sah mit halb geschlossenen Lidern zu ihm auf. «Frag Jarek, der weiß es.»

Canis knurrte. Obwohl er die Vampirin anstieß, so dass sie auf ihren Hintern fiel, attackierte sie ihn nicht, sondern lachte verführerisch. Ihr Lachen schwoll an, als er an den Tasten schnupperte – und erstarb augenblicklich, als die Safetür plötzlich aufschwang.

«Der Geruch der Skua haftet an den Zahlentasten, die sie gedrückt haben. Aber du wolltest deinen Wolf ja unbedingt loswerden.» Triumphierend holte er zwei USB-Festplatten, vier Speicherkarten für die Kamera und einen Din A5 Umschlag heraus, auf dem die Initialen MJ gekritzelt worden waren.

Als das Telefon plötzlich läutete, zuckten alle zusammen. Wie versteinert verharrten sie in der Position, in der sie waren, als könnte jede noch so kleine Bewegung verraten, dass sie sich verbotenerweise in diesem Zimmer aufhielten und es auf den Kopf stellten. Nanouk sah ebenso wie Mila und Canis zu Kristobal. Als Alpha stand ihm die Entscheidung zu, was zu tun war. Würde er den Hörer abnehmen, um zu prüfen, wer die Jäger versuchte zu kontaktieren? Konnte es ein Kontrollanruf von den Skua selbst sein, weil sie von der Straße aus eine Bewegung in ihrer Suite wahrgenommen hatten?

Genauso unerwartet wie es angefangen hatte zu klingeln, hörte es auch wieder auf. Die Ruhe war bedrückend.

«Matt Jerkins», sagte Nanouk in Bezug auf die Initialen, denn die Vermutung lag nahe, «verdammt soll er sein!»

«Da bahnt sich wohl eine regelrechte Zusammenarbeit an.» Hastig nahm Kristobal Canis den Umschlag ab und zog die Fotos heraus. Es waren nur zwei Stück; verschwommene Aufnahmen, die bei Zwielicht im Wald aufgenommen waren. Und dennoch hätte man mit ihnen den Pulitzer-Preis gewonnen. Aber das Ziel der Skua war nicht, berühmt zu werden, sondern sie waren auf der Suche nach dem ultimativen Kick bei der Jagd. Sie würden Jerkins den Ruhm überlassen, wenn sie vorher die Chance bekamen, die Werwölfe niederzustrecken.

«Pavel hat mir nie davon erzählt, dass sie ihn erwischt haben.» Kristobals Hände krampften sich vor Zorn fest um die Fotos, die sich bereits wellten, aber er würde sie ohnehin nicht zurücklegen, um so zu tun, als hätte die Dark Defence die Suite nie betreten, sondern oberstes Ziel war, sämtliche Beweise zu vernichten.

Nanouk fand, dass Pavel auf dem Foto wie eine kleinere Version des Wesens Dante aussah. Grotesk und schaurig, nur dass Dante sich nie wieder in einen Menschen oder in einen Wolf hatte verwandeln können.

Plötzlich ging der Feueralarm los. Das Geräusch klang schrill und durchdringend, besonders für das empfindliche Gehör von Lykanthropen. Nanouk kämpfte gegen ihre Wölfin an, die sofort und rasant vor dem lauten Klingeln fliehen wollte. Aber jeder ihrer Schritte musste überlegt sein.

«Sie wissen, dass wir hier sind.» Besonnen nahm Kristobal die beiden USB-Festplatten an sich. Er reichte Canis die vier Speicherkarten und Mila die Kamera, damit sie die darin befindliche Speicherkarte an sich nahm. Nanouk übergab er die Fotos. «Passt gut darauf auf. Lasst sie unter keinen Umständen fallen und kommt nicht auf die Idee, sie zu verstecken, um sie später zu holen. Wir nehmen jetzt alles mit, um noch heute Nacht die Dateien zu sichten und zu vernichten.»

Nanouk nickte und schob den Umschlag in ihren Hosenbund. Sie hatten die Beweise, welche die Skua über die Existenz von Werwölfen gesammelt hatten, aufgestöbert. Doch das war nichts wert, wenn sie es nicht schafften, sie aus dem Gebäude zu bringen und zu zerstören. Abgesehen davon, dass es wichtig war, herauszufinden, was die Skua über die Gestaltwandler wussten, blieb ihnen keine Zeit, mit der Vernichtung sofort zu beginnen, denn die Jäger pirschten sich bereits an. Nanouk spürte sie kommen. Ihre Nackenhaare richteten sich auf und ihre Wölfin trat dicht an die Oberfläche. Mit Gewalt zwang Nanouk sie soweit zurück, dass keine äußerlichen Anzeichen zu sehen waren.

Musik war zu hören, irgendwelche mystischen Choralgesänge, ähnlich denen, die während der Mitternachtsshow gespielt wurden. Kamen sie aus dem Korridor oder einem Nachbarzimmer? Durch den Alarm hatte Nanouk Probleme, die Quelle auszumachen.

Es dauerte einen Moment, bis Kristobal in seine Jackentasche griff und sein Mobiltelefon hervorzog. Als er den Anruf annahm, verstummten die Gesänge. Er meldete sich, hörte zu und gab ein Murren von sich. «Lenkt ihn ab. Wir übernehmen die Skua.»

«Dieser Jerk steht vor der Tür», sagte er, nachdem er aufgelegt hatte, und meinte den Reporter damit. Er steckte sein Handy zurück in die Tasche. «Rafaela und Nubilus kümmern sich um ihn. Wahrscheinlich war er es, der eben versucht hat, in der Suite anzurufen, weil er vor dem Hotel steht, um das hier abzuholen.»

Nanouk war sich nicht sicher, ob er über ihren Bauch strich, um auf die unter dem T-Shirt verborgenen Fotos anzuspielen oder um die Gelegenheit zu nutzen, sie zu berühren. Ihre Körpertemperatur stieg jedenfalls um einige Grad an. Der Versuch, sich einzureden, dass die Anwesenheit der Jäger die Ursache war, scheiterte bereits im Ansatz.

«Lasst uns machen, dass wir wegkommen.» Canis öffnete die Tür und ließ Mila mit einer ausladenden Geste den Vortritt.

Lächelnd nahm diese das Angebot an, stolzierte hüftschwingend in den Flur und sprang zurück ins Zimmer. «Scheiße! Sie haben Waffen.» Sie warf die Tür zu und verriegelte sie von innen.

Die Jäger schrien wutentbrannt auf. Ein Knall war zu hören, einer der beiden musste mit der Faust gegen eine Zimmertür geschlagen haben. Im nächsten Moment sprinteten sie los. Sie traten vor Zorn so kräftig auf, dass es so klang, als würden zwei Nashörner auf die Ecksuite zugerannt kommen.

Ohne lang zu überlegen und Zeit zu verschwenden, rannte Canis zum Sideboard und schob es in Richtung Tür. Weil er zu langsam voran kam, stieß Kristobal ihn zur Seite, hob die Anrichte hoch und trug sie zum Eingang, als würde es sich um ein Nachttischchen handeln, und versperrte ihn damit. Seine übernatürliche Stärke, die sogar über die eines Werwolfs hinausging, beeindruckte Nanouk, doch gleichzeitig sammelte er weitere Minuspunkte bei Canis.

Da sich die Dark Defence nur die Ersatzschlüsselkarten hatte aushändigen lassen, damit die Skua nicht sofort wussten, dass sich Eindringlinge in ihren Zimmern befanden, hatten die Jäger ebenfalls Schlüsselkarten. Die Türen waren kein Hindernis für sie, wohl aber, wenn ein Schrank davorstand.

«Ihr seid euch schon bewusst, dass ihr uns gerade den Fluchtweg versperrt habt?», fragte Nanouk gespielt naiv. Sie und ihre Wölfin waren sich einig, dass sie einem Kampf nicht aus dem Weg gehen würden. Sich zu verbarrikadieren passte ihnen nicht!

«Es gibt uns wertvolle Sekunden, um einen Plan zu entwerfen.» Sanft knuffte Canis sie in die Seite.

Mila zeigte zur Tür und hielt Zeige- und Mittelfinger hoch. «Es sind nur zwei, aber sie haben ihre Handfeuerwaffen schon im Anschlag. Der eine telefoniert gerade.»

«Und ruft die anderen Skua», führte Canis den Satz zu Ende.

Doch Nanouk glaubte an eine andere Theorie: «Oder koordiniert sie, denn sie werden von mehreren Seiten aus angreifen – wie ein Rudel Wölfe. Wir müssen schleunigst hier weg!»

«Sie haben den Feueralarm ausgelöst, um keine Unschuldigen zu verletzen, denn sie sind bereit, jederzeit zu schießen, seid euch dessen bewusst.» Eindringlich schaute Kristobal jeden einzelnen an. «Canis, du wirst das Sideboard wegziehen, Nanouk, du öffnest blitzschnell die Tür, und Mila und ich, wir nutzen das Überraschungsmoment und stürzen uns auf sie, bevor ihre Rückendeckung eintrifft.»

«Kommt gar nicht in Frage.» Was erlaubte sich dieser Kerl! Nanouk war außer sich. Sie sollte die Tür öffnen? Für mehr war sie nicht zu gebrauchen, sah Kristobal das so? «Ich gehöre in die erste Reihe, in den Angriff ...»

Plötzlich hörte der Feueralarm auf. Totenstille trat ein. Nanouks Timberwölfin wurde unruhig, denn auch sie spürte, dass etwas nicht stimmte. Keine Schritte, kein wütendes Gebrüll, nichts. «Wieso sind die Skua nicht mehr zu hören?»

Kaum hatte sie die Frage ausgesprochen, fielen die ersten Schüsse. Doch die Skua schossen nicht auf den Eingang, dieser war unversehrt. Nanouk flog herum und sah, dass der Vorhang Löcher hatte. Das Adrenalin brachte ihre Timberwölfin an die Oberfläche. Ihr Puls schlug schneller, aber die Aufregung übernahm nicht die Kontrolle über ihren Körper, dafür war sie eine zu geübte Kämpferin.

Kristobal, Canis und Mila brachten sich aus der Schusslinie, während Nanouk mit einem Satz neben dem Vorhang war. Ein Ruck und sie hatte ihn abgerissen. Wieso die Mühe, ihn zur Seite zu schieben? Er musste ohnehin ausgetauscht werden.

Die Verbindungstür dahinter sah aus wie ein löchriger Käse. Schatten bewegten sich dahinter. Nanouk roch das Blei und den Skua, es war nur einer, der andere musste hinter der Eingangstür lauern. Sie hörte ihn hecheln und witterte das Jagdfieber, das seine Körpertemperatur ansteigen ließ, und seine Erregung, aber auch seinen Angstschweiß. Doch dann fiel Nanouk auf, dass sich die Einschusslöcher nur in der Nähe des Schlosses befanden. Der Skua verlagerte sein Gewicht von einem Fuß auf den anderen.

Einen Atemzug später ging das Schloss kaputt. Er hatte die Tür, die nur aus zwei dünnen Spanplatten bestand, aufgetreten. Seine Pistole tauchte als erstes in Nanouks Sichtfeld auf. Er hielt sie mit beiden Händen fest und hatte die Arme nach vorne gestreckt, als er in die Suite trat.

Nanouk zögerte keine Sekunde. Noch während sie ihren Kopf zu seinen Händen herabneigte, verwandelte sich ihr Gebiss in das eines Wolfes. Ihr wuchsen spitze Fangzähne und messerscharfe Reißzähne, mit denen sie problemlos das Handgelenk des Mannes hätte durchtrennen können. Blutdurst ließ sie erschaudern. Sie wollte ihn beißen, ihm wehtun, ihn aufhalten, ihn in die Schranken weisen, seine Herausforderung annehmen und über ihn siegen ...

«Nanouk!», rief Kristobal warnend.

Als hätte seine Stimme ihre Vernunft wieder eingeschaltet, stoppte sie rechtzeitig und riss ihrem Opfer stattdessen das Handgelenk mit ihren Krallen auf. Denn ihr Biss hätte ihn infiziert. Durch den Alphavampir war die Katastrophe gerade noch abgewandt worden.

Schmerztrunken schrie der Skua auf. Zuerst versteiften sich seine Finger krampfartig, dann begannen sie unkontrolliert zu zittern wie bei einem epileptischen Anfall. Sein Gesicht färbte sich rot. Die Pistole entglitt ihm.

Nanouk richtete sich wieder auf und konnte nur schwer ein triumphierendes, höhnisches Wolfsgeheul unterdrücken. Kraftvoll rammte sie ihm ihr Knie in die Magengrube. Er krümmte sich, so dass Nanouk auf seine vor Schweiß glänzende Halbglatze herabsah. Selbst der Haarkranz, der seine Seiten und den Hinterkopf bedeckte, war feucht. Inzwischen stank er nur noch nach Angst.

Der Rausch der Kampflust erfasste Nanouk. Sie schlang ihre Finger ineinander und schlug dem Skua ihre Faust in den Nacken. Jammernd fiel er auf sein Wohlstandsbäuchlein. Er wand sich vor ihren Füßen wie ein Wurm und hielt den Arm mit dem blutenden Handgelenk mit der anderen Hand fest.

Kristobal stand auf einmal neben Nanouk. Mit grimmiger Miene packte er den beleibten Mann, hob ihn hoch und schleuderte ihn durch den Wohnbereich ins Schlafzimmer, wo er gegen die Wand krachte, wie ein nasser Sack auf das Bett fiel und bewegungslos liegenblieb.

«Das war nicht nötig», keifte sie, nachdem sich ihr Gebiss zurückgebildet hatte. Vor ihrem geistigen Auge lief der Film noch einmal ab. Der Skua war keineswegs eine Bohnenstange und trotzdem hatte Kristobal ihn durch zwei Räume geschleudert. Durch zwei! Das Rudel musste sich vor ihm vorsehen. «Er lag schon auf dem Boden.»

«Aber er war nicht bewusstlos und hätte uns noch gefährlich werden können.»

Einen Moment lang dachte Nanouk, Kristobal wollte ihr drohen, da er sie gegen die Wand neben dem Vorhang drängte, doch er kickte lediglich die Waffe unter das Sofa.

«Jetzt sind wir dran.» Bevor der Alphavampir widersprechen konnte, nickte Canis Mila zu und zog kräftig an dem Sideboard.

Die Vampirin reagierte sofort, als wären sie und der Werwolf schon seit einer halben Ewigkeit im Kampf vereint. Sie riss die Eingangstür so pfeilschnell auf, dass der dahinterstehende Jäger, der seinen Kopf nach links gedreht hatte und seinem Kumpel gerade zurief: «Hinthrone, alles o...?», mitten im Wort abbrach. Er war genauso bullig wie der Bison, der auf seinem Sweatshirt abgebildet war.

Es waren eigentlich nur Sekundenbruchteile, in denen er mit der Waffe im Anschlag wie erstarrt dastand, aber die reichten, um seinen Vorteil – die Pistole – zunichte zu machen, denn Canis zögerte nicht.

Knurrend packte er das Handgelenk des Büffels und zerrte ihn schwungvoll ins Zimmer. Der Bulle stolperte vorwärts. Er war Canis' Attacke hilflos ausgeliefert, weil der Werwolf zielsicher und furchtlos vorging. Sein Knie traf das Handgelenk des Skuas so hart, dass ein Knacken zu hören war. Die Waffe fiel durch den Schwung auf den Sessel, wo Mila sie augenblicklich mit einem Kissen zudeckte. Genauso kompromisslos wie Canis rammte sie dem Bison ihren spitzen Stiefel in den Bauch. Daraufhin schleuderte Canis den Bullen herum, als wäre er ein Fliegengewicht. Als die Wirbelsäule des Bullen hart auf den Boden knallte, jaulte der Skua vor Schmerz auf. Er wölbte seinen Rücken durch, biss die Zähne fest zusammen, und schaute Kristobal, der sich über ihn beugte, aggressiv an.

Der Alphavampir fasste sein Kinn und hob es an. Dann versenkte er seinen Blick in den des Büffels – mehr trat er nicht. Nach einer Weile entspannte sich der Skua, als hätte Kristobal ihm geholfen, ein enges Kleidungsstück, das ihm den Atem raubte, abzustreifen. Jegliche Aggressivität verschwand aus seiner Mimik. Seine Lider flatterten. Er gähnte und schmatzte wie ein Baby. Nachdem der Alphavampir ihn losgelassen hatte, erhob sich der Bison, schlurfte ins Schlafzimmer und legte sich neben Hinthrone ins Bett.

«Wenn er immer so laut schnarcht, frage ich mich, wie sein Zimmernachbar es mit ihm aushält?», frotzelte Nanouk.

Der Spott in Kristobals Stimme war unüberhörbar. «Besser?»

«Besser als einen Mann quer durch das Zimmer zu schleudern und ihm dabei versehentlich das Genick zu brechen?» Bei aller Feinseligkeit hoffte sie, dass Hinthrone nicht mehr als die Kratzwunde davontrug, sobald er aufwachte. «Auf jeden Fall eleganter.»

«Es kostet wertvolle Sekunden. Seit wann gehen Wölfe rücksichtsvoll mit Gegnern um?» Wie ein Geier legte er den Kopf schräg.

«Seit ein Mensch Teil ihrer Persönlichkeit ist. Wir sind keine Schlächter!» Sie schnaubte. «Wo ist die Zivilisiertheit, mit der ihr Vampire euch rühmt?»

Er fasste ihr Kinn mit Daumen und Zeigefinger und hob ihr Gesicht an. «Pass auf, was du sagst, meine Hübsche.»

Nanouk linste automatisch zu Canis, um seine Reaktion zu prüfen. Doch anstatt eifersüchtig zu werden, flirtete er schon wieder mit Mila. Einer Vampirin! Die mithilfe von Kontaktlinsen eine Augenfarbe wie Frostschutzmittel hatte.

«Wir sind kein schlechtes Team.» Canis bemühte sich um sein charmantestes Lächeln.

Doch Mila blieb nicht einmal neben ihm stehen, sondern stolzierte an ihm vorbei in den Nachbarraum. «Den Wurm hätte ich auch allein niedergestreckt.»

Mürrisch dackelte Canis hinter ihr her.

Kristobal berührte Nanouks Arm, damit sie den beiden folgte, doch sie schüttelte seine Hand ab und fletschte ihre Zähne. Fragend hob er seine Achseln, doch sie hatte keine Lust auf Erklärungen und ließ ihn einfach stehen.

Obwohl niemand ihr Vorwürfe machte, dass sie Hinthrone fast angesteckt hätte, schämte sich Nanouk in Grund und Boden. Sie hatte ihr Tier nicht mehr unter Kontrolle gehabt. Der Instinkt war stärker als die Vernunft gewesen. Das war ihr schon lange nicht mehr passiert.

Eine Stimme zischte in ihr: «Siehst du nun, wohin Schwäche führt?» Das war alles nur Kristobals Schuld. Er hatte ihr den Floh ins Ohr gesetzt, dass es nicht schlimm war, schwach zu sein, doch er lag falsch. Vielleicht, aber nur vielleicht, lag es auch an dem Virus.

Der Alpha holte auf und schritt an der Spitze der kleinen Gruppe durch den Korridor, als wollte er seine Führungsposition klarstellen. Da sie schon zu viel Zeit vergeudet hatten, fielen sie in einen Laufschritt. Nanouk bereute es, ihren Parka nicht im Wagen gelassen zu haben, denn sie schwitzte. Immer wieder musste sie den Umschlag mit den Fotos herunterdrücken, weil er durch das Laufen hochrutschte. Je näher sie dem Aufzug kamen, desto mulmiger wurde ihr. Wo verstecken sich die restlichen vier Skua? Kristobal würde doch wohl nicht den Aufzug wählen? Der Zugang zum Treppenhaus befand sich gleich daneben.

Plötzlich wurde eine Tür weit aufgerissen. Nanouk konnte zwar noch in letzter Sekunde ihre Arme hochreißen, trotzdem prallte sie schmerzhaft mit den Armen und der Stirn gegen die stahlharte Feuerschutztür. Ihr wurde schwarz vor Augen. Ein Tritt gegen die Beine holte sie von den Füßen. Keuchend fiel sie auf den Boden und war froh, seit dem Angriff von Hinthrone ihre Krallen noch nicht eingezogen zu haben. Schützend hielt sie ihre Klauen vor das Gesicht.

«Geh nicht zimperlich mit ihr um! Sie ist keine Frau, sondern ein Werwolf», schrie ein Mann mit Reibeisenstimme aus der Richtung des Skywalks und eröffnete das Feuer.

Als würde das eine das andere ausschließen, dachte Nanouk und sah zum Glastunnel. Zwei Weiße und ein Farbiger kamen auf sie zugerannt. Mitleidslos schossen sie auf Kristobal, Mila und Canis, die gezwungen waren, weiterzurennen, um nicht getroffen zu werden. Werwölfe waren zwar in der Lage einige Schussverletzungen zu überstehen, an denen reine Menschen starben, weil der Wolf ihnen zusätzlich Stärke verlieh und die Heilung beschleunigte, aber einen Schuss ins Herz oder in den Kopf konnten auch Lykanthrophen nicht überleben. Vampire offensichtlich auch nicht. Denn Kristobal blieb zwar stehen, kam ein Stück auf sie zu, die Hände ausgestreckt, um ihr hochzuhelfen, musste dann aber doch den Rückzug antreten, weil ein Pistolenkugelhagel auf ihn abgefeuert wurde.

Nanouk musterte ihren Angreifer und fragte sich, ob der Mexikaner, der sich vor ihr aufbaute, eine Perserkatze besaß. Es hieß doch, dass die Besitzer ihren Tieren mit der Zeit immer ähnlicher wurden. Sein Gesicht und besonders seine Nase waren so platt, als hätte er einen fahrenden Zug geküsst. Schnaufend rang er nach Atem und öffnete schließlich seinen Mund, um mehr Luft zu bekommen. Sein Schnurrbart bedeckte seine Oberlippe, Speichel sammelte sich in den Mundwinkeln.

Der Kerl musste Montalbán sein. Das war der einzige mexikanische Name, den Kristobal genannt hatte, als er die Nachnamen der sechs Skua aufgezählt hatte.

Die Tür fiel krachend ins Schloss und die drei Männer waren fast bei ihr angekommen. Mit einem Satz sprang Nanouk auf ihre Füße, ohne sich mit den Händen abzustemmen oder zuerst auf die Knie zugehen.

Erstaunt über ihre Beweglichkeit, gab Montalbán nur einen Pfiff von sich, anstatt anzugreifen. Nanouk schlug zuerst seine Hand gegen die Wand, so dass er seine Halbautomatik fallen ließ, dann trat sie ihm kräftig ins Gesicht, das wie gemacht für ihren Schuh erschien. Nun war das Erstaunen auf ihrer Seite, denn ohne auch nur einen einzigen Laut von sich zu geben, wankte sein birnenförmiger Körper gewaltig. Doch er fiel nicht hinten über, sondern fing sich wieder, schnellte wie ein Kegel hoch und pendelte aus.

«Scheiße.» Prüfend sah sie zu Kristobal. Zu weit weg! Dann zu den Männern, die nur noch wenige Schritte von ihr entfernt waren. Während zwei sie ignorierten und nach rechts abbogen, war der dritte stehen geblieben und zielte mit einem altmodischen Colt auf sie.

Ihr Herz schlug ihr bis in den Hals. Schweiß lief ihren Nacken herab. Die verschiedenen Möglichkeiten ratterten durch ihr Hirn. Es sah nicht gut für sie aus. Aber sie würde niemals kampflos aufgeben!

Nanouk rempelte den Mexikaner an der Schulter an, brachte ihn dadurch zwischen sich und den Schützen und jagte geduckt hinter ihm durch. Der erste Schuss zerfetzte den Ärmel ihres Parkas, bevor sie in Windeseile die Feuerschutztür einen spaltbreit öffnen konnte und hindurchschlüpfte. Der zweite Schuss prallte neben ihrem Ohr von der Stahlzarge ab.

Hinter sich hörte sie Montalbán brüllen: «Sie gehört mir.»

Er musste die Tür abgefangen und aufgerissen haben, denn seine Stimme war direkt hinter ihr. Schon spürte sie einen Schlag im Rücken, der sie sofort niederstreckte. Nein, es war kein Schlag, sondern er hatte sich mit seinem gesamten Gewicht gegen sie geworfen. Durch den Nebel des Schmerzes glaubte sie im ersten Moment, dass der Aufprall ihr Rückgrat in die einzelnen Wirbel zerlegt hatte. Doch der Ärger über ihre Dummheit, milderte den Schmerz. Der Skua hatte sie wie ein Wolf ein Karibu von seiner Herde getrennt und niedergestreckt. Aber sie war der Werwolf! Das konnte sie nicht auf sich sitzen lassen.

Rasch sah sie sich um, um zu prüfen, wo sie war. Sie befand sich in einem zweiten Treppenhaus, einen Aufzug gab es auch. Da Schmutzmatten davorlagen, ging sie davon aus, dass dieser Bereich nur vom Personal genutzt wurde, was auch erklärte, weshalb kein Hinweis an der Tür hing.

Nanouk biss die Zähne zusammen, stand auf und drehte sich um, als Montalbán auch schon auf sie zugelaufen kam, den Arm seitlich vom Körper gestreckt, wie ein Wrestler. Doch er hatte nicht mit ihrer Schnelligkeit gerechnet. Kurz bevor er sie erreicht hatte, duckte sie sich, so dass er nicht mehr anhalten konnte. Er knallte gegen die Wand hinter Nanouk, stemmte sich jedoch sogleich ab und folgte ihr, schnaufend vor Anstrengung und Wut.

Nanouk flüchtete zwei Treppenstufen nach unten, bereit, sich abzustoßen und die restlichen Stufen mit einem Satz zu nehmen, als der Jäger ihre Haare griff und sie zurückzog. Der Schmerz stach wie tausend Nadelstiche in ihren Hinterkopf. Hektisch ruderte sie mit ihren Armen, um ihr Gleichgewicht wiederzufinden, doch sie kam nicht dazu. Ihr Angreifer schlug ihr so hart mit der flachen Hand ins Gesicht, dass der Schlag sie von den Füßen holte.

Erneut ging Nanouk zu Boden. Das dritte Mal innerhalb kurzer Zeit. Das machte sie sauer. Sehr sauer. Außerdem brannte ihre rechte Wange wie Feuer. Sie würde ja wohl noch mit *einem* Mann fertig werden. Zumindest bevor das Virus sie befallen hatte, war das kein Problem gewesen. Nun jedoch war sie außer Atem, ihre Arme zitterten und ihre Beine waren wie Gummi. Sie bekam mit einem Mal Angst. Konnte sie schon so weit geschwächt sein, dass sie Montalbán unterliegen würde? Was würde er mit ihr machen – sie töten oder zu Stafford, seinem Alpha, bringen? Was erwartete sie dann – der Tod, Experimente oder die Auslieferung an die Medien?

Montalbán leckte sich die Speicheltropfen aus dem Oberlippenbart. Mit hochrotem Gesicht zog er ein Jagdmesser aus seinem Stiefel. Dann war er über ihr.

Nanouk mobilisierte ihre Kraftreserven. Mit einem wütenden Aufschrei zog sie ihre Beine an, streckte sie im richtigen Winkel wieder ab und stieß den Mexikaner mit einer Kraft weg, die nur eine Werwölfin besaß.

Überrascht taumelte er rückwärts. Er schwankte erneut wie ein Kegel. Doch diesmal ließ Nanouk keine wertvolle Zeit verstreichen, sondern stand auf und sprang ihn mit gestreckten Beinen an, so dass ihre Füße zielgenau seine Knie trafen.

Montalbáns Schmerzschrei war Musik in Nanouks Ohren. Der Schrei hörte abrupt auf, als der Mexikaner nach hinten kippte, die Treppe herunterfiel und am unteren Ende liegen blieb. Das Messer lag neben seinem Kopf. Schade, dass es nicht darin steckt, dachte Nanouk und wagte noch nicht zu triumphieren. Der Skua war ein zäher Bursche.

Stöhnend stützte er sich mit den Händen ab und hob seinen Oberkörper an. Wie das eiskalte Händchen der Addams Familie liefen die Finger seiner rechten Hand automatisch zum Messer, ohne dass er hinsah. Das Gesicht vor Qual und Zorn verzerrt, schaute er zu ihr auf. Wenn Blicke töten könnten, wäre Nanouk in diesem Moment leblos zusammengebrochen.

Hinter der Feuerschutztür wurde noch immer geschossen. Nanouk stellte sich vor, dass Kristobal sie nicht zurücklassen wollte und sich den Weg zu ihr erkämpfte. Mit Sicherheit wusste sie das natürlich nicht. Der Wunsch war Vater des Gedanken. War sie dem Alphavampir wichtig genug, um sich selbst in Gefahr zu begeben? Sie gehörte nicht zu seiner Gefolgschaft, war nicht einmal eine Vampirin, und dass er nicht viel auf die Dark Defence gab, war ihr klar. Es handelte sich nur um eine Zweckgemeinschaft, die das gemeinsame Ziel verfolgte, die Skua loszuwerden. Möglicherweise mussten Opfer dafür gebracht werden. War er so skrupellos?

Nanouk hatte sich noch nie auf andere verlassen. Am Treppenabsatz rappelte sich Montalbán schon wieder auf, und zurück in den öffentlichen Bereich des Hotels konnte sie nicht, also blieb ihr nur die Flucht aufs Dach.

Hastig nahm sie jeweils drei Stufen auf einmal und zog sich zusätzlich mit der rechten Hand hoch. Hinter sich hörte sie den Mexikaner. Seine Schimpftiraden gingen in seinem Schnaufen unter. Sie schaffte die beiden Etagen innerhalb weniger Sekunden. Glücklicherweise war die Tür, die auf das Dach führte, nicht abgeschlossen. Mit wild pochendem Herzen trat Nanouk ins Freie und warf die Tür hinter sich zu. Sie schaute sich panisch um, denn sie musste etwas finden, womit sie den Ausgang versperren konnte.

Was für ein Müllberg! Hier oben standen ausrangierte Kommoden, kaputte Stühle, und sogar ein Waschbecken lag mitten im Sperrgut. Das Hotel sparte offensichtlich die Entsorgungsgebühren, indem der Schrott einfach dorthin gestellt wurde, wo ihn niemand sah: auf das Dach. Die Gebäude in der Umgebung waren zum Großteil Geschäfte und alle niedriger. Genau darin lag das Problem für Nanouk. Wie sollte sie von hier oben wegkommen?

Als sie sich umschaute, entdeckte sie neben dem Aufgang einen mehrtürigen Spind, wie er in den Umkleiden der Angestellten zu finden war. Es kostete sie wertvolle Sekunden, ihn vor die Tür zu ziehen, doch sie schaffte es rechtzeitig. Montalbán warf sich dagegen. Tür und Schrank erzitterten und gaben einige wenige Millimeter nach. Keine guten Aussichten. Der Mexikaner würde nicht lange brauchen, um die Barriere zu überwinden. Die Schranktüren schwenkten auf, eins der Scharniere brach ab. Der Skua rammte die Tür erneut.

Nanouk musste runter vom Dach! So schnell wie möglich. Sonst würde Montalbán zuerst den Schrank auseinandernehmen und dann sie.

Sie bahnte sich einen Weg durch den Schutt, der den Eingang zum Treppenhaus umgab wie eine Corona. Nachdem sie den Ring hinter sich gelassen hatte, war der Weg zum Glück frei. Flink wie ein Wiesel rannte sie zu der Seite, auf dem sich der Glastunnel befand, und sah nach unten. Eine Etage hätte sie locker runterspringen können, doch zwei Etagen waren auch für einen Werwolf zu viel. Selbst wenn sie den Mut aufbringen würde, es zu versuchen, standen ihre Chancen schlecht, denn der Tunnel war kreisrund. Das Risiko abzurutschen, besonders bei diesen Wetterverhältnissen, war zu hoch.

Plötzlich sah sie einen Mann durch den Skywalk gehen. Er war hochgewachsen und ganz in Schwarz gekleidet. Eine imposante, finstere Erscheinung, die durch das futuristische blaue Licht, das in den Fußboden eingelassen war und den Weg über die Brücke säumte, noch unheimlicher wirkte. Kristobal!

Rasch lief sie zu den Möbeln, riss eine Schublade aus einem Nachttisch und kehrte zum Rand des Dachs zurück. Bevor der Alpha im Nebengebäude verschwand, ließ sie die Schublade fallen. Sie krachte auf den Glastunnel. Erschreckt zuckte der Vampir zusammen und schaute nach oben. Eine Weile stand er einfach nur da und legte seinen Kopf immer wieder schräg wie ein Geier. Dann ging er weiter.

Nanouk fluchte. Hatte er sie nicht gesehen? Vermutlich nicht.

Fünf Etagen unter ihr rannte Jerkins hinter Nubilus her und Rafaela hinter Jerkins. «Was zur Hölle spielen die denn?» Die drei tauchten in einer Gasse unter. Nanouk hatte keine Chance, sich bemerkbar zu machen.

Hinter ihr schepperte es. Sie drehte den Kopf und schaute über ihre Schulter zur Tür. Der Schrank wackelte gefährlich. Er musste durch Montalbáns gewaltigen Aufprall nach vorne und wieder zurückgekippt sein. Es würde nicht mehr lange dauern, bis der Spind umfiel. Nanouk nahm selbst über die Entfernung wahr, dass der Skua vor Zorn immer mehr der Raserei verfiel. Sie wappnete sich für einen Kampf!

Schritte waren auf dem gegenüberliegenden Dach zu hören. Sie konnte es kaum glauben, als Kristobal bis an den Rand ging und ungeduldig seine Arme ausbreitete. «Worauf wartest du? Du musst springen.»

«Das ist zu weit.» Nanouk warf einen Blick nach unten. Den Sturz würde sie nicht überleben.

«Dein Wolf schafft es.»

«Auch er nicht.»

«Du musst mehr an ihn glauben.»

«Das sagst du mir?»

Es schepperte. Nanouk flog herum. Der Spind war umgekippt und auf das Waschbecken gefallen. Ihr kam es vor, als würde sich die Tür zum Treppenhaus in Zeitlupe öffnen. Montalbán! Der Weg war frei für ihn.

«Halt den Mund und spring.» Hektisch winkte Kristobal sie zu sich. Doch er sah nicht sie an, sondern fixierte die Tür. Mit einem lauten

Knall schwang diese wieder zu, bevor der Mexikaner ins Freie getreten war. «Mach endlich! Ich werde ihn nicht lang aufhalten können. Telekinese ist bei mir mehr ein Reflex, keine bewusste Kontrolle, zumindest noch nicht.»

Ihr Körper bebte vor Aufregung, als sie Boots und Parka abstreifte und in die Schlucht zwischen den beiden Hälften des Hotels warf, damit sie später wenigstens etwas anzuziehen hatte. Das war nicht die alte Nanouk. Noch nie war sie so unsicher, so nervös und aufgelöst gewesen wie jetzt. Der Drang, zur Toilette zu gehen, meldete sich wieder. Am liebsten hätte sie sich auf der Stelle übergeben. Aber sie kämpfte den Virus mit jedem Schritt nieder, den sie sich vom Abgrund entfernte, um Anlauf zu holen.

Es kostete sie immens viel Kraft, die Angst zu verdrängen. Als sie parallel zur Tür stand, nur getrennt von ihr durch den Haufen ausrangierter Möbel, klapperte die Tür bereits. Lange würde Kristobal sie nicht mehr geschlossen halten können. Montalbán hatte sogar schon die Messerklinge dazwischengestoßen, seine Fußspitze folgte, und die Tür stand einen Spalt breit offen, durch die sich ihre Blicke begegneten. Der Hass, der ihr entgegenschlug, war der Startschuss für sie.

Nanouk nahm den Umschlag mit den Beweisfotos zwischen die Zähne und lief los.

Ihre Timberwölfin musste nicht lange gebeten zu werden, sondern glitt wie selbstverständlich an die Oberfläche. Stück für Stück übernahm sie die Kontrolle. Nanouks menschlicher Körper begann sich zu verformen, aber so geschmeidig, als wäre sie aus Ton. Sie glitt sanft von einer Daseinsform in die andere. Ihre Kleidung zerriss wie ein Kokon. Ihr wuchs ein dreifarbiges Fell und es dauerte nicht lange und sie lief auf allen vieren. Andere Werwölfe quälten sich, weil sie sich innerlich gegen die Wandlung wehrten, aber für Nanouk war sie beinahe wie Sex. Es erregte sie, ihr zweites Ich zu zeigen, denn sie akzeptierte die Wölfin in ihr nicht nur, sondern sie liebte sie. Sie war nicht ein Teil von ihr, sie waren eins. Dadurch wurde das Gestaltwandeln zu einem fließenden Prozess, den sie so gut beherrschte, wie kein anderer Lykanthrop, den sie kannte.

Sie war die einzige aus dem Rudel, die sich im Laufen verwandeln konnte.

Als Nanouk am Rand des Dachs ankam und sich mit den Hinterpfoten abdrückte, vereinte sich die Kraft des Menschen mit der des Tieres. Alles, was sie sah, war Kristobal, der sie magisch anzog. Er war ihr Ziel. Bei ihm wollte sie sein. Wenn er glaubte, dass sie es schaffte, die Schlucht zu überspringen, dann glaubte sie es auch. Sie vollendete ihre Wandlung während des Fluges. Nur knapp erreichte sie das Dach des zweiten Hotelgebäudes, aber immerhin erreichte sie es. Doch sobald sie hinter dem Abgrund aufsetzte, rutschten ihre Pfoten auf dem nassen Boden aus, ihre Beine knickten ein und sie jaulte auf, brach sich jedoch nichts.

«Schnell.» Begleitet von Montalbáns Gebrüll, der über die Möbel-Corona stolperte, lief Kristobal zur Tür und hielt sie auf.

Nanouk ignorierte ihre schmerzenden Glieder und jagte ins Treppenhaus. Erneut rutschte sie aus und schabte aufjaulend an der Zarge vorbei. Noch während sie die erste Treppe heruntersprang, verwandelte sie sich wieder zurück in einen Menschen, um sich nicht alle vier Beine zu brechen, denn für einen Wolf kam das Laufen mit nassen Pfoten auf Betonstufen dem Schliddern auf einer Eisfläche bei Menschen gleich.

Zusammengekauert hockte Nanouk am Ende der Treppe. Ihre Fuß- und Armgelenke taten weh und an ihrer Schulter war ein Stück Haut abgeschabt. Kristobal eilte zu ihr, zog seinen Mantel aus und legte ihn ihr über die Schultern.

«Beeindruckend. Aber du kannst jetzt den Umschlag aus dem Mund nehmen», sagte er amüsiert und nahm ihr die Fotos ab.

Siebzehn

Sie hatten es geschafft, hatten die Fotos, die USB-Festplatten und die Speicherkarten gestohlen und die Skua somit aller Beweise über die Existenz von Gestaltwandlern beraubt. Hoffentlich. Sicher konnten sie nicht sein. Gleichzeitig hatte sich Nanouk allerdings den Jägern als Werwolf geoutet. Sie kannten nun ihr Gesicht, wussten was sie wirklich war. Aber das Unheil war vorerst abgewendet!

Triumphierend lächelte Nanouk Kristobal an. Dann übergab sie sich.

Nun, da die Anspannung von ihr abfiel, fegte ein Krankheitsschub durch ihren Körper hindurch wie ein Blizzard. Halbnackt hockte sie im Treppenhaus des Hotels und zitterte, als wären es vierzig Grad unter null. Das Adrenalin, das beim Kampf freigesetzt worden war, hatte die Symptome des Virus' unterdrückt, doch jetzt kehrten sie intensiver als zuvor zurück. Das Blut rauschte in ihren Ohren, kalter Schweiß rann ihren Rücken hinab und ihr Magen krampfte sich zur Größe einer Trockenpflaume zusammen.

Kristobal hob Nanouk hoch und trug sie zum Wagen. Elendig hing sie in seinen Armen. Jeder Schritt, den er machte, war wie ein Erdbeben für sie. Die Erschütterungen lösten Kopfschmerzen aus. Ihr Herz pochte unruhig, obwohl sie auf der Heimfahrt still auf dem Beifahrersitz lag, den Kopf auf Kristobals Schoß gebettet.

Viel schlimmer jedoch war die Hilflosigkeit – die machte sie wütend. So wütend, dass sie im Nostalgia Playhouse schon wieder die Kraft fand, sich von Kristobals Bett, auf das er sie gelegt hatte, aufzurappeln und zu schimpfen: «Warum hast du mich hierher und nicht nach Hause gebracht?»

«Weil ich nicht weiß, wo das ist», antwortete er trocken und entledigte sich seines Schals und seiner Handschuhe.

«Canis und Nubi hätten es dir sagen können.»

«Ich hatte sie weggeschickt», er zuckte mit den Achseln und setzte eine Unschuldsmiene auf, «ich konnte sie nicht mehr fragen.»

Ausreden! Das Bett machte Nanouk nervös. In ihrer Verfassung konnte sie Kristobal nichts entgegenhalten. Zu allem Übel wollte ihre Wölfin mit dem Alphavampir den gemeinsamen Sieg feiern.

Zum Teufel, er ist nicht dein Alpha, ermahnte Nanouk sie stumm.

Sie zog seinen Mantel enger um ihren Körper. Ansonsten trug sie nichts, außer ihren Boots, die ihre Freunde vor der Abfahrt eingesammelt hatten. Aber im Theater war es sowieso wieder brütend heiß.

Als Kristobal bedächtig auf sie zuschritt und sie von oben bis unten musterte, begann es zwischen ihren Schenkeln zu prickeln. «Willst du den Mantel nicht ausziehen? Dein Gesicht ist schon gerötet vor aufgestauter Wärme.»

«Das kommt nicht von der Zimmertemperatur.» Sondern von dem Verlangen, das ihre Timberwölfin verströmte.

Doch Kristobal missverstand. Seine Kiefer malten, bevor er zerknirscht fragte: «Dich hat das Virus erwischt, nicht wahr? Gib es zu.»

Sie schwieg. Nicht aus Trotz, sondern weil sie es nicht wahrhaben wollte.

«Ich hab dir schon einmal geschworen, deine Schwäche nicht auszunutzen. Das gilt auch jetzt.» Sein Handrücken streifte zärtlich ihre Wange.

Nanouk öffnete ihren Mund und schloss ihn wieder, ohne ein Wort gesagt zu haben.

«Verdammt!» Er ballte seine Hände zu Fäusten, als wäre das Virus ein Feind aus Fleisch und Blut. «Und ich trage Schuld daran. Indem ich dich verführt habe, habe ich das Unheil in dich hineingepflanzt. Es tut mir so leid!» Im ersten Moment troff seine Miene vor Mitleid und Verzweiflung, doch von einer Sekunde auf die andere wurde sein Gesichtsausdruck steinhart. «Ich werde die Skua zur Rede stellen, bis sie mir das Gegenmittel geben, das schwöre ich dir bei allem, was mir heilig ist.»

«Sie haben keins.» Jedes Wort schabte schmerzhaft über ihre Stimmbänder, als wären sie aus Schmirgelpapier.

«Wieso bist du dir so sicher?»

«Weil sie es nicht brauchen. Die Krankheit befällt keine Menschen. Tiere sind ihnen egal. Sie jagen sie, um des Tötens willen. Die Hunde und Wölfe, die sterben, nehmen sie als Kollateralschäden hin. Die Hauptsache ist, sie erreichen ihr Ziel: Werwölfe niederzustrecken.»

Gefühlvoll, als hätte er Angst, ihr in ihrem Zustand wehzutun, schlang er seine Arme um ihre Hüften und schmiegte sich an sie. «Aber wir müssen etwas tun!»

«Du hast doch gesehen, dass Lupus allen Rudelmitgliedern Blut abgenommen hat ...», begann sie zaghaft. Tief sah sie ihm in die Augen.

Er leckte über seine Lippen, als wäre er durstig. «Um herauszufinden, wer von euch sich bereits angesteckt hat.»

«Und um Tests zu machen.» Nanouk erwähnte Camille lieber nicht, allerdings konnte sie zu diesem Zeitpunkt Adamo nicht mehr schützen. «Aber ein Gegenmittel herzustellen, ist nicht so leicht. Mit dem Blut infizierter Rudelgefährten hat es nicht funktioniert. Der Erreger ist bereits mutiert und konnte daher nicht in seiner Reinform extrahiert werden.»

Atemlos wartete sie auf eine Reaktion. Sein Blick veränderte sich, doch er schwieg.

«Nur ihr, die Vampire, tragt das Virus in seiner Reinform in euch, weil ihr die ersten wart, die sich ansteckten.» Ihre Hoffnung, er würde ihr entgegenkommen, bestätigte sich nicht.

«Was willst du mir damit sagen?» Seine Miene wirkte verschlossen.

«Wir brauchen dein Blut.»

«Auf keinen Fall.» Abrupt ließ er sie los und trat einen Schritt zurück.

«Nur wenige Tropfen.»

Mürrisch stapfte er zum Fenster und linste durch einen Spalt zwischen den Brettern, mit denen es zugenagelt worden war. «Ich werde Mila zu Lupus schicken.»

«Das hilft uns nicht weiter. Es muss dein Blut sein.»

«Auf keinen Fall. Mein Angebot steht. Mila oder niemand.»

Sie seufzte, weil sie jetzt jemanden verraten musste und das ihrer Moral widersprach, aber es ging nicht anders. «Wir haben schon Tests mit Adamos Blut gemacht und sie führten zu nichts.»

«Adamo?» Aufgebracht flog Kristobal herum.

«Wenn du ihn für diesen Freundschaftsdienst, den er Rufus geleistet hat, bestrafst, werde ich bei meinem nächsten Besuch einen Holzpflock mitbringen.» Ihr Scherz klang lahm. Kraftlos schleppte sie sich zu Kristobal und drückte sanft seine Oberarme. «Bitte, sei ihm nicht böse. Er hat ein gutes Herz und wollte uns helfen.»

Er blieb hart. «Ohne mich in einer solch wichtigen Angelegenheit um Erlaubnis zu fragen.»

«Wenn du uns nicht ein Röhrchen deines Blutes schenkst, werde ich sterben.» Nanouk ließ ihn los. Enttäuschung kämpfte mit Zorn. Welches Gefühl würde die Oberhand gewinnen?

Mit einem Mal war seine Stimme ganz weich. «So etwas zu sagen, ist nicht fair.»

«Es ist die Wahrheit!» Ihre Augen wurden feucht. «Dein Blut ist viel stärker als das aller anderen Vampire, sonst wärst du nicht ihr Alpha und hättest nicht Kräfte...»

«Scht.» Er zog sie wieder an sich und hielt ihr den Mund zu. «In Ordnung. Ich werde euch mein Blut geben, aber nur unter der Voraussetzung, dass du mit mir schläfst. Jetzt sofort, denn ich halte mein Verlangen nach dir nicht länger aus.»

Verwirrt runzelte sie die Stirn. Selbstverständlich fühlte sie sich geschmeichelt, weil er sie schmerzlich begehrte, aber die Erpressung nahm sie ihm krumm. Sie zerrte seine Hand weg. «Das kann nicht dein Ernst sein.»

Seine Stimme klang rau vor Lust. «Du willst mein Blut und ich will dich.»

«Ein Tauschhandel?» Sie war fassungslos. Hier ging es nicht um ein Geschäft, sondern um Leben und Tod. «Ein wenig makaber unter den gegebenen Umständen, meinst du nicht?»

Hauchzart küsste er ihre Stirn und drehte sich dann wieder um. «Ich weiß, du wirst darauf eingehen.» Er stützte sich mit beiden Händen auf der Fensterbank ab, als hätte er Mühe aufrecht zu stehen, weil eine schwere Last seine Schultern niederdrückte.

«Das muss ich wohl», zischte sie und hätte ihm am liebsten den Rücken blutig gekratzt. Innerlich war sie gespalten. Ihr Herz war auf

Watte gebettet, weil er sie besitzen wollte, wie ein Liebster seine Liebste, doch ihr Verstand rebellierte gegen diesen Pakt, da er einer Nötigung gleichkam.

Nanouk wollte nicht herausfinden, ob Kristobal sie tatsächlich ohne Blutprobe weggeschickt und somit dem Tode geweiht hätte, sollte sie den Handel ablehnen. Aus reinem Selbstschutz. Es hämmerte jetzt schon ein Schmerz in ihren Eingeweiden, der nicht vom Erreger verursacht wurde. Aber sie würde dem Alpha einen Strich durch die Rechnung machen!

Sie rief Lupus an, der zu ihrer Überraschung Rufus schickte und nicht selbst kam. Ihm ging es sehr schlecht. Das Virus der Skua beschleunigte seinen Krebs oder der Krebs beschleunigte das Virus; beides wirkte sich negativ auf die jeweils andere Krankheit aus, so dass es rapide mit Lupus' Widerstandskraft bergab ging.

Kristobal lehnte die Kanüle ab und riss sich stattdessen mit seinen filigranen Klauen das Handgelenk auf. Die Hälfte seines Blutes ging daneben, aber das kümmerte ihn nicht. Das Röhrchen verschloss er mit dem Stopfen und die Wunde mit seinem Speichel.

Nachdem er es Nanouk mit finsterer Miene überreicht hatte, ging sie sofort in den Korridor, wo Rufus auf die Blutprobe wartete. Doch er stand nicht mehr unmittelbar vor der Tür, sondern bei Adamo an der Abzweigung in einen anderen Gang.

Neugierig stellte er sich auf die Zehenspitzen. «Wow, du hast ja einen Ohrring! Ich dachte, das geht nicht, weil Ohrlöcher bei den Übernatürlichen genauso schnell zuwachsen wie Wunden.»

Trotz allem, was in dieser Nacht passiert war, musste Nanouk grinsen. Die Übernatürlichen – hatte er sich den Namen für die Werwölfe und Vampire ausgedacht?

«Klar kannst du dir Löcher machen lassen, aber wenn sie sich schließen, wächst der Ohrring fest wegen unserer schnellen Genesung. Meiner wurde so eingesetzt, dass er die Haut zurückhält und die Heilung blockiert. Das nennt man Fleischtunnel.» Eine zarte Röte färbte Adamos blassen Teint ein.

Rufus spähte durch das einen Cent große Loch und bemerkte Nanouk. «Darf ich auch einen Tunnel haben?»

«Falls der Ohrschmuck das Gestaltwandeln übersteht, würde ein Rotwolf mit einem Fleischtunnel zu viel Aufmerksamkeit erregen», antwortete sie und reichte ihm das Röhrchen.

Schmollend machte sich Rufus mit seinem Chauffeur Nubilus, der vor dem Playhouse parkte, auf den Weg zu Camille.

Nanouk atmete tief durch und kehrte in Kristobals Reich zurück. Ganz die Lady aus Eis würdigte sie ihn keines Blickes, legte den Mantel auf den Stuhl, der vor dem Sekretär stand, und streifte ihre Boots ab. In dem Spiegel, der in die Rückwand des Sekretärs eingelassen war, sah sie, dass Kristobal die Stirn runzelte und seine Arme verschränkte.

Sie legte sich mit dem Rücken auf sein Bett, die Arme dicht am Körper und die Beine geschlossen, und starrte zum Baldachin des Himmelbetts hoch. Wie ein Eisblock lag sie da. Äußerlich völlig regungslos strahlte sie Ablehnung aus. Doch innerlich summte ihr Verlangen eine betörende Melodie.

«Du kannst dich jetzt an mir bedienen», sagte Nanouk frostig, aber das lustvolle Pickeln in ihr schwoll an.

Achtzehn

Kristobal konnte ein Auflachen gerade noch unterdrücken. So, so, sie zeigte ihm also die kalte Schulter. Das würde sie nicht lange durchhalten. Er roch ihre Erregung. Sie war wütend auf ihn – verständlicherweise – und dennoch fühlte sie sich zu ihm hingezogen, das spürte er mit jeder Faser seines Körpers. Seine Sinne ließen ihn nicht im Stich. Doch er hatte auch den säuerlichen Geruch der Erkrankung gewittert, den sie bei ihrem Zusammenbruch verströmt hatte; in diesem Augenblick war er nur noch Erinnerung. Ihr ging es besser, aber sie war noch immer geschwächt – vom Kampf und vom Virus. Er würde ihr helfen, wieder Kraft zu schöpfen, auf seine eigene verführerische Art und Weise.

Betont langsam entkleidete er sich und spürte, dass Nanouk mit jeder Minute, die sie wartete, nervöser wurde. Er schloss in Seelenruhe die Zimmertür ab, entflammte einige Kerzen auf den beiden Nachttischen und schaltete das Deckenlicht aus, bevor er sich neben Nanouk auf das Bett setzte, sich ein wenig zu ihr hinabneigte und mit der linken Hand abstützte. Genüsslich betrachtete er ihre Rundungen.

Sein Geschlecht war schon halb erigiert. Wusste sie eigentlich, wie attraktiv sie war? Nanouk hatte behauptet, sie würde sich selbst sexy finden, aber es hatte mehr wie eine Schutzbehauptung geklungen. Vermutlich war sie überzeugter von ihrem kämpferischen Können als von ihrer Weiblichkeit.

Seine Fingerspitzen kreisten um ihre Hüftknochen, die nur herausstachen, wenn Nanouk auf dem Rücken lag, denn sie war keineswegs dürr, sondern durchtrainiert. Alles an ihr war fest, auch ihre kleinen Brüste, die er eine nach der anderen unter seiner rechten Hand vergrub. Diese Geste hatte etwas Besitzergreifendes, das ihn erregte. Es zuckte zwischen seinen Schenkeln, doch er würde seine eigene Lust zurückstellen und Nanouk erst nehmen, wenn sie bereit dazu war, ihn willkommen zu heißen. Als Kind hatte er Liebe immer als einen

Akt der Gewalt erlebt, deshalb wollte er es besser machen. Gefühlvoller, erotischer und voller aufrichtiger Leidenschaft.

Hatte er soeben an Liebe gedacht?

Die Erinnerungen an eine Zeit ohne Zuneigung kehrte schmerzhaft zurück, während er immer verlangender über die samtweiche Haut von Nanouks Dekolleté streichelte, seine Hand schließlich zwischen ihren Brüsten tiefer glitt und Kristobal ihren Busen behutsam von unten zusammendrückte, so dass die rosige Spitze ihm auf köstliche Weise entgegenwuchs. Ihm lief das Wasser im Mund zusammen.

Als Jugendlicher war Kristobal einen Kopf größer als seine Mitschüler gewesen, deshalb hatten sie es als Herausforderung betrachtet, ihn zu verprügeln. Mit Armen und Beinen dünn wie Streichhölzer war er zu schwach, um sich zu wehren, und zu ängstlich. Er zuckte unter ihren Schlägen und Tritten genauso zusammen, wie er es bei den Liebhabern seiner Mutter tat, die jedoch nie lang bei ihr blieben, da seine Mom nur ihrer Zigarettenmarke die Treue hielt. Dann passierte etwas, das er nie vergessen würde. Etwas, das ihn bis heute in seinen Albträumen quälte und das es ihm unmöglich machte, weiterhin bei seiner Mom zu wohnen. Also schmiss er die Schule und zog zu seinem Dad. Doch dort kam er vom Regen in die Traufe. Damals hatte er keine Perspektive gehabt und war ohne Aussicht auf ein Date oder gar das erste Mal gewesen. Nur der Traum, eines Tages allen zu beweisen, was in ihm steckte, hielt ihn am Leben.

Zärtlich strich Kristobal von Nanouks Schultern bis zu ihren Händen, seitlich an ihrem Hintern nach unten und tiefer über ihre Beine.

Und jetzt lag eine Traumfrau neben ihm. Er durfte es nicht vermasseln! Viele Frauen hatten in seinen Armen gelegen, doch sie hatten ihm nichts bedeutet, sondern waren in Wahrheit nur Balsam für sein verletztes, zurückgewiesenes Ego gewesen.

Aber Nanouk war eine stolze Amazone, die ihn begehrte, ihn, den Mann, nicht den mächtigen Vampir, das hatte er nach der ersten Vereinigung bemerkt. Ausgerechnet sie, die erste Frau, die ihm etwas bedeutete, musste er in dem Glauben lassen, dass er dem Rudel sein Blut nicht überlassen wollte, weil er ihnen misstraute und zu stolz war. Es ging nicht anders, eine andere Möglichkeit sah er nicht. Dabei fürchtete er sich nur davor, mehr über sich selbst zu erfahren, als ihm lieb war. Denn er war anders als die anderen Vampire. Er ahnte, was diese Andersartigkeit verursachte, aber das durfte niemand erfahren!

Seine Fingerspitzen kreisten um ihr Knie und tauchten behutsam zwischen ihren Beinen ab. Als Kristobal seine Hand durch die Spalte zwischen ihren Schenkeln nach oben zog, presste Nanouk ihre Beine zusammen, bevor er ihre Scham erreichte.

Er lachte leise. «Ich stecke fest.»

«Dein Problem.» Noch immer starrte sie zum Baldachin, doch sie hatte ihren Mund ein wenig geöffnet, als würde sie nicht genug Luft bekommen.

Kristobal war schwer beeindruckt von Nanouk und wollte nichts lieber als sie verwöhnen. Aber er wusste, dass sie sich ihm nur hingeben würde, wenn er sie dazu zwang. Weil er ihr nur widerwillig ein Röhrchen von seinem Blut überlassen hatte. Und weil es etwas in ihrer Vergangenheit gab, das sie vor zu viel Nähe zurückschrecken ließ. Was hatte sie nur Grauenhaftes erlebt?

Sie trugen beide unsichtbare Narben, das verband.

Er hatte eine diabolische Freude daran, sie aus der Reserve zu locken. Kraftvoll stieß er seine Hand noch tiefer zwischen ihre Schenkel und spreizte seine Finger ab, um Nanouk zu demonstrieren, wie nahe er ihrer Mitte bereits war. «Dann muss ich eben meinen Mund benutzen.»

Erschreckt hielt sie den Atem an, als er sich zu ihrem Busen hinabneigte. Doch anstatt seine Lippen um ihre Brustspitzen zu stülpen, wie sie zweifelsohne erwartete, hauchte er die Knospen nur an. Das Rot ihrer Spitzen wurde intensiver, die Brustwarze zog sich noch mehr zusammen und der Warzenhof kräuselte sich. Eine Gänsehaut breitete sich von Nanouks Busen über ihren Bauch bis hinunter zu ihren Beinen aus. Und Nanouk stieß die Luft so kraftvoll aus ihren Lungen aus, dass es wie ein Laut der Empörung klang. Er hatte sie hereingelegt.

«Du bist erregt.» Es war eine Feststellung, keine Frage.

Ihr Gesicht bekam diesen kecken Ausdruck, den er so anziehend fand. «Ich friere.»

«Hier drinnen ist es heiß wie in einem Backofen.» Kaum hatte er das gesagt, bereute er es auch schon wieder. Er hätte es anders formulieren sollen, damit sie nicht erfuhr, dass er nicht so sehr fror wie die anderen Vampire. Aber er hatte sie ohnehin schon näher an sich herangelassen, als es gut für ihn war.

Doch sie dachte sich nichts bei seiner Bemerkung, denn sie war zu sehr gefangen in ihrem Vorsatz, wie eine Eisskulptur dazu liegen. «Meine Krankheit ist der Auslöser.»

«Wenn das so ist, werde ich dafür sorgen, dass dir richtig heiß wird.» Mit Genugtuung bemerkte er, dass sie leicht erschauerte.

Der Duft ihres Körpers ließ sein Glied weiter anschwellen. Das Ziehen in seinen Lenden war quälend, doch seine Erlösung musste warten. Wenn es nach seinem Herz ginge, könnte das Liebesspiel eine Ewigkeit dauern, aber sein Verlangen würde sich nicht so lange aufschieben lassen.

Kristobal spreizte erst ihren rechten, dann ihren linken Arm ab und war erstaunt, dass sie es duldete. Ihre kühle Fassade bröckelte, trotzdem regte sie sich nicht. Ihr Brustkorb wogte auf und ab. Sie bemühte sich flach zu atmen und blieb erfolglos.

Ihre Gänsehaut wurde intensiver, als er sich zu ihrem Bauch herunterbeugte und mit gespitzten Lippen darüberstrich. Seine Lippen kribbelten herrlich, er öffnete sie und sog Nanouks Körpergeruch tief durch Nase und Mund ein. Sie roch unglaublich gut! Nach Wildheit, nach Freiheit und hemmungsloser Lust.

Du gehörst mir, dachte er und stützte sich rechts und links neben ihren Hüften ab. Gierig vergrub er sein Gesicht zwischen ihren Brüsten. Er rieb mit seiner Nase über ihre erigierten Spitzen und saugte sanft an ihnen. Während er sie mit schnellen Zungenschlägen bearbeitete, wurde Nanouk unter ihm immer unruhiger.

Sie war ganz und gar nicht kalt, sondern alles an ihr war heiß.

Auch ihn erregte es, ihre Brustwarzen mit Lippen und Zunge zu liebkosen. Atemlos spreizte er seine Kiefer und nahm so viel wie möglich von Nanouks Busen in seinen Mund auf, als wollte er sie verschlingen. Kein übler Gedanke, dann würde sie ihm gehören, mit Haut und Haaren.

Was war nur mit ihm los? Wenn es um Nanouk ging, setzte sein Verstand aus. Seit er die animalische Seite der Werwölfe am eigenen Leib erlebt hatte, hielt er nicht viel von dieser Spezies. Genau genommen suchte er Abstand, denn er bevorzugte Personen, die sich vollständig unter Kontrolle hatten, was man von Gestaltwandlern selten behaupten konnte. Doch seltsamerweise zog ihn Nanouks animalische Seite an. Was er eigentlich verachtete, schätzte er an ihr. Vielleicht, weil sie so sehr eins mit ihrem Tier war.

Während ihr Busen seinen Mund füllte, rieb er mit der Breitseite seiner Zunge über ihre Brustspitze, und wurde sich bewusst, dass Nanouk ebenso stolz war wie er selbst. Sie wirkte keineswegs unbeherrscht. Anders als er es damals gewesen war.

Sein Wolf war unberechenbar gewesen. Der ganze Frust, den Kristobal in seiner Kindheit und Jugend erfahren hatte, schien sich in ihm personifiziert zu haben. Mit dem Tod seines Tieres war auch der Schmerz der Vergangenheit gestorben. Die Erinnerungen hafteten noch an ihm, aber sie taten kaum noch weh.

Er hatte erst als Vampir zu sich selbst gefunden, Nanouk dagegen schon als Werwölfin. Ein Gedanke blitzte auf, kurz und grell. Vielleicht hasste er nicht so sehr die Gestaltwandler als solche, sondern wie *er selbst* als Lykanthrop gewesen war.

Unter ihm spannte sich Nanouk immer wieder kurz an. Sie kämpfte gegen ihren Bewegungsdrang an, denn die wachsende Lust in ihr erzeugte Energie und diese wollte sich entladen. Kristobal saugte ihre Brustspitze immer stärker ein, bis Nanouk einen zischenden Laut von sich gab. Sofort gab er ihre Spitze frei und leckte besänftigend darüber.

Zärtlich küsste er ihr Dekolleté. Kuss für Kuss arbeitete er sich höher, über ihren Hals zu ihrer Wange, dann hoch zu ihrer Stirn und über ihre Nase zurück. Als seine Lippen auf ihre trafen, seufzte sie. Noch immer war ihr Mund etwas geöffnet. Während er seine Zunge langsam in sie hineinschob, strich er mit seiner Hand über ihre Seite und ließ ein wenig Magie hineintröpfeln, so dass seine Handflächen warme, elektrisierende Impulse aussandten. Er kraulte ihren Bauch und begann gefühlvoll ihren Busen zu massieren. Sachte knetete er ihre Brust und züngelte durch ihre Mundhöhle.

Zuerst tat Nanouk gar nichts und es ärgerte Kristobal, dass seine Verführungskünste bei ihr zu versagen schienen. Doch bald kam Leben in ihre Zunge. Nanouk hob sie an, so dass Kristobal mit der seinen darum kreisen konnte wie der Mond um die Erde. Doch das reichte ihm nicht. Er wollte auch ihr Verlangen nach ihm spüren.

So leicht gab er nicht auf. Er wusste, dass sie ihn begehrte, aber nicht nachgeben wollte. Doch damit, dass sie sich nackt auf sein Bett gelegt hatte, hatte sie schon verloren gehabt!

Sein Kuss wurde leidenschaftlicher – prickelnder! Ein Quäntchen seiner Magie manifestierte sich in seinem Mund, so dass sein Speichel wie Brause prickelte. Eher durch Zufall hatte er diese Gabe vor einer Weile entdeckt und wusste, wie erotisierend dieser kleine Trick auf die Ladies wirkte. Er zwirbelte Nanouks Brustwarzen und kniff sanft hinein, gleichzeitig küsste er heftiger und massierte ihre Lippen mit den seinen.

Das Gefühl des Triumphes floss durch ihn hindurch, als Nanouk endlich seinen Kuss erwiderte. Sie hatte zwar ihre Augen geschlossen, als wollte sie nicht wahrhaben, dass sie dahinschmolz, und krallte ihre Finger in den Bettüberwurf anstatt Kristobal zu berühren, aber immerhin küsste sie ihn zurück. Feurig stieß sie ihre Zunge in seinen Mund, als könnte sie es nicht länger erwarten, ihn in seiner Fülle zu schmecken.

Er schmiegte sich an sie und verlor sich in diesem innigen Kuss. Seine Haut rieb über ihre harten Brustwarzen, und seine Hände streichelten sie unentwegt, ohne dass er ihnen den Befehl dazu geben musste.

Es fühlte sich so natürlich an, Nanouk zu lieben. Als gehörten sie zusammen. Das magische Prickeln in seinen Wangentaschen, auf seiner Zunge und im Rachen war so intensiv wie er es nie zuvor erfahren hatte. Jede Zelle in seinem Mund war erregt.

Kristobal löste den Kuss erst, als sich seine Lippen schon wund anfühlten. Sie waren geschwollen und kribbelten sehnsüchtig. Doch ihn lechzte es nach einer feuchteren Öffnung, würzigeren Küssen und größeren Lippen.

Auf seinem Weg in tiefere Regionen streifte er Nanouks Hals mit seinem Mund, er rieb seine Wange an ihrem Busen und leckte um ihren Bauchnabel. Nanouk sog laut ihren Atem ein, als er ihren blanken Venushügel küsste. Sie versteifte sich. Kehrte ihr Trotz zurück?

Prüfend schaute Kristobal zu ihr auf. Auf keinen Fall würde er fortfahren, wenn sie sich wirklich nicht mit ihm vereinen wollte. Zu seiner Freude waren ihre Wangen gerötet vor Lust und sie schmunzelte glückselig. Doch als sie seinem Blick begegnete, erstarb ihr Lächeln. Störrisch sah sie wieder nach oben.

Kristobal lachte leise. Das sollte ihr letztes bockiges Auflehnen sein. Die hübsche Werwölfin, mochte sie auch noch so tough sein, hatte nicht den Hauch einer Chance gegen ihn!

Mit etwas Druck spreizte er ihre Beine. Sie wehrte sich, indem sie strampelte. Doch da sie nicht einmal ihre Hände benutzte, erkannte er, dass sie sich im Grunde für ihn öffnen wollte. Er trug selbst die Schuld an ihrem Widerstand. Hätte er sie nicht verletzt, wäre sie wahrscheinlich willig in seine Arme geglitten, denn sie hegte Gefühle für ihn. Jedes Mal, wenn er in ihre indianischen Mandelaugen blickte, schlug ihm Verlangen entgegen, aber kein lauwarmes, das sich durch ein Liebesspiel wieder abkühlte, sondern ein glühendes, das durch Intimität noch angeheizt wurde.

Durch diese Gedanken schwoll das Feuer der Erregung in Kristobal so stark an, dass seine magischen Fähigkeiten ihm plötzlich wie tausend Hände vorkamen. Obwohl er neben Nanouk auf dem Bett saß und sie nicht mehr berührte, schnellten ihre Arme und Beine weiter auseinander, allein dadurch, dass er es sich vorstellte. Wie von Geisterhand wurde Nanouk so drapiert, wie Kristobal sie haben wollte.

«Du kannst deine Magie doch bewusst einsetzen.» Vorwurfsvoll blickte sie ihn an. Sie zerrte an den unsichtbaren Stricken, die ihre

Handgelenke festhielten, und versuchte Kristobal zu treten, aber ihre Füße waren wie in Beton gegossen.

Beruhigend strich er über die Innenseite ihrer Oberschenkel, doch das machte sie nur noch wütender. Sie kniff ihre Augen zu, weil die Hilflosigkeit sie stinksauer machte, und trotzdem nahm der Duft, der von ihrer Mitte aufstieg, zu. Der Geruch war betörend, er lockte Kristobal an. «Je öfter ich Telekinese benutze, desto einfacher fällt es mir.»

«Müsstest du nicht erschöpft sein, weil du die Dachtür des Hs allein mit Zauberkraft verbarrikadiert hattest?»

«Die Vermutung liegt nahe, doch stattdessen hat die Erfahrung meine Fähigkeit gestärkt», antwortete er, ohne sie anzuschauen, denn er konnte den Blick nicht von ihrem Schoß nehmen, der offen und schutzlos vor ihm lag. «Es ist wie eine Pforte, die immer weiter aufgestoßen wird. Apropos Pforte ...»

Er beugte sich zu ihrer Spalte herunter und schnupperte. Keine Frau hatte jemals so unwiderstehlich gerochen. Kristobal jedoch war kein Mann, der plump vorging und mit seinem Pfeil sofort auf den Inner-Bull zielte. Natürlich spielte er nicht nur, um einer Frau zu gefallen. Das zu behaupten, wäre verlogen gewesen. Aber seine Gespielin sollte voll auf ihre Kosten kommen.

Deshalb liebte er nach dem Dartscheibenprinzip. Er näherte sich dem Auge langsam von außen, Ring für Ring, pirschte sich heran und gönnte seiner Geliebten ein Vorspiel, das sich gewaschen hatte.

Nanouks überraschte Miene amüsierte ihn, als er bei ihren Füßen begann. Er massierte die Fußsohlen, rieb mit einem Finger zwischen ihren Zehen und küsste ihre Füße mit einer Leidenschaft, die ihre vorherigen Liebhaber bestimmt nur ihrem Schoß hatten zuteil werden lassen.

Für Kristobal war der ganze Körper ein Spielplatz der Lust.

Lächelnd kniete er sich vor das Bett und drückte sein Glied gegen ihren rechten Fuß. Ohne dass er sie dazu auffordern musste, bemühte sich Nanouk, sein Geschlecht damit zu massieren. Sie presste ihren Ballen gegen seinen immer steifer werdenden Penis und knetete seine Hoden mit ihren Zehen. Wo war ihre Aufsässigkeit? Innerlich triumphierte er, war aber so schlau, es nicht zu zeigen, um die wunderschöne Situation nicht zu zerstören. Selbst ihre Zehen waren kräftig. Diese kleine, athletische Werwölfin hatte es in sich.

Das bewies Nanouk, als sie plötzlich den Oberkörper aufbäumte und ihre Hände sich zu Klauen formten. Ihre Arme waren frei!

«Sakra!», schimpfte Kristobal, denn er hatte sich von seiner Faszination für diese Frau ablenken lassen und seine magische Fesselung vernachlässigt.

Blitzschnell bündelte er seine Fähigkeit und drückte Nanouk zurück auf das Bett. Er überhörte ihre Flüche und legte seine Hände an die Innenseiten ihrer Beine. Während er Nanouk drohend ansah, strich er Zentimeter für Zentimeter höher. Mal griff er fest in ihre Waden, dann liebkoste er ihre weiche Haut nur noch mit seinen Fingerspitzen.

Er erregte sich an ihrer Unruhe und ihrem Zorn, die beide anschwollen, je näher er ihrer Mitte kam.

Bevor er ihre Schamlippen erreichte, glitten seine Hände an den Seiten höher und legten ihren weiteren Weg *auf* den Beinen zurück. Kristobal kniete sich zwischen ihre gespreizten Schenkel und kraulte ihre Hüften, führte seine Hände auf ihrem Bauch zusammen und massierte ihren Schamhügel mit seinen Handballen. Erregt keuchte Nanouk. Sie hob immer wieder misstrauisch ihren Kopf, um zu sehen, was er vorhatte. Wie ein Wolfsrudel seine Beute umzingelte, kreiste er um ihren Schoß und machte sie mit der Zeit, die er sich ließ, wahnsinnig.

Schließlich drückte er seinen Handballen auf Nanouks Venushügel und zog ihn etwas nach oben, um ihre empfindsamste Stelle vom Häutchen zu befreien. Als er Nanouk genau dort seinen Atem spüren ließ, wimmerte sie leise. Sie drückte ihren Rücken durch und legte sich seufzend wieder hin.

Just in dem Moment, in dem sie sich entspannte, küsste Kristobal ihre Klitoris. Ein einziges Mal, nur kurz, ein kleiner Vorgeschmack auf das, was Nanouk noch erwartete. Sie sog Luft zwischen ihren geschlossenen Zähnen hindurch ein, erbebte und seufzte erneut lasziv.

Kristobal liebte es, Nanouk Laute zu entlocken, die sie nur ungern von sich gab, weil sie meinte, immer stark sein zu müssen. Nicht um sie zu schwächen, sie zu beschämen oder bloßzustellen, sondern weil es ihn zu etwas Besonderem in ihrem Leben machte. Zum einzigen Mann, der sie in höchste Ekstase versetzen konnte. Das war einfältig, gab er zu, aber so dachte er nun mal.

«Lass dich fallen», wisperte er. «Ich werde dich eh nicht gehen lassen, bevor du den Orgasmus deines Lebens hattest.»

Nanouks eigene innere Fesseln waren genauso unsichtbar wie seine magischen. Was immer sie davor zurückhielt, zügellos in Lust zu baden, in dieser Nacht würde es seinem Willen nichts entgegenhalten können. Er war mindestens so starrköpfig wie sie, schließlich war er nicht von ungefähr der Alphavampir.

Seitdem Kristobal sich das erste Mal in seine kleine Werwölfin versenkt hatte, konnte er an nichts mehr anderes denken. Er wollte Nanouk um sich haben, wollte sie besitzen und zum Schreien bringen.

Diesmal legte er seine Hände an die Innenseiten ihrer Schenkel und zog die Haut nach außen. Wie rosige Blütenblätter öffnete sich Nanouks Scham für ihn. Er stützte sich zwischen ihren Beinen auf den Ellbogen ab, führte sein Gesicht nahe an ihren Schoß heran und blies in ihre Öffnung hinein. Feuchtigkeit sickerte bereits heraus. Der Duft war so verführerisch, dass die Haut von Kristobals Hoden schmerzlich spannte.

Sein Geschlecht pochte, als er ausgiebig Nanouks geschwollene Schamlippen betrachtete. Gierig senkte er seinen Mund auf sie herab. Stück für Stück küsste er die Großen, saugte die Kleinen ein und massierte sie mit seinen Lippen. Er bekam dabei nur ein wenig von Nanouks Feuchte zu schmecken, doch das erregte ihn so sehr, dass er mit einem einzigen Stoß seine Zunge in ihrer Mitte versenkte. Er bekam kaum Luft, da er so tief wie möglich in sie hineinzüngelte, doch das kümmerte ihn nicht weiter.

Alles, was Kristobal in diesem Moment wollte, war, Nanouk zu schmecken. In ihrer ganzen Intensität.

Tabulos saugte er an ihrem Eingang. Er trank von ihrem aphrodisierenden Nektar und leckte über ihre Scheidenwände, bis Nanouk laut stöhnte und er wusste, dass er ihren G-Punkt gefunden hatte. Hauchzart rieb er mit seiner Zungenspitze über diese verborgene Stelle und genoss das Temperament, mit dem Nanouk an ihren Fesseln riss. Knurren wechselte sich mit Stöhnen ab, aber ihre Krallen blieben eingefahren. Sie gab sich der Lust, die er ihr bereitete, immer mehr hin.

Mit der ganzen Länge seiner Zunge leckte er erst über ihre rechte und dann über ihre linke große Lippe. Er ließ Nanouk äußerst behutsam seine Zähne spüren, knabberte an ihren Schenkeln und zeichnete ihren Venushügel parallel zu ihrem Kitzler mit einem Knutschfleck.

Diese Frau machte ihn wahnsinnig! Sie reagierte so empfindsam auf jede seiner Berührungen, egal wie zart er sie anfasste oder küsste. Und selbst wenn er etwas härter mit ihr umging, war ihre Reaktion auf den sanften Schmerz pure Lust. Ihre Erregung stachelte seine eigene so stark an, dass die bohrende Gier sein Geschlecht peinigte.

Unauffällig rieb sich Kristobal am rauen Stoff des Bettüberwurfs. Seine Hoden fühlten sich so prall an, als würden sie platzen, wenn er sich nicht bald entlud. Wahre Lustschübe quälten sein Glied, weil er den Orgasmus zurückhielt.

Stöhnend ließ Kristobal von Nanouk ab und hob seine Lenden an. Ein Fleck hatte sich auf dem Überwurf gebildet, direkt unter seinem Phallus. Obwohl der Alpha noch nicht gekommen war, hatte sich bereits etwas Flüssigkeit aus seiner Penisspitze gelöst. Das ging ihm zu schnell, viel zu schnell. Er biss die Zähne zusammen und kniff in sein Säckchen. Der Schmerz löste den lustvollen Krampf, die Erregung flachte ab und er konnte wieder durchatmen. Scheiße, hatte das wehgetan! Sogar für einen Vampir. Und das alles nur für Nanouk. Obwohl sie nicht einmal mitbekam, dass er für sie litt.

Diese Frau wurde ihm ernsthaft gefährlich.

Als wollte er es ihr heimzahlen, sparte er sich jedes weitere Vorspiel und saugte ihre empfindsamste Stelle unmittelbar ein. Nanouks Aufschrei nahm er mit teuflischer Genugtuung wahr. Sollte sie ruhig auch ein wenig leiden, wenn auch auf angenehmere Weise als er. Er ignorierte ihr Zetern, das Beben, das durch ihren Körper fegte, und züngelte über die bloßgelegte Klitoris. Nanouks abgehackte Worte waren kaum zu verstehen, weil ihr immer wieder die Luft ausging, aber auch weil das Blut in Kristobals Ohren rauschte. Vor Ekstase, und Nanouks Lustschreien, die ihr Stöhnen und ihre Versuche zu reden, dann und wann unterbrachen.

Während er seine Lippen noch fester um ihren Kitzler presste, meinte er herauszuhören, dass ihr Schimpfen langsam in Betteln überging. Atemlos rief sie seinen Namen. Sie klang verzweifelt und panisch, als stände sie kurz davor, in der Ekstase zu ertrinken. Bevor sie kam, hörte er auf und zog sich zurück.

Kristobal legte sich an ihre Seite, schlang ein Bein über das ihre und rieb seinen Phallus an ihr. Zärtlich streichelte er ihre Wange. Schweiß perlte von ihrer Stirn. Sie beruhigte sich etwas. Tief sog sie Luft in ihre Lungen. Rote Flecken auf ihrem Gesicht zeugten vom Feuer der Lust in ihrem Inneren.

Nanouk schaute ihn strafend an, doch schnell wurde ihr Blick weich und verlangend. Kristobal hatte längst gewonnen, denn er bekam immer, was er wollte, doch er verspürte keine Genugtuung. Da war ein anderes Gefühl in ihm. Es strahlte Wärme aus, hatte jedoch mit Wolllust nur am Rande zu tun. Seit einer Ewigkeit hatte er nicht so empfunden, vielleicht sogar noch nie zuvor im Leben.

Während er fortfuhr, sein Geschlecht an ihr zu reiben, legte er seine Hand auf die Stelle, unter der ihr Herz im Brustkorb schlug, und fragte sich, ob Nanouk wusste, was er damit ausdrücken wollte. *Meins.*

Murrend hob sie den Kopf. «Lass das!»

«Wieso?» Ungeniert benutzte Kristobal ihren wehrlosen Körper, um sich an ihr zu erregen. Seine Hand glitt zu ihrem Busen und knetete ihn sinnlich. «Du wirst mich kaum streicheln wollen, nachdem ich dich in diese Position gezwungen und mich an dir bedient habe.»

«Beim letzten Mal durfte ich dein Geschlecht nicht berühren, weil du mich in den Vordergrund gestellt hast. Das will ich nicht noch einmal.»

Überrascht blieb Kristobal bewegungslos liegen. «Du würdest tatsächlich ...»

«Willst du diskutieren oder dich von mir verwöhnen lassen?» Provozierend hob sie ihre Augenbrauen.

Dieser leicht arrogante Gesichtsausdruck ließ eine Welle der Lust durch ihn hindurchwogen, weil er wusste, dass eine leidenschaftliche Frau hinter dieser Fassade steckte. Nach ihrem ersten Liebesspiel zu urteilen, hatte sie ihre Maske noch bei keinem Mann fallen lassen. Doch er hatte sie ihr heruntergerissen und ihr gezeigt, wie schön die Weiblichkeit darunter war.

Erwartungsvoll legte sich Kristobal mit dem Rücken auf die Matratze, so dass nur seine Schultern und sein Hinterkopf die Wand berührten, denn er wollte Nanouk beobachten. Sie kroch auf allen Vieren zu ihm hoch, schob seine langen Beine auseinander und betrachtete sein Geschlecht mit einem Heißhunger, der sein Blut in Wallung brachte.

Dieses bezaubernde Geschöpf neigte sich vor und schnupperte. Als sie ein einziges Mal über sein erigiertes Glied leckte, zuckte es auffordernd. Ein Lächeln milderte die harten Züge von Nanouks konzentrierter Miene. Sie öffnete ihren Mund und nahm seinen Penis in sich auf. So tief wie es ihr möglich war. Dann verharrte sie und schaute zu Kristobal auf.

Ihre Lippen, die sich um seinen Phallus schmiegten, diese Wildheit, die in ihren Augen loderte, und diese kleinen Hände, welche sich in seine Oberschenkel krallten – dieses Bild brannte sich in seine Gedanken ein!

Kristobal verfiel Nanouk endgültig.

Ihre Zunge kitzelte sein Geschlecht. Er fühlte sich unglaublich wohl in ihrer warmen, feuchten Mundhöhle. Was er sah – sein Glied, das zwischen ihren Lippen verschwand – war verrucht und gleichzeitig intim. Auf wundervolle Weise war der Sex mit Nanouk so viel inniger als mit jeder anderen Frau. Seine ehemaligen Geliebten verblassten für immer, sie hatten sowieso nie eine wichtige Rolle gespielt. Nanouk stellte sie alle in den Schatten, indem sie war, wie sie war.

Ihre Wangen wölbten sich immer wieder nach innen, als sie sachte zu saugen begann. Kristobals Erregung schoss empor. Die Lust versuchte ihn zu verführen, seine Augen zu schließen, doch unter keinen Umständen wollte er seinen Blick von Nanouk nehmen.

Während ihr Mund sein Glied mit einer Sanftheit bearbeitete, die ihn mehr anmachte als jedes Temperament, knetete sie seine Schenkel. Ihre Hände glitten über seine Haut zu seinen Hoden. Gefühlvoll betastete Nanouk sie. Sie begann, sie zu massieren, nach einer Weile rollte sie sie zwischen ihren Fingerspitzen und drückte sie vorsichtig.

Die ganze Zeit beobachtete Nanouk Kristobal und es lag eine Sinnlichkeit in ihrem Blick, welche ihm einen zusätzlichen Kick verschaffte und ihn sorglos werden ließ. Denn plötzlich ließ sie von seinem Phallus ab und präsentierte ihm ihr halb verwandeltes Wolfsgebiss. Von einer Sekunde zur anderen hatte sie die Augen eines Wolfes. Und sah auch noch hübsch damit aus.

«Biest!», zischte er, wagte jedoch nicht, sie wegzustoßen, da sie schneller zubeißen konnte, als er imstande war, den Arm zu heben. «Du hast mich nur verwöhnt, um mir heimzuzahlen, dass ich dich mit Magie gefesselt habe.»

Ihr Lächeln entblößte scharfe Schneidezähne. «Der große Alphavampir fürchtet sich doch nicht etwa vor einer Werwölfin.»

«Ich habe keine Angst», log er und ging in Gedanken bereits alle köstlichen Bestrafungen für sie durch. Sie würde leiden! Auf erregende Art und Weise. Der unerfüllte Orgasmus war nichts gegen seine Vergeltung. Ihr Leiden würde lange, quälend und lustvoll sein. Sie war schlau, keine Frage, denn sie sah ihn nicht mehr an, um seiner Beeinflussung zu entgehen.

«Ein bisschen Angst hat noch niemandem geschadet. Sie kann sehr erregend sein.» Nanouk gluckste. «Lass dich fallen und vertrau mir.»

Das waren seine Worte zu ihr gewesen. Er öffnete seinen Mund, um sie zu warnen, es nicht zu weit zu treiben, doch heraus kam nur ein Stöhnen, denn ihre Lippen legten sich wieder um seinen Stamm und glitten auf und ab – zwischen ihren Fangzähnen hindurch. Glücklicherweise waren ihre Schneidezähne mehr menschlich als wölfisch. Dennoch behielt er Nanouk im Auge. Was sie ihm antat, machte ihn wütend, gleichzeitig erregte es ihn.

Was war nur an ihr dran, dass er sich ihrer Anziehungskraft nicht einmal dann entziehen konnte, wenn sie etwas tat, wofür er jeden anderen von rechts auf links gedreht hätte?

Haarscharf drang sein Schaft zwischen ihren Fangzähnen in ihren Mund ein, bis er fast an ihr Rachenzäpfchen stieß. Denn mit der teilweisen Verwandlung ihres Gebisses, war Nanouks Mundhöhle größer geworden. Kristobals Phallus konnte fast komplett darin eintauchen. Immer, wenn seine kleine Werwölfin sich zurückzog, leckte sie mit flinken Zungenschlägen über seine Penisspitze.

Die Gefahr vereinte sich mit der Lust und raubte ihm den Atem.

Keuchend verkrampfte er sich immer wieder, weil er dem Höhepunkt Stück für Stück näherkam. Trotz anschwellender Lust wagte er es nicht, Nanouk aus den Augen zu lassen. Aber er vertraute ihr, stellte er fest. Das überraschte ihn, denn er vertraute so gut wie niemandem, nicht einmal allen aus seiner dunklen Gefolgschaft. Im Grunde nur Jarek und Mila. Lag es an der Sinnlichkeit, die selbst in den Augen von Nanouks Timberwölfin zu erkennen war? Oder an der Behutsamkeit, mit der sie ihn befriedigte?

Ihre Hände waren noch menschlich. Sie legte die Finger um seine Peniswurzel und drückte fest zu. Er spürte förmlich, wie sich das Blut staute. Sein Glied färbte sich dunkelrot. Ihre Lippen stülpten sich über seine Penisspitze. Lüstern saugte Nanouk an ihr und kitzelte mit der freien Hand seine Hoden. Sie speichelte die Spitze mit ihrer Zunge ein, rieb mit gespitzten Lippen darüber, wobei sein Schaft ihren Zähnen gefährlich nahe kam.

Das machte Kristobal rasend! Und er befürchtete zu kommen, sobald sie seinen Phallus aus ihrem Griff freigab.

Schließlich küsste Nanouk seine Eichel hingebungsvoll. Ohne ihn anzusehen und zu riskieren, ihren freien Willen zu verlieren, setzte sie sich auf. Sie ließ von ihm ab und streichelte seinen Bauch. Glücklicherweise gab er sich nicht die Blöße, indem er sich auf der Stelle entlud, denn das hätte ihr gezeigt, wie sehr ihn ihr niederträchtiges Spiel erregte.

Doch sie gab ihm keine Zeit durchzuatmen, denn Nanouk stieg über ihn, ließ sich herab und setzte sich auf seinen Phallus. Als wäre ihr

Schoß für ihn gemacht, tauchte sein Penis in sie ein. Zwischen ihren Schenkeln war sie noch heißer und feuchter als in ihrem Mund. Sofort hob Nanouk ihr Becken wieder an und senkte sich erneut herab.

Lasziv begann sie, ihn zu reiten.

Im Gegensatz zu ihm schien sie jeglichen Zwist vergessen zu haben, denn sie schloss genießerisch ihre Augen und legte ihren Kopf in den Nacken. Sie gab einen Laut von sich, der irgendwo zwischen Stöhnen und Seufzen lag. Kristobal spürte ihre Kontraktionen an seinem harten Stamm. Auch ihre Erregung war weit fortgeschritten. Es würde nicht lange dauern, bis sie den Höhepunkt erreicht hatte. Genauso wie er.

Obgleich Kristobal ebenfalls von seiner Lust gegeißelt wurde, mobilisierte er sein letztes Quäntchen Beherrschung. Blitzschnell zog er Nanouk zu sich herunter und rollte sich auf sie, ohne sein Glied aus ihr zu entfernen. Er nutzte das Überraschungsmoment, da sie keine leichte Gegnerin war, packte ihre Handgelenke und drückte sie in die Matratze über ihrem Kopf. Nanouks erstaunter Blick war niedlich, als könnte sie kein Wässerchen trüben. Alles Wölfische war aus ihrem Gesicht verschwunden.

Fest presste Kristobal seinen Mund auf den ihren, um ihr zu zeigen, wer die Oberhand hatte. Sie wand sich unter ihm und kämpfte gegen ihn an, verwandelte ihr Gebiss aber nicht wieder. Die dominante Seite in ihm verlangte, dass sie sich ihm unterwarf. Ihr Spiel war heiß gewesen, aber das Finale gehörte ihm.

Nach einer Weile gab Nanouk nach. Sie wurde weich und willig und erwiderte seinen Kuss leidenschaftlich. Begierig schlang sie ihre Beine um ihn, damit sein Phallus bis zur Wurzel in sie hineinglitt. Er blieb tief in ihr stecken, während ihre Zungen umeinander kreisten. Erst als Kristobal seine Lenden anspannte, ließ sie ihre Füße zurück auf die Bettdecke sinken.

Er zog sich bis auf die Penisspitze aus Nanouk zurück und stieß mit einem lauten Stöhnen wieder in sie hinein. Sie küssten sich wilder. Es fiel ihm unheimlich schwer, seine Lenden langsam vor und zurück zu wiegen, anstatt hemmungslos zuzustoßen, aber man begann das Finale nie mit einem Paukenschlag, sondern stets mit leisem Trommelwirbel.

Unter fast unmenschlicher Beherrschung entfernte er sich gemächlich aus ihr und glitt ebenso bedächtig wieder in sie hinein. Dabei drückte er ihre Feuchtigkeit aus ihr heraus, sie kitzelte ihn, was seine Lust weiter anstachelte. Seine Hoden schmerzten und sein Phallus war hart wie ein Rammbock.

Kristobal gestand sich nicht gern ein, schwach zu sein, aber in diesem Moment war er es, denn er konnte sich nicht länger zurückhalten, sondern trieb seinen Schaft hart und schnell in Nanouk hinein und verharrte kurz, um den Kuss zu lösen und nach Atem zu ringen.

Keuchend lag sie unter ihm, mit halb geschlossenen Lidern. Ihr Blick war entrückt. Wann hatte er ihre Handgelenke losgelassen? Er erinnerte sich nicht, so sehr hatte es ihn berauscht, sie gleichzeitig zu küssen und zu nehmen. Nanouk hatte die Arme um seinen Hals geschlungen und den Kampf gegen ihn und ihre eigene Lust aufgegeben.

Deshalb gab es auch für Kristobal keinen Grund mehr, den Höhenflug länger aufzuschieben. Er hatte seine eigene Erregung ohnehin schon ausgereizt, nur um Nanouk so lange in Besitz zu nehmen wie möglich. Mit dem Orgasmus würde auch seine Macht über sie schwinden. Sie würde zu ihrem Rudel zurückkehren und er wieder allein sein.

Verzweifelt nahm er Nanouk. Er machte keine Pausen mehr und erhöhte sein Tempo mit jedem Stoß. Er spießte sie auf, zog sich eilig zurück und rammte seinen Phallus erneut in sie hinein. Nach kurzer Zeit fiel er in einen eleganten Rhythmus, der hart, aber nicht grob war, und Nanouk und ihn auf die Zielgerade brachte. Sie stöhnten im Einklang und krallten sich aneinander fest.

Die Welt um Kristobal verblasste. Es gab nur ihn und seine kleine Werwölfin. Sie woben einen Kokon aus Lust um sich. Pure, geile Lust. Es spielte keine Rolle, wer oder was sie waren. Alles, was zählte, war das Verlangen und ihre Verschmelzung.

Gerade als Kristobal sich wünschte, dieser bittersüße Moment möge niemals enden, weil er so vollkommen und friedlich war, begann

Nanouk unter ihm ekstatisch zu zucken. Als wäre das sein Startschuss, ergoss er sich in ihr. Er schaffte es gerade, noch dreimal in sie hineinzustoßen, bevor er neben ihr zusammenbrach.

Nanouk sah erschöpft aus. Sie roch nach Erregung und Schweiß. Ihre Lider flatterten, als würde sie vergeblich versuchen, ihre Augen zu öffnen. Seufzend drehte sie sich auf die Seite und zog ihre Beine an. Kristobal verstand dies als Einladung. Hautnah schmiegte er sich an ihren Rücken.

Da sein erschlafftes Glied nach oben gebogen war, drückte es gegen Nanouks Mongolenfleck. Der Fleck lag mit dem Sakralchakra auf gleicher Höhe, das sich über dem Venushügel befand. Mila, die Yoga betrieb, hatte ihn über Chakras aufgeklärt. Das Sakralchakra war der Sitz ungefilterter Gefühle und stand für ursprüngliche Lebensfreude und die sinnliche Ebene der Erotik.

Mochte sich Nanouk auch noch so tough geben, in ihr schlummerte mehr Weiblichkeit und Begabung zur Hingabe als sie ahnte.

Neunzehn

Lupus sah aus wie der Tod.

Nanouk erschrak bis ins Mark, als sie ihn einige Tage später vormittags gemeinsam mit Claw in seiner Wohnung aufsuchte, um von Camille und ihm die Ergebnisse der Tests mit Kristobals Blut zu erfahren. Doch sie vergaß die Experimente für einen Moment, weil sein Anblick sie schockierte.

Seine Wangen waren eingefallen, die Ränder unter seinen Augen so dunkel, als wären sie mit Ruß aufgemalt worden, und seine Lippen blau. Geplatzte Äderchen durchzogen seine gelblichen Pupillen, wie die Gabelungen des Knik Rivers das Valley ab Butte. Selbst im Haus trug er eine dunkelblaue Mütze. Vielleicht, weil er fror, vielleicht, um zu verstecken, dass ihm die Haare ausfielen, denn die, die herausstanden, waren dünn und kraftlos wie alles an Lupus.

Vom stolzen Dr. Theodore Brass war nichts mehr übrig.

Seine Bemühungen, stark zu wirken, scheiterten, denn seine Beine zitterten wie Espenlaub, so dass Nanouk sich bereit machte, ihn aufzufangen, sollten sie einknicken. Er hielt sich an der Anrichte fest und quälte sich ein Lächeln hervor, das Nanouk innerlich zerriss. In seinem Zustand würde er nicht einmal mehr die Wandlung in seinen MacKenzie-Wolf überleben.

Nicht nur der Mann war am Ende, sondern auch sein Tier.

Nanouks Magen krampfte sich zusammen. Damit ihre Trauer nicht die Oberhand gewann, forderte sie Camille auf: «Sie haben uns gerufen. Was haben die Tests gebracht?»

«Ich habe Tag und Nacht im Labor verbracht, um zahlreiche Experimente durchzuführen. Zuerst sah es gar nicht gut aus, aber dann haben Sie mir dieses andere Blut gebracht und es hat funktioniert.» Camille öffnete ihre Handfläche und präsentierte lächelnd eine Ampulle. «Ich habe dieses Serum den erkrankten Wölfen in unserem Zoo injiziert. Sie sind alle gesund geworden.»

Hoffnung keimte in Nanouk auf. Für sich, aber vor allen Dingen für Lupus. Ihr Herz pochte so aufgeregt, dass ihr Brustkorb wehtat.

«Sie können es den Canidae in dem Animal Shelter spritzen. Ich habe genügend Serum hergestellt. Sie sind doch der Eigentümer, oder?» Camille reicht Claw die Ampulle.

Sein Blick flackerte kein einziges Mal, als er log: «Ich führe es, genau. Ich würde alles dafür tun, um das Leben meiner Canidae zu retten. Sie stehen unter meinem Schutz. Vielen Dank, Miss...»

«Camille», beeilte sich Nanouk zu sagen, damit der Alphawolf nicht erfuhr, dass die Kuratorin Theos Nichte war. Sein Zorn wäre Gift für Lupus gewesen. «Bleiben wir doch bei den Vornamen, nach allem, was wir gemeinsam durchgestanden haben.»

Claw nahm die Ampulle an sich und steckte sie in seine Brusttasche. «Ich danke Ihnen von ganzem Herzen, Camille. Sie haben keine Ahnung, was das für mich bedeutet. Könnten Sie mir wohl noch etwas mehr überlassen? Meine Frau könnte das Gegenmittel Wild Protection geben. Das macht Sie dann wohl zur Retterin von Anchorage.»

Eine zarte Röte färbte Camilles Wangen ein. «Gern. Schicken Sie den Jungen morgen im Zoo vorbei. Woher stammte eigentlich das letzte Blut? Es war irgendwie eigenartig, als würden die einzelnen Moleküle vibrieren.»

«Du warst bestimmt nur überarbeitet.» Ein Beben ging durch Lupus' Körper. Er schlurfte auf einen Gehstock gestützt im Schneckentempo zum Sessel, wobei er seine Füße kaum vom Boden hob, und ließ sich hineinfallen. «Könntest du bitte in die Küche gehen und Elise davon abhalten, Häppchen für eine ganze Eishockeymannschaft zu machen? Danke.»

«Wird schwierig, aber ich werde es versuchen», sagte Camille und verließ das Wohnzimmer.

Lupus holte ein kariertes Stofftaschentuch aus seiner Hosentasche und wischte sich den Schweiß von der Stirn. «Ich war nie ein Mann großer Worte, deshalb bringe ich es gleich auf den Punkt. Das Serum hilft mir nicht.»

«Woher willst du das wissen?», fragte Nanouk entrüstet, denn sie wollte nicht wahrhaben, dass er sterben würde. Das durfte nicht passieren! Wie sollte sie das überleben? Es war egoistisch, so zu denken, aber sie konnte sich das Rudel ohne Lupus nicht vorstellen. Sie hockte sich neben den Sessel, um auf Augenhöhe mit ihm zu sein.

Liebevoll strich Lupus über ihre Wange. Die Altersflecken auf seinem Handrücken sahen inzwischen aus wie Fibrome. «Ich habe es mir bereits heute Morgen gespritzt. Es hat nicht mehr geholfen, als dass ich aus dem Bett aufstehen konnte. Jetzt, drei Stunden später, geht es mir schon wieder schlechter. Ich möchte mich hinlegen und sehr viel schlafen.»

Und für immer einzuschlafen. Hatte er sich mit dem Gedanken zu sterben bereits abgefunden? Nanouks Augen wurden feucht. Das besondere Band zwischen ihnen, das entstanden war, als sie ihn gebissen und zum Werwolf gemacht hatte, würde zerstört werden. Es würde eine schmerzhafte Leere in ihrem Inneren zurückbleiben. Ohne ihn war sie unvollkommen. Seit dem Biss gehörte er zu ihr. «Kämpfe, verdammt noch mal!»

«Mach es ihm nicht schwerer, als es ohnehin schon ist.» Claw berührte ihre Schulter.

Widerspenstig schüttelte Nanouk seine Hand ab. Sie sah ja selbst, dass es keine Hoffnung mehr für Lupus gab. Sein Leben hing an einem seidenen Faden. Das Gegenmittel kam zu spät für ihn. Die Skua hatten ihn auf dem Gewissen.

«Das Virus zusammen mit dem Krebs ist eine tödliche Mischung, das muss ich akzeptieren.» Mit dem Taschentuch tupfte Lupus die Feuchtigkeit von seinen Mundwinkeln ab. «Und du auch.»

Nanouk war außer sich. Aufgebracht schüttelte sie ihren Kopf. «So kenne ich dich nicht. Du hast noch nie leichtfertig aufgegeben.»

«Pass auf, was du sagst», ermahnte Claw sie, bevor sie den alten Mann beleidigte, indem sie behauptete, er würde feige den Schwanz einziehen wie ein Omegawolf.

Sanft tätschelte Lupus ihren Oberarm. «Ich habe meine Entscheidung getroffen.»

«Was ist mit Elise?» Ihre Hilflosigkeit machte Nanouk wütend.

«Sie weiß schon Bescheid.» Sein Blick glitt zur Wohnzimmertür, die Camille hinter sich geschlossen hatte. Aus der Küche war Geklapper zu hören. «Es gefällt ihr nicht, aber sie akzeptiert es und wird an meiner Seite bleiben.»

Eindringlich sah Nanouk ihn an und drückte sein Bein. «Redest du von Sterbehilfe? Verflucht, Theo!»

«Unter Umständen könnte man es so bezeichnen, als Sterbehilfe für meinen Wolf. Er winselt seit Tagen nur noch, weil er kurz davor steht, seinen letzten Atem auszuhauchen.»

«Eine Art Gnadentod?», flüsterte Claw. «Mit deinem Tier stirbst auch du. Was faselst du da, alter Mann?»

In Nanouk keimte eine Ahnung auf. Sie öffnete ihren Mund, schloss ihn wieder, weil sie unsicher war, ob sie in die richtige Richtung dachte. Ihre Vermutung bestätigte sich, als Lupus bitter lächelte. «Kristobal», hauchte sie atemlos.

Zögerlich nickte Lupus. «Ich werde sein Angebot annehmen und ...»

«Zum Vampir werden?» Ein bedrohliches Knurren drang aus Claws Kehle. Er wusste nichts von Kristobals Vorschlag, konnte aber eins und eins zusammenzählen. «Deshalb hast du nur davon gesprochen, dass dein Grauwolf stirbt und nicht du.»

«Ich werde leben», Lupus machte eine Pause und holte tief Luft, «oder so ähnlich.»

Mit einem Schritt stand Claw neben dem Sessel und schüttelte ihn sanft. «Bist du von allen guten Geistern verlassen? Ein Blutsauger? Ein Leben bei Nacht?»

«Ich bringe es nicht übers Herz, Elise für immer zu verlassen.» Lupus klang weinerlich, aber dennoch überzeugt. «Wie soll sie denn ohne mich leben? Wir sind eins. Kannst du das nicht verstehen?»

Schnaubend nahm Claw seine Hände so schnell von ihm, als hätte er sich verbrannt. «Vampire sind Abschaum! Sie ernähren sich von Blut. Wie willst du dem Drang widerstehen, deine Zähne in Elise zu schlagen?»

«So wie all die Jahre. Sie ist meine Gefährtin, nicht mein Beutetier.»

«Wir sind ein Werwolf-Rudel», sagte Claw aus vollem Brustton. «Vampire haben bei uns keinen Platz.»

Nanouk flog auf. «Du kannst ihn nicht verstoßen!»

«Es ist in Ordnung, so ist es in der Natur nun mal. Oder hast du schon einmal einen Bison in einem Wolfsrudel gesehen?» Mit einem Lächeln versuchte Lupus, sie zu beruhigen, doch es verfehlte seine Wirkung. «Wölfe bleiben unter sich.»

«Nein.» Ungläubig schüttelte sie ihren Kopf. Das durfte alles nicht wahr sein! Sie krallte ihre Finger in seine Schulter, denn sie wollte ihn nicht loslassen. Wütend drehte sie das Gesicht zu Claw. «Würdest du für Tala nicht dasselbe tun?»

«Auch ich würde dann nicht mehr zum Rudel gehören.» Zum Abschied nickte Claw Lupus zu. Seine Miene war so starr, als wäre sie in Stein gemeißelt, doch seine Augen glänzten feucht. Wie ein Roboter schritt er aus dem Zimmer.

Nanouk kniete sich wieder vor Lupus, legte ihren Kopf auf seinen Schoß und ließ sich von ihm kraulen. Sie war fassungslos, weil er Elise so sehr liebte, dass er zuerst seine Heimat verließ, dann zu einem Werwolf und nun zum Vampir wurde, um bei ihr zu sein.

Was hatte er zu Kristobal gesagt? *«Ich, ein Vampir? Auf mein geliebtes Steak verzichten, nie wieder sehen, wie der Sonnenschein auf der Oberfläche des Cook Inlets glitzert, oder ein Wolfsgeheul von mir geben, in das meine Rudelgefährten einstimmen? Das kann ich mir nicht vorstellen.»*

Trotzdem hatte er sich zu diesem Schritt entschieden, weil er seine Frau nicht verlassen, sie nicht allein lassen wollte. «Verrückter alter Mann! Ich hab dich lieb.»

«Ich dich auch», sagte Lupus sanft und küsste sie auf ihr Haar.

Plötzlich waren aufgeregte Stimmen aus dem Flur zu hören. Nanouk erhob sich und half Lupus aufzustehen. Während sie aus dem Zimmer gingen, stützte sie ihn. Vor der Wohnungstür half Claw gerade Camille in ihre Winterjacke. Ihr Atem ging rasch, als wäre sie gehetzt.

Sie hielt ihr Handy hoch. «Ich habe einen Anruf von der Polizei erhalten und muss sofort los.»

«Von den Cops?», hakte Claw alarmiert nach. Die Gestaltwandler taten alles, sich von der Polizei und den Medien fernzuhalten.

«Sie haben mich als Expertin in den Chugach State Park gebeten.» Eilig knöpfte sie ihre Jacke zu und schlang ihren Schal um den Hals. «Es wurden Leichen gefunden.»

«Von Tieren?», wollte Elise schaudernd wissen, denn Camille war immerhin Biologin und Kuratorin beim Anchorage Zoo.

Camille räusperte sich nervös. Eine Packung Menthol Zigaretten lugte aus ihrer Jackentasche. Rasch schob sie sie tiefer hinein. «Es sind Männer ... waren ... fünf. Ein Sechster ist dem Tier, das sie angefallen hat, entkommen. Es führen Reifenspuren vom Eagle River Nature Center weg. Die Polizei sucht ihn bereits, damit er ihnen Auskunft darüber gibt, was vorgefallen ist. So etwas haben sie noch nicht erlebt. Das Massaker kann unmöglich eine einzige Raubkatze angerichtet haben, aber so sieht es zurzeit aus.»

Nanouk schluckte. Der Chugach State Park war nah, sehr nah. Der Park, der nach den dort ansässigen Chugach-Eskimos benannt war, lag östlich von Anchorage und rühmte sich, der drittgrößte in Amerika zu sein. Das Center lag mitten im Park und informierte im Sommer die Wanderer und Campinggäste über die Besonderheiten der Natur.

«Sechs Männer?» Claw warf Nanouk einen vielsagenden Blick zu. Er hegte dieselbe Vermutung wie sie.

Camille nahm ihre Handtasche von Elise. «Sie müssen zu ein und derselben Gruppe gehören, denn sie tragen alle das Emblem der Raubmöwe auf ihren Winterjacken.» Mit dem Zeigefinger malte sie einen Kreis auf die Brusttasche ihrer Jacke, dann öffnete sie die Wohnungstür und trat ins Treppenhaus.

«Die Skua.» Erschöpft lehnte sich Lupus gegen die Wand.

«Ja, genau, Stercorarius skua.» Erstaunt darüber, dass Lupus die lateinische Bezeichnung kannte, drehte sie sich auf der Schmutzfangmatte vor der Tür noch einmal um. «In Nordamerika werden übrigens drei kleinere Arten auch *Jaegers* genannt.»

Bevor Camille die Tür hinter sich schloss, lächelte und winkte sie zum Abschied herzlich – und hinterließ dennoch eine eisige Kälte in der Wohnung.

Zwanzig

Die Atmosphäre war angespannt. Aber wann war sie das nicht, wenn die Werwölfe auf die Vampire trafen?

Nun, da Nanouk neben Tala, Nubilus und Canis im Foyer des Nostalgia Playhouse stand, zog sie als erstes ihren Parka aus. Die Hitze schien sie von außen und von innen zu verbrennen. Draußen waren die Temperaturen um fünf Grad gestiegen und der letzte Rest Schnee war genauso geschmolzen wie das Eis zwischen ihr und Kristobal, aber die Heizung im Theater schien immer noch bis zum Limit aufgedreht zu sein. Zudem bekämpfte das Gegenmittel das Virus der Skua in ihr, was zuerst ihren Körper und dann den Erreger schwächte. Sie fühlte sich fiebrig, ihr war flau im Magen und ihre Beine zitterten, aber sie würde wieder gesund werden, nur das zählte.

Claw scheuchte Rufus beiseite, weil der Junge ihm vor den Füßen herumlief. «Wir hätten dich nicht mitnehmen sollen.»

«Er schaute sich doch nur nach seinem neuen Freund um.» In Großvatermanier strich Arctos Rufus über das Haar.

«Die Vampire sind so etwas wie Geschäftspartner, mehr nicht», machte der Alphawolf klar, obwohl Kristobal, Jarek, Radim, Mila und einige andere Illusionisten vor ihm standen. Selbst Pavel drückte sich in der Nähe der Garderobe herum.

Arctos nahm Rufus in Schutz. Nanouk hätte sich darüber freuen sollen, denn auch sie hatte eine Freundschaft zu einem Blutsauger aufgebaut. Seltsamerweise tat sie es nicht, weil Lupus früher immer seine schützende Hand über Rufus gehalten hatte. Es war seine Aufgabe gewesen, ein Auge auf den Jungen zu werfen, weil der alte Mann ihn zu einem Werwolf gemacht hatte, um sein Leben zu retten.

In diesem Moment jedoch befand sich der Lupus irgendwo in diesem Theater und litt Höllenqualen aufgrund der Transformation. Kristobal zu Folge, quälte sich Lupus mehr als üblich, weil das Pankreaskarzinom und das Virus seinen Körper schwächten. Doch Nanouk glaubte, dass sich der alte Gefährte dagegen sträubte, ein Vampir zu werden, denn er war mit Leib und Seele ein Werwolf gewesen.

«Adamo ist seit Stunden verschwunden, das sieht ihm gar nicht ähnlich.» Kristobals Blick war auf Rufus gerichtet, der daraufhin zu Boden schaute und den Kopf einzog. Dann sah der Alphavampir Claw an und sagte spöttisch: «Kommen wir also zum ... Geschäft. Hat sich eure Verbindungsperson schon gemeldet?»

Er meinte Camille. Nanouk hoffte, dass das Rudel ihren Namen verschweigen würde.

Claw schüttelte den Kopf. «Aber wir wissen, welcher der Skua das Gemetzel der Raubkatze überlebt hat.» Er forderte Tala mit einem Nicken auf, zu berichten, was sie wussten.

«Ich kenne die Hausdame im H», begann sie sichtlich stolz darüber, etwas beitragen zu können. «Jenny arbeitet eng mit der Rezeption zusammen. Die sechs Männer von Etage drei waren für die Angestellten ein Tuschelthema, seit sie im Hotel eingezogen waren. Obwohl immer höflich, wollte niemand etwas mit ihnen zu tun haben. Nicht nur wegen der Waffen in ihrem Zimmer, sondern auch wegen der unterschwelligen Aggression, die sie trotz ihrer gepflegter Umgangsformen ausstrahlten. Jenny meinte, sie wären wie mit Smileys bemalte Pulverfässer gewesen, die beim kleinsten Auslöser hochgehen konnten.»

«Was es noch verwunderlicher macht, dass eine einzige Raubkatze fünf von ihnen erledigt haben soll», warf Kristobal ein und spielte gedankenversunken mit den verzierten Manschetten seiner Redingote.

Nanouk wäre unter dem Baumwollsamt zerflossen, aber das Weinrot schmeichelte dem Alphavampir. Noch vor Kurzem hatte sie ihn belächelt, aber inzwischen fand sie Jacquardborten, bestickte Stehkragen und Klappentaschen, wie er sie heute trug, recht hübsch. Sie hatte sich an seinen nostalgischen Kleidungsstil gewöhnt. Er passte zu ihm und diesem atmosphärischen Theater.

Auf den ersten Blick sah Jarek wie die Ruhe selbst aus, doch Nanouk bemerkte das nervöse Zucken seines Zwirbelschnurrbarts. «Vielleicht ein Tier, das sie irgendwem abgekauft und in den Wäldern ausgesetzt haben, wie diesen Löwen damals in Colorado. Nach allem, was die Großkatze durchgemacht hat, könnte sie ausgetickt sein, und die Skua haben sie unterschätzt.»

«Hm», machte Kristobal, «professionelle Jäger, die bewaffnet waren wie eine ganze Armee?»

«Es könnte sich um eine Rasse handeln, die nicht in den USA vorkommt, zum Beispiel ein Beberlöwe, ein Nebelparder oder ein Bengaltiger», überlegte Nanouk laut. «Mir scheint es auch einleuchtend, dass die Jäger sich nicht mit dieser Spezies auskannten.»

Zustimmend zwinkerte Jarek ihr zu, bevor er sich an Tala wandte. «Nun? Wer hat den Schwanz eingekniffen und seine Freunde in der Schlacht im Stich gelassen, um der Bestie zu entkommen?»

«Montalbán.» Tala machte eine Pause, um den Namen wirken zu lassen. Einige Sekunden war es mucksmäuschenstill im Foyer. «Er hat alle Zimmer bezahlt und ausgecheckt.»

«Wieso sollte er das tun?», fragte Radim bissig. Es klang, als würde er ihr nicht glauben. «Er hätte in einer Nacht-und-Nebel-Aktion verschwinden können.»

Schützend stellte sich Claw halb vor seine Frau. «Um den Anschein zu erwecken, dass alle sechs noch leben.»

Radim runzelte seine Stirn, worauf sich seine zusammengewachsenen Augenbrauen noch enger zusammenschoben. «Das ist doch Unsinn!»

«Vielleicht damit die Polizei nicht auf die illegalen Jagdpraktiken der Skua aufmerksam wird», stimmte Nanouk ihrem Alpha zu und fluchte innerlich, weil ausgerechnet der Mexikaner, dem sich ihr Gesicht mit Sicherheit eingebrannt hatte, entkommen war. «Oder er möchte verhindern, dass er zum Gejagten wird. Das Blatt hat sich gewendet. Allein hat er der Dark Defence nichts mehr entgegenzusetzen.»

«Dann können wir jetzt aufatmen?» Canis schaute in die Runde, schließlich blieb sein Blick an Mila kleben, die ihn anlächelte, jedoch nicht um mit ihm zu flirten, sondern weil sie sich seines Interesses bewusst war. Siegessicher starrte der athletische Werwolf zurück. «Montalbán ist auf und davon wie ein Feigling.»

«Den sehen wir nie wieder.» Nubilus strich zufrieden über seinen Wanst, als hätte er den Mexikaner gerade verschlungen.

«Oder er ist untergetaucht, um mit einem neuen Heer zurückzukehren.» Kristobals Warnung ließ alle aufhorchen. «Eventuell lauert er auch noch irgendwo in Anchorage. Er hätte nicht alle drei Zimmer bezahlt, als wäre nichts geschehen, und die Polizei gemieden, wenn er nicht etwas vorhätte.»

«Montalbán will geheim halten, was vorgefallen ist», brachte Nanouk es auf den Punkt, «weil er seinen Plan noch nicht verworfen hat. Die Jagd auf uns geht weiter.»

Plötzlich klang es, als würde der Hintereingang in tausend Stücke bersten. Jemand brüllte aufgeregt und außer sich vor Rage. Worte waren nicht zu verstehen. Nanouk wurde sofort an Dante erinnert und fuhr ihre Krallen aus. Wer auch immer auf sie zukam, trat auf, als wollte er Löcher in den Boden stampfen. Es musste sich um einen bulligen Kerl handeln. Hatte Montalbán in einem Anflug von Wahn das Domizil der Vampire gestürmt?

Das Gebrüll dröhnte immer mehr in den Ohren. Die Schritte wurden lauter. Werwölfe und Vampire waren alarmiert und machten sich zum Kampf bereit. Zum Erstaunen aller kam einer der Steinzeitzwillinge ins Foyer gerannt. Es war Caine, der kleinere der beiden. Sein Gesicht leuchtete hochrot, nur seine Nasenspitze blieb blass. Sein Pullover war mit Blut durchtränkt. Immer wieder drückte er den leblosen Körper, den er auf den Armen trug, an sich. Panisch sah er von einem zum anderen. Er keuchte. Sabber löste sich aus seinem Mundwinkel. Schweiß lief seine Schläfen herab. Vor Schreck waren einige Adern in seinen Augäpfeln geplatzt. Als er Kristobal erblickte, wimmerte er hilflos, ging zu ihm und legte Adamo vor dem Alphavampir ab.

Claw versuchte Rufus davon abzuhalten, zu seinem vampirischen Freund zu laufen, aber der Junge riss sich mit einer Kraft los, die ihm niemand zugetraut hätte, und stürzte zu Adamo. Tränen liefen über seine Wangen, als er sich auf die Knie warf und über ihn beugte. Jegliche Farbe war aus seinem Gesicht gewichen. Er war bleich wie die Blutsauger.

Rufus' Verzweiflung schnürte Nanouk den Hals zu. Adamo war grausig zugerichtet. Seine Kleidung war zerrissen und in seinem Körper klafften Wunden, aus denen dunkles Blut rann. Wer auch immer wie eine Bestie über Adamo hergefallen war, er hatte den Omegavampir umbringen wollen, denn Adamos Kehle war aufgerissen. Einer von Adamos Fleischtunneln fehlte und seine Lippe wies nun mehr als eine Spalte auf. Der dunkle Kajal, mit dem er seine Augen umrandet hatte, war verwischt und sah aus wie schwarze Tränen, die heruntergelaufen waren.

Rufus sah zu Caine auf und schrie aus vollen Lungen: «Was hast du getan?»

Entsetzt über die Anklage, stolperte der einzige Mensch in diesem Raum rückwärts und blieb erst stehen, als er gegen Jarek prallte. «Ich ... ich habe ihn nur gefunden. Es ist die Wahrheit. Er ... er lag auf der Matte vor dem Hintereingang, wie ... wie eine Maus, die von einer Katze ihrem Herrn gebracht wurde.»

«Ich glaube dir», sagte Kristobal gönnerhaft, hockte sich neben Adamo und schloss die vor Schreck weit aufgerissenen Augen des jungen Vampirs. «Hast du irgendjemanden gesehen, der das getan haben könnte, oder etwas gehört?»

Caine sah demütig zu Boden. «Nein, es tut mir Leid. Der arme Herr Adamo.»

«Er ist nicht tot», schrie Rufus ihn an und zog ungeniert die Nase hoch.

Beruhigend redete Claw auf ihn ein: «Manche Dinge kann man nicht ändern.»

Der Junge wischte sich aufgeregt mit dem Ärmel die Tränen ab und legte seine Hand wieder auf den Brustkorb seines Freundes. «Adamo lebt. Ich kann sein Herz schlagen fühlen. Aber es ist schwach wie das eines Vogels. Lange wird er nicht mehr durchhalten. Ihr müsst ihm helfen. Tut doch etwas!»

Kristobal versuchte Adamos Puls zu messen, doch der Hals des Jungen war zu zerfetzt und seine Handgelenke aufgerissen. Erst als er Zeige- und Mittelfinger in die Wunde im Brustkorb steckte, war er erfolgreich. Er zog seine Finger heraus und wischte sie an einem cremefarbenen Stofftaschentuch mit Spitzenborte ab, das Mila ihm gereicht hatte. «Rufus hat Recht. Aber Adamo steht kurz davor, seinen letzten Odem auszuhauchen. Seine Verletzungen heilen nicht mehr von selbst, weil er zu viel Blut verloren hat und sein Körper entkräftet ist. Ihn mit meinem Blut zu nähren, hätte keinen Sinn, da es sofort aus den Wunden sickern würde. Es gibt nicht viel Hoffnung, Kleiner.»

«Doch, so lange er lebt, gibt es Hoffnung. Du darfst ihn nicht aufgeben! Er gehört doch zu deinem Rudel», jammerte Rufus und wagte es, den Alphavampir am Arm anzufassen. Als ihm bewusst wurde, dass er zu weit gegangen war, zog er seine Hand schnellstens zurück, als wäre das Weinrot von Kristobals Gehrock giftig wie eine Feuerqualle.

«Adamo müsste erst zusammengeflickt und dann genährt werden. Unter uns befindet sich aber kein Arzt, Sanitäter oder eine Krankenschwester und wir können ihn wohl kaum in eine Notfallambulanz bringen. Der einzige, der ihm helfen könnte, ist Theo.» Der Alphavampir nannte ihn nicht bei seinem Rudelnamen, denn *Lupus* gab es nicht mehr. «Aber er leidet noch zu sehr unter seiner Transformation. Sollte Adamo so lange durchhalten, bis Theo erstarkt ist ...»

«Das schafft er nicht.» Jedes von Rufus' Worten troff vor Verzweiflung.

Nanouks Magen krampfte sich zusammen. Sie alle wussten, dass Adamos Chancen schlecht standen. Fieberhaft suchte sie nach einer Möglichkeit zu helfen, aber ihr fiel keine ein. Das Gefühl der Machtlosigkeit nagte an Nanouk, ihr wurde schwindelig.

Schwungvoll stand Kristobal auf und wandte sich an den Alphawolf. «Dein Blut könnte Theo neue Kraft schenken.»

«Meins?», fragte Claw und krauste misstrauisch seine Stirn. «Wieso nicht deins, Alphavampir?»

Kristobal überhörte den Spott. «Weil es aus vielen verschiedenen Blutgruppen und sogar tierischem Blut besteht. Es würde seine Organe überlasten, ähnlich wie bei Babys, die eine spezielle Nahrung bekommen und erst Schritt für Schritt an feste Speise gewöhnt werden müssen. Sein Körper muss sich erst umstellen. Aber dein Blut ist rein und stark. Außerdem spielt die Psyche eine wichtige Rolle. Noch ist er dir zugetan.»

«Nein! Lupus hat sich für ein Leben als Vampir entschieden», wetterte Claw aufgebracht und verletzt darüber, dass sein Freund die Familie der Werwölfe verlassen hatte. «Er gehört nun zu deinem Rudel.»

«Aber Claw», flüsterte Tala.

Eindringlich sah er Kristobal an. «Ihr habt den Krieg mit den Skua angezettelt. Sie sind euch nach Anchorage gefolgt und haben einen der euren niedergemetzelt. Wieso sollte ich euch helfen? Viele meiner Gefährten sind infiziert und ihr tragt Schuld daran.»

«Du glaubst, Montalbán hat Adamo auf dem Gewissen?» Stirnrunzelnd stellte sich Jarek hinter seinen Alpha, um zu demonstrieren, dass er ihm den Rücken stärkte.

Claw öffnete seine Arme, um mit dieser Geste zu zeigen, dass die Situation für ihn eindeutig war. «Wer sonst?»

«Schau dir Adamo doch mal an», forderte Jarek ihn auf. Seine Miene hat nichts mehr von einem treuherzigen Bernhardiner, sondern es lag ein grausamer Zug um seine Lippen. «Für mich sehen die Wunden eindeutig nach Krallen aus.»

Mila tauchte neben ihm auf und verschränkte die Arme unter ihrem Busen. «Wie Werwölfe sie haben.»

«Vielleicht ist Pavel der Täter», sagte Canis, dem es sichtlich missfiel, dass Mila ins selbe Horn blies wie Jarek.

Erschrocken duckte sich der Genannte. Er zog den Kopf zwischen die Schultern und winselte leise. Ängstlich lief er zu Kristobal und warf sich zu seinen Füßen. «Ich war es nicht, Herr.»

«Er war die ganze Zeit auf der Bühne, um die Requisiten aufzuräumen und zu reinigen», nahm Jarek Pavel in Schutz. «Ich habe ihm den Befehl gegeben und ihn regelmäßig kontrolliert.»

«Bitte, lasst mich helfen, Herr.» Pavel wartete Kristobals Einverständnis nicht ab, sondern neigte sich über Adamos zerfetzten Körper und schnupperte. Er hielt kurz inne, als hätte er eine Spur gefunden, schüttelte dann aber doch den Kopf. «Ich kann den Geruch des Angreifers ... nicht wittern. Leider. Aber ... was ist das?»

Pavel drehte Adamos Kopf zur Seite und betrachtete die Wunde, die vom Hinterkopf bis zur Schulter verlief, genauer. «Da sind Haare ...

nein, das ist ... ein Büschel Fell.» Mit Daumen und Zeigefinger entfernte er es vorsichtig aus dem tiefen Kratzer und präsentierte es den Vampiren. Sein Dackelgesicht verzerrte sich zu einem hämischen Grinsen.

Neugierig neigte sich Radim vor, sein hagerer Kopf, der in einem Umhang mündete, erinnerte Nanouk an einen Aasgeier. «Es ist weiß, schwarz und fuchsbraun. Welcher Werwolf hat ein dreifarbiges Fell?»

Plötzlich ruhten alle Blicke auf Nanouk: zuerst die der Rudelgefährten und der von Kristobal, dann auch die der restlichen Blutsauger. Entsetzt schluchzte Rufus. Wie gerufen tauchte Caleb auf.

«Haltet sie fest!», befahl Jarek, worauf Caine und Caleb Nanouk grob an den Armen und im Nacken packten, bevor diese reagieren konnte. Nicht nur die Hitze lähmte Nanouks Reaktionsvermögen, sondern auch der Schock. Sofort stellten sich die Vampire vor ihre Gefangene und bildeten eine Mauer zwischen ihr und dem Rudel.

«Noch erteile ich hier die Befehle», stellte Kristobal klar, aber er wies die Zwillinge nicht an, Nanouk loszulassen. Enttäuschung spiegelte sich auf seinem Gesicht, darunter lauerte Aggression.

Knurrend trat Claw so dicht an ihn heran, dass ihre Zehenspitzen sich berührten. «Ihr werdet sie sofort gehenlassen.»

«Das kann ich nicht.» Kristobal wirkte genauso bissig wie der Alphawolf. «Die Beweise sprechen gegen sie.»

«Sie gehört zu uns, wir werden über sie urteilen.»

«Aber sie hat einen von uns überfallen, daher haben wir das Recht, über sie zu richten.»

«Wenn Nanouk den Jungen so zugerichtet hätte, würde ihr Geruch an ihm haften», erinnerte Tala so energisch, wie es einem Omegawolf nicht zustand, wenn sich zwei Alphas stritten. Ihr Mut imponierte Nanouk. «Das Fell bedeutet gar nichts. Jeder könnte es an Adamo platziert haben.»

«Wie, bitte schön, sollen wir an ihr Fell gekommen sein?» Spöttisch krauste Radim seine Hakennase.

Betretene Stille trat ein. Darauf hatten auch die Werwölfe keine Antwort.

«Der Täter hat Adamo vor dem Hintereingang drapiert, weil er wollte, dass der Junge gefunden wird.» Canis versuchte, die Mauer zu durchdringen und zu Nanouk zu gelangen, doch Claw hielt den Hitzkopf zurück, um einen Kampf zu vermeiden. «Das klingt wohl eher nach einem dressierten Hund, der etwas apportiert.»

Wütend fletschte Pavel die Zähne, aber er blieb, wo er war, da er wusste, dass er gegen Canis nicht den Hauch einer Chance hatte.

Nanouk ging durch ein Wechselbad der Gefühle. Wie vom Donner gerührt hing sie im Griff der Zwillinge und bemühte sich, durch eine ruhige Atmung Ordnung in ihre Gedanken zu bekommen. Kristobal war Pavels Herr. Hatte der Alphavampir ihn ausgeschickt, um die Dark Defence zu zerstören? Er hatte selbst gesagt, dass Vampire taktierten, außerdem hatte er keine Sekunde an Pavels Unschuld gezweifelt.

«Vampire haben auch Krallen», warf sie ein und zerrte an ihren menschlichen Fesseln. «Ich sehe keine Bisswunden an Adamos Körper.»

Blitzschnell fuhr Mila ihre Krallen aus und legte eine Hand an Nanouks Kehle. «Aber sie sind viel filigraner – edler – und hinterlassen dünne Kratzer. Die von Adamo sind breit und tief. Sie können nur von einem Werwolf stammen. Von dir!»

Kristobal riss ihren Arm herunter. «Es wird ein Tribunal geben, um die Umstände zu klären. Bis dahin bleibt Nanouk in unserem Gewahrsam.»

«Niemals!», blaffte Canis und verwandelte seine Hände zu Klauen.

Kristobal blieb unbeeindruckt. «Ich garantiere für ihre Unversehrtheit.»

«Bist du dir wegen des Tribunals sicher?», hakte Radim nach. «Wir sollten die Werwölfin nach eigenem Ermessen bestrafen, weil Adamo zu uns gehört.»

Claw stieß Canis zurück. Zustimmend nickte er Kristobal zu. «In Ordnung. Es wird eine faire Gerichtsverhandlung geben.»

«Aber du kannst Nanouk doch nicht hier lassen?» Talas Stimme klang schrill.

«Die Beweise sprechen gegen sie», sagte Claw sachlich, doch Nanouk spürte seine starke Anspannung. «Im Moment kann ich nichts für sie tun.»

Nanouk fühlte sich, als würde sie auf einer Eisscholle im Meer treiben. Es war niemand da, um ihr zu helfen. Was sollte sie von Kristobal halten? Eben hatte sie noch den Liebhaber in ihm gesehen, nun klagte er sie an. Die Dark Defence war ein Witz! Die Vampire und die Werwölfe hatten sich kein bisschen angenähert. Claw war verunsichert, weil er sich verständlicherweise nicht zusammenreimen konnte, woher das Nanouks Fellbüschel stammte. Wenn er keinen Krieg heraufbeschwören wollte, musste er erst Hinweise finden, die für Nanouks Unschuld sprachen. Woher sollte er diese bekommen? Die Vampire würden ihm wohl kaum erlauben, sie zu befragen und den Tatort zu inspizieren.

Fassungslos streifte Nanouks Blick das Fellbüschel in Pavels Hand, als die Zwillinge sie tiefer ins Theater hineinzerrten, das ihr wie ein schwarzer Schlund vorkam, da nur die Beleuchtung im Foyer brannte.

Ihr Arm tat weh, da Caine und Caleb nicht gerade zimperlich mit ihr umgingen, sondern an ihr rissen, als würden sie bereits die Strafe vollstrecken. Aber es waren nicht ihre Gelenke, die sich mit einem schmerzhaften Ziehen meldeten, sondern die Stelle, an der ihr ein Stück Haut fehlte. Sie hatte es sich in Gestalt ihrer Wölfin auf dem Dach des H an der Türzarge abgeschabt, als sie ins Treppenhaus gelaufen und auf dem Boden ausgerutscht war. Mit der Haut war auch etwas Fell zurückgeblieben.

Daher hatte Adamos Angreifer also ihr Fellbüschel! So musste es sein, eine andere Möglichkeit fiel ihr nicht ein.

Jemand musste das Geschehen auf dem Hoteldach beobachtet und das Büschel an sich genommen haben, um Nanouk in eine Falle zu locken. Vielleicht hatte doch der Mexikaner den jungen Vampir so zugerichtet, denn nur er wusste von ihrer Verwandlung auf dem Dach.

Und Kristobal.

Einundzwanzig

Wäre Nanouk bei Kräften gewesen, hätte niemand es geschafft, sie in diesem Loch einzupferchen wie ein tollwütiges Raubtier.

Sie war zum Grübeln verdammt, denn die Illusionisten hatten sie in einen Käfig gesperrt. Akribisch hatte sie jeden Gitterstab untersucht, aber keine Fluchtmöglichkeit gefunden. Dieser Käfig musste eine Requisite sein! Weshalb sollten die Vampire ihn sonst besitzen? Es ging immer nur um die Show. Auch jetzt. Die Blutsauger hätten sie in einem Zimmer einschließen oder fesseln können, aber das war ihnen wohl nicht theatralisch genug.

Nanouk saß, umgeben von Gittern, in einem ansonsten leeren Kellerraum. Brennende Kerzen, die penetrant nach Lemonengras und süßen Lavendelblüten rochen, standen um ihr Gefängnis herum, damit die Werwölfe, sollten sie auf die Idee kommen, ihre Gefährtin zu befreien, sie nicht sofort witterten.

Wenigstens hatte Nanouk aufgehört zu schwitzen, weil es im Keller etwas kühler war als in den Geschossen darüber. Allerdings hasste sie es, wehrlos zu sein und warten zu müssen. Man würde über sie richten, dabei war sie unschuldig. Sie konnte Adamo gut leiden. Niemals hätte sie ihm auch nur ein Haar gekrümmt. In seiner Nähe war Rufus aufgeblüht. Doch die Vampire glaubten ihr nicht und das Rudel würde in der kurzen Zeit keine Beweise für ihre Unschuld auftreiben können.

Entweder würde es Krieg geben oder Nanouk geopfert werden, um den Frieden zu erhalten.

Noch vor Kurzem hätte sie geglaubt, dass Claw das Theater in Schutt und Asche legen würde, um sie heil herauszuschaffen. Stattdessen aber hatte er sie bei den Feinden zurückgelassen. Wenn er wenigstens Lupus mit seinem Blut gestärkt hätte, aber selbst dazu war er nicht bereit gewesen. Hatte er sie, genauso wie den alten Gefährten, bereits aufgegeben?

Als die Tür aufschwang, richtete sie alarmiert ihren Oberkörper auf. Stehen konnte sie in dem Käfig nicht. Vielleicht hatte sie Claw unrecht getan und er kam doch, um sie nach Hause zu bringen. Oder war es Kristobal? Er hatte sie noch kein einziges Mal in ihrem Gefängnis besucht. Möglicherweise schickte er auch einige Vampire, um Nanouk zu verhören.

Zu ihrer Überraschung führte Caleb Tala in den Raum hinein. Man hatte ihr die Augen mit einem braun-beigen Pashmina-Schal verbunden. Der Kahlköpfige brachte sie bis vor den Käfig, erst dort nahm er ihr den Schal ab.

«Ihr habt fünfzehn Minuten», sagte er und schlurfte zum Ausgang zurück. «Ich warte draußen und werde mich nicht von der Tür wegbewegen.»

Tala kniete sich vor das Gitter. Besorgt musterte sie ihre Rudelgefährtin. «Geht es dir gut? Haben sie dir etwas getan?»

«Was machst du hier?» Stirnrunzelnd kroch Nanouk näher zu ihr. Sie freute sich ja, ein bekanntes Gesicht zu sehen. Aber wieso ausgerechnet Tala? Sie war unerfahren. Außerdem stand ihnen noch der Kampf um die Rangfolge bevor. Mit ihr hatte Nanouk am allerwenigsten gerechnet. «Warum ist ... warum ist Claw nicht gekommen?»

Falls Tala diese Frage verletzte, ließ sie es sich nicht anmerken. Sie umfasste die Gitterstäbe mit den Händen. «Die Vampire waren nur mit einem Besuch des Omegawolfes einverstanden.»

«Aus Sicherheitsgründen, ich verstehe.» Nur das schwächste Rudelmitglied durfte zu ihr, um das Risiko einer Flucht so gering wie möglich zu halten. Dank Tala fühlte sie sich für einen Moment nicht mehr von allen alleingelassen, der Alphawolf hatte sie noch nicht abgeschrieben. Tala besaß Mut! Dennoch war es nicht richtig, dass sie jetzt hier vor ihr kniete. Weil sie, Nanouk, eigentlich die Stärkere war, und weil das Schicksal sie zwang, zusammenzuarbeiten, obwohl sie so lang Konkurrentinnen waren, bis die Hierarchie geklärt war. «Wie geht es Adamo?»

Einige Sekunden verstrichen, bevor Tala antwortete. «Er hat es nicht geschafft.»

«Er ist tot?» Nanouk erschrak selbst über die Lautstärke ihrer Stimme. Sie konnte nicht fassen, was sie soeben erfahren hatte. Ihr wurde schwer ums Herz. «Verdammt! Erst verliert Rufus Lupus an die Vampire und dann stirbt auch noch Adamo. Er hatte ihn ins Herz geschlossen wie einen Bruder.»

«Der Schock bei Rufus sitzt so tief, dass er sich in einen Rotwolf verwandelt hat und in einen katatonischen Zustand gefallen ist. Er isst nicht, trinkt nicht und schweigt beharrlich. Sein Körper ist unnatürlich verkrampft.» Talas Seufzer klang beinahe wie ein Schluchzen. «Er ist wie erstarrt vor Trauer.»

«Wenn er zu lang in der Gestalt des Wolfes bleibt, wird er sich nicht mehr zurückverwandeln können», sagte Nanouk, als ob Tala das nicht wüsste.

«Und verrückt werden.»

Lupus hätte ihm helfen könnten, aber er quälte sich gerade durch die letzte Wandlung seines Lebens. Bliebe noch Camille, die jedoch nicht eingeweiht war. Nanouk wollte sie nur ins Spiel bringen, wenn es keine andere Lösung mehr gab. «Wenn Lupus wüsste, dass er gebraucht wird, würde er sich nicht mehr gegen die Transformation wehren. Das ist wie mit dem Gestaltwandeln.»

«Die Illusionisten lassen uns nicht zu ihm. Aber alles wird gut. Claw wird die Wahrheit herausfinden.» Tala griff die Stäbe so fest, dass ihre Handgelenke weiß hervortraten. «Wer hat deiner Meinung nach Adamo angegriffen, um dir den Mord in die Schuhe zu schieben und das Bündnis der Dark Defence zu zerstören?»

Erschöpft lächelte Nanouk, weil Tala ihr zwischen den Zeilen mitteilte, dass sie keine Sekunde an ihrer Unschuld zweifelte. Die Neue im Rudel war eigentlich gar nicht so übel. Wenn die Natur sie nicht zu einer Konfrontation drängen würde, hätten sie vielleicht sogar Freundinnen sein können. «Ich weiß es nicht. Montalbán wäre eine Möglichkeit. Da er jetzt allein kämpft, kann er nicht mehr offen angreifen. Vielleicht versucht er uns gegeneinander aufzubringen und uns auf diese Art zu schwächen, bevor er zuschlägt.»

«Genauso wie Wölfe ein Karibu von seiner Herde trennen, um es zu reißen.» Nachdenklich biss Tala auf den Knöchel ihres Zeigefingers. «Mir gefällt Pavel nicht. Er hat etwas Hinterhältiges an sich.»

«Bin ganz deiner Meinung, aber er wäre wohl kaum so einfältig, jemanden mit seinen Klauen zu töten, weil er unweigerlich zum Kreis der Verdächtigen zählen würde.» Lächelnd tippte sich Nanouk gegen die Schläfe. «Er ist unterwürfig, aber nicht dumm.»

«Früher war er der einzige Werwolf unter den Vampiren. Nun, da wir aufgetaucht und auch noch ein Bündnis mit den Illusionisten eingegangen sind, ist er nichts Besonderes mehr.» Tala zuckte mit den Achseln. «Eventuell wurmt ihn das.»

«Sein Ansehen war nie sonderlich hoch. Er steht sogar noch unter dem Omegavampir.» Peinlich berührt wich Nanouk ihrem Blick aus, weil Tala ebenfalls den niedrigsten Rang bekleidete und das nur ändern konnte, indem sie gegen Nanouk antrat. Was taten sie hier eigentlich? Zwei Rivalinnen, die wie Vertraute plauderten. Machten sie sich nicht etwas vor? «Nein, Pavel ist wie ein dressierter Hund. Verdächtigen wir ihn nicht nur, weil wir ihn nicht ausstehen können?»

«Vorurteile? Wir? Iwo.» Talas Lachen erschallte hell und fröhlich. Die Kerzenflammen tanzten, als würden sie mit einstimmen. «Radim scheint uns auch nicht gerade freundlich gesinnt.»

«Aber er trägt seine Feindseligkeit vor sich her und versteckt sie nicht. Würde er wirklich den Weg wählen, einen der seinen lebensgefährlich zu verletzten und den Verdacht auf ... mich zu lenken?», fragte Nanouk und legte ihren Kopf schräg. Die Stelle an ihrer Schulter, an der sie sich die Haut abgeschürft hatte, tat weh, als wäre die Wunde frisch.

«Vielleicht weil Radim sich vor Kristobal fürchtet, der sich für die Dark Defence entschieden hat.»

Nanouk hatte das Bedürfnis das Gespräch auf jemand anders als den Alphavampir zu lenken. «Ich kann Mila nicht einschätzen.»

«Manchmal wirkt sie ein bisschen eifersüchtig, findest du nicht auch?» Erwartungsvoll schaute Tala sie an und grinste.

«Sie ist mit Jarek zusammen.» Oder lag die Beziehung der beiden in der Vergangenheit? Innig schien ihr Verhältnis jedenfalls nicht zu sein. Konnte es sein, dass sich Mila nur mit Jarek abgab, bis Kristobal sie neben sich akzeptierte? Müde lehnte Nanouk sich mit der Schläfe gegen die Gitterstäbe. Eine Spinne, die im Keller überwinterte, lief eine Handbreit von ihr entfernt über den Boden.

«Trotzdem.» Trotzig schürzte Tala ihre Lippen. «Mila versucht die Aufmerksamkeit des Alphas zu erlangen.»

«Ist das nicht natürlich?» Kaum hatte Nanouk das ausgesprochen, bereute sie es auch schon. Stammelnd versuchte, sie sich zu rechtfertigen. «In der Tierwelt ist es natürlich, nicht unter Menschen. Was ich damit sagen will ... ich meine damit nicht ...»

«Du bist in Kristobal verliebt», sagte Tala frei heraus. «Ich habe eure Blicke gesehen, und alle anderen auch. Vielleicht war das der Auslöser für den Angriff auf Adamo.»

Nanouk errötete heftig. Über Gefühle zu sprechen, gehörte nicht zu ihren Stärken. Lange Zeit hatte sie sich sogar verboten, tiefe Gefühle überhaupt erst aufkommen zu lassen. Wenigstens glaubte Tala nicht mehr, sie hätte es auf Claw abgesehen. Verlegen räusperte sich Nanouk. Sie begann zögerlich: «Vielleicht ist Kristobal ... nicht verliebt ... in mich.»

«Oh, das wage ich zu bezweifeln.» Tala kicherte hinter vorgehaltener Hand wie ein Backfisch. «Wenn er dich ansieht, macht er den Eindruck, als würde er dich am liebsten auf der Stelle verschlingen, um dich immer bei sich zu haben.»

«Das klingt eher nach einem Werwolf. Die dunklen Lords und Ladies verhalten sich anders. Kristobal hat mir einmal gesagt, dass Vampire taktieren.» Nanouk überlegte kurz, ob sie wirklich aussprechen sollte, was ihr durch den Kopf ging, aber ihr Leben hing schließlich davon ab, dass der wahre Täter gefunden wurde. «Vielleicht ist seine Zuneigung falsch und er wollte Claw damit aufwiegeln, um zu erreichen, dass unser Alpha die Dark Defence zerschlägt.»

«Glaubst du nicht, dass Kristobal die Eier in der Hose ...», Tala hielt sich die Hand vor den Mund. «Entschuldigung. Bist du nicht auch der Meinung, er wäre so selbstsicher, das Bündnis einfach aufzulösen?»

«Für die Illusionisten ist alles ein Spiel. Möglicherweise bereitet es ihm einen diabolischen Spaß, eine Närrin aus mir zu machen und Claw zu manipulieren.» Mit den Fingerspitzen kraulte Nanouk ihre

Kopfhaut. «Damit würde er beweisen, dass Werwölfe dumm sind. Dass er keine hohe Meinung von uns hat, machte er gleich zu Anfang klar.»

«Nein, das kann ich mir nicht vorstellen», sagte Tala im Brustton der Überzeugung. «Ich habe das Feuer in seinen Augen gesehen, die Luft flirrt zwischen euch. Ihr seid verliebt. Beide!»

«Liebe hat auch negative Seiten.» Nanouk ärgerte sich darüber, dass sie schneller gesprochen als nachgedacht hatte. Deshalb entschied sie, über Rufus und nicht weiter über sich zu reden. «Nimm nur Rufus. Er hat Adamo nach kurzer Zeit so stark ins Herz geschlossen, dass seine Trauer ihn zu zerstören droht. Ich weiß, wovon ich rede.»

Talas Stimme klang mit einem Mal butterweich. «Hast du schon einmal so sehr getrauert?»

«Nein.» Was war sie heute nur für ein Plappermaul! Überraschenderweise verspürte Nanouk den inneren Drang, herauszulassen, was sie ihr Leben lang geheim gehalten hatte. Eine Katharsis vor dem Tod. «Aber meine Mom.»

Durch die Gitterstäbe hindurch legte Tala eine Hand auf die ihre. Sie bedrängte Nanouk nicht, fortzufahren, sondern wartete geduldig.

Nanouk tauchte in eine Lethargie ab, die es ihr ermöglichte, den ganzen Dreck, der wie Ruß ihre Seele schwarz färbte, abzuwaschen. Mit jedem Wort floss er aus ihr heraus: «Ich wuchs auf den Buffin-Inseln in Iqaluit auf. Die meisten Familien im Nunavat Territorium lebten vom Fischfang. So auch wir.» Sie holte tief Luft. Bilder erschienen vor ihrem geistigen Auge, die sie lange verdrängt hatte. Mit ihnen kehrte der unsagbare Schmerz zurück. «Mein Vater war ein beinharter Kerl. Er fuhr bei Wind und Wetter aufs Meer hinaus. Die jungen Fischer sahen ein Vorbild in ihm. Eines Tages kehrte er nicht zurück.»

Tala sog scharf die Luft zwischen ihren Zähnen ein.

«Seine Leiche wurde nie gefunden. Das Meer hat ihn einfach verschluckt.» Wie aus weiter Ferne hörte Nanouk sich erzählen. «Meine Mutter ist nie über seinen Tod hinweggekommen. Die Trauer fraß sie innerlich auf. Schon damals kümmerte sich mehr meine Tante um mich als meine Mom.»

«Du warst sicher ihr Hoffnungsschimmer, auch wenn sie dir das nicht mitteilen konnte.»

«Sie nahm nichts mehr um sich herum wahr. Meine Mom vergaß, zu leben, sie vergaß mich.» Ihre Eingeweide krampften sich zusammen. Die Narbe, die Nanouks Herz seitdem trug, riss wieder auf. Sie weinte nicht, innerlich jedoch flossen Tränen aus Blut aus der Wunde. «Ich fand sie eines morgens in der Hütte, in der mein Dad alles, was er zum Fischen brauchte, aufbewahrt hatte. Mom hatte sich erhängt.»

«Nein!», schrie Tala entsetzt auf und fügte leiser hinzu: «Sie hat deinen Vater sehr geliebt.»

Nanouk schnaubte. «Ja, das hat sie, aber mich nicht. Damals war ich noch ein Kind. Sie ließ mich zurück, weil mein Dad ihr wichtiger war. Ich fühlte mich wie ein Welpe, den man am Highway ausgesetzt hat.» Und sie schwor sich, niemals so stark zu lieben, wie ihre Mutter ihren Vater ... und sie ihre Mutter. «Liebe kann zerstörerisch sein.»

«Aber auch heilen. Die Zuneigung des Rudels wird Rufus helfen zu genesen, da bin ich mir sicher.»

Nanouk lächelte milde. Natürlich wusste sie, wie nahe Tala und Rufus sich standen. Er hatte sogar sein eigenes Leben für sie riskiert, als Tala im Wood-Buffalo-Nationalpark am Ufer des Athabasca-Sees in Dantes Gewalt geriet. Sie würde alles dafür tun, dem Jungen neuen Lebensmut zu schenken. Aber manchmal war nicht einmal *alles* genug. «Meine Gefühle für Kristobal zerstören nicht nur die Dark Defence, sondern auch euer Vertrauen in mich und schließlich mich selbst.»

«Er ist bestimmt nicht der Mörder. Das hätte er Adamo und erst recht dir niemals angetan.» Sanft drückte Tala Nanouks Hand. «Er liebt dich.»

«Wie meine Mutter mich geliebt hat?» Das Schweigen, das eintrat, bestätigte Nanouks Zweifel. «Seine dunkle Gesellschaft geht ihm über alles. Sie sind seine Heimat, seine Familie, sein Rückhalt. Was bin ich schon? Nur ein Werwolf. Das, was er verabscheut, was er loswerden wollte. Er sieht nur die Wilde in mir.»

«Das kann ich nicht glauben», wiegelte Tala empört ab.

«Wäre er sonst nicht hier? Um mir zu sagen, dass alles gut wird, oder um mich zu befreien?» War sie es, die schluchzte? Verwundert stellte sie fest, dass nun doch Tränen ihre Wangen herabliefen. Nanouk schämte sich, aber sie hatte nicht einmal mehr die Kraft, sie wegzuwischen. «Nein, ich bin genau da, wo wilde Tiere hingehören: in einen Käfig.»

Tala legte die Hand an Nanouks Hinterkopf und zog sie zu sich heran. Behutsam kraulte sie Nanouk und legte die Stirn an ihre, soweit das Gitter es zuließ.

Tala roch nach Frühling, nach saftig grünem Gras und jungen Knospen, die bald in voller Blüte stehen und leuchten würden. Bald würde sie eine ebenbürtige Gegnerin sein.

Nanouk weinte leise. Wieso hatte sie ausgerechnet Tala von ihrer Familientragödie erzählt? Tala hatte eine sehr sanfte Seite, fast schon mütterlich. Sie war so ganz anders als Nanouk, die eher ihre Krallen zeigte, als Schwäche einzugestehen. Nanouk war ein wenig neidisch auf ihren Sanftmut. Trotz der Nähe, die sie zum ersten Mal zu der Polarwölfin empfand, fragte sie sich, ob es richtig gewesen war, ausgerechnet Tala ihr Herz auszuschütten.

Näher betrachtet konnte Tala froh sein, wenn Nanouk verurteilt werden würde. Sie würde automatisch zur Alphawölfin aufsteigen und ohne kämpfen zu müssen, auch als Wölfin den Platz an Claws Seite einnehmen.

Zweiundzwanzig

Als Tala das Nostalgia Playhouse verließ, fühlte sie sich schuldig, weil sie Nanouk belogen hatte.

«Alles wird gut. Claw wird die Wahrheit herausfinden», hatte sie zu ihrer Rudelgefährtin gesagt. Aber würde er das wirklich? Seit Nanouks Inhaftierung bekam sie ihn kaum noch zu Gesicht. Wenn er mal zu Hause auftauchte, zerfurchten Sorgenfalten sein Gesicht und er war brummig. Sie hatte keinen blassen Schimmer, was er im Schilde führt. Oder ob er überhaupt einen Plan hatte.

Als Tala zu Nubilus ins Auto stieg, plagte sie ein schlechtes Gewissen. Sie wischte die Regentropfen von ihren Schultern. Nur drei Schritte waren es bis zum Auto gewesen, aber ihre Haare sahen aus wie frisch gewaschen. «Auf zu Hazels Diner. Es wird schon hell und ich will ihn unter keinen Umständen verpassen.»

Nubi startete schweigend den Wagen und fuhr in Richtung Innenstadt los. Die Atmosphäre war bedrückend. Jeder hing seinen düsteren Gedanken nach. Tala schaute aus dem Fenster, aber ihr Blick war nach innen gerichtet. Sie nahm nicht einmal die Scheibenwischer wahr, die flink über die Scheibe flitzten, damit Nubilus die Fahrbahnmarkierungen überhaupt erkennen konnte.

War es richtig gewesen, Nanouk Hoffnungen zu machen, obwohl Tala selbst nicht von einem Happy End überzeugt war? Die Dinge sahen schlecht aus. Noch hatten die Werwölfe keinen Beweis für ihre Unschuld oder ein auf einen anderen Täter deutendes Anzeichen gefunden. Das lag auch daran, dass die Vampire ihnen Steine in den Weg legten. Das Rudel durfte weder zu Lupus, noch Adamos Leiche untersuchen oder Pavel befragen. Die Vampire waren eine eingeschworene Gemeinschaft.

In Tala regte sich der Verdacht, dass sie alle hinter diesem Komplott steckten. Dieser Gedanke war schrecklich! Dann hätte Nanouk recht mit ihren Zweifeln an Kristobal, aber sie war doch so verliebt in ihn.

Tala stellte sich vor, wie es gewesen wäre, wenn Claw sie damals, als sie sich kennengelernt hatten, hintergangen hätte.

Es hätte ihr das Herz gebrochen. Auf ewig.

Das wünschte sie niemandem! Besonders Nanouk nicht, die als Kind so bitter enttäuscht worden war und der Liebe abgeschworen hatte. Wenn sie die Situation richtig deutete, war Kristobal der erste Mann, dem sie sich geöffnet hatte. Das erforderte Mut und Mut musste belohnt werden.

Ohne den Blick von der Fahrbahn zu nehmen, schaltete Nubilus das Radio ein. Ein Jingle schrillte durch das Wageninnere, aber alles war besser als diese bedrückende Stille.

Tala lächelte. Nanouk und Liebe, wer hätte das gedacht. Innerhalb einer Viertelstunde hatte sie ihre Rudelgefährtin von einer ganz anderen Seite kennengelernt.

Mit einem Mal sah sie nicht mehr die Kämpferin, die es sogar mit den männlichen Werwölfen aufnehmen konnte, sondern die Frau in ihr. Das verblüffte Tala. Es gefiel ihr.

Endlich hatte sie einen Zugang zu ihr gefunden. Nanouk war nicht länger eine Fremde.

Nubilus parkte vor dem Diner und schaltete den Motor ab. Das Radio erstarb. «Soll ich mit reinkommen?»

«Lieber nicht. Ich weiß nicht, wie er auf dich reagieren würde», sagte sie und legte die Hand auf ihre Jackentasche, um zu fühlen, ob es noch dort war. «Es ist besser, wenn ich allein mit ihm rede.»

Sie verließ das Auto und hastete durch den Vorhang aus dicken Regentropfen ins Diner. Hazel goss gerade Kaffee in eine Tasse, die auf dem Tresen stand. Der dazugehörige Gast war nicht zu sehen, wahrscheinlich suchte er gerade das WC auf.

Tala begrüßte sie und schaute sich um. Er saß in der hintersten Ecke, von der aus man nicht einmal hinausschauen konnte, als hätte er den Anblick des Regens satt oder als wollte er nicht gesehen werden. Seine linke Hand schob einen braunen Din A4 Umschlag auf dem Resopaltisch hin und her.

Während sie zu ihm ging, knöpfte sie ihre Jacke auf. Sie neigte sich zu ihm herunter, um ihn herzlich zu drücken, und nahm auf dem gegenüberliegenden Stuhl Platz. «Hi, Walt.»

«Schön dich zu sehen, Tala.» Walter Sarks rieb über seinen rechten Nasenflügel, offenbar juckte seine Nase. Nachdem er fertig war, leuchtete sie rot. «Ich habe immer noch nicht überwunden, dass du mich verlassen hast.»

Er meinte Wild Protection. Auch ihr tat das leid, aber nachdem sie eine Werwölfin geworden war, hatten die Wildtiere, die sie in der Stadt einfingen und in die Wälder zurückbrachten, Tala entweder angefallen oder waren vor ihr geflüchtet. Sie hatte die Arbeit nicht fortführen können und bedauerte das sehr. «Du hast abgenommen.»

«Ein paar Kilo.» Stolz strich er über seinen Bauch, der nicht mehr ganz so kugelrund war.

Der Pullover, den er trug, spannte nicht einmal. «Und du hast einen Pulli an. Ich kenne dich nur in T-Shirts.»

«Seitdem ich dünner bin, friere ich leichter.» Walter lachte. Seine Wangen glühten vor Verlegenheit. «Aber eine Jacke trage ich immer noch nicht, erst wenn die Temperaturen unter null Grad fallen.»

Der Fünfzigjährige war nicht nur schlanker, sondern auch grauer geworden, aber er strahlte immer noch die gewohnte Friedfertigkeit aus. In seiner Gegenwart fühlte sich Tala wohl.

«Was machst du denn jetzt beruflich?» Walter gab Hazel ein Zeichen, worauf sie einen Becher für Tala brachte und ihr Kaffee einschenkte.

Hazel sah mit ihren am Hinterkopf hochtoupierten schwarzen Haaren, dem Riesenpony und ihrer rosa Schürze wie Cher in *Meerjungfrauen küssen besser* aus. Sie schien in den Siebzigern stehen geblieben zu sein, der Zeit ihrer Jugend. «Möchtest du Frühstück, Honey?»

Tala lehnte dankend ab und schaute der Inhaberin des Diners nach, die hüftschwingend zu dem Gast ging, der aus dem WC zurückkehrte und sich vor seine frisch gefüllte Tasse an den Tresen setzte.

«Ich arbeite im Alaska Native Heritage Center.» Ihr gefiel der Job in einem Museum, das es sich zur Aufgabe gemacht hatte, die Kultur der Ureinwohner Alaskas zu erhalten, aber ihr fehlten die Tiere. «Dort war eine Stelle freigeworden. Ich kümmere mich vorwiegend um Schulklassen, plane Veranstaltungen und gebe Workshops.»

Erneut knetete er seine Nase, bis sie geschwollen war. «Ist dort nicht jemand zu Tode gekommen?»

«Irgendeiner musste seine Nachfolge antreten.» Entschuldigend zuckte sie mit den Achseln. Es war Dante gewesen, der das Center verwüstet und den Indianer getötet hatte. Offiziell war der Fall bis heute nicht aufgeklärt. «Auf diese Weise kann ich etwas für meinen Stamm, die Athabascan, tun.»

«Du hättest Granny Onawa keine größere Freude bereiten können.» Sein Gesicht begann zu strahlen, als Hazel mit einer großen Portion Eier und Frühstücksschinken und in einer Serviette zusammengerolltem Besteck an den Tisch kam. Sie wünschte einen guten Appetit, zwinkerte ihm zu und entfernte sich. «Das ist heute nur die Ausnahme, das musst du mir glauben, zur Feier des Tages, weil wir uns wiedersehen.»

«Lass es dir schmecken.» Die Entwicklungen der letzten Zeit waren Tala auf den Magen geschlagen, ebenso der bevorstehende Kampf mit Nanouk. Allein vom Geruch wurde ihr übel. Sie holte das Röhrchen aus ihrer Jackentasche, legte es vor Walter auf den Tisch und lehnte sich zurück, um so viel Abstand wie möglich zwischen sich und die Eier zu bringen. «Das ist das Gegenmittel für das Canidae-Virus.»

Genüsslich knabberte Walter an einem Stück Bacon. «Woher hast du es?»

«Eine Biologin hat es entwickelt.» Mehr Informationen durfte sie nicht preisgeben. Da er nachhaken wollte, fügte sie rasch hinzu: «Du bist doch in dieser Gruppe, die Bürgermeister Benderman zusammengestellt hat. Wenn ihr so viele Hunde und Wölfe wie möglich einfangt und impft, bekommen wir die Epidemie hoffentlich in den Griff.»

«Ich weiß nicht, wie ich dir danken soll. Für viele Canidae wird es leider zu spät sein, aber vielen wird es auch das Leben retten.» Mit dem Fingerknöchel drückte er gegen seinen Nasenflügel, aber das Jucken hörte nicht auf. Schließlich nahm er die Papierserviette und schnäuzte sich. «Du hast dich ziemlich zurückgezogen. Und du magst es nicht gern, wenn man dir Fragen stellt.»

Um Zeit zu gewinnen, nippte sie verlegen an ihrem Kaffee. Er war stark und heiß, so wie sie es mochte, und vertrieb die Übelkeit ein wenig. «So ist es nicht.»

«Aber eine muss ich dir trotzdem stellen.» Nachdem er die Serviette zerknüllt hatte, steckte er sie in die Hosentasche. «Hast du zufällig von dem Gerücht gehört, dass es Büffelwölfe in der Nähe von Anchorage geben soll?»

Tala spürte förmlich, wie die Farbe aus ihrem Gesicht wich. Sie stellte ihren Becher geräuschvoll auf dem Tisch ab und erntete skeptische Blicke von den anderen Gästen. Ihr Lachen klang gekünstelt. «Ach, Walt, du willst mich aufs Glatteis führen, aus Rache, weil ich gekündigt habe, ja? Die sind doch ausgestorben.»

«Dachte ich auch. Aber wie erklärst du dir das?» Langsam schob er den brauen Umschlag zu ihr herüber und schaufelte sich eine große Gabel Ei in den Mund.

Beinahe ehrfürchtig öffnete Tala den Umschlag und linste hinein. Ein Foto. Sie biss sich auf die Unterlippe und zog es vorsichtig mit Daumen und Zeigefinger heraus, als wäre es explosiv. Tatsächlich! Kein Zweifel. Was sie da sah, war das Hinterteil eines Büffelwolfes, der gerade zwischen zwei parkenden Autos hindurchlief.

Und nicht nur das – es war Nubilus' Kehrseite.

Tala kniff ihre Augen zusammen in der Hoffnung, dass sie sich getäuscht hatte. Aber der Wolf auf dem Bild löste sich weder auf, noch formte er sich zu einem unbekannten Tier, sondern es blieb Nubi, der gerade vor dem Diner im Wagen in Menschengestalt auf sie wartete.

Sollte sie lügen? Nein, das zwar zwecklos. Walter kannte sich bestens mit Wildtieren aus, selbst mit Rassen, die ausgerottet waren. «Das Foto muss alt sein.»

«Angeblich wurde es vor einigen Tagen vor dem H aufgenommen», nuschelte er schmatzend und entblößte dabei halb zerkautes Rührei. «Du weißt doch, dieses Hotel, das aus zwei Gebäuden besteht, die auf irgendeiner Etage mit einem Skywalk verbunden sind.»

Natürlich kannte sie es. Kristobal, Nanouk und einige andere hatten vor Kurzem dort eine Auseinandersetzung mit den Skua gehabt.

Soweit ihr berichtet worden war, hatte Nubi gemeinsam mit der Vampirin Rafaela auf der Straße Wache gehalten. Eine böse Vorahnung erwachte. «Dann eben eine Fälschung.»

«Ein Reporter hat es mir gezeigt und mich nach meiner Meinung gefragt.» Walter spülte den letzten Bissen Ei, den er im Mund hatte, mit einem großen Schluck Kaffee herunter. «Matt Jerkins. Erinnerst du dich? Er hat mal einen Artikel über Wild Protection gemacht.»

Sie hielt ihren Becher mit der rechten Hand umkrampft, so dass sie sich beinahe die Finger verbrannte. Aber sie ließ erst los, als es schon sehr wehtat, weil der Schock über das Foto schlimmer war. Jerkins! Ausgerechnet diese Bazille hatte Nubilus abgeschossen.

Welche Ironie des Schicksals! Während die Dark Defence das Beweismaterial aus den Zimmern der Jäger entfernte, hatte Nubi Jerkins vor dem Hotel neues geliefert.

Mit zittrigen Fingern schob Tala das Foto zurück in den Umschlag. «Darf ich das mitnehmen? Ich möchte es der Biologin zeigen, die das Serum entwickelt hat», log sie, denn sie würde einen Teufel tun und Camille noch tiefer in die Rudelangelegenheiten hineinziehen. Aber sie musste das Foto in ihren Besitz bringen – und danach das Negativ von Jerkins.

Walt hatte sich längst wieder seinem Frühstück zugewandt. Verträumt betrachtete er das Ei und den Schinkenstreifen, den er aufgespießt hatte. «So lange du mich auf dem Laufenden hältst», sagte er und schob die Gabel genüsslich in seinen Mund.

«Sicher. Aber ich würde an deiner Stelle vorerst mit niemandem darüber sprechen. Jerkins schreibt auch über Jeti-Sichtungen und andere Verrücktheiten.» Walter hatte ein Ansehen zu verlieren, dieses Wissen nutzte Tala aus, um ihn zum Schweigen zu bringen. Wenn man ihn für verrückt hielt, würde er seine Kundschaft verlieren. «Er ist sich für keinen Nonsens zu Schade, wenn es ihm Geld bringt. Ich halte ihn für einen Spinner!»

«Das ist er auf jeden Fall», pflichtete Walter ihr bei und verschüttete durch sein herzhaftes Lachen Kaffee. «Jesus, nach einer Diät schmeckt alles gleich doppelt so lecker.»

«Nach? Gibst du etwa schon auf?» Er konnte nicht aufhören zu lachen und verschluckte sich. Sie sprang auf und klopfte ihm auf den Rücken. Seine gute Laune konnte sie nicht anstecken, denn der Schock saß tief.

Der Ärger wuchs dem Rudel über den Kopf. Die Werwölfe konnten sich nicht um alle Probleme gleichzeitig kümmern. Es lag auf der Hand, dass früher oder später etwas schief laufen würde.

Dreiundzwanzig

Warum führte Kristobal nicht die Befragung durch? Nanouk saß auf der Bühne, der improvisierten Anklagebank, und schaute hilfesuchend zu ihm. Doch er stand an der Seite und beachtete sie nicht, sondern ließ seinen Blick über die anwesenden Werwölfe und Vampire gleiten, die im Zuschauerraum des Theaters Platz genommen hatten. Sein Interesse an dem Prozess schien nicht groß zu sein, dabei stand ihr Leben auf dem Spiel.

Aber was erwartete sie von ihm, wo sogar ihr eigener Alpha sie im Stich ließ. Claw war nicht gekommen. Vor der Verhandlung hatte Tala ihr zugeflüstert, dass er garantiert noch auftauchen würde, aber seine Verspätung konnte sie nicht erklären. Nanouk roch ihre Unsicherheit.

Seitdem die Verhandlung begonnen hatte, saß sie an Hand- und Fußgelenken gefesselt auf diesem Holzstuhl, und kam sich vor wie eine Frau, die zur Zeit der Inquisition der Hexerei beschuldigt wurde, Nanouk war ebenso unschuldig wie die Frauen damals. Wie ein wildes Tier hatten die Illusionisten sie angebunden. Kerzen auf hüfthohen Metallständern rahmten das Podest ein. Ihre Flammen loderten ungewöhnlich hoch. Schatten tanzten an den Wänden und erweckten den Anschein, als würden Geister der Verhandlung beiwohnen.

«Wir warten jetzt schon eine Viertelstunde.» Jarek sprang von seinem Platz auf und ging energisch zu Kristobal. «Die Türen in einem Gerichtsaal werden auch pünktlich geschlossen, und niemand darf während der Verhandlung hinein.»

«Claw wird jeden Moment hier sein», rief Tala ihm zu. Sie bewegte sich nicht von den Gestaltwandlern weg, die alle bis auf Pavel auf der rechten Seite saßen, als hätte sie Angst, von den Vampiren angefallen zu werden, sollte sie auch nur einen Fuß auf die linke Seite setzen.

Eine Weile sah Kristobal auf die Westentaschenuhr, die Jarek ihm hinhielt. Seine Kiefer malten. Schließlich nickte er. «Das Tribunal beginnt. Radim und Arctos führen die Befragung durch, Zwischenrufe aus dem Publikum sind nicht erlaubt. Ich werde am Ende das Urteil fällen.»

«Du?» Erstaunt steckte Jarek die Uhr zurück in seine Tasche. Sein Zwirbelschnurrbart zuckte.

Kristobal verengte seine Augen. «Ich bin der einzige Alpha hier. Mir allein steht dieses Recht zu. Hast du ein Problem damit?»

«Natürlich nicht.» Jarek verbeugte sich und kehrte zu seinem Platz zurück.

Hoffnung keimte in Nanouk auf. Vielleicht erinnerte Kristobal sich an die schönen Momente, die sie miteinander geteilt hatten, und würde sie verschonen, egal wie die Beweislage war. Aber obwohl er der Alphavampir und sein Wort Gesetz war, musste er Entscheidungen zum Wohl der Gruppe treffen, und diese forderte eindeutig Rache für den armen Adamo.

Nanouk spürte Tränen aufsteigen. Noch immer konnte sie nicht fassen, dass der Junge tot war. Adamo, der Rufus Zaubertricks beigebracht hatte und der für den Werwolf der erste jugendliche Freund seit langem gewesen war. Ausgerechnet er, der sich als erstes mit einem Lykanthrop angefreundet hatte, war ermordet worden und hatte durch seinen Tod die Dark Defence zerschmettert. Hatte er deshalb sterben müssen?

Nanouk hatte ihn sehr gemocht und selbst bei den Illusionisten bemerkte sie vom Weinen gerötete Augen. Die Blutsauger besaßen also doch kein Herz aus Stein, sondern sie suchten einen Schuldigen, nicht der Genugtuung wegen, sondern um ihre Trauer verarbeiten zu können.

Pech gehabt, dass du diese Genugtuung bist, dachte Nanouk sarkastisch und spürte, wie sich ihre Eingeweide zusammenzogen. Sie bemühte sich, kämpferisch zu bleiben, schluckte den Kloß in ihrem Hals herunter und straffte die Schultern.

Trotz aller Standhaftigkeit quälte sie ein Gefühl, das sie nicht oft verspürte, dafür umso mehr verabscheute. Angst.

Radim schlenderte auf die Bühne zu und rieb seine Hände aneinander. Seine Finger waren so lang und dünn, dass sie wie blasse

Spinnenbeine aussahen. «Wo warst du zu dem Zeitpunkt, als Adamo angefallen wurde?»

Bevor Nanouk antworten konnte, hob er seine Hand in einer so herablassenden Geste, dass Nanouk sie ihm am liebsten abgebissen hätte. «Und behaupte ja nicht, du wärst im Theater bei der Versammlung der Dark Defence gewesen. Nach unseren Schätzungen lag Adamo schon eine Stunde vor dem Hintereingang, denn als Caine ihn fand, hatte er bereits viel Blut verloren.»

«Das wisst ihr nicht mit Bestimmtheit», protestierte ihr Verteidiger Arctos und machte einen Schritt auf das Podest zu. «Es handelt sich bei der Zeitangabe um eine reine Vermutung.»

«Mein lieber Lykanthrop, wir sind lange genug Vampire, um die Situation anhand des Blutverlustes einschätzen zu können.» Maliziös lächelte Radim. «Ein Werwolf bräuchte nur wenige Minuten, um sein Opfer derart zuzurichten. Nanouk hatte alle Zeit der Welt, um ...»

«Es steht noch gar nicht fest, dass sie es war», wetterte Arctos.

Radims Lächeln versiegte. «Für uns schon.»

«Hebt euch die Debatte für das Ende der Verhandlung auf», ging Kristobal dazwischen. «Fahr fort mit der Befragung.»

Nanouks Herz wummerte in ihrem Brustkorb. Wie war sie nur in diese Situation geraten? Sie hatte sich mit dem Falschen eingelassen – einem Vampir. Nun wollte er diese Scharade so schnell wie möglich hinter sich bringen, den Eindruck machte er zumindest. Das Urteil war ohnehin schon in dem Moment gefällt worden, als das Fellbüschel an Adamo entdeckt worden war.

Radim trat auf das Podest und stellte sich vor sie, so dass sie nicht einmal mehr Blickkontakt zu ihren Leuten suchen konnte. «Also? Wo warst du zum Zeitpunkt des Angriffs?»

«Ich bin gelaufen.» Nanouks Zunge klebte am Gaumen. «Das Serum kämpfte mit dem Gift der Skua. Ich brauchte die Kraft meiner Timberwölfin.»

«Wo hast du dein Tier ausgeführt?», fragte Radim spöttisch.

Sie sammelte Speichel in ihren Wangen, um besser sprechen zu können und sich nicht räuspern zu müssen, denn das hätte als ein

Zeichen von Unsicherheit gewertet werden können. «Im Kincaid Park. Ich bin am Ufer des Turnagain Arms entlanggelaufen.»

«Im Stadtpark? Nicht in den Wäldern?»

«Dazu fehlte mir die Zeit. Der Park ist groß genug, geradezu riesig.»

«Aber öffentlich.»

«Nachts bei Regen ist die Chance, jemanden zu treffen, gering. Es blieb keine Zeit, das Stadtgebiet zu verlassen.»

«Weil dein Tier herausdrängte.» Es war keine Frage Radims, sondern eine bissige Vermutung. «Der schmerzhafte Genesungsprozess hat es wild gemacht.»

«So ein Unsinn!», blaffte sie und wurde sogleich verlegen, weil sie sich hatte gehen lassen und Radim somit bestätigte, dass sie durchaus in der Lage war, aus der Haut zu fahren. «Mich zu verwandeln und durch die Natur zu laufen, schenkte mir Kraft.»

«Die du sogleich darin verwendet hast, dich auf Adamo zu stürzen.»

«Einspruch!» Arctos sprang auf das Podest und drängte Radim von der Bühne. «Es steht noch gar nicht fest, dass sie die Täterin ist.»

«Wie erklärst du dir dann das Fell an Adamos zerfetztem Körper?», fragte der Hauptillusionist und legte seinen Kopf schräg.

Zerknirscht schwieg Arctos.

Nanouk konnte hören, wie alle im Saal die Luft anhielten. Das Fell war das einzige Indiz. «Ich kann es erklären», sagte sie mit belegter Stimme und erzählte vom Kampf auf dem Hoteldach – wie sie sich verwandelte, von einem Dach auf das andere sprang und sich die Schulter an der Zarge verletzte. «Dort muss ein Büschel Fell zurückgeblieben sein.»

«Willst du damit andeuten, ich hätte dir den Mord in die Schuhe geschoben?» Mit zornig zusammengekniffenen Augen flog Kristobal auf sie zu, stützte sich auf den Armlehnen ab und beugte sich zu ihr herunter.

Erschreckt drückte Nanouk ihre Kehrseite gegen die Rückenlehne. Ihre Hände schlossen sich so fest um die Armstützen, dass ihre Handgelenke weiß hervortraten. Sollte Kristobal noch irgendwelche Sympathien für sie gehegt haben, so hatte sie diese soeben verspielt.

Dann sagte er etwas Unfassbares: «Wir müssen die Möglichkeit in Betracht ziehen, dass einer deiner Rudelgefährten Adamo getötet und das Fell an ihm platziert hat, denn die Werwölfe kommen jederzeit an dein Fell. Ihr lauft doch regelmäßig zusammen, nicht wahr?»

«Nein, nein, das glaube ich nicht», wisperte sie atemlos.

«Und wieso ist dann dein Alphawolf nicht hier, um dir beizustehen?» Er sah ihr tief in die Augen und sein Blick war so getränkt von Herausforderung, dass ihre Wölfin in der einen Sekunde knurrte und in der nächsten winselte. Auf der einen Seite wollte sie ihn angreifen, weil er ihr Rudel beleidigt hatte, auf der anderen erkannte sie nicht nur, dass er ihr in jeglicher Weise überlegen war, sondern auch, dass etwas an seiner Theorie dran sein könnte.

Während vereinzelt Vampire abfällig auflachten, tuschelten die Werwölfe oder schwiegen entsetzt. Auch sie waren verunsichert, weil Claw der Verhandlung fernblieb.

«Ich will ihre Schulter sehen!» Radim wollte zurück auf die Bühne treten, doch Kristobal streckte seinen Arm aus und hielt ihn davon ab.

Der Alphavampir stellte sich hinter den Stuhl und zog ihr langärmliges T-Shirt beiseite, um die Schulter freizulegen, die sie sich auf dem Hoteldach verletzt hatte.

«Ha!», schrie Radim und klatschte einmal in die Hände. «Hab ich's doch gewusst. Nichts.»

«Natürlich ist nichts mehr zu sehen. Die oberflächliche Wunde ist längst verheilt. Herrje, es war nur eine Abschürfung.» Arctos' Erklärung entsprach zwar der Wahrheit, aber sie klang wie eine Ausrede. Hoffnungsvoll wandte er sich an Kristobal. «Aber du hast die Wunde doch gesehen.»

Leise seufzend ließ der Alpha den Stoff los. «Nein, habe ich nicht.»

Ein Raunen ging durch die Reihen.

Nanouks Verzweiflung wuchs. Log er? Oder hatte er im Treppenhaus nur Augen für ihre nackten Rundungen gehabt?

Ihr Blick glitt über die Zuschauerreihen. An einem Gesicht blieb sie hängen. Es war das einzige, das sie anlächelte. Ihr Geist krallte sich an ihm fest, wie an einen rettenden Anker. Ihr war, als würde sie fallen.

Alles um die herum verblasste. Eine seltsame innere Gelassenheit breitete sich in ihr aus. Sie fühlte nichts mehr. Ihre Gedanken waren leer. Da war nur wohltuende, entspannende Schwärze. Endlich verschwanden diese bohrende Angst und die Verzweiflung, weil Claw sie in ihrem Elend allein gelassen und Kristobal sich von ihr abgewandt hatten.

Schlagartig erkannte Nanouk, dass ihre Gedanken gar nicht leer waren, sondern Nebel hindurchwaberte und alles verhüllte. Er war der Grund für die Dunkelheit ihres Geistes. Der Dunst war schwarz, dicht und zäh wie Emissionen aus hunderten Industrieschloten, und er floss nur langsam ab. Träge zog er sich zu den Seiten zurück wie Theatervorhänge aus Ruß, die den Blick auf die Bühne freigaben – oder in Nanouks Fall die Erinnerung, die dahinter lauerte.

Schon als Nanouk die Krallen sah, die zum Vorschein kamen, wünschte sie sich, der Nebel würde wieder dichter werden. Denn die Klauen gehörten zu ihr. Blut tropfte herunter. Nanouk folgte den Tropfen mit ihrem Blick. Das Blut fiel zu Boden. Auf den schmutzig nassen Asphalt und den Körper, der vor ihren Füßen lag. Adamos Körper. Adamo hielte die Hände schützend vor seinen Kopf. Seine Augen hatte er weit aufgerissen vor Entsetzen. Er röchelte, weil seine Kehle aufgerissen war. Schließlich ließ er kraftlos seine Arme sinken. Das Leben floss literweise aus ihm heraus.

«Ich war's.» Was hatte sie nur getan? Nanouk begann zu zittern. «Jetzt erinnere ich mich wieder.»

«Wovon sprichst du?», fragte Kristobal barsch.

«Adamo. .. Ich hatte es vergessen.» Nanouk schlotterte nicht vor Kälte, denn im Theater war es heiß wie immer, sondern vor Erschütterung. Fassungslos schüttelte sie den Kopf. «Ich bin schuldig.»

Canis schrie auf und wollte zu ihr laufen, doch Nubilus hielt ihn davon ab. Stattdessen trat Arctos auf das Podest. Er beugte sich zu ihr herunter, fasste ihre Schultern und schüttelte sie sanft. «Was faselst du da, Mädchen? Reiß dich zusammen. Du kannst Adamo nicht abgeschlachtet haben. So etwas hättest du niemals getan!»

«Aber das Tier in ihr.» Radim prüfte, ob Nanouks Fesselungen noch fest genug waren. «Wölfe kann man nicht zähmen. Es sind wilde Tiere.»

«Unsinn!» Unsanft drängte Arctos den windhundgesichtigen Magier beiseite.

«Ein Verdrängungsmechanismus des menschlichen Gehirns.» Selbstzufrieden tippte Radim sich gegen die Schläfe. «Ihr Tier hat ein Verbrechen begangen und ihre menschliche Seite hat die abscheuliche Tat verdrängt.»

Als Kristobal sagte: «Das halte ich für unwahrscheinlich. Niemand ist mehr eins mit seinem Wolf als Nanouk», lag die gesamte Aufmerksamkeit auf ihm.

«Du weißt gut über sie Bescheid, nicht wahr?» In aller Seelenruhe kam Jarek näher. Er strahlte Gelassenheit aus. «Aber auch du musst einsehen, dass die Beweise gegen sie sprechen. Zusammen mit ihrem Geständnis kann es nur eine Verurteilung geben.»

Die darauffolgende Stille schnürte Nanouk die Luft zum Atmen ab. Mit jeder Sekunde, die Kristobal grübelte, schwand ihre Hoffnung. Sie wünschte sich so sehr, dass er sich für einen Freispruch einsetzen würde, immerhin zeugte sein Hadern von Unsicherheit, aber Jarek hatte Recht. Alles sprach gegen sie. Dem Alphavampir blieb keine andere Möglichkeit als eine Strafe zu bestimmen. Und wie sollte die Bestrafung anders aussehen als der Tod? Schließlich hatte sie einen der ihren getötet.

Ihr lief kalter Schweiß den Rücken hinab. Sie konnte Canis' Aggression wittern und Nubilus' Angst. Sie ekelte sich vor sich selbst. Das erste Mal seit sie eine Werwölfin war, verachtete sie ihre Timberwölfin. Nanouk hatte nie das Bedürfnis gehabt, ihre Wölfin zu kontrollieren, sondern sie waren ein Team gewesen. Nun bereute sie ihre Fahrlässigkeit. Nanouk hätte sie unterwerfen sollen, sie kontrollieren oder gar zähmen, anstatt sie als Freundin zu betrachten. Jetzt war es zu spät.

Sie würden gemeinsam sterben. Durch den Mann, den sie beide liebten.

Tränen liefen Nanouks Wangen hinab. Es war das erste Mal, dass sie in der Öffentlichkeit Schwäche zeigte. So schwer war das gar nicht, stellte sie erstaunt und schwermütig fest.

Plötzlich schwangen die beiden Flügeltüren des Saales auf. Claw stapfte durch den Mittelgang auf die Bühne zu. Zwei Männern folgten ihm wie Schatten. Die Vampire und die Lykanthropen flogen von ihren Sitzen auf. Ungläubig starrten alle Adamo und Lupus an, wagten aber nicht, ihre Gefährten in die Arme zu schließen, als wären die beiden Männer schaurige Geistererscheinungen. Vielleicht lag es auch an Claw, der so finster blickte, als wollte er jeden mit Haut und Haaren fressen, der sich ihnen näherte.

Nanouks Herz machte einen Sprung. Sie blinzelte ihre Tränen weg, weil sie kaum glauben konnte, was sie da sah.

Adamo lebte! Wie konnte das sein? Tala hatte ihr doch erzählt, dass er tot war. Hatte die Neue sie belogen? Nein, Tala schaute ebenso verblüfft. Auch sie hatte nicht gewusst, dass er überlebt hatte. Keiner im Raum machte den Eindruck, als wäre er in etwas eingeweiht.

Lupus sah ausgezehrt aus und er schleppte sich mühsam vorwärts, aber er schien die Wandlung in einen Vampir überstanden zu haben. Sein Haar leuchtete vollkommen weiß, die Transformation hatte seine Augen blutrot gefärbt und die Altersflecken stachen durch die Blässe seiner Haut hervor. Aber trotz dieser Veränderungen lag dieselbe Güte in seiner Miene. Am liebsten wäre Nanouk ihm um den Hals gefallen. Wütend zerrte sie an ihren Fesseln.

Jarek war der erste, der seine Sprache wiederfand. Das erste Mal seit Nanouk ihn kannte, stieg eine zarte Röte in seine Bernhardinerwangen. «Was geht hier vor? Ich will sofort wissen, was hier los ist!»

Claw ignorierte ihn. Er schritt einfach an ihm vorbei und blieb erst neben Kristobal stehen. Bisher hatten sie immer wie zwei Stiere ausgesehen, die mit den Hufen scharrten, wenn sie sich in einem Raum befanden, doch nun wirkten sie wie eine Einheit. Nanouk bemerkte es und die anderen auch, das allgemeine Staunen war groß.

«Gerade rechtzeitig.» Der Alphavampir nickte Adamo und Lupus zu, dann wandte er sich an die Versammelten, die inzwischen zu tuscheln begonnen hatten. «Es tut uns leid, euch belogen zu haben, aber es war unumgänglich.»

«Was soll das heißen?» Als Canis näher trat, warf er einen Stuhl um.

Gebieterisch hob Claw seine Hand, um seinen Rudelgefährten von Dummheiten abzuhalten. «Kristobal und ich haben einen geheimen Pakt geschlossen. Wenn wir mit dem, was wir vorhatten, erfolgreich sein wollten, durfte niemand etwas von unserem Plan erfahren.»

«Ich bin der Manager unserer Illusionistengruppe.» Energisch schlug sich Jarek auf den Brustkorb. «Ich sollte über alles informiert sein.»

«Hier geht es aber nicht um die Show, sondern um unsere dunkle Gesellschaft», Kristobal schaute über die Schulter zu Nanouk, «und um die Wahrheit. Nur Adamo kann uns sagen, was wirklich vorgefallen ist.»

Das Blut rauschte durch Nanouks Adern und sie fühlte sich viel lebendiger als noch vor einer Minute. Der schwarze Nebel in ihrem Geist war verschwunden, ebenso das Bild ihrer blutigen Klauen. Ihr war, als wäre sie wieder sie selbst.

Aufgebracht zeigte Radim auf die Angeklagte. «Aber sie hat gestanden, Adamo angegriffen zu haben. Sie erinnert sich wieder an die Tat.»

«Erinnerungen können manipuliert werden», gab Kristobal zu bedenken.

«Nur von dir», ohne ihn aus den Augen zu lassen, hob Canis den Stuhl auf, den er umgeworfen hatte, «zumindest bei Werwölfen.»

Er hatte Recht. Nanouks Zweifel kehrten zurück. Wie Seifenblasen stieg immer wieder Hoffnung in ihr auf und genauso oft zerplatzten sie. «Irgendjemand spielt ein falsches Spiel.»

«Zwei Alphas, die ihre Gefährten hintergehen...», murmelte Radim, doch er erntete keine Zustimmung von den anderen Vampiren.

Kristobal ließ seinen Blick über die Anwesenden gleiten. «Es besteht immer noch die Möglichkeit, dass Montalbán Adamo so grausam zugerichtet hat, aber viel wahrscheinlicher ist, dass der Täter einer von uns ist.»

«Einer von den Gestaltwandlern, meinst du wohl.» Misstrauisch beäugte Mila die Werwölfe.

«Keineswegs.» Kristobal lächelte wissend. «Vampire finden einen Weg, die Dinge genauso aussehen zu lassen, wie sie wollen, dass sie aussehen.»

«Ich habe Lupus mit meinem Blut gestärkt», berichtete Claw, worauf Tala erleichtert aufatmete und strahlte, «Lupus hat Adamo zusammengeflickt und Kristobal hat ihn mit seinem Blut genährt. Wir mussten euch im Unklaren gelassen, damit der Täter sich in Sicherheit wiegt.»

«Bis Adamo so weit genesen war, dass eine Gegenüberstellung stattfinden kann», führte der Alphavampir die Erklärungen zu Ende. «Sag uns, wer dich angefallen hat, Adamo.»

Der junge Vampir schob nervös seine Zunge durch die Lippenspalte. Schließlich zeigte er auf den Werwolf, der in der letzten Reihe hinter den Vampiren saß. «Es war Pavel.»

Ein Raunen ging durch die Menge. Pavel dagegen zog den Kopf zwischen den Schultern ein und winselte leise. «Nein, das kann nicht sein. Ich kann mich an nichts erinnern, an rein gar nichts, ehrlich.»

«Deshalb hat er auch behauptet, den Geruch des Täters an Adamo nicht gewittert zu haben», tobte Jarek. «Weil er sich sonst selbst entlarvt hätte.»

Unerwartet sprang Pavel auf, rannte nach vorn und warf sich Kristobal zu Füßen. Jammernd umschlang er seine Fußgelenke und krächzte: «Bitte, Herr, Ihr müsst mir glauben. Ich bin unschuldig. Adamo war immer gut zu mir. Niemals hätte ich ihm so etwas Schreckliches antun können.»

«Du hast es getan.» Dann sagte Adamo etwas, das alle verblüffte. «Aber ich verzeihe dir.»

«Wie bitte?» Wild gestikulierte Radim, der nicht glaubte, was er da hörte. «Junge, bist du noch ganz bei Verstand? Er wollte dich töten.»

Adamo schüttelte den Kopf. «Nicht er. Pavel war nur ein Instrument.»

«Von Kristobal?», wisperte Nanouk mit zittriger Stimme.

«Über diese Frage reden wir später unter vier Augen.» Grimmig hob der Alphavampir eine Augenbraue.

In diesem Moment erkannte sie, dass er am Anfang des Tribunals nicht desinteressiert gewesen war, sondern lediglich das Publikum im Augen behalten hatte, weil sich der Täter darunter befand. Sein Grübeln über das Urteil war kein Zeichen von Unentschlossenheit, er hatte nur Zeit schinden wollen, weil er auf Claw, Adamo und Lupus gewartet hatte.

Nanouk schämte sich mit einem Mal für ihre Zweifel an ihm, auch weil der Alphawolf klarstellte: «Ich vertraue Kristobal hundertprozentig. Es muss noch jemanden unter den Vampiren geben, der die Fähigkeit hat, Werwölfe zu manipulieren und diese magische Gabe geheim hält.»

«Jemanden, der Erinnerungen löschen und einer anderen Person einpflanzen kann.» Mit einer Geste forderte Kristobal Adamo auf: «Nenn den Namen.»

Adamos Stimme wurde mit jeder Silbe lauter, bis er schließlich durch das Theater schrie: «Wie ein feiger Hund versteckte er sich im Schutz des Hintereingangs, aber ich bemerkte ihn trotzdem. Von dort aus lenkte er Pavel allein durch die Kraft seiner Gedanken, damit der Werwolf als Täter beschuldigt werden würde, sollte sein Plan, das Anchorage-Werwolf-Rudel zu beschuldigen, misslingen. Doch Pavel war nur die verlängerte Hand von… Jarek!»

Nanouk hörte ihre Wölfin erleichtert aufheulen.

Vierundzwanzig

Kristobal fühlte einen Stich im Herzen. Auch er hatte den Namen des Verräters erst jetzt erfahren und die Wahrheit war wie ein Schlag in den Magen. «Warum? Du warst wie ein Bruder für mich.»

«Spar dir das Geplänkel!» Angewidert rümpfte Jarek seine Nase. «Du hast dich schon immer wie ein Alpha verhalten, hast die Ellbogen ausgefahren und wolltest nirgendwo anders sein als an der Spitze. Dein angekratztes Ego hätte nicht zugelassen, dass du nur Platz zwei einnimmst. Als ich dich damals gefunden habe, warst du der Prügelknabe für alle. Erst ich habe dich zu dem gemacht, was du heute bist.»

«Und dafür war ich dir dankbar.» Absichtlich sprach Kristobal in der Vergangenheit. «Wir waren die engsten Freunde. Wieso hast du mich hintergangen?»

Jarek spuckte auf den Boden. «Deine Freundschaft ist nicht mehr wert als mein Rotz. Ich habe dich zu einem Lykanthropen gemacht, um dir die Stärke zu schenken, nach der du dich immer gesehnt hast. Als ich den Schlüssel zu einer höheren Evolutionsstufe fand, habe ich dich mit mir emporgehoben. Aber du hast auf mich herabgeschaut. Ich musste die zweite Geige spielen, ich stand immer einen Schritt hinter dir und habe deine Befehle ausgeführt, dabei hättest du vor mir kriechen sollen.»

«Was redest du da?» Mila kam näher, doch Jarek schaute sie so verachtend an, dass sie erschrocken zurückwich.

«Ich habe nie verlangt, dass du vor mir kriechst», stellte Kristobal klar. Er war nie der herzlose Herrscher gewesen, wie Jarek behauptete, und er konnte und wollte das nicht vor den Werwölfen und Vampiren so stehenlassen. Besonders nicht vor Nanouk. Es schmerzte schon genug, dass sie dachte, er hätte sich gegen sie gewandt. Es war in ihren Augen zu lesen gewesen und es hatte wehgetan.

«Aber ich hätte *dich* dazu zwingen sollen, von der ersten Begegnung an, als du noch der verlauste Jugendliche mit den vielen äußeren und inneren Verletzungen warst, um dich auf ewig auf deinen Platz zu verweisen.» Wütend warf Jarek einen Stuhl in Richtung der Gestaltwandler, die sich vom rechten Seitengang herangepirscht hatten und nun stehenblieben. «Ich war der Wegbereiter für unsere Gruppe ... unser Rudel ... unsere dunkle Gesellschaft. Ich hätte ihr Alpha sein sollen.»

«Aber du warst nicht stark genug», warf Claw spöttisch ein. «Nur der Stärkste hat das Recht, der Alpha zu sein, und das ist Kristobal.»

Die Enttäuschung quälte Kristobal fast noch schlimmer als der Schmerz über den Verrat Jareks, seinem engsten Vertrauten. «Als ich jung war, habe ich zu dir aufgeschaut. Deine Meinung war mir immer teuer. Ich dachte, du wärst gefestigt und eine solide, verlässliche Stütze für unsere Gemeinschaft. Aber jetzt erkenne ich, dass nicht Loyalität, sondern Egoismus dich angetrieben hat.»

Jarek lachte verächtlich. «Ich strebte genauso nach Macht wie du.»

«Aber ich hatte das Wohl der Gruppe immer im Blick. Du dagegen hast dich nur um dein eigenes gekümmert.» Drohend machte Kristobal einen Schritt auf ihn zu und genoss es, dass Jarek zurückwich. «Früher dachte ich, du wärst so oft unterwegs gewesen, um neue Möglichkeiten für unsere Clique zu suchen. Aber ich habe mich getäuscht. Es war reines Desinteresse.»

«Wieso sollte ich mit einer Gruppe von Losern, die sich in ihr Schicksal fügen, meine Zeit verschwenden?» Jarek ging langsam durch den Mittelgang in Richtung Ausgang und hatte seine Arme ausgebreitet, als würde er unsichtbare Waffen tragen. «Nein, ich habe unser Schicksal geändert, mehr als einmal. Aber gedankt hat es mir niemand. Man hätte mich zum Alpha krönen müssen.»

«Weil du nicht den Mumm hattest, Kristobal herauszufordern, bist du ihm in den Rücken gefallen», mutmaßte Claw, der Kristobal so leise folgte, dass dieser nicht einmal seine Schritte hörte.

«Dich mit den Werwölfen zu vereinen, war das Dümmste, was du hattest tun können. Wir verachten diese Tiermenschen, schon vergessen?» Jarek badete förmlich in dem Missmut, den er von den Gestaltwandlern erntete. «Ich dachte, das würde dir den Nacken brechen.

Diese treudummen Schafe von Vampiren waren mit deiner Entscheidung nicht einverstanden, trotzdem rebellierten sie nicht.»

«Ich habe mich so in dir getäuscht.» Angeekelt schüttelte sich Mila. Gemeinsam mit den anderen Illusionisten ging sie parallel zu Jarek durch den linken Seitengang.

«Adamos Tod und Nanouks Verurteilung hätten die Dark Defence zerstört. Die Vampire hätten deine Entscheidungskraft in Frage gestellt und dich endgültig gestürzt.» Verschwörerisch rieb Jarek seine Handflächen aneinander und setzte seinen Weg fort. «Und ich wäre zum Alpha aufgestiegen.»

«Aber dein Plan ging nicht auf.» Das Blut rauschte durch Kristobals Ohren. Seine Fingerspitzen prickelten. Seine Poren zogen sich zusammen und dehnten sich wieder. Vor Zorn drängte das, was in ihm lauerte und das er vor den anderen geheim hielt, nach draußen. «Du hast nicht damit gerechnet, dass Werwölfe und Vampire zusammenarbeiten würden.»

Plötzlich drehte sich Jarek blitzschnell um und rannte in Richtung Foyer.

Die Magie stieg so heftig in Kristobal auf, dass er sie nicht kontrollieren konnte. Wie ein Flächenbrand stob sie aus seinem Inneren heraus in jeden Winkel seines Körpers. Sie summte in seinen Ohren, als würde er sich statisch aufladen. Alles geschah wie von selbst und ganz natürlich. Der Wunsch allein reichte schon, um die Magie auf die zweiflügelige Tür, die aus dem Saal führte, zu lenken. Wie von Geisterhand schlug sie zu. Kristobals Sinne waren hellwach und alarmiert. Sein Blick glitt zum Bühnenausgang. Krachend fiel auch diese Tür ins Schloss. Kristobal hatte sie nur mit seinen Gedanken geführt. Die Magie floss in sein Inneres zurück, zumindest das, was noch übrig war. Diese magische Eruption hatte ihn Kraft gekostet. Zurück blieb Erschöpfung, die er versuchte nicht zu zeigen.

Jarek war erstaunt, aber keineswegs eingeschüchtert. Er stellte sich mit dem Rücken zur Tür, damit die Werwölfe und die Vampire ihn nicht umzingeln konnten. «Du hast dich doch nur wegen dieser Frau auf die Dark Defence eingelassen. Aber du wirst nie mit ihr zusammen sein, genauso wie ich nie Alpha sein werde, dafür werde ich sorgen.»

Er machte einen Ausfallschritt und hob in einer theatralischen Geste beide Hände, die er wie Krallen hielt. Kristobal hob eine Augenbraue. Erwartete Jarek, dass Magie aus seinen Fingerspitzen strömte? Dies war kein Fantasy-Film, sondern das wahre Leben. Kristobal selbst hatte nicht einmal seine Arme gehoben, um die Türen zu bewegen. Jareks Pose sah geradezu lächerlich aus.

Als Kristobal hinter sich ein Geräusch hörte, das wie ein Knirschen und gleichzeitig wie Säuseln klang, machte er überrascht einen Satz zur Seite. Ein Wirbel manifestierte sich um die Bühne herum. Wie ein Vorhang wurde er nach oben gezogen – durch Jareks Zauberkraft, denn seine Hände zitterten, während er sie anhob, und sein Gesicht wirkte hochkonzentriert, geradezu verbissen.

Zuerst erkannte Kristobal nicht, was da um das Podest herumwirbelte und Nanouk einschloss, doch dann begriff er. Staubkörner. Es waren Millionen. Welch eine Macht musste in Jarek reifen, dass er seine Magie so zielgerichtet und effizient einsetzen konnte! Und wie arrogant von ihm, Kristobal, zu glauben, er wäre der einzige Vampir mit telekinetischen Fähigkeiten.

Aber wenn auch Jarek besondere Fähigkeiten besaß, dann musste sein Wolf ebenfalls noch rudimentär vorhanden sein, wie bei Kristobal; eine Tatsache, die er genauso unter allen Umständen verheimlichte, wie den wahren Grund, weshalb er als Teenager zu seinem verhassten Vater gezogen war. Der Besuch des Phantoms. Der Liebhaber seiner Mutter. Nachts in Kristobals Zimmer. Wie ein gesichtsloser Schatten. Beißender Schweißgeruch. Fremde Hände unter der Bettdecke. Kristobal hatte geschrien, doch seine Mom kam nur, um mit ihm zu schimpfen, weil er die Nachbarn wecken würde. Zumindest hatte sie mit ihrem Erscheinen das Schlimmste verhindert. Trotzdem war bereits zu viel geschehen.

Die Erinnerung würde ihn niemals loslassen, wie auch sein Tier nie vollkommen tot sein würde. Er spürte seinen Wolf, wenngleich nur schwach. Unerkannt lebte Kristobal als Außenseiter innerhalb der dunklen Gemeinschaft. Aber Freaks führten keine Gruppen an. Niemand hatte die Wahrheit erfahren dürfen, sonst hätte man ihn gestürzt, vielleicht sogar ausgestoßen. Doch jetzt war er nicht mehr der einzige Unreine, oder? Unsicher musterte er Jarek.

Claw, Canis und Nubilus rannten zur Bühne und prüften den seltsamen Wirbel. Canis steckte seine Hand hinein. Sein markerschütterndes Gebrüll erfüllte den Saal. Als er seine Hand zurückzog, war sie blutüberströmt. Wie ein Stier scharrte Nubilus mit dem Fuß, zog seinen Kopf zwischen die Schultern und wollte durch den Vorhang aus Staubkörnern brechen. Gerade rechtzeitig hielt der Alphawolf ihn zurück. Die Körner schabten nicht nur die Stoffschichten der Jacke und des Pullis von Nubilus' Schultern, sondern auch etwas Haut, worauf der Bulle aufjaulte wie ein Welpe. Knurrend warf Claw einen Stuhl auf das Podest. Der Wirbel schabte den Lack vom Holz.

«Wie ein gigantischer Sandstrahler», rief Nanouk gegen das Säuseln an. «Vielleicht werde ich diese verdammten Fesseln los, wenn ich mich verwandele. Dann könnte ich ...»

«Nicht! Du würdest dir deine vier Beine brechen. Ich finde einen anderen Weg, dich da rauszuholen.» Kristobal hielt es kaum aus! Er war verdammt, zuzusehen, wie sie verzweifelt an ihren Fesseln zerrte. Zornig schaute er zu Jarek. Er musste ihn zu Fall bringen, dann wäre Nanouk gerettet. Aber wenn er ihn attackierte, würde Jarek den Wirbel innerhalb von Sekunden zu seiner kleinen Werwölfin schicken und sie wäre entstellt oder sogar tot.

Erst Nanouk, dann Jarek, eine andere Möglichkeit gab es nicht. Allerdings sah er keine Chance zu ihr zu gelangen, ohne die Haut von den Knochen geschmirgelt zu bekommen. Auch die anderen standen fassungslos vor dem Wirbel. An Claws Miene war deutlich zu erkennen, dass er fieberhaft nachdachte.

Dann geschah etwas, womit niemand gerechnet hatte und das die Situation noch schlimmer machte. Die Sandkörner stießen an die Kerzenständer, die das Podest einrahmten. Sie fielen um, die Kerzen rollten über die Bühne und die Flammen entzündeten das Podium, eine einfache Holzkonstruktion, auf die Linoleum geklebt worden war. Der Läufer, der in einer Ecke lag, fing sofort Feuer. Binnen kurzer Zeit brannte er lichterloh, worauf die Flammen auf die Guillotine übersprangen.

Das Feuer fraß sich seinen Weg zu Nanouk. Sie drohte zu verbrennen. Panisch zerrte sie an ihren Hand- und Fußfesseln und winselte erbärmlich.

Kristobal schmerzte der Anblick so sehr, dass er seinen Kopf in den Nacken legte und brüllte. Sein Brüllen ging in ein Wolfsgeheul über, in das die Werwölfe zu seinem Erstaunen einstimmten.

Er spürte sein Tier erwachen. Kristobal war kein Lykanthrop mehr und würde nie wieder einer sein, dennoch lebte sein Wolf in ihm weiter. Da er jedoch verkümmert war, musste er ihn mit seiner vampirischen Magie stärken. Er hätte nicht gedacht, dass er sein Tier jemals hervorlocken würde, doch nun wurden seine Augen feucht, weil er spürte, dass er in diesem Kampf nicht allein war und dass sein Wolf noch immer für ihn da war.

Seine Sinne wurden schärfer. Der beißende Geruch des brennenden Linoleums stach ihm in die Nase. Ein Knurren stieg aus seiner Kehle. Seine Gelenke knackten. Schmerzhafte Konvulsionen erschütterten seinen Körper. Seine Hände verwandelten sich zu vampirischen Klauen, blieben jedoch nicht in diesem Stadium, sondern wuchsen zu Pranken an, wie er sie nicht einmal als Werwolf gehabt hatte. Sein Brustkorb brannte höllisch, als er an Volumen zunahm. Seine Muskelstränge vervierfachten sich und dehnten die Haut, so dass seine Kleidung an den Oberarmen und Oberschenkeln aufplatzte. Seine Schuhe explodierten förmlich, weil seine Füße anschwollen und Krallen bekamen.

Kristobal keuchte. Die Gestaltwandlung war beendet, das spürte er. Aber er lief nicht auf vier Pfoten und war immer noch mehr Mensch als Wolf. Als er an sich herabschaute, erkannte er sich selbst nicht wieder. Seine Haut war dick wie Leder. Er war muskelbepackt und besaß Fesselbehaarung wie ein Ardenner. Seine Statur glich der eines Berserkers. Er spürte die übernatürliche Kraft des Werwolfes durch seine Adern fließen.

Kristobal war froh, sich nicht im Spiegel betrachten zu müssen. Er bestand zwar nur noch aus Muskeln, hatte allerdings die Schönheit und die Eleganz des Vampirs eingebüßt. Sein Gesicht wollte er sich erst gar nicht vorstellen. Bestimmt sah er aus wie ein lederner Hulk mit halb entwickelter Wolfsschnauze. Das personifizierte Grauen. Das kratzte an seinem Ego, aber er würde alles tun, um seine Amazone zu retten.

Es fühlte sich keineswegs heroisch an, dass die Vampire und Werwölfe vor ihm zurückwichen, nun, da er bis dicht vor die Bühne trat. Er war wieder der Außenseiter, der er als Jugendlicher gewesen war. Die Flammen schlossen Nanouk immer mehr ein. Schweiß rann ihre Schläfen herab. Sie sah ihn durch den Wirbel aus Staubkörner hilfesuchend an, das zerriss ihm beinahe das Herz.

«Er ... er erinnert mich ... an Dante», stotterte Nubilus.

Unsanft boxte Claw ihn. «Im Gegensatz zu Dante gehört Kristobal immer noch zu uns.»

Dankbar nickte Kristobal dem Alphawolf zu. Ohne einen weiteren Gedanken an die Gefahr zu verschwenden, in die er sich begab, beugte er sich vor und schützte seinen Kopf mit seinen massigen Armen. Brüllend sprang er durch den Vorhang und rollte sich auf dem Podest ab.

Zuerst schrie er vor Wut, dann vor Schmerz.

Obwohl er nur wenige Augenblicke durch den Wirbel gebraucht hatte, hatten ihm die Millionen von Staubkörnern einige Schichten Haut abgeschmirgelt. Glücklicherweise war sie so dick und ledern, dass noch nicht das rohe Fleisch zu sehen war. Dennoch brannte sie wie tausend Nadelstiche.

Während Kristobal Nanouks Fesseln mit seinen Krallen durchtrennte, feuerten die Mitglieder der Dark Defence ihn an. Er war also doch nicht zum Außenseiter geworden. Überglücklich drückte er Nanouk an seine Brust. Er hätte sie gern geküsst. Selbst die Zuschauer waren ihm egal. Er fürchtete sich einzig vor ihrer Zurückweisung.

In diesem Moment versengte ihm das Feuer das Fell an den Fußgelenken. Er ignorierte den Schmerz, drehte Nanouk herum und drückte ihren Rücken gegen seinen Bauch.

«Steig auf meine Füße», befahl er. Fast die gesamte Bühne stand mittlerweile in Flammen. Das Knistern machte seinen rudimentären Wolf nervös.

«Du kannst da nicht noch einmal durch.» Besorgt sah sie ihn über ihre Schulter hinweg an. «Deine Haut ist an manchen Stellen schon dünn wie Pergament.»

«Tu, was ich sage!» Kristobal hob Nanouk hoch und stellte sie auf seinen Füßen ab.

Dann drehte er sich mit dem Rücken zum Wirbel. Bevor das Feuer seine Füße verbrannte, rannte er rückwärts durch die Staubkörner, die ihm wie ein großer Sandstrahl die restliche Haut von seiner Kehrseite bliesen.

Der Schmerz war überwältigend. Nur die Gewissheit, Nanouk mit seinem Körper geschützt zu haben, so dass sie unversehrt blieb, milderte ihn ein wenig. Es fühlte sich für Kristobal an, als würde er bei lebendigem Leib gehäutet werden und gleichzeitig wie Verbrennungen. Warm lief ihm das Blut den Rücken hinab. Er fiel ächzend auf die Knie und stützte sich mit den Händen ab, damit er Nanouk nicht mit seinem Gewicht erdrückte.

Sie kroch unter ihm hervor. Unversehrt, nur das zählte. Er würde regenerieren, auch wenn das Zeit brauchte, Zeit, die er im Moment nicht hatte. Mit vor Qual zusammengebissenen Zähnen schaute er auf. Jarek stand, den Mund offen und die Stirn gekraust, noch immer auf der anderen Seite des Saales, offensichtlich erstaunt darüber, was Liebe für eine Kraft freisetzen konnte.

Hinter ihnen zerfiel der Wirbel in harmlose Staubkörner. Sofort eilten einige Vampire mit Feuerlöschern herbei und löschten die Flammen, die die Bühne und die Requisiten bereits zerstört hatten.

Als Nanouk Kristobals Wange streichelte, erschrak Kristobal. Er hatte erwartet, dass sie Abstand suchen würde, doch sie hockte an seiner Seite, genau dort, wo sie seiner Meinung auch hingehörte. Widerte er sie nicht an? Er ekelte sich ja sogar vor sich selbst. Damals hatte er seinen Wolf loswerden wollen und nun hatte er sich in etwas viel Grauenhafteres verwandelt.

«Nähr dich an mir», er konnte kaum glauben, was dieses verrückte Weib da vorschlug, «dann wird es dir rasch besser gehen.»

Stühle schwebten durch den Raum. Wie sie da in der Luft hingen, knapp unter der Zimmerdecke, wirkten sie surreal, wie ein Gemälde von Salvatore Dali oder eine Szene aus Alice im Wunderland. Kristobal kniff seine Augen zusammen. Hatte er richtig gesehen oder trübte der Schmerz seine Sehkraft?

Dass seine Wahrnehmung ihn nicht getäuscht hatte, bekam er schmerzhaft zu spüren, denn einer der Holzstühle sauste jäh auf Nanouk herab. Kristobal warf sich in letzter Sekunde auf seine Frau. Der Stuhl zerbrach auf seinem Kopf und schabte über seinen verletzten Nacken.

Gepeinigt brüllte er Jareks Namen. Kristobal kämpfte seinen Schmerz nieder und erhob sich. Langsam ging er durch den Mittelgang auf seinen alten Freund zu. Wie er auf Jarek zustapfte, sah wahrlich bedrohlich aus – ein muskelbepacktes, blutüberströmtes Monster mit tellergroßen Klauen und einem Gebiss, dass menschliche Knochen zu durchbeißen vermochte –, doch in Wahrheit tat seine Kehrseite bei jedem verdammten Schritt so weh, dass seine Augen feucht wurden. Kristobal bemühte sich, keine Schwäche zu zeigen, aber als die ersten Stühle auf ihn zuschossen, duckte er sich instinktiv. Sie zerschmetterten an ihm und fielen zu Boden.

Stuhl für Stuhl ging auf ihm nieder. Manche konnte er abwehren, andere trafen direkt auf seinen Kopf oder seine Wunden. Zunehmend geriet er ins Wanken, was Jarek anstachelte, ihn mit den Stühlen regelrecht zu bombardieren. Trotz aller Schmerzen schritt Kristobal stoisch weiter auf ihn zu und hinterließ dabei einen Teppich aus Holzstücken.

Doch er wurde immer langsamer. Die Stühle regneten inzwischen permanent und von allen Seiten auf ihn herab. Der Schmerz machte ihn nahezu blind. Er taumelte mehr vorwärts als dass er ging.

Als Kristobal befürchtete zusammenzubrechen, wurde der Stuhlregen unerwartet weniger. Im ersten Moment war er erleichtert. Dann jedoch erkannte er den Grund. Nanouk rannte auf den äußeren Stuhlreihen auf Jarek zu. In ihrer Miene lag eine Entschlossenheit, die nicht nur Kristobal beeindruckte, auch Jarek, denn er verlor seine Konzentration.

Nanouk verwandelte sich im Laufen. Mit jedem Schritt wurde sie mehr zur Wölfin und der Prozess vollzog sich so fließend, dass Jarek Kristobal für einige Sekunden vergaß und alle schwebenden Stühle zu Boden fielen, weil er die Werwölfin gebannt anstarrte.

Nanouks Kleidung riss. Ihr Körper krümmte sich. Ihr Mund wuchs nach vorne und wurde zu einer Wolfsschnauze, die ihre Zähne bleckte. Innerhalb eines Sprungs spross Fell – wunderschön, dreifarbig und glänzend. Ihre Ohren wurden spitz und ihre Hände und Füße formten sich zu Tatzen mit scharfen Krallen um.

Obwohl Kristobal die Gestaltwandlung, die sich so schnell und fließend vollzog, schon einmal gesehen hatte, war er nicht minder fasziniert. Meine Frau, dachte er besitzergreifend, war sich jedoch bewusst, dass eine Amazone und Werwölfin viel Freiheit brauchte. Einen Atemzug später hätte er sie am liebsten sofort übers Knie gelegt. Was dachte sie sich nur dabei? Alle anderen hielten sich zurück, weil sie die Gefahr, die von Jareks Magie ausging erkannten und weil es Kristobals Kampf war. Aber Nanouk schaute nicht gern zu, das wusste er inzwischen, sie mischte lieber mit. Vielleicht fühlte sie sich verpflichtet, sich dafür zu revanchieren, dass er sie vor dem Feuer gerettet hatte. Möglicherweise wollte sie auch ihrem Gefährten beistehen. Ihrem Partner. Ihrem Mann.

Dieser Gedanken half Kristobal, seine letzten Kräfte zu mobilisieren. Er preschte los. Irritiert glitt Jareks Blick zwischen ihm und Nanouk hin und her. Um Jarek von ihr abzulenken, griff Kristobal einen Stuhl und schleuderte ihn auf seinen Widersacher.

Nanouk war inzwischen gänzlich ein Timberwolf. Todesmutig sprang sie von einem der Stühle in der letzten Reihe ab und stürzte sich auf Jarek. Sie brachte ihn zu Fall. Gemeinsam gingen sie zu Boden, wälzten sich herum und knallten gegen die Saaltür, als Kristobal auch schon bei ihnen war. Er schaute auf seine Wölfin, die Jareks Kehle geschnappt hatte und wütend knurrte, und war versucht, ihr Fell zu streicheln, weil er so unglaublich stolz auf sie war.

Ohne Jareks Kehle loszulassen, sah Nanouk Kristobal von unten herauf an – wartend und fragend.

«Lass ihn gehen», befahl der Alphavampir, worauf Nanouk zögerlich von ihrem Opfer abließ.

Jarek setzte sich auf und drückte seinen Rücken gegen die Tür. «Du bist zu weich für einen Alpha.»

«Jeder hat eine zweite Chance verdient. Sieh nur die Lykanthropen.» Kristobal nickte Claw zu, eine simple, aber bedeutungsschwangere Geste, die besagte, dass von seiner Seite aus die Dark Defence und der Alphapakt andauern würden. «Das Anchorage-Werwolf-Rudel ist nicht so, wie wir damals waren. Wir waren egoistisch und wollten zwar die Macht des Tieres, aber unseren Körper für uns allein haben.»

Der Vampir schnaubte und rappelte sich auf. «Jetzt sind wir besser.»

«Nein, wir sind nur anders.» Das erkannte Kristobal nun. «Verlass die Stadt. Am besten sogar Alaska. Sollte ich dir noch einmal begegnen, kann ich für nichts garantieren. Dritte Chancen vergeben nur Narren.»

Jarek zögerte nicht, sondern stieß die Flügeltüren auf und rannte davon.

Gedankenversunken schaute Kristobal ihm hinterher, während das Adrenalin abflaute und der Schmerz zurückkehrte. Er hatte gedacht, dass der rudimentäre Wolf ihm zur Telekinese verhalf. Doch da Jarek sich nicht in ein Zwischenwesen verwandelt hatte, um ihn zu bekämpfen, musste sein Tier tot sein.

Wenn die Transformation in Vampire ihm Telekinese und Jarek sogar das Verpflanzen von Erinnerungen ermöglichte, welche übernatürlichen Kräfte reiften dann neben der Gedankenkontrolle in den anderen Vampiren heran, fragte sich Kristobal und schaute die dunklen Lords und Ladies neugierig einen nach dem anderen an.

Die Zukunft würde interessant werden.

Fünfundzwanzig

Es gehörte nicht ernsthaft zu ihren Aufgaben, sich zu paaren. Für ihre Posten existierte nicht einmal eine Stellenausschreibung.

Niemand zwang Nanouk und Kristobal miteinander zu schlafen. Aber seit dem Tribunal hatten sie an nichts anderes mehr denken können! Doch selbst bei einem Vampir brauchten die Wunden, die der Alpha erlitten hatte, zwei Tage, um zu regenerieren. Die Rückverwandlung in einen Menschen dagegen war wie von selbst erfolgt.

Nun, da Nanouk und Kristobal offiziell ein Paar waren, bildeten sie mit ihrer Beziehung eine Brücke zwischen dem Werwolf-Rudel und den Illusionisten. Die Feier dieses Fortschrittes, mit dem vor Kurzem noch niemand gerechnet hatte, fand im kleinen Kreis statt. Im sehr kleinen Kreis.

Hüllenlos standen Nanouk und Kristobal eine Armlänge von einander entfernt in seinem nur von Kerzen erhellten Zimmer im Nostalgia Playhouse. Sie waren so heiß aufeinander, dass der Duft der Erregung die Luft schwängerte.

Doch Kristobal war nicht nur genesen, sondern auch schon wieder frech, wie Nanouk fand, denn er sagte: «Ich werde dich bestrafen müssen, aber ich möchte dich auch belohnen.»

Sie traute ihren Ohren kaum. Da hatte sie ihn voller Liebe gepflegt und konnte es kaum erwarten, sich mit ihm zu vereinen. Und nun das.

Kristobal schlang die Arme um ihre Hüften und zog sie zu sich heran. «Bestrafen, weil du so leichtsinnig warst und Jarek angegriffen hast.»

Sie wollte protestieren, doch er legte seine Hand auf ihren Mund. Sein halb erigiertes Glied drückte gegen ihren Bauch. Was sollte das Gerede? Sie wollte ihn endlich schmecken, liebkosen und in sich spüren.

«Und belohnen», fuhr er sichtlich amüsiert fort, «weil du so mutig warst und Jarek angegriffen hast.»

Verständnislos schob sie seine Hand fort. «Belohnen und abstrafen für ein und dieselbe Sache? Das geht nicht!»

«Oh, doch, das geht. Ich werde es dir beweisen.»

Blitzschnell hob Kristobal Nanouk auf seine Schulter und trug sie zum Himmelbett. Er warf sie darauf, drehte sie geschwind auf den Bauch und legte sich auf sie. Damit sein Gewicht sie zwar unten hielt, aber nicht belastete, stützte er sich auf Händen und Knien ab.

Nanouk lächelte, weil der mächtige Alphavampir dachte, er hätte sie überlistet und unterworfen. Aber hätte sie sich wehren wollen, hätte er es mit ihr nicht einmal bis zum Bett geschafft. Sie war neugierig, was er geplant hatte. Spielerisch drückte sie ihre Kehrseite an ihn, als wollte sie sich befreien, dabei genoss sie es, lediglich seinen Schaft intensiver zu spüren und ihn mit ihren kreisenden Bewegungen zu stimulieren. Nach dem Ausbruch seines rudimentären Wolfes hatten sich die Muskeln nicht wieder auf das vorherige Maß zurückgebildet. Allein das Reiben ihres Rückens an seinem Oberkörper ließ Nanouk das Wasser im Mund zusammenlaufen.

Nun wusste sie auch, weshalb Kristobal einen gesünderen Teint als die restlichen Vampire hatte, weshalb er kräftiger gebaut und der einzige war, der sich rasieren musste und der ein Spiegelbild besaß. Weil im Gegensatz zu den anderen sein Tier nicht vollkommen tot war. Das hatte Nanouks Timberwölfin endgültig dazu gebracht, sich in den Alphavampir zu verlieben.

Kristobal öffnete ihre Schenkel mit seinen Beinen und kniete sich dazwischen, so dass sie sich ihm nicht mehr verschließen konnte. Es fiel Nanouk nicht leicht, ihm die Kontrolle zu überlassen, doch sie hatte ihre Lektion gelernt. Wenn sie nicht ständig versuchte, alles im Griff zu haben, war die Lust, die er ihr bereitete, so viel intensiver.

Sie wusste, dass er ihre Spalte betrachtete, und hörte ihn sogar schnuppern, als wollte er prüfen, ob der wiedererweckte Wolf seine Sinne verschärft hatte. Nanouks Schoß prickelte angenehm und sehnsüchtig, doch Kristobal fasste ihn nicht an, sondern langte nach den zwei Kopfkissen. Ohne Erklärung hob er ihre Mitte an und schob die Kissen unter ihren Bauch. Überrascht, versuchte sie sich aufzusetzen, doch Kristobal legte rasch seine Hand in ihren Nacken und drückte ihren Kopf auf den Bettüberwurf aus schwarzem Samt, so dass ihr Hintern der höchste Teil ihres Körpers war.

Nanouk knurrte. Diese Position passte ihr gar nicht! Ihr Po war zu exponiert, ihre Scham zu schutzlos – und überhaupt war sie Kristobal zu sehr ausgeliefert. Dennoch kribbelte ihre Haut wie elektrisiert. War ihre eigene Erregung die Ursache oder Kristobals vampirische Magie?

Als er auf ihre rechte Pohälfte schlug, jaulte sie auf. Nicht vor Schmerz, denn es hatte kaum wehgetan, sondern vor Schreck. Sie errötete, was er glücklicherweise nicht sehen konnte. Ihre Wölfin drängte an die Oberfläche, weil sie sich rächen wollte, doch Nanouk hielt sie zurück, denn im Gegensatz zu ihrem Tier, erkannte sie den Schlag als Spiel.

Kristobal bestätigte ihre Vermutung, als seine Hand zwischen ihre Schenkel glitt und über ihre Mitte strich. Nur ein einziges Mal. So hauchzart, dass Nanouk eine Gänsehaut bekam. Ihre Timberwölfin beruhigte sich wieder.

Erneut klatschte seine Hand auf ihren Hintern, diesmal auf die linke Hälfte und eine Nuance härter. Ein Kribbeln, das keineswegs unangenehm war, sondern die Glut zwischen ihren Beinen nährte, blieb zurück. Kristobal spreizte Zeige- und Mittelfinger ab und rieb über ihre äußeren Schamlippen.

Er fachte das Feuer durch Zuckerbrot und Peitsche an, etwas, das Nanouk niemand anderem als Kristobal gestattet hätte. Aber ihm vertraute sie vollkommen. Er würde nicht zu weit gehen.

Der dritte Hieb brachte Nanouks Zuversicht ins Wanken, wenn auch nur für einen kurzen Moment. Hart, aber nicht brutal, hatte Kristobal auf die Stelle geschlagen, die er schon beim ersten Mal getroffen hatte. Sie brannte wie Feuer. Sicherlich sah man seinen Handabdruck für einige Sekunden, bis er langsam verblasste. Aufgebracht sträubte sie sich gegen Kristobals Nackengriff, doch er hielt sie fest wie ein Schraubstock.

«Strafen tun immer weh», seine Stimme vibrierte vor Lust, «aber sie können auch sehr erregend sein.»

Nanouks Protest blieb ihr im Halse stecken, als er mit einer solchen Sinnlichkeit zwei Finger in sie hineinschob, dass sie beinahe gestöhnt hätte und deshalb vorsichtshalber ihre Lippen aufeinanderpresste. Er musste ja nicht unbedingt erfahren, wie sehr ihr dieses ungewöhnliche Liebesspiel von abwechselnder Bestrafung und Belohnung gefiel. Aber ihr Körper verriet sie ohnehin.

Sie war so entspannt und feucht, dass Kristobal einen dritten Finger in ihrer Mitte versenken konnte. Der leichte Druck auf ihre Öffnung machte sie unruhig, nicht weil sie die Eindringlinge loswerden wollte, sondern weil sie sich nach Kristobals Phallus sehnte. Behutsam begann er, sie mit seinen Fingern zu nehmen. Er zog sie heraus, führte sie wieder ein und während er dies einige Male wiederholte, bohrte er seine Finger immer tiefer in sie hinein.

Nanouk wünschte sich, er würde nie wieder damit aufhören. Er fand genau die richtige Intensität, war sanft und kraftvoll zugleich. Seine Finger dehnten ihre Mitte vorsichtig immer weiter, ohne den geringsten Schmerz dabei zu erzeugen.

Der kam jedoch in anderer Form. Ohne mit der Penetration aufzuhören, schlug Kristobal mit seiner anderen Hand zu. Diesmal brannte ihr Hintern höllisch. Pfeilschnell wollte sie ihren Oberkörper aufrichten, weil Kristobals Rechte noch immer in sie eindrang und seine Linke liebevoll die schmerzende Stelle streichelte, doch sie schaffte es nicht. Dieser Schuft drückte ihre Stirn mit Telekinese auf den Samt.

Das würde er büßen. Irgendwann. Jetzt sollte er erst einmal weitermachen.

Wieder klatschte Kristobals Hand auf ihre Pohälfte, gleichzeitig presste er seine Finger fest in sie hinein und nahm sogar die Spitze seines kleinen Fingers hinzu. Während er ihr Gesäß massierte, zog er seine Hand aus ihr heraus und verteilte ihre Feuchtigkeit auf den Schamlippen. Zärtlich massierte er die Feuchte ein, bis ihre Lippen heiß und geschwollen waren. Sie pochten voller Sehnsucht. Das Blut rauschte durch Nanouks Spalte. Die wachsende Erregung raubte ihr den Atem.

Als der nächste Hieb sie traf – kurz, hart und unbeirrt –, stöhnte sie entgegen ihres Vorsatzes doch. Sie krallte ihre Finger in den Überwurf und merkte zu spät, dass sie unbewusst ihre Krallen ausgefahren und den Stoff zerfetzt hatte. Verlegen zog Nanouk ihre Krallen wieder ein.

Mit seinen Knien spreizte Kristobal ihre Beine noch ein Stück weiter. Er leckte über ihre pochenden Gesäßhälften und küsste die brennenden Stellen liebevoll. Kuss für Kuss wanderte er tiefer, streifte ihre Oberschenkel mit seinen Lippen und saugte ihre inneren Schamlippen ein.

Wollüstig stöhnte Nanouk und erkannte sich selbst kaum wieder. Sie führte sich auf wie eine läufige Hündin und wackelte schamlos mit ihrem Hintern. «Ich möchte dich auch schmecken.»

«Nichts lieber als das», antwortete Kristobal und keuchte vor Verlangen.

Er hob Nanouks Mitte an, zog die Kissen unter ihr hervor und warf sie achtlos fort. Anstatt sich bequem hinzulegen und sie die Arbeit machen zu lassen, wie Nanouk es erwartet hatte, drehte er sie hastig auf den Rücken und kroch so über sie, dass sein Glied über ihr baumelte und sich ihr Schoß unmittelbar unter seinem Gesicht befand. Schließlich kniete er aufgrund seiner Größe wie ein buckelnder Kater über ihr.

Gierig zog sich Nanouk an seinen Hüften hoch und küsste seinen Phallus. Sie ließ sich lachend wieder auf das Bett nieder und umfasste seine Peniswurzel fest, als wollte sie ihren Besitzanspruch demonstrieren.

«Keine Fangzähne», warnte Kristobal sie, öffnete ihre Schenkel weit und stützte sich mit den Ellbogen dazwischen ab, damit Nanouk sie nicht wieder schließen konnte.

Verführerisch leckte sie über die Penisspitze, worauf der Schaft in ihrer Hand zuckte. «Keine Telekinese.»

«Als ob dich das bisschen Magie nicht sogar erregt hätte», murmelte er, bevor er seinen Mund auf ihre Scham herabsenkte und mit der ganzen Länge seiner Zunge darüber leckte und das erste Mal in diesem Liebesspiel ihre empfindlichste Stelle streifte.

Nanouks Lust schoss so schnell empor, dass sich ihr Körper sekundenlang verkrampfte und ihr Griff um Kristobals Glied noch stärker wurde. Das Blut staute sich in seinem Penis, die Spitze färbte sich bläulich und eine dicke Ader trat an der Seite hervor. Als sie sich wieder entspannte, gab sie den Phallus frei und bog ihn zu ihrem Mund nach unten. Ihre Lippen schlossen sich um die Penisspitze. Sie nuckelte glückselig daran und sog Kristobals Intimduft tief in sich ein.

Während ihre Zunge seine Spitze einspeichelte, rieb Kristobal mit seinem Mund über ihre äußeren Schamlippen. Er fuhr mit seiner Zunge durch ihre Täler und tauchte schließlich in ihre Öffnung ein, als würde er nicht genug von ihrer Feuchte bekommen ... als würde sie ihn berauschen und süchtig machen. Nanouk hoffte darauf.

Sie konnte sich nicht vorstellen, jemals wieder einen anderen Mann zu lieben, denn Kristobal schmeckte nach Heimat.

Voller Verlangen hob sie ihren Kopf an, damit sein erigiertes Glied tiefer in ihre Mundhöhle gleiten konnte. Dann legte sie sich flach hin und richtete sich sofort wieder auf, um Kristobal zu stimulieren.

Ohne von ihrer Mitte abzulassen oder aufzuhören mit der Zunge in sie hineinzustoßen, senkte er seinen Unterleib immer wieder kurz ab, um behutsam in Nanouks Mund zu stoßen. Das machte es einfacher für sie. Sie musste nur daliegen und ihre Lippen um den Schaft zusammenpressen, und es gab ihr die Möglichkeit, zusätzlich ihre Hände zum Einsatz kommen zu lassen – soweit ihre eigene Erregung es zuließ. Sie massierte inzwischen zwar Kristobals pralle Hoden, war aber nicht ganz bei der Sache, da ihre Lust stetig anstieg.

Es fachte das Feuer in ihr extrem an, wie Kristobal sie so schamlos mit seiner Zunge liebte und gleichzeitig auf sanfte Weise ihren Mund benutzte. Sie erregte und wurde gleichzeitig erregt.

Ein tiefer Seufzer entfloh Nanouk, als Kristobal aufhörte. Sein Glied hing glänzend von ihrem Speichel über ihr. Der milchige Tropfen auf der Spitze war jedoch aus ihm selbst herausgeflossen. Sie streckte ihre Zunge so weit wie möglich heraus und stieß es immer wieder kurz an. Jedes Mal zuckte es lustvoll. Der Tropfen wurde größer. Genüsslich leckte Nanouk ihn ab.

Kristobals Essenz war ihr Aphrodisiakum.

Als er ihre äußeren Schamlippen zur Seite zog, räkelte sie sich lasziv und kroch ein kleines Stück höher. Sie packte seinen Phallus und zog unnachgiebig daran, so dass Kristobal seine Lenden wieder herabsenkte. Lächelnd drückte sie ihren Busen zusammen und schloss den harten Schaft dazwischen ein. Zugegeben, ihre Brüste waren handlich, aber es funktionierte gerade so. Er verstand und schaukelte geschickt mit seinem Becken, um zwischen ihren Busen zu stoßen, während Nanouk über ihre erigierten Brustspitzen streichelte.

Gleichzeitig saugte er Nanouks innere Schamlippen in seinen Mund ein. Er leckte tabulos durch ihre Spalte und zog schließlich auch die kleinen Schamlippen beiseite. Je wilder er durch das Tal dazwischen züngelte, desto ungezügelter stieß er zwischen ihre Brüste. Seine Zunge kam ihrer empfindlichsten Stelle immer näher.

Nanouks Atem ging immer rascher. Die Aussicht, dass Kristobal gleich dort lecken würde, wo es ihr am wohlsten tat, ließ sie unruhig werden. Ihr war unglaublich heiß. Energie baute sich in ihr auf. Ihr Schoß war wie elektrisiert und selbst in ihrem Busen spürte sie dieses ekstatische Prickeln, das sie wahnsinnig machte.

Verrückt vor Lust. Verrückt nach Kristobal.

Plötzlich hörten seine Lenden auf, sich zu bewegen. Kristobal schob das Häutchen nach unten, das ihre Klitoris umgab, und wartete. Nanouk versuchte zu sehen, was er tat, doch sein Körper war ihr im Weg. Sie begann am ganzen Körper zu zittern vor Lust. Die Vorfreude raubte ihr fast den Verstand. Ihre Finger krallten sich in seine Seiten.

In diesem Augenblick stülpte er seine Lippen über das hypersensible Knötchen. Doch er berührte es nicht, sondern schloss seinen Mund lediglich darum.

Ihr Zittern wurde zu Beben. Sie spürte die Wärme seiner Mundhöhle und seinen Atem an ihrem Kitzler. Obwohl er nicht mehr tat, als so zu verharren, zogen sich Nanouks Eingeweide zusammen. Kaum hatte sie sich wieder entspannt, schwappte ein neuer Lustkrampf durch sie hindurch. Wundervoll und doch quälende Konvulsionen. Allein durch die Aussicht, die Erwartung, die Hoffnung und das Kitzeln des Atems.

Als seine Lippen sich dann endlich auf das Knötchen pressten, stöhnte Nanouk auf.

Ihre Erregung schoss so schnell empor, dass es ihr die Luft raubte. Nanouk schloss ihre Augen, sie hielt sich so stark an Kristobals Hüften fest, dass sie ihn wie aus weiter Ferne aufschreien hörte, denn das

Blut rauschte in ihren Ohren. Dennoch gab er ihre empfindsamste Stelle nicht frei, sondern leckte darüber. Kraftvoll stieß Nanouk die Luft aus ihren Lungen. Keuchend. Stöhnend.

Bei jedem Zungenschlag zuckte sie extrem. Mit jedem Lecken kam sie einem Orgasmus näher. Doch die Erregung machte es ihr unmöglich, Kristobal weiterhin zu stimulieren, deshalb wehrte sie sich gegen ihn und versuchte, ihn von sich zustemmen. Aber er senkte seinen Unterleib herab und hielt sie mit seinem Gewicht unten.

Kristobals Zungenspitze kreiste um ihre Klitoris. Ein weiterer Lustkrampf erschütterte Nanouks Körper. Nun ließ Kristobal gar nicht mehr von ihr ab. Er leckte über das Knötchen, züngelte über die Seiten und drückte seine Zunge darauf, so dass die Erregung nicht mehr abflachte. Unermüdlich rieb er darüber, stieß es an und saugte es ein, bis Nanouk Hören und Sehen verging.

Die Lust berauschte Nanouk. Alles trat in den Hintergrund. Es gab nur Kristobal, sie und ihre Erregung, die bereits so weit fortgeschritten war, dass sie den Alpha mit ihren Krallen aufgeschlitzt hätte, hätte er jetzt von ihr abgelassen.

Dann kam Nanouk. Und zwar heftig. Sie stöhnte so laut, dass alle im Theater es hören mussten und es war ihr piepegal. Als wäre sie besessen oder von Sinnen, zuckte ihr Körper unter Kristobals Zungenkuss, der noch immer andauerte. Sie keuchte, schnaufte, knurrte sogar, um gleich darauf zu seufzen, da Kristobal endlich von ihr abließ.

Es dauerte eine Weile, bis sie sich wieder gefangen hatte. Nur langsam beruhigten sich ihr Atem und ihr Puls. Selbst das Pochen in ihrem Kitzler hielt an. Sie glaubte immer noch Kristobals Zunge zu spüren, doch das war nur ein Echo. Der Schweiß kühlte ihren erhitzten Körper. Nur mühsam konnte sie ihre Augen öffnen.

Kristobal lag neben ihr, den Kopf auf einer Hand abgestützt, und musterte sie.

«Es war sehr, sehr schön, aber so hatte ich mir das nicht vorgestellt», brachte Nanouk immer noch schwer atmend hervor. Sie sehnte sich danach, von seinem Phallus ausgefüllt zu werden und wünschte sich, dass er ebenso befriedigt war wie sie. «Was ist mit dir?»

Er blinzelte. «Wer sagt, dass das Liebesspiel schon vorbei ist?»

Misstrauisch hob sie die Augenbrauen und beobachtete ihn, als er aufstand und eine schwarze Rolle unter dem Bett hervor holte. Erst nachdem er die Rolle auf seiner Bettseite ausgebreitet hatte, erkannte Nanouk, dass es sich um eine Latexmatte handelte. Ohne ein Wort der Erklärung rollte er Nanouk darauf und bedeckte auch ihre Seite mit der Matte, so dass das Bett darunter verschwand. Dann nahm er eine der Kerzen, die auf dem Nachttisch standen, und hielte sie über Nanouk.

Abwehrend schützte sie sich mit ihren Händen. «Kein Wachs!»

«In Ordnung. Und jetzt nimm deine Arme herunter. Vertrau mir», sagte er so sanft, dass sie, wenn auch zögerlich, ihm den Gefallen tat.

Langsam kippte er die Kerze. Als der erste Tropfen ihren Bauch traf, hielt sie erschrocken ihren Atem an, und prustete danach verlegen, weil sie erkannte, dass die Kerze sich in warmes Öl verwandelte, wenn sie schmolz.

Kristobal verrieb es sinnlich, goss einen Schwall auf ihr Dekolleté und massierte es ein, ohne ihren Busen zu berühren, so dass das Verlangen erneut in Nanouk erwachte, von ihm dort angefasst zu werden.

Ihr Brustkorb hob und senkte sich.

Als könnte Kristobal ihre Gedanken und Wünsche erraten, nahm er eine andere Kerze und gab jeweils einen Tropfen auf ihre Brustspitzen. Obwohl das es angenehm warm war, zogen sich ihre Spitzen zusammen, denn das Öl lief träge herab und streichelte sie sachte.

Mit sanftem Druck schob Kristobal ihre Beine auseinander. Er hielt die Kerze einige Sekunden drohend über ihre Scham, was Nanouks Puls beschleunigte, und goss dann das Öl so geschickt, dass es nur über ihre äußeren Schamlippen rann, die immer noch geschwollen waren. Wenn Kristobal so weiter machte – und sie war sich sicher, dass das der Fall sein würde –, würden ihre Lippen vorerst auch nicht abschwellen.

Ein wundervoller Zustand permanenter, dezenter Erregung.

Er spreizte ihre Lippen und tröpfelte warmes Öl in die Spalten. Kribbelnd floss es hinab und sammelte sich auf der Latexmatte. Das wiederholte er so oft, bis die Kerze nichts mehr hergab, Nanouk in einem Teich aus Öl lag und ihre Spalte sich warm und samtig weich anfühlte.

Nachdem Kristobal die Kerze weggestellt hatte, tauchte er seine Fingerspitzen in die Lache unter Nanouk und knetete mit glitschigen Händen ihre Oberschenkel. Sie verteilten das Öl auf ihren Knien und den Füßen, drangen in die Zwischenräume der Zehen und entlockten Nanouk einen Aufschrei, denn auch ihre Fußsohlen ließ Kristobal nicht aus.

Begehrlich betrachtete er ihre Rundungen und erregte Nanouk allein mit diesem Blick. Als seine Finger zwischen ihre Schenkel glitten, seufzte Nanouk. Er vergrub sie zärtlich zwischen ihren Schamlippen und drang einige Male in sie ein, fordernd und dennoch behutsam.

Kristobal machte ihren Schoß geschmeidig und nährte das Feuer, das nie vollkommen erloschen war.

Als nächstes nahm er gleich zwei Kerzen zur Hand. Während ein Regen aus Öltropfen auf Nanouks Körper niederging, hatte sie nur Augen für seinen wippenden Phallus und die beiden hochroten, prallen Hoden. Welch eine Selbstbeherrschung! Jeder andere Mann wäre längst über sie hergefallen, aber Kristobal machte jedes Liebesspiel zu einem Fest.

Er stellte die Kerzen weg und verrieb das Öl auf ihrem Dekolleté, ihrem Busen, ihrem Bauch, ihrem Schoß, den Beinen und den Füßen. Inzwischen war Nanouk so schmierig, als hätte sie in Öl gebadet.

Endlich legte Kristobal sich zu ihr. Er schmiegte sich an sie und sie schlang die Arme um seine Taille, um ihn an sich zu drücken. Sein Kuss war genauso warm und feucht wie ihr Körper und er schmeckte köstlich – nach Kristobal, nach Verlangen und nach Liebe. Seine Zunge drang tief in ihre Mundhöhle ein.

Ohne den Kuss zu lösen, bewegte er sich vorsichtig auf ihr. Er glitt auf ihren öligen Kurven auf und ab, dann kreiste sein Bauch auf ihrem, wobei sein Brustkorb über ihren Busen rieb, bis ihre Spitzen hart waren und herrlich prickelten. Nanouk stöhnte in seinen Mund hinein, als sein Knie zwischen ihre Beine drang, sein Oberschenkel sich auf ihre Spalte drückte und er begann, ihre Mitte zu stimulieren.

Kristobal verwöhnte ihren gesamten Körper gleichzeitig, indem er auf ihren Rundungen vor und zurück rutschte. Dieser Hüne mit den kräftigen Armen und dem muskulösen Brustkorb, dessen Schönheit sündig wie die eines Inkubus' war!

Irgendwann drehte er sie herum. Er griff nach einer Kerze, die auf der Nachtkommode auf der anderen Seite des Himmelbetts stand, und beträufelte ihren Rücken. Kräftig massierte er das Öl in ihre Schultern ein und arbeitete sich dabei immer tiefer.

Da Nanouk ahnte, was folgen würde, spreizte sie ihre Beine einladend für Kristobal. Zuerst ertönte sein verführerisches Lachen, dann spürte sie, wie warmes Öl zwischen ihren Gesäßhälften herablief. Kristobal vertrieb das Kitzeln, indem er mit der Handkante von hinten durch ihre Spalte rieb.

Erregt krampfte Nanouk ihre Finger um die Seiten der Latexmatte.

Kristobal knetete ihr öliges Hinterteil und fand dabei genau die richtige Intensität, so dass das Kneten zwar kraftvoll war, aber nicht wehtat. Ganz im Gegenteil! Es war sinnlich, sanft, dominant und besitzergreifend. Das gefiel ihr. Sie streckte ihm ihren Hintern entgegen, doch er nahm seine Hand kurz weg.

Ein Tropfen Öl fiel in ihre Pospalte. Als nächstes spürte Nanouk einen Finger an ihrer engen Pforte. Verführerisch kreiste er um den Ringmuskel und rief dabei ein Prickeln hervor, das nicht minder intensiv war als das in ihrem Schoß. Ganz langsam drang er mit der Spitze in sie ein und zog sich sofort wieder zurück.

Aufreizend wackelte Nanouk mit ihrem Po, so dass der Finger sich erneut in sie hineinbohrte, diesmal ein bisschen tiefer als zuvor. Kristobal entfernte ihn und führte ihn wieder in ihre Enge ein. Fest schloss sich der Muskel um den Eindringling. Kristobal begann, Nanouk mit seinem Finger zu nehmen, wobei er sie immer tiefer eroberte. Stück für Stück. Ganz langsam.

Er ließ sich viel Zeit, bis sich der Muskel entspannte und keinen Widerstand mehr leistete.

Nochmals gab er Öl zwischen die Pohälften und führte mit viel Gefühl einen zweiten Finger ein. Ihre Enge wurde sanft aufgedehnt, aber durch die Vorbereitung und das Gleitmittel empfand Nanouk die Dehnung als angenehm und lustvoll. Sie stöhnte leise, als Kristobal sie mit den beiden Fingern penetrierte. Sachte drang er immer wieder in sie ein, zog sich zurück und drängte erneut hinein.

Es war eine verruchte Art der Lust, ein Spiel, das nicht alle spielten, ein Tabubruch – und genau deshalb gefiel es Nanouk. In ihrem Herzen war sie eine Rebellin. Eine erogene Zone mehr. Wieso sollte man sie nicht nutzen?

Kess schaute sie ihren Geliebten über die Schultern hinweg an. «Möchtest du ...?»

Überrascht hörte er mit der Penetration auf. Ein Lächeln krauste seine Mundwinkel. Er neigte sich zu Nanouk und küsste sie leidenschaftlich. «Durch die Enge würde ich sofort kommen. Das wäre doch eine verdammte Schande, meinst du nicht auch?»

Ohne auf eine Antwort zu warten, entfernte er seine Finger aus ihr, stellte die Kerze weg und drehte Nanouk auf den Rücken. Kraftvoll stieß er in ihre Mitte hinein. Endlich füllte sein harter Schaft sie aus. Nanouks Herz machte einen Sprung. Durch das Öl, in dem sie und Kristobal badeten, und den Höhepunkt, war ihr Unterleib geschmeidig wie nie zuvor. Aber gerade deshalb machte sie sich Sorgen.

«Ich weiß nicht, ob ich noch einmal kann.» Die Ehrlichkeit trieb ihr die Röte in die Wangen.

Liebevoll küsste er ihre Nasenspitze. «Ich bin ein Alphavampir, schon vergessen?»

Plötzlich spürte Nanouk ein Vibrieren in ihrer feuchten Öffnung. Sie schrie erschrocken auf und lachte dann, weil das, was sie gerade erlebte, so unglaublich war, dass sie wünschte, ebenfalls magische Fähigkeiten zu besitzen, um Kristobal mit einem Bann für immer an sich zu binden.

Sein Glied vibrierte!

«Magie, ich lerne, sie zu lenken», gab er schmunzelnd zu und legte seine Hand auf ihren rechten Busen.

Seine Handfläche sandte warme, elektrisierende Impulse aus, wie bei ihrem zweiten Lustspiel, als Nanouk erfolglos versucht hatte, seinen

Verführungskünsten zu widerstehen. Diesmal gab sie sich ihm vollkommen hin und genoss das Prickeln, das ihre Brust stimulierte. Das Vibrieren zwischen ihren Schenkeln erregte ihr Inneres, aber auch ihre Schamlippen.

Als Kristobal begann, sie zu nehmen, und gleichzeitig ihren Busen zu massieren, schoss ihre Erregung empor. Sie meinte gar, ein Knistern in ihrer Brust und ihrem Schoß zu hören, leise und wohlig, wie das Prasseln einer Feuerstelle.

Seine Stöße waren ekstatisch! Er drängte in sie hinein und trieb sie damit so schnell einem Orgasmus entgegen, wie sie es nicht für möglich gehalten hatte. Dieses Vibrieren hatte etwas für sich! Diese zusätzliche Stimulation heizte ihr gehörig ein. Nanouk drückte ihren Rücken durch, hielt sich an der Matte fest und schloss ihre Augen.

Dann kam sie. Zum zweiten Mal. Aber dieser Höhepunkt war keineswegs sanfter als der erste, sondern er fegte durch sie hindurch wie ein Orkan. Ihr Körper spannte sich in einem kolossalen Lustkrampf an. Nanouk hielt die Luft an, hörte nichts, sah nichts, sondern spürte nur die Energie, die sich in ihr aufstaute – und schließlich entlud.

Ekstatisch zuckend lag sie unter Kristobal, der noch einige Male in sie hineinstieß und damit das letzte Quäntchen Lust aus ihr herauspresste, bis auch er mit einem lauten Aufstöhnen kam.

Erschöpft legte er sich neben Nanouk und zog sie in seine Arme. «Ich glaube, ich habe eine neue Fähigkeit erlangt.»

«Durch unser Liebesspiel?», fragte sie schwer atmend.

Er zuckte mit den Schultern. «Ich kann Gedanken lesen.»

«Ah, ja?» Ihr wurde mulmig. Es gefiel ihr, dass er ihre Wünsche erkannte, aber sie musste ja nicht gleich ein offenes Buch für ihn sein.

Kristobal legte seine Hand unter ihr Kinn und schob es in seine Richtung, um ihr einen Kuss auf die Lippen zu hauchen. «Du möchtest auf ewig bei mir bleiben.»

Nanouk schluckte. Hatte er tatsächlich ihre Gedanken hören oder in ihrem Geist lesen können, dass sie ihn mit einem Fluch an sich bannen wollte? Eine Frau aus Glas zu sein, passte ihr ganz und gar nicht.

Auf einmal lachte er schallend. Er ließ ihr Kinn los und tippte ihr mit dem Zeigefinger auf die Nasenspitze. «Das war ein Scherz. Es ist *mein* Wunsch, dass du für immer mein bist.»

«Scheusal!», zischte sie und wischte seine Hand von ihrem Gesicht fort, aber im nächsten Moment drückte sie sich enger an ihn.

Seine Miene bekam dämonische Züge, die ihn nur noch attraktiver machten. «Aber du hast mich neugierig gemacht. Ich habe dich ertappt, nicht wahr? Jetzt möchte ich doch zu gern wissen, an was du beim Sex gedacht hast.»

«Niemals! Meine Gedanken gehören mir.» Ganz sicher würde sie ihm nicht sagen, welch große Macht er über sie besaß, auch ohne seine vampirischen Fähigkeiten, einfach nur weil er der Mann war, der er war.

«Ich habe meine Methoden, um deine Zunge zu lockern», säuselte er bedrohlich und gleichsam lüstern und presste sein Glied, das schon wieder halb erigiert war und vibrierte, gegen ihre Scham.

Nanouk erschauerte und bekam eine wohlige Gänsehaut.

Ganz offensichtlich sprach er nicht von der Gabe der Beeinflussung.

Sechsundzwanzig

Nanouk amüsierte sich prächtig, weil Kristobal den Reporter wie einen dressierten Köter herumscheuchte. Matt Jerkins huschte hündisch durch sein Appartement, in dem mehr Unrat auf dem Boden als im Mülleimer lag, und führte die Befehle aus, als wäre der Vampir auch sein Alpha. Dabei wusste er nicht einmal, mit wem er es zu tun hatte und würde es auch nie erfahren, denn Kristobal würde ihn sogar vergessen lassen, dass sie ihn überhaupt aufgesucht hatten.

Eifrig, wie ein Schüler, der seinem Lehrer gefallen wollte, löste Jerkins die Tapete an einer Ecke, klappte sie beiseite und riss den Speicherstick von der Wand, den er dort in einer wahrscheinlich eigens von ihm ausgekratzten Mulde mit Paketklebeband festgeklebt hatte. Putz rieselte auf die Wollmäuse herunter. Mit kleinen Schritten eilte er zu Kristobal und hielt ihm den Stick ehrfürchtig hin. Seine Augen leuchteten, weil er dem Alpha zu Diensten sein durfte.

Nanouk lehnte sich schmunzelnd gegen das Sideboard und drückte die Fotos an sich, die Jerkins ihnen bereits ausgehändigt hatte. Was ein kleines bisschen Magie alles auszurichten vermochte.

«Hast du die Fotos von dem Büffelwolf noch woanders gespeichert?», wollte Kristobal wissen und steckte den Stick in seinen Mantel.

Jerkins nickte. «Auf meinem Laptop.»

«Lösch sie!», befahl er.

«Ja, Herr.» Eifrig machte sich der Reporter an seine Aufgabe. Er zog seine Jeans über seine knochigen Hüften hoch und setzte sich an seinen Schreibtisch.

Als er fertig war, wies Kristobal ihn mit gerümpfter Nase an: «Und jetzt wasch dir zur Abwechslung mal die Haare», worauf Matt Jerkins ins Bad flitzte. Kurze Zeit später war das Rauschen von Wasser zu hören.

Nanouk ließ ihren Blick über die zahlreichen Plastikkanister gleiten, die mit tausenden von Zigarettenstummeln gefüllt waren. Dass Jerkins auf Milch stand, wunderte sie. Er schien nur Vollmilch und Zigaretten zu konsumieren. «Er könnte auch mal wieder aufräumen.»

«Das würde sein Umfeld zu sehr verändern, und dadurch laufen wir Gefahr, dass er sich an unsere kleine Säuberungsaktion erinnert. Ich kann seine Erinnerungen nur in seinem Unterbewusstsein vergraben, aber nicht vollkommen löschen.»

«Eines Tages wirst du es können», sagte Nanouk in Anlehnung an Jarek. Da Jerkins mit nassen Haaren aus dem Badezimmer zurückkehrte, prustete sie. «Von Föhnen hattest du nichts gesagt. Hoffentlich hat er wenigstens Shampoo benutzt.»

Kristobal streckte seine Hand aus, um ihn am Kragen zu packen und zu sich zu ziehen, überlegte es sich aber anders, als er den Speckrand und die Schuppen bemerkte. Lieber ging er zu ihm. Er schaute dem Reporter tief in die Augen, versenkte seinen Blick förmlich in ihm und sprach in einem hypnotischen Singsang auf ihn ein. Alles ließ er ihn vergessen – nicht nur ihren Besuch, sondern dass er sie überhaupt jemals gesehen hatte, die Werwölfe, die Illusionisten, das Nostalgia Playhouse und die Skua.

Um Jerkins zu beschäftigen, pflanzte Kristobal ihm ein, einem Chupacabra auf der Spur zu sein. Das lateinamerikanische Fabelwesen wurde angeblich inzwischen auch öfter in den USA gesichtet. Da man ihm nachsagte, Kleinvieh auszusaugen, erklärte es alte Kollateralschäden der Vampire. Außerdem liebte Matt Jerkins *urban legends*. Er würde den Köder fressen und auf eine falsche Fährte gelockt werden – und jeder andere in Alaska würde den Reporter für durchgeknallt halten.

Als Nanouk hinter Kristobal das Appartement verließ, befürchtete sie, an der Staublunge erkrankt zu sein. Sie hustete absichtlich, aber sie fühlte sich erst besser, nachdem sie in den Escalade eingestiegen und einen Schluck aus der Wasserflasche, die in der Getränkehalterung stand, genommen hatte.

Kristobal fuhr los und Nanouk lehnte sich zurück. Gedankenversunken schaute sie aus dem Fenster.

So viel war geschehen. Die letzten Wochen blieben ihr als eine Berg- und Talfahrt in Erinnerung, aber alle Differenzen mit den Vampiren waren gelöst. Die Werwölfe betrachteten sie wie Halbbrüder und -schwestern, weil sie früher einmal Lykanthropen gewesen waren und Kristobal noch einen rudimentären Wolf in sich trug. Ob das Rudel und die Blutsauger jemals Freunde werden würden, stand auf einem anderen Blatt. Sie versuchten friedlich nebeneinander in Anchorage zu leben. Aber das bedeutete nicht unweigerlich auch miteinander.

Claw und Kristobal hatten sich schätzen gelernt. Wer hätte gedacht, dass sich die beiden Alphas eines Tages vertrauen würden? Claw akzeptierte – zähneknirschend, aber er erkannte die Notwendigkeit – dass sich die Vampire an den Theaterbesuchern nährten, jedoch nur so viel, dass die Menschen keinen Schaden davontrugen und sich an nichts erinnerten.

Im Gegenzug trat Pavel nicht mehr in der Show auf, was dem Werwolf ganz und gar nicht passte. Die Ahs und Ohs des Publikums, die Aufschreie und der Beifall, das alles war Balsam für seine Seele gewesen, die einzige Möglichkeit, mehr zu sein als ein Diener der Vampire. Nanouk hatte seine Unentschlossenheit gewittert. Würde er fortgehen? Er war sauer auf die Illusionisten, wollte sich allerdings auch nicht Claws Rudel anschließen, weil die Werwölfe Schuld an seinem Auftrittsverbot trugen.

Als Kristobal vor dem vierstöckigen Haus parkte, in das Nanouk allein wegen der uringelben – Lupus behauptete, es sei Schwefelgelb – Fassade nicht eingezogen wäre, erwachte sie aus ihren Gedanken.

Im Treppenhaus spornte ihre Wölfin sie an, schneller die Stufen hochzusteigen, denn gleich würde sie Lupus endlich wiedersehen. Nach dem Tribunal waren sie beide zu erschöpft gewesen, um Zeit miteinander zu verbringen.

Kaum hatte er die Wohnungstür geöffnet, flog sie auch schon in seine Arme. «Wie geht es dir?» Er sah frischer aus. Menschen mochten den feinen Unterschied nicht bemerken, aber Nanouk sah, dass sein Teint nicht mehr kreidebleich, sondern cremeweiß war. Seine Augen waren nicht mehr blutunterlaufen und er hielt sich aufrechter.

«Die Wandlung ist vollkommen abgeschlossen, aber vom Bluttrinken wird mir immer noch kotzübel», zur Begrüßung nickte er dem

Alphavampir zu, aber das Nicken machte mehr den Anschein einer versteckten Verbeugung, «und ich habe Kreislaufstörungen.»

«Das gibt sich bald.» Kristobal schloss die Tür hinter sich. «Dein Körper muss sich erst umstellen.»

«Ich vermisse ihn», sagte Lupus leise zu seiner ehemaligen Rudelgefährtin und blinzelte seine Tränen weg.

«Denk an Elise.» Nanouk wusste, dass er seinen Wolf meinte, und drückte liebevoll seine Hand, die kalt wie ein Fisch war, aber auch sie spürte eine tiefe Trauer in sich. Sie würde sich niemals, auch nicht Kristobal zuliebe, von ihrer Timberwölfin trennen. Das wäre, als würde man ihr das Herz herausreißen.

Claw kam aus dem Wohnzimmer und machte mit einer Geste klar, dass Eile geboten war. «Er liegt vor dem Kamin. Kommt mit. Die Zeit läuft uns davon. Es sieht schlecht aus. Er atmet immer flacher.»

Nanouk und Kristobal folgten dem Alphawolf und fanden Tala im Wohnraum vor, die neben dem Rotwolf kniete und ihn streichelte. Ihre Wangen glänzten feucht.

Sie blickte zu Kristobal auf. Ihre Stimme zitterte: «Bitte, hilf Rufus. Wenn du es nicht schaffst, dass er aus dem katatonischen Zustand erwacht, verlieren wir ihn in den nächsten Stunden. Er scheint nichts mehr um sich herum wahrzunehmen, denn nicht einmal Lupus und Adamo haben ihn erlösen können.»

«Ich kann die Barriere, die der Schock hervorgerufen hat, durchbrechen und tiefer eindringen als jeder von euch.» Nachdem Tala ihm Platz gemacht hatte, hockte Kristobal sich neben den kleinen Wolf.

Nanouks Blick streifte Tala, doch unsicher schaute sie rasch wieder weg. Es bestand immer noch Rivalität zwischen ihnen, die Rangfolge war bisher nicht geklärt worden. Aber sie empfand nicht die geringste Lust, mit Tala zu kämpfen. Ein physischer Kampf gehört zwar zum Rudelleben dazu, nicht jedoch zu ihrer menschlichen Seite. Bis die Hierarchie nicht stand, würden sie keine Freundinnen werden können, aber genau danach sehnte sich Nanouk. Nach Freundschaft und Frieden.

Als erstes legte Kristobal seine Handflächen seitlich an Rufus' Kopf, so dass die spitzen Ohren des Rotwolfes zwischen seinen Fingern hervorschauten. Nanouk konnte sich vorstellen, was nun geschah. Kristobal lenkte seine Energie in den Kleinen hinein, um seine Synapsen zu stimulieren. Vermutlich waren die elektrischen Impulse ein wenig stärker, als sie es während des Liebesspiels mit ihr gewesen waren. Nanouk hatten sie nur erregen sollen, bei Rufus dagegen beabsichtigte Kristobal auf diese Weise dessen Körperfunktionen und Geist anzuregen.

Es funktionierte. Rufus' Lider, die halb geschlossen waren, flackerten. Seine trüben Augen wurden klar und öffneten sich. Trotzdem blieb sein Blick leer. Aber immerhin spürte er, dass er nicht allein war.

Sanft drehte Kristobal sein Gesicht zu sich. Er sah ihn eindringlich an und drang auf der geistigen Ebene in ihn ein, um mit ihm zu kommunizieren, doch Rufus' Zustand veränderte sich nicht.

Nervös verlagerte Nanouk ihr Gewicht von einem Bein auf das andere und drückte ihre beiden Daumen so fest, dass ihre Fingerknöchel schmerzten.

Alle im Raum erschraken, als Rufus' Augen sich plötzlich ruckartig scharf stellten. Obwohl keine weiteren Anzeichen zu erkennen waren, ahnten sie, dass er den Alphavampir wahrnahm. Ein Fortschritt. Es war nur ein kleiner Erfolg, aber eine Verbesserung. Nun endlich konnte Kristobal Kontakt mit ihm aufnehmen.

Nanouk wagte kaum zu atmen.

Die Atmosphäre war angespannt. Erwartungsfroh und gleichzeitig bang verfolgten alle, wie Kristobal die Gabe der Beeinflussung auf positive Art nutzte, vielleicht sogar das erste Mal seit er zum Vampir geworden war. Anstatt Vergessen zu bringen, lockte er die Erinnerung in Rufus hervor. Die Erinnerung an das Rudel, den Jungen, der er eigentlich war, und das Leben an sich.

Rufus' Zunge, die seitlich aus dem Maul hing, zuckte. Sabber tropfte auf den Teppich. Schließlich leckte er über seine Lefzen und zog sie in seine Schnauze. Seine Ohrmuscheln drehten sich nach vorne. Wie hypnotisiert starrte er Kristobal an.

Wie zuvor bei Matt Jerkins, flüsterte der Alpha ihm hypnotisierende Worte zu. Er erzählte ihm von den schönen Dingen, die auf Rufus warteten, flocht immer wieder ein, dass es Adamo und Lupus gut ging und sie ihn gern in die Arme schließen wollten, und dass es Zeit wurde, seine Gestalt zu wechseln. Doch Kristobal sprach nicht einfach zu ihm, sondern er tat dies in einer Melodie, die einlullte und gefangen nahm.

Selbst Nanouk konnte sich der Magie, die von seiner Stimme ausging, nicht entziehen und fühlte sich lockerer, beinahe beschwingt und voller Hoffnung. Die Dosierung für Rufus war um ein Vielfaches höher. Es musste einfach klappen!

Am liebsten hätte sie applaudiert, als Rufus ein Hinterbein anzog, traute sich aber nicht, den Zauber, der den Raum erfüllte, zu unterbrechen. Leider rutschte das Bein weg. Der Kleine war zu kraftlos, um aufzustehen.

Stattdessen winselte er so leise, dass man es kaum hören konnte. Er klang heiser. Alle Anwesenden lachten, weil sie glücklich waren, dass er überhaupt wieder Laute von sich gab. Aufgeregt drehten sich seine Ohren in alle Richtungen, weil ihn das Lachen verwirrte. Offenbar nahm er inzwischen nicht mehr nur Kristobal wahr, sondern witterte auch seine Rudelgefährten.

Der Alphavampir gab ihn frei. Er hielt lediglich seinen Kopf, während Rufus umherblickte – zuerst irritiert, da er nicht wusste, wo er sich befand, dann erhellte sich sein Blick und er erkannte seine Freunde. Sein Wolfsgeheul klang kläglich, aber die Werwölfe stimmten mit ein. Lupus tat es ihnen gleich, allerdings kam eher ein menschliches Jaulen aus seinem Mund. Verlegen gluckste er.

Auf einmal begann die Verwandlung. Rufus streckte seine Hinter- und Vorderbeine aus. Sein Fell bildete sich zurück – und drang sofort wieder an die Oberfläche. Ein seltsames Rucken erschütterte seinen Körper. Er war eindeutig noch zu schwach.

Rasch legte Kristobal eine Hand auf Rufus' Rückgrat und tauchte wieder in seinen Blick ein. Seine Magie schenkte dem Kleinen Kraft. Rufus fuhr fort, seine Gestalt zu wandeln. Diesmal funktionierte es. Aber es dauerte lang, bis die Metamorphose beendet war. Rufus quälte sich. Seine Glieder schienen wie eingerostet, als würde er sich nur langsam und mühsam daran erinnern, wie es war, ein Junge zu sein.

Tala wickelte ihn sofort in zwei Decken ein, denn er schlotterte, und drückte ihn an sich. Erst als Nanouk die Tränen sah, die Tala über die Wangen rannen, wurde ihr bewusst, dass auch ihr Gesicht feucht war.

Sie sah Rufus an, dass Lupus' verändertes Aussehen ihn verunsicherte, dennoch hielt er ihm die Hand hin. Lupus schluchzte, kniete sich neben ihn und küsste sein Haar.

«Adamo?», formte Rufus lautlos mit seinen Lippen.

«Er ersetzt Pavel in der Mitternachtsshow und bereitet gerade seinen allerersten Auftritt vor.» Väterlich strich Claw ihm die Haare aus dem Gesicht. «Sobald es dir besser geht, bringen wir dich zu ihm.»

Zum Erstaunen aller kam mehr als ein Krächzen aus Rufus' Mund: «Ich bin fit.»

«Sicher», antwortete Claw und zwinkerte.

«Danke, ich ...» Rufus' Stimme versagte. Mit großen Augen sah er zu Kristobal auf und räusperte sich.

«Schon gut.» Der Alphavampir verschloss die Lippen des Jungen mit seinem Zeigefinger. «Schone deine Stimme. Du wirst sie noch brauchen, wenn du Adamo auf der Bühne assistierst. Ein Illusionist braucht doch einen Assistenten. Und wer weiß, vielleicht wirst du eines Tages selbst ein Zauberkünstler sein.»

Rufus strahlte über das ganze Gesicht.

Plötzlich wurde die Haustür aufgeschlossen. Alle erschraken und sahen in den Flur.

«Ich bin es nur», flötete Elise lächelnd. «Hallo alle zusammen.»

«Wolltest du nicht mit Camille zu Abend essen?» Es lag ein subtiler Vorwurf in Lupus' Frage.

Nanouk vermutete, dass er seine Frau weggeschickt hatte, damit sie nicht anwesend war, sollte etwas bei Rufus' Rückführung schiefgehen.

«Die arme Camille muss noch mal ins Polizeilabor. Um diese Uhrzeit. Kannst du dir das vorstellen?» Während Elise ihre Handtasche auf den Schuhschrank stellte, ihren Lodenmantel an die Garderobe hing, Hut und Handschuhe auszog und ihre Wildlederpumps gegen

Hausschuhe tauschte, plauderte sie munter weiter: «Und das alles nur wegen diesem Tatort im Wald, wo angeblich eine Raubkatze fünf Männer abgeschlachtet haben soll. So etwas überhaupt ernsthaft in Betracht zu ziehen, ist doch verrückt! Dazu wäre keine Katze in der Lage, zumal die Männer bewaffnet waren. Angeblich führen Tatzenabdrücke zum Tatort hin, aber nicht mehr davon weg, dafür Abdrücke von nackten Füßen. Wem die gehören, weiß der Teufel. Jetzt soll Camille den Cops sagen, ob die Großkatze vielleicht über die Bäume geflüchtet sein könnte. Die spinnen!»

Erst jetzt erblickte sie den Jungen. «Rufus!», rief sie erfreut auf und stürzte zu ihm, um ihn zu herzen.

Nanouk sah Kristobal, Claw, Lupus und Tala einen nach dem anderen an. Auf ihren Gesichtern spiegelten sich dieselben gemischten Gefühle, die auch sie hatte. Nach einigen Minuten des Schweigens konnte sie sich nicht mehr zurückhalten und sprach aus, was alle dachten.

«Wir sind nicht mehr die einzigen Gestaltwandler in unserem Territorium.»

Epilog

Kess stellte sich Tala Nanouk und Kristobal in den Weg, bevor sie Lupus' Wohnung verlassen konnten. Im Augenwinkel sah sie, wie Claw blinzelte, weil er nicht eingeweiht war. Wahrscheinlich stöhnte er innerlich auf und dachte: «Was macht sie jetzt schon wieder?»

Der Alphawolf war verdammt sexy, wenn er böse guckte.

Aber nur weil sie der Omegawolf im Rudel war, bedeutete das nicht, dass es ihr verboten war, eigenständig zu denken und den Mund aufzumachen. Den würde sie sich ohnehin niemals verbieten lassen. Und im Grunde wollte Claw das auch gar nicht. Er brauchte jemanden an seiner Seite, der ihm nicht alle Flausen durchgehen ließ.

«Können wir kurz in die Küche gehen, bitte?» Ihre Aufregung stieg. Ihr Herz pochte unruhig und sie wusste, dass Nanouk und Claw ihre Nervosität witterten. Kristobals Sinne waren vermutlich nicht mehr ausgeprägt genug, sicher konnte sie sich allerdings nicht sein.

Tala schloss die Tür hinter ihnen und atmete tief durch. «Wir müssen dringend etwas besprechen. Ich halte das nicht mehr aus.»

«Ich auch nicht», sagte Nanouk und nickte.

«Die Rangfolge.» Claws Stimme klang eine Nuance dunkler als normal, wie immer, wenn etwas Unangenehmes zu klären war. «Ihr müsst kämpfen.»

Mehrmals strich Tala über ihren braunen Cordrock. «Das will ich nicht! Unter keinen Umständen.»

«Daran führt kein Weg vorbei», stellte er klar und verschränkte die Arme vor dem Körper. «Die Hierarchie ist Teil unseres Rudellebens. Eure Wölfinnen werden nicht ruhen, bis durch gewaltsame oder freiwillige Unterwerfung geklärt wurde, wer von euch beiden die Alphawölfin ist.»

«Und somit an deine Seite gehört», führte Nanouk den Satz zu Ende und wandte sich eindringlich an ihre Gefährtin: «Du musst mir glauben, dass ich diesen Platz nicht einnehmen möchte.»

Kristobal drehte Nanouks Gesicht in seine Richtung. «Das will ich doch wohl meinen.»

Einen Moment lang hatte es so ausgesehen, als wollte der Alphavampir Nanouk küssen, doch er tat es nicht. Tala lächelte. Welch ein hübsches Paar! «Ich möchte nicht gegen dich kämpfen, sondern deine Freundin sein. Wir sind Gefährten, keine Gegner.»

«In einem Werwolf-Rudel bedeutet ein Kampf nicht gleich Feindschaft», erklärte Claw ihr.

«Das alles ist so ...» Tala suchte nach dem passenden Wort.

Claw kam ihr zu Hilfe. «Neu?»

«So unverständlich für mich.»

«Deine Polarwölfin ist noch jung. Ihr werdet euch an die neuen Regeln gewöhnen», sagte Claw und wollte zu ihr kommen.

Doch Tala hob abwehrend die Hand und hielt ihn davon ab. «Nein! Wir sind zu einem Großteil immer noch Menschen, also können wir uns auch so verhalten.»

«Was meinst du damit?» Neugierig horchte Nanouk auf.

«Die meiste Zeit verbringen wir in menschlicher Gestalt und verwandeln uns immer nur für kurze Zeit, denn wenn wir zu lange in Wolfsgestalt bleiben würden, käme unser Verstand nicht damit klar.»

«Aber der Wolf in uns zwingt uns dazu, regelmäßig seine Gestalt anzunehmen», erinnerte Claw sie.

Unbeirrt fuhr Tala fort: «Wir leben in Wohnungen, haben Jobs, wir essen wie Menschen.»

«Und hin und wieder einen Hasen oder ein Karibu, wenn wir als Wölfe jagen gehen», warf er mürrisch ein.

Breitbeinig stellte sich Tala vor ihn hin. «Und wir lieben uns in Menschengestalt.» Mit Genugtuung sah sie, wie Röte in sein Gesicht stieg. Am liebsten hätte sie ihn geküsst, aber sein Starrsinn machte sie ärgerlich.

«Hör auf damit.» Ein drohendes Knurren stieg aus seiner Kehle.

Sie stemmte ihre Hände in die Hüften und zeigte ihm, dass sie genauso stur sein konnte wie er. «Haben wir uns jemals als Wölfe geliebt? Gib es schon zu. Wir schlafen nur in Menschengestalt miteinander. Und wenn du behauptest, das würde sich ändern, glaube ich dir kein Wort.»

Plötzlich schnellte seine Hand hervor. Er schob seine Finger unter ihren Rocksaum und zog sie so nah zu sich, dass ihre Nasenspitzen sich berührten. Schwer atmend vor Wut blickte er ihr einfach nur einige Sekunden in die Augen. Talas Beine wurden schwach. Zum einen, weil ihre Wölfin winselte und sich in die Tiefen ihres Ichs zurückzog, denn einen Alphawolf forderte man nicht heraus, erst recht nicht, wenn man ganz unten in der Rangfolge stand. Zum anderen weil, seine dominante Art sie erregte.

Sie hatte noch nie einen Mann getroffen, der so strikt, so stur und so unglaublich sexy war.

Als er einen Arm um ihre Taille schlang und sie an sich drückte, spürte sie die harte Wölbung in seinem Schritt. Nur mit Mühe konnte sie ein heroisches Lächeln unterdrücken. Sein leises Knurren klang fast wie Schnurren.

«Außerdem», fügte sie zögerlich hinzu, «ist Nanouk doch schon so etwas wie eine Alphawölfin und zwar in Kristobals Rudel.»

Ein schwaches Argument, denn im Grunde stellten die Vampire kein Rudel dar und Nanouk gehörte sowieso nicht zu ihnen, sondern zu Claw. Das würde sich trotz ihrer Verbindung zu Kristobal nicht ändern. Dennoch ließ der Alpha Tala los. Ihre Wölfin war erleichtert, Tala jedoch wünschte sich zurück in seine Nähe.

Zu ihrer Verwunderung sagte er: «In Ordnung. Es ist eine großzügige Auslegung der Regeln und gegen die Tradition, aber versuchen wir es. Ich denke nicht, dass eure Wölfinnen mit dieser Lösung einverstanden sind.»

«Ist es nicht so, dass wir die Kontrolle über sie behalten müssen?», fragte Tala mit unschuldigem Augenaufschlag. «Sonst drängen sie in den unmöglichsten Situationen an die Oberfläche. Um als Werwölfe unerkannt zu bleiben, dürfen uns unsere tierischen Instinkte niemals überwältigen, sondern der menschliche Verstand muss immer ...»

«Schon gut», unterbrach Claw sie schmunzelnd. «Ich sagte doch, wir probieren es aus.»

Tala strahlte überglücklich. Sie fiel zuerst Claw um den Hals, dann umarmte sie Nanouk. Endlich konnten sie Freundinnen werden. Ihr fiel ein Stein vom Herzen. Diese permanente unterschwellige Anspannung hatte ihr nach ihrer Infizierung zugesetzt.

Nun fühlte sie sich beschwingt. Sie würde sich das erste Mal frei im Rudel bewegen, ohne ständig befürchten zu müssen, von Nanouk herausgefordert zu werden und sich von den anderen Gefährten beobachtet zu fühlen. Das gab ihr die Möglichkeit, sich intensiver mit ihrer Polarwölfin auseinanderzusetzen und ihre Liebe zu Claw unbelastet zu genießen.

Die vier verabschiedeten sich.

Während Nanouk und Kristobal zum Nostalgia Playhouse fuhren, um Adamos' ersten Auftritt bei der Mitternachtsshow zu sehen, machten sich Tala und Claw zum Chugach State Park auf, um den Tatort in der Nähe des Eagle River Nature Centers zu inspizieren.

Doch die Luft zwischen ihnen flirrte so stark, dass Claw seinen Wagen bereits zwei Blocks vom Wohnhaus entfernt auf den Parkplatz der Postfiliale lenkte. Er stellte den Motor ab und zog Tala auf seinen Schoß. «Du weißt doch, dass ich Konzentrationsprobleme habe, wenn ich erregt bin.»

«So warst du schon immer.» Verliebt dachte sie an ihr zweites Zusammentreffen zurück, öffnete seine Hose und holte sein erigiertes Glied heraus. Ihr lief das Wasser bei diesem Anblick im Mund zusammen, aber auf ein Vorspiel hatte auch sie keine Lust mehr. Dafür war sie längst zu heiß. «Ich sage nur: Dorian Gray.»

Claw schob ihren Rock hoch, zog ihren Slip beiseite und drang bis zur Wurzel in ihre Mitte ein, die ihn feucht und bereit aufnahm. Lasziv grollte er: «Wir sollten feiern, dass du jetzt meine Alphawölfin bist. Aber glaub ja nicht, dass du dir Flausen erlauben kannst. Ich mag meine Frauen unterwürfig.»

Süßer Lügner, dachte Tala und wusste, dass er sie nur necken wollte, aber sie würde ihm seine Frechheit heimzahlen.

Sie stützte sich auf seinen breiten Schultern ab und begann, sich auf seinem Phallus auf und ab zu bewegen. Ihre Erregung schwoll schnell an. Verführerisch züngelte sie über seine Ohrmuschel, streifte seine Wange mit ihren Lippen, hinterließ eine feuchte Spur auf seinem Hals, leckte über seinen Adamsapfel – und verwandelte blitzschnell ihren Mund in eine Wolfsschnauze. Drohend, aber behutsam, legte sie ihr tödliches Gebiss an seine Kehle, während sie ihn weiterhin nahm. Es war das erste Mal, dass sie einen einzelnen Körperteil verwandelt hatte. Aber es hatte geklappt! Innerlich jubelte sie.

«Du lernst zu schnell von Nanouk», sagte er in Anspielung an das Ende des Tribunals und streckte gezwungenermaßen sein Kinn nach oben. Dann stöhnte er. Sein Schaft wurde steinhart in ihr.

Vor Lust erschauerte der starke Mann unter ihr und die Gewissheit, den großen, bösen Alphawolf fest in ihrer Hand zu haben, fachte das Feuer in ihrem Schoß aufs Äußerste an. Sie wollte ihn gar nicht anders als ein klein wenig macho. Sonst entging ihr ja der Spaß, über ihn zu siegen.

«Deine Aufmüpfigkeit wirst du büßen», brachte er mühsam hervor, doch seine Stimme vibrierte vor Lust.

Dann kam Claw gewaltig und Tala mit ihm.

DER BLUTKRISTALL

TB, 13,5 x 21 cm, 272 S.
zweite Auflage verfügbar
ISBN: 978-3-86608-115-4
VK: 12,95 Euro

DIE STERNSEHERIN

TB, 13,5 x 21 cm, 368 S.
zweite Auflage verfügbar
ISBN: 978-3-86608-102-4
VK: 12,95 Euro

DAS FEENORAKEL
JEANINE KROCK

Der charmante Dunkelelf Julen ist von seinem neuen Auftrag alles andere als begeistert. Er soll auf ein Mädchen aufpassen, dessen Lebenserfahrung kaum über die Grenzen ihres Schulzimmers hinausgeht. Die Dinge werden noch komplizierter, als die zauberhafte Alva dank ihrer einzigartigen Stimme das Angebot erhält, mit einer Band auf Tour zu gehen. Und schon bald verdichten sich die Hinweise darauf, dass Julen nicht ohne Grund für diesen Job ausgewählt wurde ...

Jeanine Krock beschert uns mit «Das Feenorakel» den vorläufigen Höhepunkt der Licht & Schatten-Reihe. Dieser verträumt-schöne paranormale Liebesroman zwischen Vampiren, Elfen und Feen macht süchtig.

DAS FEENORAKEL
JEANINE KROCK

Taschenbuch
13,5 x 21 cm, ca. 304 Seiten
ISBN: 978-3-86608-130-7
12,95 Euro [D]
13,40 Euro [A]

SUCCUBUS BLUES

TB, 13,5 x 21 cm, 368 S.
erschienen Mrz. 2009
ISBN: 978-3-86608-095-9
VK: 12,95 Euro

SUCCUBUS ON TOP

TB, 13,5 x 21 cm, 352 S.
erschienen Okt. 2009
ISBN: 978-3-86608-114-7
VK: 12,95 Euro

SUCCUBUS DREAMS

TB, 13,5 x 21 cm, 304 S.
erschienen Mrz. 2010
ISBN: 978-3-86608-123-9
VK: 12,95 Euro

SUCCUBUS HEAT

TB, 13,5 x 21 cm, 368 S.
erschienen Okt. 2010
ISBN: 978-3-86608-136-9
VK: 12,95 Euro

SUCCUBUS SHADOWS
RICHELLE MEAD

ieorgina Kincaid hat beeindruckende Kräfte: Sie ist unsterb-
ich, beherrscht alle Register der Verführungskunst, kann sich
erwandeln und auf Absätzen laufen, die jeden Normalsterb-
chen zu Fall bringen würden – für einen Sukkubus wie sie ein
inderspiel.
)ie Hochzeit ihres Ex-Freundes mit zu organisieren ist etwas
anz anderes. Georgina ist nicht sicher, was schlimmer ist –
ass Seth eine andere Frau heiraten wird oder dass sie in ganz
eattle herumrennen und Brautjungfernkleider anprobieren
nuss. Doch für Ablenkung ist gesorgt. Georginas Mitbewoh-
er Roman sorgt für erotische Spannung in ihrem gemein-
amen Apartment …

SUCCUBUS SHADOWS
RICHELLE MEAD

Taschenbuch
15 x 21 cm, ca. 352 Seiten
ISBN: 978-3-86608-150-5
12,95 Euro [D]
13,40 Euro [A]

VAMPIRE / ROMANCE

SUCCUBUS BLUES
BAND 1
RICHELLE MEAD

TB, 13,5 x 21 cm, 368 S.
erschienen Mrz. 2009
ISBN: 978-3-86608-095-9
12,95 Euro [D]
13,40 Euro [A]

«Flott! Unterhaltsame Kost.»
Ruhr Nachrichten
«Hervorragend!»
LoveLetter Magazine
«Flott & spritzig.»
Space View

9 783866 080959

VAMPIRE / ROMANCE

SUCCUBUS ON TOP
BAND 2
RICHELLE MEAD

TB, 13,5 x 21 cm, 352 S.
erschienen Okt. 2009
ISBN: 978-3-86608-114-7
12,95 Euro [D]
13,40 Euro [A]

«Der nächste große Coup!»
LoveLetter Magazin
«Achtung, die Lektüre der Succubus-Reihe macht süchtig!»
therapie-online.de

9 783866 081147

VAMPIRE / ROMANCE

SUCCUBUS DREAMS
BAND 3
RICHELLE MEAD

TB, 13,5 x 21 cm, 304 S.
erschienen Mrz. 2010
ISBN: 978-3-86608-123-9
12,95 Euro [D]
13,40 Euro [A]

«Georgina ist wieder einmal in Hochform und in ihrer zwischenmenschlichen Unbeholfenheit einfach supersympathisch» **literatopia.de**

9 783866 081239

VAMPIRE / ROMANCE

SUCCUBUS DREAMS
BAND 4
RICHELLE MEAD

TB, 13,5 x 21 cm, 368 S.
erschienen Okt. 2010
ISBN: 978-3-86608-136-9
12,95 Euro [D]
13,40 Euro [A]

«Macht Euch auf ein Buch der Superlative gefasst! Meiner Meinung nach ist diese Reihe unübertroffen. Großartiger vierter Teil.» **de-re.de**

9 783866 081369

VAMPIRE / ROMANCE

DIE STERNSEHERIN
JEANINE KROCK

TB, 13,5 x 21 cm, 368 S.
erschienen Sep. 2008
ISBN: 978-3-86608-102-4
12,95 Euro [D]
13,40 Euro [A]

«Phantastisch!»
Braunschweiger Zeitung
«Eine Einladung in die Welt der Elfen und Vampire.»
Dark Spy

9 783866 081024

VAMPIRE / ROMANCE

DER BLUTKRISTALL
JEANINE KROCK

TB, 13,5 x 21 cm, 272
zweite Auflage verfüg
ISBN: 978-3-86608-11
12,95 Euro [D]
13,40 Euro [A]

«Wie seine Vorgänger schaurig schön. Eine M
schung aus spannend
Story, subtilem Humo
knisternder, düsterer E
tik und ganz viel Gefüh
literatopia.de

9 783866 081154

VAMPIRE / ROMANCE

ALPHAWOLF
SANDRA HENKE

TB, 13,5 x 21 cm, 288
erschienen Feb. 2010
ISBN: 978-3-86608-12
12,95 Euro [D]
13,40 Euro [A]

«*Twilight* für Erwachsene!»
art-noir.ch
«Das Highlight des Monats!»
LoveLetter Magazine

9 783866 081260